El nido del cuco

MAEVA apuesta para frenar la crisis climática y desea contribuir al esfuerzo colectivo y permanente de proteger y preservar el medio ambiente y nuestros bosques con el compromiso de producir nuestros libros con materiales sostenibles.

LOS CRÍMENES DE FJÄLLBACKA

CAMILLA LÄCKBERG

El nido del cuco

Traducción:
CARMEN MONTES CANO

MAEVA | NOIR

Título original:
GÖKUNGEN

© Camilla Läckberg, 2022
Publicado originalmente por Bokförlaget Forum, Suecia
Publicado por acuerdo con Nordin Agency AB, Suecia
© de la traducción: Carmen Montes Cano, 2023

© MAEVA EDICIONES, 2023
Benito Castro, 6
28028 MADRID
www.maeva.es

ISBN: 978-84-19638-10-6
Depósito legal: M-7061-2023

Diseño e imagen de cubierta: © Sylvia Sans Bassat
Fotografía de la autora: © Jimmy Backius
Preimpresión: Gráficas 4, S.A.
Impresión y encuadernación: Huertas, S.A.
Impreso en España / Printed in Spain

Para Simon

Sábado

OBSERVABA LAS FOTOGRAFÍAS. Sabía que Vivian estaba enfadada porque él había decidido que no irían a la fiesta, pero, sencillamente, no era capaz. Al final, había llegado el momento y se había visto obligado a buscar la verdad. Tal vez hubiera debido hacerlo muchos años atrás.

Había pasado todos aquellos años con esa sensación de angustia alrededor del cuello. Temía las preguntas, las respuestas y todo lo demás. Las decisiones que había tomado llegaron a conformar la clase de persona que era. Y lo que ahora veía en el espejo no le resultaba muy honorable. Optar por vivir la vida con una venda delante de los ojos rara vez era honorable. Al final, se obligó a quitársela y a actuar en función de lo que veía.

Muy despacio y con sumo cuidado, fue sacando las fotografías enmarcadas, una tras otra. Las colocó a lo largo de la pared y las fue contando. Dieciséis. Estaban todas.

Dio unos pasos hacia atrás y se quedó contemplándolas. Luego se volvió hacia los otros marcos que tenía, más sencillos. Sus representantes. Fue escribiendo en pósits el nombre de cada una de las instantáneas, con letras grandes e irregulares. Después los pegó a los marcos con cinta adhesiva. No necesitaba las fotografías para verlos allí mismo, mientras los iba cambiando de sitio por las paredes blancas de la galería. Tenía grabada en la retina cada foto de la próxima exposición, y podría sacarlas todas de la memoria sin problemas y verlas con total claridad.

Le llevaría muchas horas colgar los cuadros de la exposición, seguramente hasta bien entrada la noche. Lo sabía, y mañana pagaría un precio por ello. Ya no era joven. Pero sabía también que, dentro de dos días, en la inauguración, se sentiría más liviano y más libre que en muchos años.

Las consecuencias de lo que había decidido hacer resultarían dramáticas. Pero él no podía tener en consideración algo así. Se había pasado muchos años teniendo demasiada consideración. Todos habían vivido a la negra sombra de sus mentiras. Claro que ahora corrían el riesgo de quedar destrozados, pero él pensaba desvelar aquellas verdades pese a todo. Las suyas y las del resto.

Por lo demás, nunca se había sentido tan libre como en ese momento en que, con sumo cuidado, fijaba el pósit con la palabra «culpa» a uno de los marcos.

Ni siquiera la muerte le daba miedo ya.

ERICA FALCK SE estiró. El calor de la cama la tentaba a quedarse allí tumbada, pero le había prometido a Louise Bauer que se verían para un *powerwalk* dentro de una hora más o menos. A saber por qué había accedido a algo así. Pero seguramente Louise estaría estresada y le iría bien hablar.

—¿De verdad que tenemos que ir a lo de esta noche?

Patrik se lamentó a su lado y se tapó la cara con la almohada. Erica lo apartó y le golpeó con ella con suavidad.

—¡Si va a ser estupendo! Comida muy rica, vino del bueno, tu mujer bien vestida, por una vez…

Patrik cerró los ojos con una mueca de disgusto.

—Son unas bodas de oro, Erica. ¿Qué clase de fiesta es esa? Un montón de invitados repipis y un sinfín de discursos interminables. Ya te imaginas qué clase de personas nos vamos a encontrar.

Volvió a lamentarse.

—Pues vamos a ir de todos modos, así que más te vale hacer de tripas corazón y adoptar una actitud positiva —replicó ella.

Pensó que se había pasado de enérgica, así que se acercó al lado de la cama de Patrik. Le acarició el pecho. El corazón le latía con fuerza allí dentro; costaba creer que hubo un tiempo en que había tenido problemas y, pese a todo, la preocupación siempre estaba presente.

—Louise espera que vayamos. Además, me encanta verte de traje. Estás guapísimo, sobre todo con el azul marino.

—Anda ya, so aduladora.

Patrik la besó despacio, primero en los labios, antes de pasar a un beso más profundo. La atrajo con fuerza y Erica sintió la calidez y la suavidad que su marido le transmitía por todo el cuerpo.

—Los niños pueden llegar en cualquier momento —murmuró con la boca pegada a la de él.

Patrik respondió echando el edredón sobre los dos. Enseguida empezaron a sentir el calor; nada más existía aquella burbuja, solo ellos dos. Sus cuerpos. Sus labios. Su respiración.

Hasta que un golpe sordo confirmó lo que Erica había vaticinado.

—*¡Ezcondite!*

Noel gritaba de felicidad y daba saltos en la cama. Enseguida apareció Anton como una bala de cañón y aterrizó con puntería en la joya más preciada de Patrik.

—¡Ay, pero me ca…! —Guardó silencio al ver la mirada de su mujer—. ¡Qué caramba!

Noel y Anton se partían de risa. Erica suspiró sonriente. Patrik y ella habían disfrutado de unos segundos a solas, tendrían que conformarse. Se inclinó sobre los pequeños y empezó a hacerles cosquillas mientras ellos aullaban como lobos.

—He intentado que se queden sentados viendo la tele, pero en cuanto me he levantado a por un yogur, se han largado.

Maja apareció en la puerta con el camisón del unicornio mientras los miraba resignada.

—Cariño, no tienes por qué encargarte de ellos por las mañanas, deja que se levanten solos —dijo Patrik, y le hizo una seña para que se acercara.

Maja dudó al principio. Siempre tan responsable. Luego se le dibujó una sonrisa, se abalanzó ella también sobre la cama y se sumó al juego. Erica y Patrik se miraron por encima de la cabeza de los niños. Tenían una familia perfecta. Perfecta por completo.

—¿CREES QUE LLAMARÁN antes o tendremos que esperar al jueves? Ya sabemos que a veces avisan…

Henning Bauer tamborileaba con los dedos en la mesa. Era el primer fin de semana de octubre. Al otro lado de la ventana campaba el otoño, y unas olas grises coronadas de espuma blanca azotaban las rocas lisas de la pequeña isla. Su isla.

Miró a Elisabeth, que estaba sentada a su lado con la taza de té en la mano.

—Nos han dicho que soy uno de los cinco finalistas. Lo que no significa que vaya a ganar, claro está. No tenemos ninguna garantía. Pero, si es así, tengo un veinte por ciento de probabilidades.

Los dedos seguían repiqueteando sobre la mesa.

Su mujer tomó un sorbito de té. Henning admiraba esa calma. Aquella siempre fue la dinámica interna de la pareja cuando se trataba de su obra literaria. Él se alteraba, ella lo calmaba. Él se preocupaba, ella le daba garantías.

Henning siguió con el repiqueteo de los dedos a la espera de que ella respondiera. Necesitaba su confianza. Necesitaba que le dijera que todo iba a salir bien.

Después de tomar unos sorbitos de té, Elisabeth dejó la taza en el plato muy despacio. Llevaban toda la vida de casados tomando el té en esas tazas. Eran uno de los incontables obsequios que les hicieron con motivo de su espléndida boda, y Henning era incapaz de recordar quién se las había regalado.

Fuera, una ola se alzó más potente que las demás y arrojó una cascada de agua contra la ventana panorámica que ocupaba todo el lateral más largo de la casa. La sal del mar siempre dejaba marcas en el cristal, y Nancy, la criada, siempre estaba ocupada tratando de mantenerlo limpio. El archipiélago era implacable con su carácter caprichoso; era como si siempre estuviera tratando de apartar la civilización y de recuperar el territorio perdido.

—No te preocupes, cariño. Llamarán hoy o mañana, o quizá esperen al jueves. O a lo mejor no llaman. Pero si llaman, cosa que yo, lógicamente, creo que harán, tienes que hacerte el sorprendido. No puedes dar a entender que sabíamos que figurabas en la lista definitiva.

Henning asintió con la mirada fija en el cristal.

—Claro que no, cariño. Claro que no.

Siguió tamborileando un ritmo indescifrable a la vez que observaba el dibujo que el agua dejaba en el cristal. Uno de cinco. Debería estar satisfecho con aquello, pero, dado que sabía lo que tenía a su alcance, lo que podía darle una simple llamada telefónica, casi le costaba respirar.

—Anda, vamos, come un poco —dijo Elisabeth acercándole una cesta de pan recién hecho—. Tenemos un largo día por delante, por no hablar de la noche que nos espera, y no quiero enterarme de que te duermes a las diez sentado a la mesa.

Henning alargó la mano en busca de un bollo. Era lo bastante sensato como para obedecer a su mujer. Untó una buena capa de mantequilla, que se derritió enseguida.

13

—Esta noche vamos a bailar —dijo con la boca llena de pan, y le lanzó un guiño a Elisabeth, que esbozó una sonrisa.

—Esta noche vamos a bailar.

—MADRE MÍA, ¡QUÉ temprano has tomado el barco! ¡Y con este tiempo!

Erica se cubría la cara con la mano para protegerse del viento mientras hacía lo posible por mantener el ritmo de Louise Bauer. Como siempre, era todo un reto. Por rápido que caminara, ella siempre iba más rápido. Y sentir las salpicaduras de las olas que se estrellaban en tierra a unos metros de ella no mejoraba las cosas. Las casas de madera las protegían ligeramente, pero Erica casi las veía encogerse también al paso del viento.

—Bah, si de todos modos me levanto a las seis todas las mañanas —dijo Louise—. Y como el día de hoy va a ser largo, porque soy la responsable de todo lo relacionado con la fiesta, me parecía necesario empezar con un *powerwalk*.

Erica hizo un gesto de resignación. Al mismo tiempo, comprendía que Louise necesitara despejar la cabeza. Ser ayudante de Henning Bauer, su suegro y uno de los escritores más aclamados de Suecia, no debía de ser nada sencillo.

—Pues yo nunca he tenido la sensación de que un *powerwalk* pudiera ser necesario —murmuró—. De hecho, ahora que lo pienso creo que nunca he tenido la sensación de que fuera necesaria ninguna forma de actividad física.

Louise se rio.

—Qué graciosa. Pues claro que es necesario. ¡Recargas energía para el resto de la jornada!

Erica se esforzaba por hablar cuando subían la cuesta de Galärbacken a un ritmo demasiado rápido. Se cerró un poco más la chaqueta de Helly-Hansen. Louise llevaba ropa deportiva que le quedaba perfecta, y que la protegía del viento y de la lluvia.

—Me encanta la sensación posterior, si es eso lo que quieres decir. Pero ¿mientras tanto? Pues no. Nada de nada. Aunque sé que me hace falta.

Erica se paró a recuperar el aliento. Louise aminoró la marcha y la miró.

—La verdad es que desde hace un tiempo me encuentro regular —dijo Erica—. Y creo que es por la alimentación y por la vida sedentaria que llevo. Además de la edad, claro. No nos olvidemos de la edad. Ya he empezado a sentir cómo se acerca el climaterio. ¿Tú no?

Louise empezó a moverse de nuevo.

—Bueno, yo soy unos años mayor que tú, pero… —Louise respondió con voz vacilante y aumentó la velocidad al pasar por delante de la farmacia—. A mí me quitaron la matriz de joven. Cáncer. Así que lo que fue motivo de una gran tristeza en la vida empieza a convertirse ahora en una bendición.

—Vaya, perdona, no lo sabía.

Erica hizo una mueca: como siempre, metiendo la pata…

—No importa. No es ningún secreto, es solo que rara vez sale el tema. «Hola, me llamo Louise y no tengo matriz.»

Erica se echó a reír. Eso era lo que más le gustaba de ella, lo directa que era y el sentido del humor tan sarcástico que tenía.

Se conocieron por los niños. Maja y William, el hijo de Louise, que era algo mayor, se hicieron amigos en cuanto se cruzaron en el parque de la plaza de Ingrid Bergman. Y mientras los niños jugaban, ellas se pusieron a hablar. Eso fue el verano pasado, y ahora aprovechaban para verse en cuanto Louise llegaba a Fjällbacka con la familia.

—¿Y qué tal llevas lo de esta noche?

Erica saludó a Dan, el hermano de su marido, que en ese momento salía del aparcamiento del supermercado. Él le devolvió sonriente el saludo, y Erica casi creyó adivinar que se reía un poco al verla hacer ejercicio.

—¿Qué quieres que te diga? Mitad y mitad. Mis padres llegan dentro de una hora o así, y con ellos ya se sabe. Pero les han prestado una casa en Badis, así que están contentos. Y luego está lo de la fiesta. Henning dice una cosa, Elisabeth dice otra. Y todos sabemos que al final será como diga Elisabeth, pero siempre soy yo la que tiene que transmitir esa información.

—Vamos a pasarlo genial esta noche, ya verás —afirmó Erica.

Louise se volvió y sonrió.

—Eso lo dices por ser amable. «Pasarlo genial» no es la expresión que yo utilizaría para unas bodas de oro. Pero la comida es buena, yo misma la he probado, y habrá vino a raudales. Además, me he asegurado de que tengáis un buen sitio. Patrik disfrutará del inmenso placer de tenerme a mí a su lado, y tú, a mi encantador marido.

—Maravilloso —celebró Erica, y se llevó la mano al costado. Había empezado a darle flato.

Ya estaban bordeando la montaña para volver al pueblo, y acababan de dejar a la derecha una cuesta muy empinada que, cuando Erica era pequeña, recibía el nombre de Siete Baches, y donde se podía bajar con el trineo a lo que entonces pensaba que era una velocidad de vértigo. Trató de contar cuánto les faltaba para terminar la ronda y confirmó que era demasiado.

Ante ella iba saltando rítmicamente la coleta oscura de Louise, que, sin esfuerzo aparente, seguía subiendo a buen paso. Erica se agachó y echó mano de una piedra a la que se aferró fuerte con la esperanza de que le sirviera de ayuda para combatir aquel flato cada vez más doloroso. Solo cabía constatarlo: el deporte no era lo suyo.

—¿Has hablado con ella?

Tilde abrió de par en par sus bonitos ojos azules mientras sostenía en el aire un vestido con un escote muy pronunciado.

Rickard Bauer vio que en la etiqueta ponía D&G, y supuso que habría pagado por él entre treinta y cuarenta mil. Pero a Tilde eso no le preocupaba. O, mejor dicho, no le había preocupado hasta ese momento, cuando, de repente, en su American Express no parecía haber una cantidad infinita de dinero que gastar en Estocolmo, París, Milán y Dubái.

—Ya hablaré —respondió él sin poder ocultar su irritación.

La voz de Tilde había empezado a irritarlo cada vez más. ¿Siempre la tuvo así de chillona? ¿Y así de infantil?

—No quería hablar con ella hasta después de la fiesta. Ya sabes cómo se pone mi madre, se preocupa, y no quiero estropearle la noche.

—Ya, pero Rickard, prométeme que hablarás con ella mañana, ¿sí? ¿Seguro?

Tilde frunció los labios y sacó pecho. Acababa de ducharse y estaba desnuda; solo llevaba una toalla alrededor del pelo. Rickard notó la reacción. Aquello lo fascinaba. Que el cerebro se irritara con ella, pero el miembro reaccionara como bajo una orden ante su sola presencia.

—Te lo prometo, cariño —respondió, y la tumbó en la cama de la que acababan de salir.

Ella chilló entre risitas.

—Ven conmigo, *baby* —dijo ella con voz infantil—. Ven, corre, ven.

Rickard hundió la cara entre sus grandes pechos, que lo aislaron del mundo.

Elisabeth Bauer sostuvo en alto los pendientes de color rojo de su abuela materna; harían juego perfectamente con el vestido que había elegido ponerse para la cena. El negro, que llevaría durante el baile, estaba colgado en la percha. Era más fino y más ligero para bailar que el otro, un tanto excesivo, con el que solo tendría que estar sentada. YSL y Oscar de la Renta, adquiridos en París la primavera pasada, durante el par de semanas que Henning y ella habían pasado allí, en el apartamento. Cuando se trataba de comprar algo para una ocasión especial, como unas bodas de oro, por ejemplo, entonces no había otro lugar imaginable que París.

Elisabeth dejó los pendientes con cuidado en la cajita forrada de terciopelo azul oscuro. Se sobresaltó al oír que otra cascada de agua se estrellaba contra la ventana del dormitorio. Vivían en Skjälerö, en una casa de una sola planta, y las olas alcanzaban todas las ventanas. Aquella era su vivienda más sencilla. El piso de Estocolmo, el de París y la casa de la Toscana estaban decoradas de una manera mucho más lujosa. Pero aquel era el lugar que más le gustaba sobre la faz de la tierra, donde había pasado todos los veranos desde el día que nació. El nombre de Skjälerö no tenía nada que ver con los espíritus, procedía de la palabra que usaban antiguamente en Bohuslän para referirse a los mejillones. La isla entera estaba llena de montoncillos de preciosas conchas de mejillón. Las gaviotas las dejaban caer desde gran altura para que se estrellaran contra el granito rosa y así poder extraer la carne del interior. Pero las conchas se quedaban allí y otorgaban un toque azul a la aridez de la isla.

Su abuelo la compró en su día, y ahora le pertenecía a ella. Aquel pequeño reducto a las afueras de Fjällbacka siempre había ejercido sobre ella un influjo casi mágico. En cuanto llegaban allí, era como si se esfumaran los problemas. Allí nadie podía dar con ellos. Eran inexpugnables. Inaccesibles.

Durante muchos años, ni siquiera había teléfono en la isla, solo una radio bidireccional. Claro que de eso hacía ya varios decenios. Ahora disponían de todas las comodidades: teléfono, electricidad, wifi y canales de más en el televisor para los nietos. Louise y Peter eran demasiado permisivos con el horario de televisión de los niños. Dejaban que se pasaran las horas muertas viendo coloridas figuras que se golpeaban y que armaban muchísimo ruido en lugar de ponerse a leer un buen libro. Pensaba hablarlo con ellos llegado el momento. Aunque, claro, lo de darles consejos sobre los niños era un tema delicado. Además, tal vez lo fuera incluso más después de lo que le había ocurrido a Cecily.

Elisabeth desechó ese recuerdo tan desagradable y guardó con cuidado cada vestido en su bolsa. Sabía que podía pedirle a Nancy que lo hiciera, pero le encantaba tocar aquellos tejidos tan costosos de una calidad extraordinaria. Nadie como Oscar a la hora de hacer vestidos.

—¿Henning? —llamó mirando a su cuarto de trabajo, aunque no esperaba obtener más que un gruñido por respuesta.

—Mmm... —oyó, en efecto, que contestaba al otro lado de la puerta cerrada.

—Estaba pensando que podrías ponerte el esmoquin de Savile Row. El que encargamos hará un par de años. ¿Te parece bien?

—Mmm... —volvió a oírse desde el despacho, y Elisabeth sonrió.

El esmoquin ya estaba guardado en el equipaje que debían llevar a tierra firme. Pero, durante todos aquellos años de matrimonio, había aprendido que era importante que su marido se sintiera implicado y que su opinión también contara. Aunque la decisión ya estuviera tomada. Precisamente, era una sugerencia que pensaba hacerle a Louise. Con la mejor intención.

Estocolmo, 1980

A Pytte le encantaba ver a Lola arreglarse para la velada. Era algo mágico. Cada noche seguían la misma rutina. Pytte se tumbaba bocabajo sobre el cojín de terciopelo, con la barbilla apoyada en las manos, mientras Lola se sentaba delante del tocador atestado de frascos y se ponía guapa.

—¿Qué te vas a poner esta noche? —preguntó Pytte mirando hacia el armario con chiribitas en los ojos. Todo lo que había en el armario de Lola le gustaba.

—¿Qué te parece la blusa rosa que va acordonada a la espalda? Con los pantalones de pitillo rosa chillón. Luego un simple moño en la nuca y los pendientes de diamantes, ¿no?

Lola se volvió hacia Pytte, que asentía encantada.

—¡Sí, la blusa rosa me encanta! ¡Es mi favorita!

—Lo sé, cariño.

Lola se giró de nuevo hacia el espejo y empezó a maquillarse con sumo cuidado. Al igual que cada noche. Si se celebraba una fiesta, podía ocurrir que se maquillara más, y a Pytte le encantaban esas noches. Pero aquel día era solo trabajo, y entonces se pondría primero una crema, luego polvos, perfilador, rímel, un poco de color marrón en las cejas con cepillito y, para terminar, uno de los muchos lápices de labios que tenía dispuestos en tazas de café en la mesa del baño. Esa noche eligió uno de un color rosa vivo.

Con sumo cuidado, se pintó por dentro del borde y juntó sonoramente los labios antes de cortar un trozo de papel higiénico y aplicarlo sobre ellos con suavidad. Luego eligió la peluca. Ella tenía el pelo largo y cobrizo, brillante, pero en el trabajo solía llevar alguna de las pelucas. Después de estar mirando un rato las cinco que tenía en soportes de corcho con forma de cabeza, eligió una de color castaño y media melena. Se la puso sobre su pelo, pulcramente recogido con una redecilla, se ajustó la peluca y se la recogió en un moño en la nuca.

Lola se dirigió al armario y se puso la blusa y los pantalones rosas con cuidado de que no se le engancharan las uñas, que llevaba muy largas. Por último, eligió un bonito frasco ondulado del tocador y se puso unas gotas de perfume detrás de las orejas y en las muñecas. Luego se colocó delante de Pytte.

—*Et voilà!* ¿Qué te parece? ¿Voy bien preparada para la guerra?

—Vas bien preparada —respondió Pytte con una carcajada.

Cuando fuera mayor, quería ser tan guapa como ella.

Con un bolsito rosa en la mano, Lola se dirigió al vestíbulo.

—Cariño, ya me voy. En el frigorífico hay comida. Puedes calentarla en el horno, pero no te olvides de apagarlo luego. Y acuéstate a las diez como muy tarde, ¿eh? Nada de esperarme despierta. Echaré la llave cuando salga, así que no toques la cerradura y no le abras a nadie. ¿De acuerdo, corazón?

Lola ya estaba saliendo por la puerta y había metido la llave en la cerradura.

—¡Te quiero, cariño! —le gritó a Pytte.

—¡Te quiero, papá!

Luego se cerró la puerta y en el vestíbulo solo quedó un leve aroma a perfume.

—Pues a mí me parece rarísimo. ¿Por qué no íbamos a ir?

—Porque lo digo yo.

Rolf Stenklo miró irritado a su mujer. El asunto estaba ya más que zanjado para él.

Vivian lo observaba desde la entrada al luminoso local que él pensaba llenar con todos sus sueños, con todo aquello que hacía que el corazón le doliera y se le alegrara a partes iguales.

—Pero Rolf, son las bodas de oro de nuestros mejores amigos. No te entiendo. Todas las personas que conocemos estarán allí, y muchas personas a las que, sinceramente, nos convendría ver, sobre todo a ti.

A Vivian la voz le sonó chillona, como siempre que se enfadaba. Llevaban veinte años casados, y ese tono le hacía sentir a Rolf que habían sobrado diecinueve.

—Pues no quiero y punto, ¿tan raro te parece? Las celebraciones así no son lo mío, no creo que te sorprenda a estas alturas.

Rolf clavó otro clavo en la pared con la pistola y soltó un taco al ver que entraba más profundo de lo que pretendía. La pistola era demasiado potente.

—Mierda.

Sacó un poco el clavo con el martillo.

—Podrías pedirle a alguien que hiciera ese trabajo por ti —dijo Vivian.

Vio que su mujer miraba con curiosidad las fotografías enmarcadas que descansaban en el suelo apoyadas en la pared, junto a la entrada. Por una vez, no le había permitido participar en el diseño de la exposición. Le dijo que era demasiado personal y, curiosamente, ella lo aceptó.

—¿A Henning y a Elisabeth, por ejemplo, que necesitan ayuda hasta para limpiarse el culo? —protestó enfurruñado.

—Pero ¿qué es lo que te pasa hoy? Yo sé que aprecias a Henning y a Elisabeth, lo sé. Pero primero te niegas a ir a su celebración, y además es como si estuvieras enfadado con ellos de un modo del todo irracional. Desde luego, ¡estás hecho un antipático!

Vivian se cruzó de brazos. Rolf se volvió hacia ella con gesto cansado.

—Ya, claro, y para ti eso es lo más importante en el mundo, ser simpática. No causar problemas. Quedarte muy quietecita. No hablar nunca de lo que te molesta, de lo que importa de verdad.

—En serio, estás imposible.

Vivian salió por la puerta y lo dejó solo, por fin. Rolf echó un vistazo a la estancia, a las paredes vacías, que él pensaba llenar con lo más hermoso que había hecho en la vida.

Lanzó otro clavo con la pistola. Luego echó mano de uno de los marcos baratos con el nombre de la fotografía.

Colgó el marco en el clavo. Retrocedió un paso. Como de costumbre, al ver el nombre que había escrito, sintió que se le encogía el corazón. De culpa. De amor. De nostalgia de un tiempo que pasó para siempre. Pero pronto, muy pronto, volvería a brillar de nuevo la más luminosa de todas las estrellas.

—¿Cómo va la cosa?

Louise Bauer entró acelerada en el gran local llamado Mamsell que se encontraba a la derecha del acceso al Stora Hotel. El suelo de madera crujía levemente bajo sus pies. Las nubes aún se extendían bajas en el cielo y las olas azotaban los muelles cuando ella irrumpió a la carrera en el establecimiento.

Barbro, la encargada, la seguía con nerviosismo.

—Todo va según el plan —aseguró—. Ahora mismo están a tope preparando la comida, todo está listo para poner las mesas, que montaremos después del almuerzo, el personal está preparado y disponemos de bebida en abundancia. Además, hemos conseguido los distintos tipos que habíais pedido.

—Bien —dijo Louise antes de detenerse—. Los niños. ¿Hay menú para ellos? Max y William no querrán comer lo mismo que los adultos.

Barbro asintió.

—Para los niños hay hamburguesas, y helado con salsa de chocolate de postre.

—Maravilloso. Pues sí, desde luego, parece que lo tenéis todo bajo control. ¿Os han llegado las tarjetas de mesa? ¿Y las habéis cotejado con la lista, para ver si están todos los invitados? No podéis descuidar la colocación de las tarjetas, nos ha llevado meses organizarla.

—Por supuesto, lo hemos comprobado, pero le pediré al jefe de sala que lo vuelva a revisar —respondió la encargada, después de aclararse un poco la garganta.

—Bien.

Louise notó que su respuesta había sonado cortante, pero no tenía paciencia con los fallos y errores ajenos, o más bien, con la falta de rigor.

Echó un vistazo a la sala. En ese momento hacía fresco allí dentro, aunque había encargado unos ventiladores, por si el ambiente se caldeaba con tantos invitados. El local estaba pintado de color verde claro y decorado con motivos exóticos, lo que armonizaba en líneas generales con la temática del hotel. Louise se imaginaba grupos de personas vestidas de gala bailando esa noche en el salón al ritmo del grupo de *jazz* que tocaría en un rincón que estaban preparando en ese momento.

Sería una fiesta maravillosa. Sería perfecta. Como todo lo que hacía ella. Nada quedaba nunca en manos del azar.

HENNING BAUER APARTÓ la taza de té y se quedó mirando el documento en blanco del ordenador. El cursor parpadeaba burlón sin moverse del sitio. Su pesadilla. El vacío.

Al otro lado de la puerta abierta se oían ruidos y movimiento. Elisabeth estaba nerviosa por la fiesta de esa noche, lo sabía. También él lo estaba. Iba a ser una velada maravillosa. La lista de invitados era impresionante, tal como él quería, y sabía ya de antemano que harían unos discursos espléndidos.

Si él pudiera decir unas palabras al principio... Se sentaba ahí varias horas cada día. Bebía té y miraba el parpadeo del cursor en la pantalla. Sabía que las palabras debían de estar allí, en alguna parte, a su alcance. Se había pasado la vida conviviendo con ellas, no deberían serle ajenas, pero ahora rehuían de él.

Henning se colocó junto a la ventana con la taza en la mano y se quedó observando el paisaje silvestre que se extendía fuera. En verano parecía como sacado de un anuncio de cerveza: el cielo azul, las rocas de granito rosa que resplandecían al sol, los veleros a toda velocidad y en todas las direcciones. Ahora, en octubre, el mar azotaba las rocas como si quisiera hundir la isla en las profundidades. A él le gustaba más así, cuando la naturaleza mostraba sus fuerzas con toda su intensidad.

Henning apretó la taza entre los dedos maldiciendo su suerte.

Allí debería poder escribir. Era el ambiente perfecto. Delante del amplio escritorio, dispuesto junto a la ventana panorámica, podía verse como una figura bergmaniana, un tipo solitario en un río imparable de creatividad. Pero no se le ocurría nada. Nada de nada.

Un discreto golpeteo en la puerta lo sobresaltó.

—¿Sí? —rugió más arisco de lo que pretendía.

—Perdona, papá, los chicos querían que les ayudara el abuelo…

A Henning se le dulcificó la expresión. En realidad, no le gustaba que lo molestaran en su despacho, pero los nietos podían ir cuando quisieran.

—Pasad, pasad.

La puerta se abrió y allí estaba Peter flanqueado por los dos chicos.

Henning les hizo una seña para que entraran y se sintió reconfortado al ver que las caritas de Max y William se iluminaban al verlo sonreír. Cuando Peter y Rickard eran pequeños, él no había estado muy presente como padre, pero era el espíritu de la época. Con Max y William era distinto, a ellos podía darles el cariño que nunca les había dado a sus hijos.

—Queremos que nos ayudes a elegir la corbata, abuelo.

Max, el mayor, demasiado maduro para su edad y muy serio, sostenía en la mano tres corbatas. William, el pequeño, que siempre se traía alguna travesura entre manos, le mostró también otras tres al abuelo.

A William se le acababan de caer tres dientes, y repitió las palabras de su hermano con un claro ceceo:

—Sí, abuelo, queremos que nos ayudes a elegir corbata.

—Claro, claro que os ayudo. Es un honor. Una distinción. ¿Y sabes qué, William…?

William lo miró entusiasmado.

—Sí, lo sé, ¡mañana vamos a poner la nasa para pescar bogavantes!

Henning le revolvió el pelo.

—Exacto, eso vamos a hacer.

Peter le sonrió contento por encima de la cabeza de sus hijos. Era un buen hijo. Un hijo del que estar orgulloso. Salvo por el hecho de que había elegido al dios dinero y se había convertido en jefe de una empresa de administración de fondos, era todo lo que un padre podía desear. Henning se quedó contemplándolo. A veces le daba la impresión de que Peter aún lamentaba la pérdida de Cecily, pero ese día sonreía abiertamente a su padre.

—Bueno, pues vamos a ver —dijo Henning volviendo a las corbatas—. Ante todo, tengo que saber cómo vais vestidos. ¿Con qué vais a llevar la corbata? Tiene que ser la guinda del conjunto.

En ese mismo instante sonó el móvil, que estaba sobre la mesa, y Henning se sobresaltó. Por lo general lo ponía en silencio tan pronto como entraba en el despacho, pero se le habría olvidado. Se acercó irritado al escritorio, donde resonaba al lado del ordenador, pero se detuvo con la mano en el aire cuando iba a apagarlo al ver quién llamaba. No se conocían, pero hacía varios años que Henning tenía su número grabado en la agenda del teléfono. Por si acaso.

Con mano temblorosa, pulsó el símbolo del auricular verde, y luego el del altavoz. Se llevó el dedo a los labios para que los chicos y Peter comprendieran que debían guardar silencio. Luego dijo:

—Aquí Henning Bauer.

—Soy Sten Sahlén, secretario permanente de la Academia Sueca.

—Sí, hola…

El corazón le latía con tal fuerza que Henning pensó que iba a desmayarse. Empezó a temblarle la mano y, por si acaso, dejó el teléfono sobre la mesa, para no cortar la conversación por error.

El silbido de la tormenta al otro lado de la ventana amplificaba el rumor en los oídos. Ese era el instante hacia el que se había encaminado toda su vida. Cuando Sten Sahlén empezó a hablar de nuevo, Henning miró a Peter a los ojos y comprendió que su hijo era muy consciente de lo importante que era aquel momento. El instante en el que Henning Bauer quedaría inscrito para siempre en los libros de historia, no solo en Suecia, sino en el mundo entero.

—Henning, me complace comunicarle que la Academia Sueca ha decidido concederle el Premio Nobel de Literatura este año. En breve le proporcionaremos más información acerca de todas las formalidades, y huelga decir que, hasta que se anuncie públicamente, esto debe restringirse al círculo más íntimo. —Una risita—. La mayoría de la gente sigue creyendo que no se lo comunicamos al premiado hasta que no aparezco por la famosa puerta de la Casa de la Bolsa.

Silencio. Lo único que oía Henning era el silbido del viento, el rumor de las olas y el sonido de su corazón. Peter estaba inmóvil, con las manos sobre los hombros de Max y William.

Henning respiró y se irguió un poco.

—Agradezco el honor —dijo—. Por favor, dígale a todos los miembros de la Academia que me siento muy honrado.

Cuando colgó, se quedó mirando el cursor, que aún seguía parpadeando en el documento en blanco. Luego apagó el ordenador.

—¿Está despierto el ojito derecho de su tía? —preguntó Erica cautelosa asomando por la puerta, que estaba entreabierta.

—¡Sí que está despierta! Entra —respondió Anna a voces desde el despacho del chalé de Falkeliden en el que vivía.

Erica se quitó el chaquetón y dejó las deportivas en el montón de zapatos que había en la entrada.

—¿Qué tal va la cosa?

Erica no pudo por menos de echarse a reír al ver a Anna delante de una mesa con una pila de planos, telas, herrajes y muestrarios de colores, y otra montaña igual de grande de juguetes.

—Tengo que entregar un plan de decoración dentro de dos días, pero aquí hay alguien que acaba de empezar a andar, y si cuando solo gateaba ya se subía a todas partes, ahora ya...

—¿De ahí el montón de juguetes?

Erica se puso a gatas y trató de localizar a su sobrina entre los juguetes que inundaban el suelo del despacho de Anna. La encontró detrás de un oso de peluche enorme, y Flisan reaccionó al verla con una sonrisa de oreja a oreja. Erica era la favorita de Felicia, o de Flisan, como la llamaban cariñosamente en la familia. Había nacido de forma prematura a los ocho meses, pero era la salud personificada y había demostrado ser la niña más alegre y activa del mundo. Ya casi habían olvidado el pánico que pasaron el día que Anna empezó a sangrar cuando aún estaba embarazada.

—Es como trabajar en medio de un tornado —suspiró Anna, y se levantó preocupada al ver el lío que tenía en la mesa.

—Yo me quedo con ella un rato, así podrás quitarte trabajo sin prisa —dijo Erica, y arrulló a Flisan, que en ese momento estaba entretenida tirándole a Erica de la nariz tan fuerte como podía.

—¿De verdad? Sería perfecto. —Anna soltó un lamento—. Es un cliente de los que exigen, y me está costando muchísimo tratar de rechazar todas las propuestas de cortinas con estampado de faros y cojines de caracolas.

—Pero ¿no era que el cliente siempre tenía razón? —dijo Erica, y le tiró de la nariz un poquitín a Flisan, que se rio de lo lindo.

—Qué va, qué va, ya te lo digo yo, en realidad el cliente tiene razón solo en contadas ocasiones.

Anna se rascó la melena de pelo rubio que ya le llegaba por debajo de los hombros, de modo que escondía cualquier rastro de las cicatrices que tenía en la cabeza después del accidente. A Erica le parecía que su hermana pequeña estaba radiante, a pesar de lo mucho que la oía lamentarse. Anna, que parecía haber estado perseguida por la desgracia durante tantos años, estaba en la actualidad felizmente casada con Dan, el amor de juventud de Erica. Con los hijos de sus anteriores matrimonios, habían formado una familia muy unida, y finalmente habían tenido una hija juntos, ante la que todos los hermanos competían por hacer carantoñas y mimos.

—¿Es que has estado haciendo ejercicio? —preguntó Anna con suspicacia al darse cuenta de que Erica llevaba unas mallas.

—Louise me ha convencido para que me sume a su *powerwalk* —dijo con un suspiro.

—Pues claro. Pues claro que era Lojsan la que quería salir a hacer deporte —dijo Anna, y Erica le sacó la lengua. Algo que a Flisan le pareció tan divertido que empezó a imitarla enseguida.

—Dime, ¿qué es lo que tienes en contra de Louise, exactamente? —dijo Erica antes de sentar a Flisan en el suelo.

—Bah, no es que tenga nada en contra de ella. Y ya sé que os caéis bien. Es solo que me parece que la familia Bauer es un poco estirada. ¿No viste a Henning en el programa literario Babel? ¡Por Dios santo! Más grandilocuente y revienta, vamos.

—No, me lo perdí —dijo Erica, y fue a la cocina a buscar la bolsa de ganchitos de maíz para ganarse a Flisan.

Estaba bien entrenada después de Noel y Anton, que siempre eran como dos terremotos que no podían estar en una habitación con muebles. Ya habían empezado a calmarse un poco, pero aún faltaba mucho para poder eliminar los pestillos de los armarios.

—Puede que yo sea hipersensible, o que sea un complejo que arrastro desde la época de Lucas. Todas aquellas cenas con gente

30

que se creía mejor que los demás, y que tenía la capacidad de hablarte y hacerte sentir… idiota.

—Louise no es así y lo sabes —dijo Erica mientras trataba de impedir que Flisan le metiera en la boca un ganchito de maíz masticado.

—Seguro que no. Pero de todos modos un poco finolis sí que son, reconócelo.

—Bueno, a Elisabeth y a Henning solo los he visto de pasada, igual que a sus hijos, por cierto. Pero los pequeños son un encanto. Max y William. Maja y William son inseparables; él la espabila y ella lo aplaca.

—El típico papel de las mujeres, aplacar el nervio de los hombres —masculló Anna revolviendo entre las pruebas que tenía en la mesa.

—Oye, ¿tú desde cuándo eres feminista? —preguntó Erica ladeando la cabeza mientras observaba a su hermana.

—No es preciso ser feminista para comprender que el mundo es injusto. No hay más que ver cómo lo tiene Emilie en el colegio. Los chicos, que siempre andan alborotando, obtienen toda la atención, mientras que las chicas tranquilas como ella apenas reciben ni el tiempo ni el interés del entorno.

—Ya lo sé, tienes razón —dijo Erica abriendo los brazos al ver que Flisan se le acercaba a toda velocidad para darle un abrazo—. ¡Ay, el ojito derecho de la tía! ¡Eres lo más bonito que hay!

—En fin, ¿cómo llevas el libro?

Anna alargó el brazo en busca de una caja de galletas escondida en uno de los armarios superiores. Galletas de avena, por supuesto. En la casa de su infancia no faltaban.

—Uf, no me hables de ese horror —dijo Erica, que le aceptó una galleta—. Estoy en plena sequía de ideas. No tengo ningún plan. Ninguno de los casos que he visto ha despertado mi interés. Incluso he revisado todos los volúmenes de la *Historia criminal nórdica*, con la esperanza de encontrar inspiración, pero nada. El editor me persigue para que le mande al menos una sinopsis de lo que tenga, pero no puedo escribir acerca de lo que no tengo.

Erica se sacudió para deshacerse de esa sensación tan desagradable.

—¿No podemos cambiar de tema? Me está dando ansiedad.

—Pues claro —respondió Anna con una gran sonrisa—. ¿Qué me dices de la cena de esta noche?

Colocó unos herrajes sobre una muestra de color, refunfuñó irritada, cambió los herrajes y probó con otra muestra, pero meneó la cabeza insatisfecha.

—Ven, vamos a tomarnos un café, el cerebro necesita un poco de descanso. Bueno, ¿qué me dices de la cena?

Erica se apoyó a Flisan en la cadera y fue detrás de Anna hacia la cocina.

—Pues va a ser… interesante. A Patrik le apetece lo justo, pero vamos a ir porque nos lo ha pedido Louise. Aunque es un poco raro, apenas conocemos a Elisabeth y a Henning.

—Ya, pero tú eres escritora, eso estará bien visto en su casa, ¿no? —dijo Anna dándole la espalda mientras ponía café en el filtro de una cafetera bastante vieja.

—No sé si la gente como Elisabeth y Henning considera que yo soy escritora. Mi estilo es demasiado fácil, y a la gente normal le gusta lo que escribo.

—Ya, qué disparate, vender muchos ejemplares debe de ser la peor pesadilla de un escritor fino.

Anna sonrió con ironía mientras ponía el agua en la cafetera.

—Supongo —dijo Erica—. Pero, bromas aparte, seguro que lo pasamos bien. La comida será exquisita y habrá buen vino, ya me lo ha dicho Louise.

—Pues ya está. Ah, mira, ahí viene Dan. Ha estado fijando bien el barco. Cuando termines con la renacuaja se la dejas a él. Tiene un par de horas para ejercer de padre.

Erica olisqueó la cabecita de Flisan. La pequeña estaba sentada en el regazo de su tía, que la había dejado jugar con el llavero. Una carta segura siempre.

—Cariño, cuando mamá se ponga imposible, siempre puedes acudir a la tía Erica, que es la estable, ya sabes, la protectora.

—Anda, que te den —dijo Anna al tiempo que le ponía una taza de café delante a su hermana mayor, aunque fuera del alcance de la pequeña.

Luego se inclinó y le dio un beso a Erica en la mejilla.

—Te quiero.

Erica tragó saliva. Anna siempre había sido muy tacaña con las muestras de afecto.

—Y yo a ti —le susurró a su hermana.

Vivian Stenklo dudaba. Por lo general, dejaba que Rolf lo decidiera casi todo, no le entusiasmaba tomar decisiones. Pero aquello era algo que ni comprendía ni le gustaba.

¿Por qué iba ella a quedarse en casa, solo porque él no quisiera ir? Era absurdo, ridículo por completo. Llevaba veinte años dejando que Rolf eligiera, adaptándose a sus programas, sus exposiciones, sus viajes, sus horarios. Cuando se conocieron ya sabía que él estaba acostumbrado a eso. Ester, su primera mujer, que había muerto un año antes de que Vivian y él coincidieran, se encargaba de toda la intendencia. Además, así era como Vivian había vivido antes de conocer a Rolf. Su exmarido era artista y su vida siempre había girado en torno a sus caprichos. Aquella forma de vida le resultaba familiar y le infundía, por tanto, una extraña seguridad.

Pero por lo general era capaz de apreciar cierta lógica en las ocurrencias de Rolf. En aquella ocasión, era de lo más raro. Y, además, ahora eran otros tiempos. Las costumbres de su generación estaban tan extinguidas como los dinosaurios, o al menos en vías de extinción. No tenía por qué adaptarse a ningún hombre. Podía tomar sus propias decisiones.

Vivian fue en busca del teléfono, que tenía en la sala de estar. La casita que habían alquilado en Sälvik era preciosa, pero estaba mal aislada y cualquier ráfaga de viento se notaba a través de las paredes, así que se cruzó bien la chaqueta.

—¿Louise? Hola, soy Vivian. Perdona que te moleste, seguro que estás muy liada, pero sé que Rolf ha declinado la invitación de esta noche en nombre de los dos... Ya, una lástima, pero pensaba preguntarte..., si no es mucha molestia... si podría ir a la fiesta yo sola... ¿Seguro? Ay, Louise, muchísimas gracias, eres muy amable... Ya, no, es que estábamos algo resfriados, pero yo estoy restablecida por completo y Rolf se las arreglará por una noche. Gracias de nuevo.

Después de colgar, a Vivian le pareció que aquella conversación había sido como una pequeña victoria. Un primer paso hacia la independencia. Iban a cambiar muchas cosas. Rolf había cambiado. Ya se había esfumado la alegría de vivir, todo aquello que hacía que los sacrificios de la vida con él merecieran la pena. Los últimos meses, un hombre amargado y sin ánimo había sustituido a su antiguo yo. Rolf empezaba a envejecer, y aquella no era la vida que ella quería.

Vivian se dirigió al armario para ver si se había llevado algún vestido de fiesta. En el peor de los casos, tendría que darse una vuelta por Uddevalla.

EL VELERO *ELISABETH II* se balanceaba con fuerza cuando Louise Bauer iba a atracar en el muelle. La vieja embarcación de madera estaba en buenas condiciones, la habían cuidado bien a lo largo de los años, pero, a pesar de todo, crujía de un modo un tanto inquietante en medio del oleaje. A ella no le daba miedo;

era una experta y había visto temporales peores. Ahora bien, después de navegar de Fjällbacka hasta Skjälerö, había acabado empapada. Tendrían que ir en un barco taxi a la fiesta, de lo contrario llegarían en un estado lamentable.

Cuando bajó a tierra, amarró el barco con un buen nudo de batelero y puso rumbo a las casas. Sus padres, Lussan y Pierre, se habían lamentado de que Louise no hubiera ido a verlos cuando llegaron a Fjällbacka, pero ¿acaso había tenido tiempo? Con todos los cambios de última hora relacionados con la fiesta, y con todo lo que debía estar pendiente. La llamada de Vivian la irritó, pero procuró que no se le notara en la voz. Avisar tan tarde de que iría a la fiesta ponía en peligro su minuciosa distribución de los invitados, pero enseguida decidió resolverlo de la manera más sencilla posible, colocando a Vivian en uno de los extremos de la mesa, al lado de Erica y Peter. De todos modos, vaya descaro. Además, era un tanto raro que Rolf no asistiera. Ni por un momento se tragó la excusa de que no se encontraba bien; había dicho que no en cuanto recibió la invitación, y sin una bola de cristal, habría sido imposible para él saber si estaría o no enfermo para ese día. Y eso que Rolf era uno de los amigos más antiguos de Elisabeth y Henning.

Las rocas estaban resbaladizas y estuvo a punto de caerse, pero enseguida recuperó el equilibrio. Había luz en su casa y también en el edificio principal, donde vivían Elisabeth y Henning. En la casa de Rickard y Tilde las luces estaban apagadas. Aún estarían durmiendo, como siempre. A veces no se levantaban hasta mediodía, algo que ella sabía que sacaba de quicio a Henning.

Empezó a andar hacia su casa, pero cambió de idea y se encaminó al edificio principal. Como de costumbre, entró sin llamar, así hacían siempre en la isla, y los llamó una vez dentro.

—¿Hola?

—¡Louise, Louise, ven aquí! Estamos en el despacho.

La voz alterada de Elisabeth le impactó enseguida, y Louise se quitó a toda prisa el impermeable mojado y los zapatos. Ella hablaba siempre con voz queda y serena. Solían bromear diciendo que era como los dibujos esos de un pato que flota tranquilo en la superficie, mientras patea febrilmente bajo las aguas. Así que ese tono de voz indicaba que había ocurrido algo importante.

Cuando llegó al despacho, Elisabeth y Henning estaban sentados cada uno en su sillón, con una botella de champán y dos copas en la mesa. Henning se levantó enseguida. Tenía la cara roja, lo que contrastaba mucho con el blanco plateado intenso del pelo, y fue a buscar otra copa de champán, que le ofreció a Louise con mano temblorosa.

—¿Os habéis adelantado con la celebración? —dijo Louise aceptando la copa, que ya estaba llena. Se fijó en la botella, un Henri Giraud, que valía casi treinta mil coronas.

—Siéntate. Tenemos una gran noticia que darte.

A Elisabeth le brillaban los ojos, y le señaló la única silla libre, la silla de trabajo de Henning.

—A ver, ¡tenéis que contarme ya lo que ha ocurrido! Me muero de curiosidad.

Louise tomó un sorbito discreto de champán. Estaba rico, pero no hacía honor al precio.

Elisabeth miró triunfante a Henning. Luego a Louise. Señaló con un gesto imperceptible de la cabeza a Henning, que tomó aire.

—Me han llamado.

—¿Te han llamado? —preguntó Louise, aunque ya se imaginaba a qué se refería. Apretó la mano alrededor de la copa.

—Sí, me han llamado —dijo Henning felicísimo—. Soy el Premio Nobel de Literatura de este año.

Todos callaron unos instantes. Luego se quebró la copa de Louise y se rompió el silencio.

—¿Cuándo crees que podremos volver a casa? —le susurró Patrik a Erica cuando llegaron a la puerta del Stora Hotel.

Durante un rato pareció que la tormenta amainaba, pero ahora las olas volvían a azotar la costa. Erica casi podía sentir el sabor a sal en el aire. Mandó callar a Patrik y lo apremió para que entraran antes de que el viento le deshiciera el peinado. Él siguió protestando para sus adentros mientras se quitaban los abrigos, pero al final ella logró que dejara de tirar de la corbata. «Si supiera lo guapísimo que está esta noche…», pensó Erica.

—Si no me equivoco, Louise te ha asignado una compañera de mesa encantadora —dijo—. Y mira lo bonito que se ve todo. Va a ser una noche de primera.

Al parecer, la americana también le resultaba incómoda, porque Patrik se retorció con cara de disgusto y se limitó a echar una ojeada a las mesas ya montadas en el salón iluminado.

—¿Les has dicho a Anna y a Dan que avisen si los niños se ponen imposibles?

El tono esperanzado de su voz resultaba del todo transparente.

—No van a llamar. Y podremos disfrutar de una noche sin niños y de una mañana sin niños, para poder dormir. No lo olvides. Ya no me acuerdo de cuándo fue la última vez.

—Es verdad —dijo Patrik, y le pellizcó a Erica el cachete con discreción—. Y sé cómo podemos utilizar todo ese tiempo…

—¿Durmiendo? —respondió ella con un guiño. ¡Cómo quería a aquel hombre!

Lo besó en la mejilla y señaló el plano de distribución de los invitados, que estaba en la pared, junto a la entrada.

—Mira, tienes el mejor sitio, al lado de Louise.

Patrik la miró aliviado, y Erica señaló su nombre.

—Y yo estoy en la mesa contigua, entre Peter, el marido de Louise, y Ole Hovland.

—A Peter sí lo conozco, pero ¿quién es Ole Hovland? —dijo Patrik mirando hacia la mesa de Erica, donde ya estaba sentado un hombre con traje oscuro y el pelo negro engominado y peinado hacia atrás.

—Es el marido de Susanne Hovland, que es miembro de la Academia Sueca. Son muy amigos de Elisabeth y Henning. Junto con Rolf Stenklo, ya sabes, famoso por las fotografías que hace de la naturaleza. Dirigen un… ¿Cómo diría…? Un club cultural. En Estocolmo. Se llama Blanche. Todos los representantes de la alta cultura se reúnen allí. O sea, a mí nunca me invitarán… Y va a ser muy entretenido tenerlo de compañero de mesa. Igual necesita las sales aromáticas cuando se entere de que le ha tocado al lado de una representante de la baja cultura como yo.

—¿A ti te importa? —dijo Patrik, y ayudó a Erica para que no perdiera el equilibrio al bajar los peldaños con aquellos tacones tan altos.

—Ni pizca —dijo Erica, y le dio un apretón en el brazo—. En realidad, lo encuentro muy entretenido.

—Pues nada. Pásalo bien —la animó él antes de encaminarse a su mesa.

Louise repiqueteó en la copa y pidió a todos que ocuparan sus puestos.

—¡Hola, Erica!

Peter le retiró la silla y le dio la bienvenida con una amplia sonrisa. Erica volvió a recordar lo bien que le caía el marido de Louise.

Ole se giró hacia ella con altivez cuando vio que se sentaba, y solo después de haberla analizado con descaro de pies a cabeza, le tomó la mano, la besó y le dijo con un acento noruego inconfundible:

—*Enchanté.*

Erica contuvo la risa. Aquella iba a ser una noche muy interesante, no cabía duda.

ELISABETH BAUER ECHÓ un vistazo a la sala. Allí habían celebrado la fiesta de su boda hacía cincuenta años. Aquella noche también hubo tormenta, y todo estaba igual de bonito, con los manteles blancos, el aleteo de la luz de las velas, la decoración de ramos de rosas color rosa claro y un montón de invitados vestidos de etiqueta.

Miró a Henning, que tenía al otro lado a Lussan, la madre de Louise. Estaba tan increíblemente feliz... Hablaba en voz alta, gesticulaba y reía tanto que sus carcajadas resonaban en la sala, y Lussan cayó, como siempre, rendida ante su encanto. En ese momento, Elisabeth comprendió que todo había valido la pena. Incluso lo difícil, incluso lo hiriente, incluso aquello que a veces la hundía tan profundo que jamás creyó que volvería a salir a la superficie de nuevo.

Buscó la mano de Henning bajo la mesa. Él la correspondió. Acarició con el pulgar la superficie ahora cubierta de manchas. Qué jóvenes eran aquella noche de hacía cincuenta años... Qué ingenuos. Qué poco preparados para los planes que la vida tenía para ellos.

Pero allí estaban ahora, en una sala llena de familiares, amigos y colegas, esa flora abundante que conformaba la vida de los dos. Muchas de aquellas caras que la rodeaban habían envejecido. Eran personas a las que habían conocido en su juventud, y que en la actualidad ni siquiera estaban en la mediana edad. Henning estaba a punto de cumplir ochenta, y ella, setenta. Pero esa noche precisamente, su vida le parecía rica, digna de cada arruga de dolor, de cada curva de la espalda.

Apretó la mano de Henning y la soltó enseguida. Alguien hizo tintinear una copa. Oscar Bäring. Un buen amigo, pero también uno de los escritores que ella se había pasado décadas publicando. A lo largo de los años, había ganado numerosos premios literarios muy distinguidos. Todos, en principio, salvo aquel que pronto otorgarían a su marido. Cuando Oscar carraspeó un poco para comenzar su discurso, que, sin duda, sería largo, volvió a sentir en el pecho un estallido de felicidad. Y no solo de felicidad. De triunfo. Porque eso era en el fondo aquella velada: un triunfo.

Los invitados seguían parloteando y Oscar volvió a carraspear más fuerte, con un punto de irritación. Cuando por fin se hizo un silencio absoluto, desplegó el folio que llevaba y empezó a hablar:

—¡Henning! Como dijo Thomas Mann: «Los libros son los vasos sanguíneos del alma». Nadie personifica esa frase mejor que tú. Llevas cerca de cuarenta años enriqueciendo nuestra alma con tus obras. Tu homenaje a la mujer ha volado a todos los países del mundo, la han leído, la han comentado, la han estudiado y alabado en incontables idiomas…

Elisabeth tomó un buen trago de vino. Adoraba a Oscar. Pero un discurso suyo sin vino sería imposible de soportar.

Ya se acercaban al primer plato y Patrik Hedström se estiraba del cuello de la camisa cada vez más frenéticamente. Louise, su compañera en la cena, no había pasado mucho tiempo a la mesa, pero la mujer que tenía al otro lado se volvió hacia él, puesto que su acompañante se centraba sobre todo en el vino.

—Venga, hombre, quítate la corbata —le dijo con una sonrisa.

Se llamaba Patricia Smedh y, al parecer, escribía novelas que se vendían bastante bien y que además recibían los elogios de la crítica. «Pero no llego ni de lejos a las ventas de tu mujer», le confesó.

—En esta compañía no pienso quitarme nada —dijo Patrik, que se soltó un poco la corbata de todos modos, antes de tomar un trago de vino. No se atrevía a pensar cuántas copas llevaba.

—Elisabeth no tendría nada en contra —dijo Patricia sonriendo aún más, y las finas arrugas que le enmarcaban los ojos se acentuaron un poco—. Aunque Henning siempre ha sido algo más… correcto.

—Elisabeth es la editora de Henning, ¿no?

Patrik hizo memoria de lo que Erica le había contado ese mismo día. Adoraba a su mujer, admiraba su profesión, pero cuando empezaba a hablar de asuntos relacionados con los libros y con el mundo editorial, él desconectaba, en honor a la verdad.

—Sí, Elisabeth es una editora legendaria. Su familia puso en marcha la editorial Bauer solo unos años después de la fundación de la editorial Albert Bonniers. Ella ha sido la editora de Henning desde el principio y, cuando se casaron, adoptó el apellido de ella.

Patricia tomó un sorbo de vino. Apenas lo había tocado con los dos platos que llevaban hasta el momento. Parecía limitarse más bien a beber agua.

—Debe de ser difícil. Me refiero a lo de trabajar juntos, ¿no? —preguntó Patrik con curiosidad.

—Bueno, a ellos les ha funcionado. Es obvio —dijo Patricia encogiéndose de hombros.

De pronto, Patrik notó una mano que le acariciaba la nuca. Erica volvía a su mesa después de haber ido a los servicios y, a juzgar por el aliento y el paso tambaleante con el que caminaba, dedujo que también ella había bebido bastante vino. Suerte que no tenían que madrugar al día siguiente.

—¿Has atendido bien a mi marido? —preguntó Erica al tiempo que le revolvía el pelo a Patrik.

—Es un encanto. —Patricia sonrió—. Da gusto vernos en tu tierra por una vez, en lugar de en esta o aquella feria del libro. ¿Qué tal te va a ti con Ole?

Erica cerró los ojos con frustración.

—Tiene intención de enseñarme a escribir y que alcance el máximo de mi potencial en lugar de dar margaritas a los cerdos.

Patricia se rio bajito.

—Todo ello mientras aprovecha para ponerme la mano en el muslo —continuó Erica.

—¡Qué demonios! —Patrik estuvo a punto de levantarse.

Erica apoyó las manos en sus hombros y le dio un beso en la mejilla.

—Puedo manejarlo, cariño, es casi entretenido.

Se sonrieron, y él paseó la mirada por la sala.

—Oye, ¿quiénes son los que están al lado de Henning y Elisabeth? Ella parece sentada sobre una horca, y él, alguien de la revista *Fincas y granjas*.

—Tu capacidad de observación, aunque prejuiciosa, no anda muy errada —murmuró Erica—. Son los padres de Louise, Lussan y Pierre. Él es el heredero de la mayor hacienda de Escania, con todo lo que ello implica, y llevan casados desde que eran jóvenes.

—¿La revista de cotilleos de la peluquería? —preguntó Patrik con una sonrisa burlona.

Erica resopló.

—Pues no, me lo ha contado Louise. Que sepas que solemos hablar mientras paseamos. En fin, creo que ya es hora de que vuelva con el pegajoso de mi compañero de mesa. Veo que el menor de los hijos va a dar un discurso.

Patrik se quedó mirando a Erica mientras se alejaba. La suya era la mujer más guapa de todas las que había ahí esa noche, de eso no cabía duda. Y mañana podrían quedarse en la cama hasta tarde…

Un tintineo contra una copa reveló que Erica tenía razón. Otro discurso. Patrik había perdido la cuenta en torno al duodécimo. Encima, la mayoría eran largos.

—¡Bienvenidos todos!

El que se había puesto de pie era un hombre de unos cuarenta años. Patrik tenía un vago recuerdo de que Erica le había comentado en su día que se llamaba Rickard. Su primera impresión fue que se trataba de un pijo recalcitrante. El pelo peinado hacia atrás, un Rolex bien visible y pinta de enterado. Además, era obvio que había bebido de más. Se tambaleó al levantar la copa y trató de fijar la vista y centrarse en los homenajeados, que eran sus padres.

Sostenía en alto dos sobres.

—Tengo aquí dos discursos diferentes. Elige uno de los dos, papá…

Rickard se rio de buena gana de su propia broma, antes de arrojar ambos sobre la mesa.

—No, hombre, no, tranquilo. Y sé que es la noche de los dos, de mamá y tuya. Solo que pensaba empezar por ti, papá. No es que hayas sido muy buen padre que digamos…

A Patrik se le atragantó el vino y miró con horror al hombre del pelo repeinado. ¿Cómo iba a acabar aquello?

Henning cruzaba los puños bajo la mesa. Rickard. Siempre Rickard. Desde que era pequeño, era como si quisiera destruir todo lo que se le ponía por delante. No como Peter, que siempre lo hacía todo bien.

Henning echó una ojeada a su hijo mayor. Peter parecía tan enfadado como él mismo. En la mesa de los niños estaban Max y William, con las corbatas de rayas azules y blancas que habían elegido juntos unas horas antes. Los dos escuchaban a su tío con los ojos como platos.

Elisabeth le puso la mano a Henning en el muslo. Él nunca había logrado comprender su debilidad por Rickard. Era su ojito

43

derecho, se lo perdonaba todo y siempre le daba una nueva oportunidad.

—¿Será que ha bebido de más? —le susurró a su marido, que se inclinó hacia ella.

—Está poniéndose en ridículo —le respondió él igual de bajito—. Está poniéndonos en ridículo.

Con el rabillo del ojo vio la expresión horrorizada de Lussan, y sintió vergüenza. Sabía lo cuidadosos que eran con la etiqueta los padres de Louise, y en los círculos en los que ellos se movían, un comportamiento como aquel era sencillamente inaceptable.

—Seguro que mañana se disculpa.

Elisabeth le presionó el muslo más aún. Henning apretó los dientes. Le hubiera gustado levantarse, agarrar a su hijo menor por el cuello de la camisa y sacarlo de allí, pero en ese momento todos los ojos estaban puestos en ellos. Y en ese momento su responsabilidad era mucho mayor. Ahora no solo era Henning Bauer el escritor. No solo Henning Bauer, marido y padre. Pronto sería Henning Bauer, Premio Nobel de Literatura. No podía permitirse montar una escena. Así que mientras su hijo le arrebataba el honor y la gloria tambaleándose y con los ojos empañados por el alcohol, Henning se limitó a sonreír con frialdad. Y, cuando terminó el discurso, después de mucho más tiempo del necesario, él fue el primero en aplaudir.

—¡Madre mía! —exclamó Erica mirando a Ole.

Ya habían tomado el postre y la sala empezaba a vaciarse de gente. Muchos de los invitados se hospedaban en el hotel, y habían subido a cambiarse antes del baile, a empolvarse la nariz o sencillamente a recobrar el resuello después del discurso de Rickard. El ambiente estaba algo revuelto y Peter acababa de disculparse para ir a hablar con sus padres.

—Hasta en las mejores familias... —dijo Ole arrastrando las palabras, antes de hacer una seña a una de las camareras para enseñarle el vaso de whisky vacío.

Vivian Stenklo se le acercó un poco. No había dicho gran cosa durante la cena, pero era evidente que el discurso del joven Bauer la había alterado.

—Rickard ha sido siempre la oveja negra —dijo—. A todas horas anda pidiéndole dinero a Elisabeth. Vive muy por encima de sus posibilidades, pasa de un trabajo a otro, trabajos que siempre le busca Elisabeth, por cierto, cuando no se le ocurre poner en marcha algún negocio en el que le pide que invierta y que luego se hunde, claro. Si Rolf hubiera estado aquí, le habría dado un tirón de orejas.

—Sí, qué lástima que no haya podido venir —dijo Erica.

Al ver que Vivian bajaba la mirada, añadió conciliadora:

—Aunque, claro, comprendo que tiene mucho que preparar con vistas a la exposición. Me he enterado de que va a exponer en la galería de enfrente, y estoy deseando verlo. Desde luego, sus fotografías son únicas. ¿Cuál es el tema esta vez? ¿Borneo? ¿La Antártida?

—La verdad es que no lo sé —se sinceró Vivian—. Según él, se trata de una mirada al pasado. Y, a propósito del pasado de Rolf, hay un misterio en el que quizá te interesaría indagar. Un misterio en torno a un crimen...

La miró con una sonrisa cómplice mientras se ponía de pie.

—En fin, voy a retocarme un poco. Me he permitido del lujo de reservar habitación esta noche, así no tengo que despertar a mi marido cuando llegue a casa a altas horas de la madrugada. Pero pásate por la galería esta semana, seguro que él te lo cuenta con más detalle.

—Desde luego. Gracias —dijo Erica.

¿Qué acababa de decir Vivian? ¿Un misterio en torno a un crimen?

Ole, que no parecía haber prestado atención a lo que acababa de decir Vivian, interrumpió sus pensamientos.

—¿Sabes qué? —dijo arrimándose más aún a Erica.

Se había pasado toda la cena acercándosele más de la cuenta. En ese momento, alargó el brazo alegremente en busca del vaso de whisky que acababan de servirle, para tomar un buen trago antes de continuar.

—¿Sabes que a Henning le van a dar el Nobel de Literatura?

Ole la miraba con malicia mientras se humedecía los labios. Una vez más, trató de abrirse paso con las manos por debajo de su falda y, una vez más, ella las apartó.

—¿Y tú cómo lo sabes?

Erica no se tomó muy en serio aquel comentario de borrachín. Los Dieciocho guardaban con celo el secreto de quién recibiría el Premio Nobel de Literatura, eso lo sabía todo el mundo. Era cierto que habían corrido rumores de filtraciones y demás, pero ella no les había dado importancia. A la élite cultural sueca le encantaban los cotilleos.

Ole no respondió enseguida, sino que tomó otro trago. Pronto habría apurado el vaso entero. Entonces se giró un poco y señaló a su mujer, que estaba sentada en el extremo de otra mesa. Susanne Hovland era una mujer de una belleza extraordinaria. El pelo negro como la noche, los pómulos altos y una piel clara perfecta realzada por el vestido color lila intenso que se había puesto para la velada.

—Susanne me lo cuenta todo. Entre nosotros no hay secretos. Me quiere.

Alargó el brazo en dirección a la mujer y estuvo a punto de arrasar con todas las copas que tenía cerca.

—Se lo han comunicado hoy —dijo Ole con una risita.

Apuró el whisky y reclamó la atención de la camarera. Bajó la mano, que fue a parar de nuevo sobre el muslo de Erica, por donde empezó a subir enseguida. Pero Erica estaba harta. Se levantó y, bolsito en mano, le dio las gracias y se despidió. Ole se quedó mirándola pasmado mientras ella se alejaba.

Mientras se dirigía a los servicios, miró de reojo a Henning, que estaba enfrascado en una seria conversación con Peter. ¿Sería verdad? Resopló y meneó la cabeza. Desde luego que no. No había filtraciones de Los Dieciocho.

A ROLF LE dolía todo el cuerpo, pero al fin estaba satisfecho. Había perdido la cuenta de cuántas veces había cambiado de sitio las fotografías. Bueno, de los marcadores que las representaban, pero seguro que cientos de ellas. No era nada insólito, se trataba del proceso habitual en él. Pero nunca había sido tan importante como en esa ocasión. Tenía que conseguir que quedara perfecto.

Se colocó de espaldas a la puerta. Trató de meterse en el papel de visitante y de mirar las fotografías como si las viera por primera vez. Se puso a caminar despacio a través del local de exposiciones, deteniéndose delante de cada marcador, tal como harían los visitantes de la galería. Se imaginaba para sus adentros la fotografía. Su objetivo era que todas proporcionaran al espectador la misma sensación que él había experimentado al hacerlas. De ahí que el orden fuera tan importante. Solo los aficionados colgaban sus imágenes de cualquier manera. La impresión solo podía ser una.

El rumor y la música del hotel llegaban hasta la galería. Rolf se lo imaginaba. Elisabeth y Henning vestidos de fiesta, los dos satisfechos de ser el centro de la celebración. Ole, seguramente ya como una cuba y siendo un pesado, y Susanne, que no le quitaría la vista de encima a su marido. Vivian, que se lo estaría pasando bien, o eso esperaba él, al tiempo que pensaba con cierta rabia de vez en cuando en su marido.

La relación entre ambos precisaría de bastante amor y consideración con el otro cuando terminara la exposición, era muy consciente. Nunca había querido entristecerla ni enfadarla. Solo que así se habían desarrollado las cosas. La quería. No como había querido a Ester, porque a ella la llevaba en la sangre, mientras que Vivian y él eran más bien como dos cuerpos celestes en la misma órbita, dando vueltas alrededor de un sol común: sus obras de arte. Pero él sabía que Vivian estaría disponible si la necesitaba. Y la iba a necesitar.

Unos toquecitos en la puerta lo arrancaron de sus pensamientos. Acababa de colocar la fotografía que había llamado *Culpa* debajo del marcador correspondiente. Era la más importante de toda la exposición, y el lugar que ocupara era fundamental.

Fue a abrir, aunque contrariado. No le gustaba que lo molestaran cuando se encontraba en pleno proceso, pero los golpes en la puerta eran apremiantes.

—Hombre, hola —dijo al abrir—. ¿Qué haces aquí?

Dicho esto, se apartó a un lado para dejar paso a la visita.

—¿Puedo bailar contigo luego?

William tiraba de la falda de Erica mientras levantaba la vista hacia ella esperanzado.

A Erica casi se le derrite el corazón.

—Por supuesto. Será un honor. Creo que el primer baile debe ser nuestro, ¿qué me dices?

—Es que se lo he prometido a Louise —dijo William angustiado, pero luego se le iluminó la cara—. Pero el segundo puede ser tuyo, ¿no? El segundo es casi tan bueno como el primero.

Erica se agachó para poder mirar a William directamente a los ojos.

—No se lo digas a nadie, pero en realidad a mí me parece que el segundo es mejor. Durante el primero uno no sabe muy bien cómo hacer, va un poco inseguro y atolondrado. El segundo es totalmente distinto. ¡Ese es el nuestro!

—¡Genial! —exclamó William feliz, y se alejó corriendo.

Erica se levantó y se encontró con la mirada risueña de Peter.

—Yo creo que has conquistado el corazón de mi hijo.

—Es adorable. —Erica desplegó una amplia sonrisa—. Maja y él son muy buenos compañeros de juegos. Deberías verlos. Están en la misma onda.

—Bueno, por lo que tengo entendido, Maja surte en él un efecto calmante. En casa es un torbellino.

—¿No me digas? —respondió Erica riendo—. Es una faceta que no he visto, así que puede que tengas razón. Maja infunde serenidad a quienes la rodean.

—Una cualidad estupenda —dijo Peter apoyándose en una columna que había en el centro de la sala. Erica estaba de acuerdo, pero no conseguía olvidar lo que le había dicho Anna de que todo el mundo esperaba que las chicas se encargaran de que los chicos se comportaran.

A su alrededor estaban desplegando una actividad febril para convertir el local en una sala de baile, pero los grupos de invitados eran más escasos y ya no hacía tanto calor allí. Erica respiró hondo y se alisó el cuerpo del vestido.

—Cecily era igual —continuó Peter observando con ternura a William, que charlaba con la banda de música mientras gesticulaba de forma exagerada—. Ella sabía mantener la calma en cada situación, y tenía una energía y una estabilidad que todos notaban. «Armónica», creo que es la palabra que la describía. Cecily propagaba la armonía a su alrededor.

—¿Los chicos la echan mucho de menos?

Como de costumbre, a Erica se le encogió el corazón al pensar que William y Max habían perdido a su madre.

—Sí. Y yo trato de que se permitan echarla de menos. Hablamos mucho de ella, vemos fotos y películas en las que ella aparece. Siempre está con nosotros. Y Louise ha mostrado una actitud fantástica al respecto.

—No siempre será fácil, supongo —aventuró Erica.

—¿Vivir con un fantasma? Pues no, no mucho —dijo Peter. Tamborileó con los dedos sobre la copa de vino que tenía en la mano—. Pero Louise es lo bastante inteligente para comprender que son dos cosas distintas. Que los niños y yo echemos de menos a Cecily no tiene nada que ver con nuestro amor por Louise.

—¿Tenéis contacto con los padres de Cecily, los abuelos maternos?

—Por desgracia, murieron antes de que nacieran los chicos. Y, si te soy sincero, Lussan y Pierre no son muy buenos sustitutos, que digamos.

Hizo amago de sonreír, y Erica y él intercambiaron una mirada de comprensión mutua.

—Entiendo a qué te refieres. No son precisamente las personas más cariñosas que he conocido.

—Sentarse en el suelo a jugar con los nietos no va con ellos. Tienen otra forma de ver las cosas, y yo creo que la infancia de Louise en esa mansión mastodóntica de Escania fue algo peliaguda.

—Bueno, parece que le ha ido bien a pesar de todo. —Erica alzó la copa hacia Louise, que acababa de entrar en la sala con gesto estresado.

—La gente se ha dispersado por todos los rincones del hotel, no sé cómo vamos a traerlos de vuelta cuando empiece el baile —dijo cuando llegó adonde se encontraban—. Rickard se ha enfadado y se ha encerrado en su habitación, y Ole está como una cuba y se ha dormido en la escalera, así que he tenido que despabilarlo. Ay, cariño, la próxima vez que tus padres me pidan que organice algo así, pégame un tiro.

—Anda ya, yo sé que en realidad te encanta —dijo Peter, y la besó en la mejilla—. Poner orden en el caos. La fiesta es un éxito. Olvídate de Rickard. Mi madre lleva mimándolo toda la vida, así que ahora, que se atenga a las consecuencias.

—Tienes razón —dijo Louise con un suspiro—. Ahora pienso disfrutar el resto de la noche. Ya tengo el primer baile apalabrado con el caballero más elegante de la fiesta.

—Ya me he enterado, sí —respondió Erica—. Yo he tenido que conformarme con el segundo.

—*You snooze, you lose* —dijo Louise con una amplia sonrisa.

Se dirigió a la banda para hablar con ellos, pues ya parecían dispuestos a empezar. Rodeó a William con el brazo.

—Cuando Dios cierra una puerta, abre una ventana —recitó Peter, y siguió a su mujer con la mirada—. Louise es mi ventana. Y la de los chicos. Puede que sea una forma un poco cursi de decirlo, pero en mi caso, es cierto. Y eso que ni siquiera soy creyente.

Erica no respondió. Se limitó a darle un apretón en el brazo. Sabía que él no era el único que había tenido suerte. Era obvio que Louise también podía considerarse afortunada.

Fue en busca de Patrik. El primer baile era suyo. Quisiera él o no.

Domingo

Pronto. Muy pronto, Fanny Klintberg podría dejar aquella mierda de sitio. Guardaba cada céntimo que conseguía en todos los trabajos basura que hacía para poder largarse. Dieciocho años en Fjällbacka, ya estaba bien. Inviernos interminables con no más de mil habitantes, donde todo el mundo lo sabía todo de los demás y donde a nadie se le permitía destacar. Luego, en verano, turistas engreídos que llegaban y se creían que eran los dueños del lugar y que podían comportarse de cualquier manera.

Fanny sacó los útiles de limpieza del maletero del viejo Fiat que le habían regalado sus padres al cumplir los dieciocho años. No era un coche de lujo, desde luego, pero a ella le encantaba aquel automóvil rojo, porque al menos le daba algo más de libertad.

Después de comprobar que lo tenía todo, cerró el maletero, soltó un suspiro y metió la mano en el bolsillo en busca del llavero con las llaves de los lugares que limpiaba. Cuando estuviera en Bali, no limpiaría nunca nada. Salvo su bungaló, en todo caso. Trabajar en un bar, ese era su plan. Ya había empezado a aprender a preparar combinados por internet. Y había visto esa película de hacía mil años, *Cocktail*, que tanto le gustaba a su madre, porque, por alguna razón, estaba colada por aquel tío raro que estaba en una secta y que hacía de protagonista.

Abrió la puerta y colocó el cubo y los productos de limpieza como tope para así poder meter la aspiradora. Aquel era un trabajo relativamente sencillo. El local de la galería casi siempre estaba vacío, sin un montón de trastos que levantar, limpiar o esquivar. Arrastró la aspiradora, sin olvidar el cubo y todo lo demás, lo que hizo que la puerta se cerrara de golpe. Luego se dio la vuelta.

Y dejó escapar un grito.

—¿TIENES GANAS?

Patrik tenía la voz ronca. Se sentía como si tuviera un felpudo en la boca.

—No.

La voz de Erica, desde su lado de la cama, no dejaba lugar a dudas acerca de la sinceridad de su respuesta.

—Vaya mierda. ¿Será por eso por lo que ya no salimos nunca de fiesta?

—Eso y tres niños pequeños —se lamentó Erica volviéndose hacia él.

Patrik arrugó la cara al notar la vaharada de aliento. Luego la arrugó aún más al pensar que, seguramente, el suyo no olería mucho mejor.

—No sé en qué estaría pensando al beber como he bebido —dijo Patrik sin poder levantar la cabeza del almohadón.

—En mi caso, la culpa la tiene Ole. Se había propuesto emborracharme, sin duda. ¿Cómo hemos llegado a casa? ¿A pie?

Patrik rebuscaba en la memoria. No encontró ni rastro de la vuelta a casa. Pero allí estaban. Y, además, metidos en la cama.

—¿Cuándo tenemos que recoger a los niños? —preguntó aclarándose un poco la garganta. Tenía en la voz un tono de fumador un tanto interesante.

—Dijimos que a las once. Pero creo que voy a tener que pedirles a Dan y a Anna unas horas más de margen.

Erica se subió un poco más el edredón hasta la barbilla. Chasqueó los labios y buscó a tientas la botella de agua que siempre tenía en la mesilla de noche. Se bebió la mitad antes de pasársela a Patrik, que la aceptó agradecido.

—Estoy mayor para estas cosas —dijo tratando de localizar algún punto de la cabeza donde no le doliera.

—De todos modos, ha sido una noche estupenda —dijo Erica—. Quizá no lo bastante lograda como para justificar este dolor de cabeza, pero, aun así...

—Estoy de acuerdo, pero ha sido sobre todo por mis compañeros de mesa y el discurso a lo Norén del hijo del homenajeado.

—¿Cómo? ¿Metes a Norén en la conversación? ¿Llevo años casada con un intelectual sin saberlo?

Erica le sonrió con la cara enmarcada en aquellos rizos rubios, y Patrik constató que incluso con una resaca monumental, su mujer seguía teniendo un atractivo irresistible.

—Yo siempre he sido de lo más intelectual —dijo al tiempo que conseguía apoyarse en los codos y elevar un poco el torso—. Solo a los escritores comerciales como tú les cuesta entender mi grandeza.

Un cojín salió volando, le dio en la cara y todo empezó a tambalearse a su alrededor. Cuando se recuperó, se vengó haciéndole cosquillas a Erica. Poco a poco, empezó a recobrar la energía y pensó que, si se tomaba un par de analgésicos, no tardaría en sentirse sobrio.

Cuando empezó a sonar el teléfono que estaba en la mesilla de noche, se planteó por un instante no contestar.

—Podrían ser Anna y Dan —dijo Erica incorporándose sobre un codo de modo que el edredón resbaló y dejó un pecho al descubierto.

Después de quedarse mirándola unos segundos, Patrik echó mano del teléfono, muy a su pesar.

—No son Dan y Anna, es del trabajo.

Se aclaró la garganta un par de veces antes de responder.

—Soy Patrik. Pero ¿qué dices? De acuerdo, ¿dónde? Voy enseguida. ¿Están ya en camino los técnicos? Muy bien, pues allí los espero.

La resaca se había esfumado, Patrik retiró el edredón y se levantó de la cama.

—¿Qué ha pasado? —preguntó Erica mientras se incorporaba despacio.

Patrik se puso los vaqueros y una camiseta, lo primero que logró rescatar de la pila de ropa que había en la cama, y empezó a buscar los calcetines.

—Han encontrado un cadáver en la galería de Galärbacken.

—¿Un cadáver? ¿Es Rolf? ¿Vivian?

Erica empezó también a vestirse. Le lanzó a Patrik un par de calcetines negros.

—Es todo lo que sé por ahora. La limpiadora ha encontrado un cadáver esta mañana. Era Annika la que llamaba. Voy directo hacia allí. ¿Te encargas de los niños?

—Yo me encargo, sí —dijo Erica, y se puso una sudadera—. ¡Mantenme informada! —gritó mientras Patrik se alejaba, pero era tarde.

La puerta ya se había cerrado.

Estocolmo, 1980

LOLA OYÓ QUE Pytte se levantaba despacio para no despertarla. Había vuelto tarde del trabajo, más tarde de lo habitual, y le pesaban tanto los párpados que no era capaz de abrirlos. Pero el ruido de los piececillos de Pytte avanzando de puntillas por el suelo de madera hacia la cocina le arrancó una sonrisa.

Lola se preguntaba a menudo si Pytte sabía que ella era todo su mundo. Pytte era la luz que se filtraba por las cortinas blancas de la ventana. Era el sonido de la grava bajo los pies tras un largo invierno.

Lola se estiró en la cama. La noche había sido movidita en el Alexas. Varios hombres habían llegado al local borrachos y enfadados, y se habían puesto a armar bronca. Por suerte, no ocurría a menudo. El club era un lugar maravilloso. A ella le encantaba trabajar allí y formar parte del grupo. Sentirse querida. Así de sencillo. Eso valía por todo lo demás. Los hombres de la noche anterior no daban más de sí. Eran ignorantes. Limitados. Insignificantes.

En la cocina se oía el ruido de ollas y sartenes. Lola percibió el aroma a café y empezó a espabilarse a su pesar, aunque sabía que podría quedarse durmiendo cuanto quisiera. Pytte se las arreglaba sola. Pero quería estar con ella. Pasar tiempo con su hija siempre era más importante que el sueño.

Encendió la radio. «Don't do me like that», de Tom Petty & The Heartbreakers retumbaba a todo volumen, y Lola se apresuró a bajarlo antes de que el vecino empezara a aporrear la pared.

Cuando apartó las cortinas, la belleza estival de Estocolmo relucía por encima de los tejados. Había tenido suerte de entrar como realquilada en aquel piso. Una de las colegas del Alexas iba a vivir unos años en Los Ángeles y le había preguntado si quería alquilarle el apartamento de un dormitorio que tenía en el barrio de Vasastan. Casas de principios del siglo xx. Último piso. Sol de la mañana. Aceptó en el acto. Era perfecto para ella y para Pytte. Mucho mejor que el oscuro cuchitril en el que vivían en el barrio de Bandhagen.

Una bata de un blanco reluciente colgaba de un perchero a los pies de la cama. El blanco era su color favorito. Siempre lo había sido, desde la infancia. Tal vez porque entonces tuvo un poni blanco. O porque le parecía que hacía un contraste precioso con el rojo cobrizo del pelo. Teñido, sí, pero ¿qué más daba?

—¿Qué exquisiteces tenemos hoy para desayunar, cariño?

Al llegar a la mesa de la cocina, Lola casi tropezó con la mochila rosa de Pytte, que tenía una cara de Barbie en el bolsillo. Pytte la llevaba a todas partes, y Lola tenía totalmente prohibido mirar dentro. Suspiró con fingido dramatismo y dejó la mochila contra la pared, antes de sentarse a la vieja mesa de pino y encenderse un cigarrillo. Pytte le puso delante una taza de café y acto seguido le presentó muy solemne el menú que había provocado aquella cantidad considerable de cacharros sucios en la encimera de la cocina.

—Huevos revueltos. Pan de trigo y centeno con queso tierno de vaca. Sin mantequilla. Y beicon. Tan frito que te da cáncer solo con verlo.

—Cariño, ¿de dónde has sacado esa idea? A nadie le da cáncer por comer beicon. Lo que sí provoca cáncer son esas horribles centrales nucleares.

Lola echó unos anillos de humo perfectos hacia donde se encontraba Pytte. A ella le encantaba meter el dedo por el agujero, era algo que hacía desde que era un bebé.

—Estoy lista. Degustemos la cena, pues.

Pytte soltó una risita. Le encantaba la palabra «degustar».

—Empieza por los huevos, papá.

—Claro, como usted mande, empezaré por los huevos.

Tomó un bocado.

—¡Delicioso! ¡Divino!

Cuando Pytte se volvió hacia los fogones, Lola aprovechó para sacarse con disimulo un trozo de cáscara de la boca.

Vivian estaba tumbada en la cama y movía satisfecha los dedos de los pies. Se sentía orgullosa. Se había plantado y había exigido su sitio en su matrimonio con Rolf. Era una victoria menor y, aun así, importante.

Por lo general, todo giraba en torno a la figura de su marido. Sus exposiciones. Sus viajes. Sus amigos. El club Blanche. Ella no era más que una pieza que permitía el funcionamiento de la maquinaria. Pero la noche anterior había sido el principio de algo nuevo. Se lo había pasado bien en la fiesta, sin ser la sombra de Rolf.

Vivian echó un vistazo a su alrededor. Como todas las habitaciones del Stora Hotel, la decoración se inspiraba en alguna de las grandes ciudades portuarias del mundo y en sus mujeres de vida alegre. Una planta con ciudades y una planta con mujeres. Su habitación se llamaba Tokio. En la pared, fuera de cada estancia, había cartas ficticias de un tal capitán Klassen, que escribía a su hermana desde la ciudad a la que debía recordar la habitación. Vivian sufrió una decepción al saber que las cartas eran inventadas. En todo caso, las habitaciones no dejaban de resultar acogedoras.

En realidad, el hotel llevaba tiempo con el cartel de completo con motivo de la fiesta, pero Vivian había tenido suerte. Justo cuando, solo por probar, preguntó en recepción, resultó que alguien acababa de llamar para cancelar una reserva. No le sorprendió. La posición de la luna implicaba que la suerte y la felicidad se cruzarían en su camino. Rolf pensaba que eso eran bobadas, pero Vivian sabía lo que se hacía.

La noche anterior, durante la cena, sintió unos flujos de energía muy potentes. Numerosas corrientes de sentimientos y muchas cosas que sucedían bajo la superficie y que ella no había sido capaz de interpretar del todo. Claro que, cuando tomaba alcohol, su intuición siempre sufría alguna merma.

Vivian esperaba que Elisabeth y Henning lo hubieran pasado bien. Le gustaban. Sabía que se habían visto mucho con Rolf y Ester mientras estuvieron casados, pero a ella siempre la habían recibido con los brazos abiertos. Seguro que tenían una *suite*.

Le gustaría poder reservar un día una con Rolf, pero a él no le apetecía quedarse con ella en un hotel solo por gusto. Siempre decía que ya se había alojado lo suficiente en hoteles de todo el mundo a cuenta del trabajo.

El vestido de la noche anterior estaba cuidadosamente colgado en el armario; había dormido con una camiseta larga muy usada. Seguro que tenía diez años por lo menos, pero, por más que lo intentaba, no conseguía encontrar nada más cómodo para dormir.

Vivian se levantó sin ganas y descorrió las cortinas. Era imposible distinguir el cielo. La mayoría de lo que se veía al otro lado era una bruma pastosa. La ventana daba a la calle Galärbacken, y la galería quedaba fuera del alcance de su vista, aunque mirase todo lo posible hacia la derecha. Sin embargo, entre la bruma, advirtió que algo estaba ocurriendo delante de la puerta de la sala de exposiciones. En esa época del año, la pendiente que desembocaba en la plaza de Ingrid Bergman solía estar vacía, a excepción de algún paseante solitario, pero en esos momentos, bajaba por allí un río de coches y de personas. No lograba distinguir hacia dónde, pero empezó a sentir un nerviosismo sordo en el estómago. No había tenido noticias de Rolf por la mañana, algo raro, aunque hubieran discutido. En los veinte años que llevaban juntos, si no habían pasado la noche juntos él le enviaba un «buenos días, tesoro» todas las mañanas a las siete. Ese día, en cambio, no tenía ningún mensaje suyo en el móvil.

Debería haber caído en la cuenta, pero, antes de tomarse el primer café, siempre tenía el cerebro denso como la mermelada fría. Entonces, la preocupación se apoderó de ella por completo.

Sacó unos pantalones y un jersey de la bolsa que llevaba y se vistió enseguida. La trenza con la que había dormido estaba algo desecha y despeinada, pero daba igual. Algo le decía que era preciso que acudiera a la galería de inmediato.

Bajó las escaleras con rapidez y pasó a toda prisa por recepción. Una de las chicas trató de detenerla, pero ella continuó hacia la cuesta. Luego se paró en seco. La puerta de la galería estaba abierta de par en par. Fuera, en el minúsculo aparcamiento que había bajo una pared de roca, había coches de policía y una ambulancia. Vivian cruzó corriendo la calle sin mirar y un coche empezó a pitarle con estruendo. Ella no reaccionó, sino que continuó hacia la galería, hasta que le dio el alto un hombre de edad que la miraba muy serio.

—No puede entrar ahí.

—¿Y mi marido? ¿Rolf? —dijo con voz temblorosa mientras las piernas amenazaban con ceder bajo su peso.

—¿Su marido es el dueño de la galería? —le preguntó el hombre de pelo cano.

—No, él es fotógrafo. Va a exponer en la galería.

—Será mejor que espere aquí conmigo.

Vivian se cruzó más aún la rebeca, pero nada podía protegerla del frío que se le extendió por dentro.

—¿Cuánto falta para que lleguen los técnicos? —preguntó Patrik, y entró despacio en el local.

Necesitaba formarse una idea de la situación cuanto antes, sin destruir rastros ni pruebas.

—Llegarán en cualquier momento —dijo Gösta desde la puerta, señalando a una mujer de un rubio entrecano con una rebeca gris y pantalones azul claro, que los miraba fijamente. Un lugareño curioso la agarraba del brazo—. Si la víctima es el fotógrafo que iba a inaugurar su exposición mañana, creo que ella es su mujer.

—Sí, es él —dijo Patrik señalando el cadáver—. Lo he visto en fotos. Rolf Stenklo.

—¿Le pido a alguien que se ocupe de ella? —preguntó Gösta volviéndose a mirar a la mujer, que parecía tiritar de frío en medio de la bruma de Galärbacken.

—¿Viene Martin de camino?

—Cinco minutos.

—Pídeselo a él cuando llegue, es al que mejor se le da la gente.

—¿Quieres que llame a Paula y a Mellberg? —quiso saber Gösta, aunque Patrik sabía que era más bien por guardar las apariencias.

—No, cuantas más manos, peor. No hace falta más gente en el lugar del crimen. Le pedí a Annika que los convocara en comisaría, nos esperan allí.

Gösta señaló hacia la brumosa pendiente.

—Ya llegan los técnicos.

—Bien —dijo Patrik, y retrocedió hacia a la puerta.

Grabó con el teléfono las inmediaciones y todo lo que pudo de la sala, sin pisar el lugar del crimen. Los sencillos marcos con marcadores de papel en las paredes. Rolf Stenklo muerto en el suelo, el hilillo de sangre que le corría desde la cabeza.

—Torbjörn y su equipo hacen siempre un trabajo extraordinario —dijo.

—Verás, Patrik… —dijo Gösta como retardando la noticia—. Es que no es Torbjörn el que…

—¡Hola! ¡Bueno, parece que es aquí donde nos esperan!

Una animada voz femenina les llegó de pronto, al tiempo que la mujer a la que pertenecía saludaba enérgicamente con la mano.

—Soy Farideh Mirza. La sustituta de Torbjörn Ruud.

—¿La sustituta de Torbjörn? —preguntó Patrik. Pero en ese momento recordó que había visto un informe en algún sitio.

—Se ha jubilado antes de tiempo —dijo Gösta, y le puso a Patrik la mano en el hombro con la intención de calmarlo.

Patrik se mordió la lengua.

—¿Cuál es el estado del lugar del crimen? ¿Hasta qué punto podemos contar con que esté intacto?

Farideh los observó fijamente y Patrik notó que se ponía más derecho. Aquella mujer tenía una autoridad potente e incuestionable.

—La limpiadora encontró el cadáver esta mañana. Le hemos tomado declaración y, según ella, entró directa y salió igual de rápido, sin tocar el cadáver. El médico de guardia también ha estado aquí y ha verificado la muerte.

—Bien. ¿Y vosotros?

La forense miró a Patrik y a Gösta de arriba abajo. Detrás de ella llegaron dos de sus técnicos con el equipo de protección completo, y se quedaron esperando a que les diera la señal para poder entrar.

—Bueno, yo he entrado, pero solo un paso —dijo Patrik—. Gösta se ha quedado esperando aquí, justo delante de la puerta.

—Maravilloso. En ese caso, tenemos un buen punto de partida.

Dicho eso, entró en la sala. Luego se volvió a Patrik.

—Pero la próxima vez que no sea ni un paso siquiera.

—De acuerdo —respondió sumiso, y se sintió como un escolar.

—Una cascarrabias —exclamó Gösta con admiración.

—Ya —dijo Patrik. Echaba de menos a Torbjörn. ¿Por qué no podían seguir las cosas como siempre?

Entonces vio que la forense se acercaba.

La pastilla efervescente empezó a sonar muy fuerte en cuanto cayó en el vaso de agua. Aunque «muy fuerte» quizá fuera una exageración, pero en la cabeza dolorida de Erica resonaba como una catarata. Antes ya se había tomado otros dos analgésicos, pero aún no le habían hecho efecto. Madre mía. Desde luego, ya no tenía ningún aguante. Cierto que no había sido poco el vino que había bebido la noche anterior, pero hacía tan solo unos años solo le habría producido un leve retumbar en la frente y poco más. Ahora, en cambio, tenía una orquesta sinfónica en la cabeza. Con muchos instrumentos de percusión.

Erica guardó la caja de pastillas en el armario que había sobre el extractor de humos y tiró sin querer otra caja. La observó irritada. Se la había dado Kristina, su suegra, desde que, demasiado y con demasiada frecuencia, había empezado a quejarse de que el cuerpo estaba dándole problemas. No había sido algo que ocurriera poco a poco y sin sentir, sino que apareció de la noche a la mañana, o al menos, en muy pocos días, lo que, al parecer, no era inusual.

La premenopausia.

Ante aquel nombre se estremecía de malestar. En todo caso, ese era el diagnóstico que le había dado Google, y, teniendo en cuenta que le había dado un paquete con medicamentos naturales que atenuarían las molestias causadas por esa afección en concreto, Kristina parecía estar de acuerdo.

Erica no podía decir con exactitud por qué la sola idea le resultaba tan desagradable. Después de todo, Patrik y ella no eran tan viejos. ¿O sí? ¿Acaso estaba empezando ya la cuesta abajo? Ya no tenía la menstruación con regularidad, siempre estaba sudando y tenía calor, no reconocía su cuerpo. No sabía a ciencia cierta qué era lo que había cambiado, pero algo había cambiado. Los hombres no tenían esos problemas. Ellos iban navegando por los años sin cambios hormonales, con menos pelo y más barriga como únicas preocupaciones. En todo caso, había notado que Patrik se mostraba cada vez más aferrado a sus costumbres y más reacio a los cambios. ¿No era ese un indicio claro de estar haciéndose viejo?

De pronto guardó en el armario la caja de comprimidos que prometían armonía y felicidad, y cerró la puerta. El dolor de cabeza había remitido en su forma más aguda, y se sirvió un buen vaso de agua que apuró entero a pesar de que no tenía sed. Había que restablecer el equilibrio de líquidos. Sobre todo, teniendo en cuenta que estaba planteándose prepararse un buen café e ir a sentarse en el porche.

Pensaba sacarle el máximo partido a las horas que pasara sin los niños. Sabía que todo el mundo decía que había que disfrutar de los años de la infancia, porque, una vez que pasaban, era fácil echarlos de menos, pero ella no terminaba de estar de acuerdo. Quería a sus hijos con locura, pero vaya si anhelaba que llegase el día en que aquellos años caóticos fueran historia.

Hacía fresco en el porche acristalado, así que encendió el calefactor y se envolvió en una gruesa manta antes de sentarse en uno de los sillones de mimbre. Solo entonces tuvo el sosiego suficiente para pensar en lo que habría podido ocurrir en la galería. Patrik le había enviado un mensaje donde solo decía: «Rolf asesinado. No sé a qué hora llegaré a casa».

En realidad, darle a ella información sobre el escenario de un crimen iba contra todas las normas policiales, pero esa regla ya hacía mucho que estaba borrada de la lista. Es más, Patrik veía a Erica como un recurso, alguien con quien poder contrastar ideas sobre cada caso.

Sonó el timbre de la puerta y Erica dio un respingo. Retiró la manta y fue a abrir. Allí estaba Louise, con las mejillas sonrosadas.

—No te pregunté si querías animarte hoy, pensé que Patrik y tú querríais quedaros durmiendo más tiempo. Pero ya sí que estaréis despiertos, ¿no? ¿Me invitas a un café?

—Pasa —dijo Erica apartándose a un lado—. ¿A qué hora te has levantado?

Louise se quitó el cortavientos.

—Temprano. No podía hartarme de vino como vosotros, puesto que tenía que mantener vivo el ambiente. Así que he estado una hora caminando. ¡Qué maravilla! Y, con un poco de suerte, mis padres habrán desayunado para cuando yo vuelva. Hoy pensaba hacer la ronda de diez kilómetros.

Erica no pudo más que soltar un murmullo. La sola idea de salir a hacer ejercicio le producía náuseas.

—Tienes muy mal color. ¿Es resaca? ¿Dónde está Patrik, por cierto?

Louise echó una ojeada al salón y a la cocina. Erica dedujo que su amiga había debido de salir del hotel antes de que descubrieran el cadáver. ¿Podía contárselo? De todos modos, Louise se enteraría en cuanto volviera allí.

Con la idea de ganar algo de tiempo, Erica se sirvió otro café y le dio una taza a Louise, que lo tomaba solo. Por supuesto. Erica no se explicaba cómo alguien podía tomar café sin un poco de leche entera.

—Ven, vamos a sentarnos en el porche.

—Hoy no se ve gran cosa —dijo Louise tratando de divisar algo a través de las preciosas cristaleras.

Por lo general, desde allí se veía el mar, pero aquella mañana casi todo estaba envuelto en una bruma cada vez más densa.

—Madre mía, vaya tiempo.

Erica tomó un sorbito de café mientras se preguntaba cómo le daría a Louise la noticia. No sabía lo bien que conocía a Rolf

Stenklo, pero sí que él era buen amigo de Elisabeth y Henning, y que todos estaban muy implicados en el club Blanche. Teniendo en cuenta el estrecho contacto laboral de Louise y Henning, cabía suponer que su amiga también habría tenido bastante relación con Rolf.

—No me has dicho dónde está Patrik —dijo Louise, ofreciéndole así a Erica una oportunidad perfecta para abordar el tema.

—En el trabajo. Lo llamaron de urgencia hace un rato. Es que... ha pasado una cosa en la galería.

—¿En la galería donde expone Rolf? —preguntó Louise horrorizada—. ¿Han entrado a robar? ¡Ay, no, las fotografías de Rolf! Le hacía tantísima ilusión exponer en Fjällbacka... Debe de estar desesperado.

—Rolf está muerto.

La frase sonó más descarnada de lo que Erica pretendía, pero la cuestión era si había una forma suave de dar una noticia así.

Louise se llevó tal sobresalto que derramó el café y se la quedó mirando perpleja. Erica le dio una servilleta para que se limpiara. Ella la aceptó despacio, pero no hizo nada. La miraba con los ojos desorbitados.

—¿Muerto? ¿Cómo? ¿De un infarto? Sé que Vivian estaba preocupada por su peso, y puedes sufrir un infarto cuando menos te lo esperas...

—Lo han asesinado.

Louise seguía mirando a Erica sin dar crédito. Muy despacio, dejó la taza en la mesa y empezó a limpiarse la pernera donde la mancha de café se extendía sobre el *legging* de color claro.

—Tengo que ir al hotel —dijo al tiempo que se levantaba bruscamente.

Sin pronunciar palabra, Louise cruzó el salón, se puso la chaqueta que colgaba en el perchero de la entrada y se marchó.

—¡MARTIN!

Gösta lo llamaba desde la escalera de acceso a la galería. Martin Molin se acercó enseguida y miró al policía entrado en años que se asomaba apoyado en la barandilla.

—La mujer de la víctima. ¿Tú podrías…?

Gösta señaló a una mujer rubia peinada con una trenza larga que vestía una rebeca amplia y miraba cuanto sucedía a su alrededor sin dejar de tiritar.

—Claro —dijo Martin, y se acercó a la mujer. Trató de adoptar el papel del policía. Había dejado a Mette, a Tuva y al pequeño Jon sentados a la mesa de la cocina cuando Gösta lo llamó por teléfono.

A veces las cosas sucedían de forma demasiado repentina.

—Soy Martin Molin, de la Policía de Tanumshede. Usted está casada con Rolf Stenklo, ¿no es cierto?

Vivian Stenklo asintió.

—He oído decir que lo han encontrado muerto ahí dentro —dijo con desesperación—. Pero no es verdad, ¿no?

Dirigió una mirada llena de esperanza a Martin, que negó con un gesto. Gösta lo había llamado cuando iba de camino. Tenían la confirmación de que el muerto era el artista. Patrik lo había identificado.

—Sintiéndolo mucho, hemos confirmado que el hombre al que hemos encontrado muerto es su marido.

Vivian se estremeció y estuvo a punto de desmayarse.

Martin la sujetó con amabilidad del brazo.

—¿Vamos dentro a resguardarnos del frío?

Con Vivian Stenklo colgada del brazo, Martin empezó a avanzar hacia la entrada del Stora Hotel. Cuando llegaron a la recepción, las dos mujeres que había en el mostrador guardaron silencio. Evitaban mirar a Vivian. La noticia se había difundido rápidamente. Pronto habría llegado a todos los rincones de Fjällbacka.

—¿Hay café? —les preguntó el agente a las recepcionistas.

—Sí, está listo, pueden servirse ustedes mismos —respondió una de ellas.

Sujetaba a Vivian con firmeza mientras bajaban los escasos peldaños que conducían al comedor, donde ya estaban terminando de recoger las mesas del desayuno. Martin dejó a Vivian sentada a una mesa junto a la ventana que daba al puerto y sirvió dos tazas de café.

—¿Leche?

Ella asintió sin pronunciar palabra.

—Aquí tiene. Beba un poco, entrará en calor.

Martin observó a la mujer que tenía delante. Aunque hubiera sido a causa de una enfermedad, él también había perdido a su mujer, de modo que podía entender en gran medida el dolor que sentía Vivian.

La mujer obedeció con la vista clavada en la bruma que se extendía sobre la plaza Ingrid Bergman. Cada vez se agolpaban allí más curiosos. En un pueblo tan pequeño como aquel, un suceso de esa magnitud alcanzaba unas proporciones mucho mayores que en una ciudad donde los coches de policía y las ambulancias formaban parte de la estampa cotidiana.

—¿Cuándo fue la última vez que vio a Rolf? —preguntó Martin antes de tomar un sorbo de café.

Hizo una mueca de disgusto. Llevaba demasiado tiempo recalentándose y sabía a quemado. No se diferenciaba mucho del café de la comisaría.

—Ayer por la tarde. Rolf y yo… tuvimos una discusión.

—¿Cuál fue el motivo?

Vivian negó enérgica con la cabeza, agitando la maltrecha trenza.

—Una cosa tonta, insignificante. Y tonta. Perdón, «tonta» ya lo he dicho.

Se apartó un mechón de pelo de la cara con mano temblorosa.

—No se preocupe. ¿Por qué fue la discusión? Disculpe si mis preguntas le parecen un tanto invasivas y personales. Por desgracia, es mi tarea hacer también preguntas incómodas para poder averiguar cuanto antes todo lo posible. En estos momentos ignoramos qué puede ser relevante y qué no.

—Lo comprendo —dijo Vivian, y bajó la vista al café, como si no supiera qué era—. Discutimos por una fiesta. Nuestros amigos Elisabeth y Henning Bauer celebraron ayer sus bodas de oro, justo en esta sala. Y por alguna razón que no me explico, Rolf no quería asistir. Como de costumbre en nuestro matrimonio, supuso que yo tampoco iría, pero me planté. Llamé a Louise, la nuera de Elisabeth y Henning, que era la que organizaba la fiesta, y le pregunté si podía cambiar de idea en el último minuto. Y ella lo arregló. Louise siempre lo arregla todo. Así que, un poco a modo de protesta, reservé una habitación para pasar la noche en el hotel. Supongo que pensaba que Rolf se vería solo en casa y comprendería su…, bueno, su error.

Vivian se cubrió la cara con las manos. Martin continuó sentado observando en silencio cómo temblaba. Al cabo de unos minutos, Vivian levantó la vista. No miraba a Martin, sino, de nuevo, hacia la bruma.

Martin carraspeó un poco.

—Así que ni lo ha visto ni ha hablado con él desde ayer a mediodía, ¿no?

Vivian meneó la cabeza, mirando aún hacia la ventana.

—No, estaba enfadada. Pero lo de esta mañana me pareció extraño. Cuando no dormimos juntos me envía un mensaje al móvil. Hayamos discutido o no. Y esta mañana no me llegó nada…

La mirada de la mujer parecía dirigirse a la plaza, y Martin la siguió. La tormenta del día anterior había amainado, pero lo cierto era que a él le gustaba más el mar cuando la espuma blanca coronaba la cresta de las olas y el agua azotaba el puerto antes que aquella triste grisura que se extendía por encima de todo el pueblo.

Le dio a Vivian una tregua mientras se preguntaba cómo irían los planes de reforzar la plaza. Fjällbacka era uno de los pueblos de la costa de Bohuslän que se habían construido sobre barro, y en la actualidad se veía amenazado por futuros corrimientos de tierra. Seguramente, estaría relacionado con los efectos del cambio climático y la elevación del nivel del mar, pero eran cuestiones en las que rara vez se animaba a pensar. Con las fugas de agua que había detectado en casa tenía más que de sobra, y no quedaba margen para asimilar que los océanos iban engullendo el mundo poco a poco, a medida que se derretían los glaciares.

—En otras palabras, no sabe cuánto tiempo estuvo Rolf ayer en la galería, ¿no es cierto? ¿Cuándo se inauguraba la exposición?

—Mañana lunes. Se había pasado una semana entera preparándolo todo aquí mismo. Y antes, seis meses en Estocolmo. Había elegido el tema, seleccionado las fotografías, había llevado a cabo el revelado... Rolf trabajaba solo con impresión en platino.

—¿Impresión en platino? —preguntó Martin.

Era una expresión que no había oído jamás. No sabía nada de fotografía. Hacía todas las fotos que podía de su hija Tuva, de su pareja Mette y del pequeño Jon, el hijo de esta, con el iPhone, y le parecía que el resultado era bastante bueno.

En la última foto aparecía Tuva con la mano sobre la barriga de Mette. Martin tragó saliva al pensar en ellas.

—Bueno, yo no soy ninguna experta, pero algo he aprendido a lo largo de los años con Rolf —dijo Vivian—. Es un procedimiento para imprimir fotografías en el cual se usan metales nobles como el platino y el paladio. Resulta costoso, pero, según mi marido, proporcionan la mejor calidad.

—Entonces, ¿las fotos de la galería eran valiosas?

Martin frunció el ceño y se inclinó un poco hacia delante. Aquella información no era baladí, pues aumentaba las posibilidades de que tratara de un intento de robo que había salido mal.

—Bueno, no solo lo eran por la técnica de impresión utilizada. Rolf es uno de los fotógrafos con mayor renombre internacional. Sus originales se venden por cientos de miles de coronas en subastas y galerías de todo el mundo.

—Impresionante. Disculpe mi ignorancia.

—No se preocupe. Por supuesto, eso es algo que no todo el mundo sabe.

Vivian sonrió por primera vez durante la conversación, lo que relajó un poco la tensión del rostro, y Martin se dio cuenta de lo guapa que era. De una belleza frágil y quebradiza.

—Entonces es verosímil pensar que mucha gente era consciente de que en la galería había objetos de valor, ¿no es cierto?

—Claro, era del dominio público que Rolf iba a exponer ahí. Hay carteles por todo el pueblo, incluso por toda la costa. Pero él no empezó a organizar las fotos hasta ayer, cuando llegué. Primero trabaja con folios de papel en los que escribe el título de la fotografía, para poder cambiarlas de sitio e ir probando. Siempre tiene que hacer varios intentos antes de lograr la composición ideal y la experiencia perfecta para el público. Para eso no necesitaba los originales. Tenía las imágenes en la cabeza. Tan claras como si las tuviera delante.

—¿Verdad que era… fotógrafo de vida silvestre y entornos naturales? —preguntó Martin dudoso.

—Sí, y de pueblos indígenas. Las fotografías más célebres las hizo durante el año que estuvo viviendo con la tribu de los penan en Borneo.

—¿Y cuál era el tema de esta exposición?

Martin sintió una fascinación involuntaria, siempre le habían resultado interesantes las personas apasionadas por su profesión. Y pasión sentía sin duda quien se pasaba un año viviendo en el sudeste asiático con un pueblo de la edad de piedra.

Vivian hizo un gesto de negación.

—Lo curioso es que sé bastante poco. Siempre me mostraba las fotos, pero no en esta ocasión. Lo único que sé es que trataban del pasado. Y, si no recuerdo mal, había colgado en la pared quince de sus marcadores.

—¿Rolf tenía enemigos? Perdón, la palabra enemigo suena demasiado dramática, pero ¿sabe de alguien que le deseara algún mal?

Vivian movió la cabeza enérgicamente.

—No, a Rolf lo quería todo el mundo. No tenía enemigos.

—Muy bien, pero si recuerda algo que pueda ser relevante para la investigación, no tiene más que ponerse en contacto con nosotros. Ahí tiene mi número.

Martin le entregó una tarjeta de visita, que ella guardó en el bolsillo de la rebeca de punto.

—¿Cuándo me lo devolverán?

Al formular la pregunta fue como si de pronto hubiera tomado plena conciencia de la situación. Se le desfiguró el rostro, se le arrugó entero.

Martin le apretó la mano.

—Tan pronto como sea posible —respondió—. Y creo que podemos dejarlo ya, solo necesito que me dé su número de teléfono. ¿Tiene a alguien que le haga compañía en estos momentos?

Vivian asintió. Le dio su número y se levantó.

—Tengo que recoger mis cosas —dijo, y se dirigió a la recepción sin decir adiós.

Martin se la quedó mirando un buen rato. A veces, el dolor ajeno era mayor de lo que él podía soportar. El suyo había empezado a calmarse y a suavizarse un poco. Tenía a su hija Tuva, que le recordaba a todo aquello que amaba de Pia. Había heredado la casa de sus sueños y, hacía tan solo unos meses, Mette y él habían recibido la noticia de que esperaban su primer hijo. Pero encuentros como ese siempre constituían un recordatorio de cómo la muerte podía arrebatárnoslo todo en un abrir y cerrar de ojos.

—¿QUÉ TENEMOS? —DIJO Patrik mientras seguía impaciente a Farideh Mirza, que se dirigía a buen paso hacia su coche mientras se quitaba los guantes. Al llegar al vehículo, empezó a deshacerse del mono de protección antes de guardarlo con cuidado en una bolsa.

—A Rolf Stenklo le han disparado en la nuca con una pistola de clavos —dijo al fin la forense, después de dejar a Patrik esperando un buen rato, hasta que ella hubo terminado con lo que estaba haciendo—. Hemos tomado muestras y hemos recogido algunas fibras de la corredera del cañón.

—¿Y cuánto tiempo os llevarán los análisis? —preguntó Patrik.

Aunque conocía la respuesta de antemano.

—Imposible saberlo. En el Centro Nacional Forense están muy liados ahora mismo.

—¿Otras pistas?

—No mucho más. En el local hay bastantes huellas dactilares, claro, teniendo en cuenta que se trata de un establecimiento por el que pasan muchas personas. Aislar la huella de un posible agresor sería como encontrar una aguja en un pajar. Pero hacemos lo que podemos.

Patrik observó irritado el grupo de curiosos que esperaban al otro lado del cordón policial. Buitres. Vio a alguien conocido acercarse corriendo desde la plaza. Era Louise. La amiga de Erica. Le dieron el alto cuando llegó a la cinta, pero él les indicó a sus colegas con un gesto que podían dejarla pasar, y Louise lo saludó con la mano y entró en el hotel.

—¿Podrías indicar de manera aproximada cuándo murió Rolf Stenklo? —le preguntó a Farideh, que se encogió de hombros.

—La información definitiva sobre la hora de la muerte llegará más adelante, pero, según la valoración forense preliminar, en algún momento en torno a la medianoche, con un margen de error de una a dos horas.

—¿Y la valoración forense no puede ser más precisa? —dijo echando una ojeada a las ventanas de la sala de celebraciones.

En otras palabras, era más que probable que hubieran matado a Rolf mientras él se encontraba a tan solo unos metros de allí.

—No, ahora mismo, no.

—Muy bien, me conformaré con lo que hay.

Patrik subrayó sus palabras con un gesto de la cabeza. No tenía nada contra Farideh Mirza, era solo que, después de tantos años, conocía la forma de expresarse de Torbjörn, sabía cómo le hablaría del lugar del crimen. Simplemente, aquello era... una novedad.

—Espero que podamos colaborar bien. Torbjörn te manda saludos desde Torrevieja —dijo Farideh, como si le hubiera leído el pensamiento—. A mis colegas les quedan aún un par de horas para terminar.

—Avísame si encontráis algo más —dijo Patrik, e hizo una señal a Gösta y a Martin.

Ellos se acercaron y él les indicó las ventanas del Stora Hotel.

—Es probable que a Rolf lo mataran mientras se celebraba una fiesta ahí. Yo mismo participé en la celebración. Vamos a tener que interrogar a todos los invitados. Basta con que alguien saliera a fumar o echara un vistazo por una de las ventanas y viera cualquier cosa para que tengamos algún dato del que partir. Martin, tú has hablado con la mujer de la víctima. ¿Te ha dicho algo interesante?

Martin se aclaró la garganta.

—Las fotografías que Rolf iba a exponer y que estaba disponiendo eran muy valiosas. Así que podría tratarse de un intento de robo frustrado. Quince fotografías, cada una de ellas con un valor de unas doscientas mil coronas. Es mucho dinero.

—No son fáciles de vender, pero puede que nos enfrentemos a unos ladrones algo tontos, no sería la primera vez. O quizá se puedan colocar en el mercado negro, donde un posible comprador no haga muchas preguntas. Bien, Martin. Por ahí podemos seguir indagando. Yo voy a hablar con Louise Bauer, que organizó la fiesta, para pedirle la lista de invitados y el número de teléfono de cada uno. Había unas ochenta personas. Tenemos que contactar con todos ellos por teléfono cuanto antes, y deberíamos terminar con la lista en un tiempo razonable.

—Gösta y yo vamos a la comisaría. ¿Vendrás en cuanto tengas la lista? —quiso saber Martin al tiempo que empezaba a subir hacia el aparcamiento cercano a la iglesia donde había dejado el coche.

Patrik levantó el pulgar por toda respuesta. Ya iba camino al hotel.

—¿Elisabeth? ¿Henning? ¿Estáis despiertos?

Louise respiraba de forma entrecortada delante de la puerta de la habitación de Henning y Elisabeth. Inspiró hondo y despacio. Volvió a llamar. Luego oyó unos pasos en el interior y Henning le abrió.

—¿Qué pasa? —dijo atándose más fuerte el cinturón del albornoz del hotel.

Tenía el pelo mojado y Louise supuso que acababa de salir de la ducha. Detrás de él apareció Elisabeth, también en albornoz. Y también con el pelo mojado. En otras palabras, los habría interrumpido en pleno baño en el *jacuzzi* turquesa que sabía que había en la última planta.

—¿Qué ha pasado? —preguntó Elisabeth.

Tanto ella como Henning la miraban expectantes. Louise carraspeó para poder hablar con voz firme y dijo:

—Rolf ha muerto. Asesinado.

Elisabeth contuvo atónita la respiración. Henning se quedó blanco como la cera. Le pidieron que entrara y cerraron la puerta. Solo había un sofá minúsculo debajo de la escalera, y Louise se dejó caer en él, mientras Henning y Elisabeth permanecían de pie.

Alrededor de Henning había empezado a formarse un charco de agua, pero él no pareció darse cuenta.

—Yo acabo de enterarme, pero el despliegue es considerable. Está todo lleno de policías.

—¿De policías? Pero ¿dónde, en la galería? —preguntó Elisabeth, que se acercó a la ventana para alcanzar con la vista lo máximo posible a derecha e izquierda.

—¿Lo han asesinado en la galería? —repitió Henning.

—Sí, eso parece —dijo Louise.

La mujer se miraba las manos. Las tenía enrojecidas por el frío del paseo. Le sorprendió que no le temblaran. Deberían temblarle las manos. Porque por dentro sí que estaba temblando entera.

—Voy a subir a vestirme —dijo Henning al tiempo que se dirigía a la escalera.

Elisabeth se quedó allí unos instantes. Miró a Louise a los ojos. Por un segundo pareció como si fuera a decirle algo. Luego se ajustó más el albornoz y siguió a su marido escaleras arriba.

—¡LOUISE!

Patrik levantó la voz al ver alejarse a Louise Bauer al final de la escalera.

—¡Hola, Patrik! —respondió la mujer, que se apresuró a bajar para ir a su encuentro—. Me he enterado de lo de Rolf... Erica... Bueno, ella me lo ha contado.

Dudó un instante, preguntándose si a Erica le habría disgustado que lo dijera. Patrik sonrió para tranquilizarla.

—Necesitaría hablar contigo —le dijo.

Señaló hacia el comedor preguntándole con la mirada.

—Madre mía, ya lo han recogido todo —dijo con tono desenfadado cuando se sentaron a una mesa junto a la pared—. Muchas gracias por la fiesta de ayer, por cierto.

—Gracias a vosotros por venir. —La voz de Louise sonaba educada, pero ausente—. ¿De qué querías hablar conmigo?

Iba directa al grano. Era concisa. Pero Patrik se dio cuenta de que estaba conmocionada.

—La lista de invitados. Creemos que a Rolf lo mataron mientras se celebraba la fiesta. Así que necesitaríamos contactar con todos los asistentes para comprobar si alguno vio algo.

—Por supuesto. Dame una dirección de correo electrónico y te la envío en cuanto me siente delante del ordenador.

—También vamos a necesitar el número de teléfono.

—Todos los invitados figuran en la lista con el número de teléfono, el correo electrónico, la dirección postal del domicilio y la dirección que tienen aquí. En esa lista tendréis todo lo que necesitáis para contactarlos.

—Gracias, es una información muy valiosa.

Patrik miró hacia la cafetera que había en la barra, pero comprobó desencantado que estaba vacía. Aquel tiempo tan destemplado lo helaba hasta el tuétano, y ¿estaba soñando o había empezado a notar dolor articular cuando hacía mal tiempo? ¿Sería la edad? Aunque se inclinaba por reconocer que podían ser figuraciones suyas. Al menos eso era lo que decía Erica. «Hipocondríaco», así era como lo llamaba.

—¿Sabéis… algo?

Louise miraba a Patrik esperanzada. Él negó con un movimiento de cabeza.

—No puedo pronunciarme acerca de una investigación en curso, pero además…, nos encontramos en un estadio inicial, así que no, nada.

—Rolf era un buen amigo —dijo Louise pensativa—. Él y su difunta esposa Ester eran los mejores amigos de Elisabeth y Henning. Yo no llegué a conocer a Ester, murió de cáncer hace muchos años, pero aprecio mucho a Vivian. ¿Cómo se encuentra? ¿Habéis hablado con ella?

Louise pasó las manos por la superficie de la mesa. Sacudió unas migas de pan que habían quedado del desayuno.

—Hemos hablado con ella. Y está conmocionada. Lógico.

—Lógico —repitió Louise, y guardó silencio.

Unos turistas alemanes entraron hablando a voces en el comedor, pero se volvieron enseguida al ver que habían retirado el bufé del desayuno. Patrik oyó la palabra *Polizei* y supuso que estaban hablando de lo que habían visto fuera.

Cuando el teléfono de Louise sonó de pronto, los dos dieron un respingo.

—Perdona. ¿Te importa que responda? —dijo al tiempo que sacaba el móvil del bolsillo de la chaqueta.

—No, claro, atiende la llamada —respondió Patrik.

—Aquí Louise Bauer. Sí... Sí, no, no tenemos ninguna declaración que hacer. No. Acabamos de conocer la noticia y la familia Bauer no hará comentarios por ahora. Sí. No. No. No. Ya, claro, lo comprendo, pero en estos momentos nuestro único comentario es «sin comentarios».

Dicho esto, colgó negando furiosa con la cabeza.

—¿La prensa? —preguntó Patrik, una pregunta retórica por demás.

—Sí, el *Göteborgs-Posten*. No me explico cómo han podido enterarse tan rápido. Supongo que la gente llama y les avisa con la esperanza de recibir alguna compensación económica.

—Bueno, a veces la compensación se reduce a la satisfacción de ver en la prensa algo de lo que ellos han avisado —dijo Patrik con marcada neutralidad—. Un comportamiento de lo más extraño.

Ya se había cansado de indignarse por el comportamiento de la gente ante un crimen. Era como si la empatía hubiera pasado de moda. Si es que alguna vez lo había estado. Esperaba que Farideh y su equipo fueran rápidos. Los medios no tardarían en agolparse delante del cordón policial, y aunque no se atrevían a traspasar ese límite, uno nunca sabía qué se les podía ocurrir. En todo caso, siempre eran un incordio.

—Me gustaría hablar con Henning y Elisabeth también. Ahora mismo, si puede ser —pidió Patrik amable, aunque logró que sonara más como una orden que como una petición. La pareja había sido muy amiga de Rolf y, junto con Vivian, podría aportar información relevante.

Louise asintió.

—Aún se encuentran en el hotel, están haciendo el equipaje. Puedo llamarlos.

—Sí, por favor —dijo Patrik poniéndose de pie.

Justo cuando salían del restaurante, llegó el personal con una cafetera llena de café recién hecho. Lo típico.

—Los periodistas están llamando como locos. —Annika, la secretaria de la comisaría, tenía la cara roja a causa del estrés mientras señalaba el teléfono de la recepción, que no paraba de sonar.

—Diles que por ahora no tenemos ningún comentario que hacer, pero que convocaremos una conferencia de prensa llegado el momento —respondió Martin sin pensarlo, y miró a Gösta en busca de confirmación—. ¿Dónde está Mellberg?

—En camino. Al parecer, Rita y él estaban bañándose en Strömstad con los nietos cuando lo llamamos. Pero ya viene. Paula está en su despacho.

—Gracias.

Martin se dirigió hacia las oficinas seguido de Gösta. Por lo que a él le atañía, Mellberg habría podido quedarse en el balneario de Strömstad. El que lo hubieran restituido como jefe, después de la debacle de Tanumshede hacía poco más de un año, era para él un misterio. Seguro que los peces gordos de Gotemburgo temían que se lo volvieran a asignar a ellos. Esa era la única explicación lógica.

—Hola, Paula.

Martin se detuvo ante la puerta entreabierta del despacho de Paula Morales, mientras que Gösta continuó hasta el suyo. Paula tenía el despacho más pequeño de la comisaría, ya que era la última contratada, pero a ella no parecía importarle demasiado. Mantenía entre sus cosas un orden militar, a diferencia de Martin, en cuyo despacho parecía siempre que acabaran de entrar unos ladrones que no habían encontrado lo que buscaban.

—Hola. ¿Cómo se encuentra Mette?

Martin respondió con una mueca. Mette salió corriendo al baño por la mañana en cuanto él puso la cafetera.

—Regular. Se pasa el día vomitando como una ternera. Y buena parte de la noche. Si no empieza a ser capaz de retener algo de líquido, tendrán que ingresarla en el hospital y ponerle un gotero.

—Jo, vaya mierda. —Paula puso cara compasiva y frunció el ceño enseguida—. Por cierto, ¿por qué se dice «vomitar como una ternera»? ¿Es que las terneras vomitan mucho?

Martin se puso a pensar. Al final negó con un movimiento de cabeza: no tenía ni idea.

—No lo sé, pero así es el dicho.

—A falta de alguna pista, he empezado a informarme sobre Rolf Stenklo —dijo Paula—. ¿Tienes otra tarea para mí? ¿Cuándo llegará Patrik?

—No creo que tarde mucho. Pronto nos habrán facilitado una lista de testigos potenciales a los que contactar. Y la prensa ya ha empezado a insistir. A Annika la tienen frita con tanta llamada.

—Sí, eso he oído. No han tardado mucho.

—Por cierto, Torbjörn se ha jubilado.

—¿Torbjörn, el de Criminalística? Vaya, ¿y cómo lo lleva Patrik? —preguntó Paula con una sonrisa.

La creciente aversión de Patrik por todo aquello que no seguía como siempre era constante objeto de broma entre Martin y ella.

—Pues no muy bien, supongo. Ahora es una mujer. Más o menos joven. Farideh no sé qué.

—¿Más o menos joven? ¿Y eso qué significa? —preguntó Paula riendo.

Martin se puso colorado.

—Pues, no sé, treinta y cinco o cuarenta, ¿no?

—Así que yo soy «más o menos joven», ¿verdad?

—Bueno, bueno… Pues joven… —Se puso más colorado aún, como solía—. Y, en ese caso, yo también soy «más o menos joven».

Paula sonrió más aún.

—Martin, tú siempre lo serás.

Martin sabía lo que quería decir. Su aspecto infantil, con el pelo rojo y la cara llena de pecas, que lo hacían parecerse al niño del anuncio de la pasta de huevas de gamba *Kalles kaviar*, hacía que aparentara ser mucho más joven de lo que era en realidad. En ocasiones era una ventaja; otras le daba la impresión de que su aspecto le restaba autoridad.

Le sonó el móvil, un mensaje de Patrik. Lo leyó y se volvió hacia Paula.

—Patrik vendrá en cuanto haya hablado con los homenajeados de ayer. Eran los mejores amigos de la víctima. Pero ya le han dado la lista de los asistentes a la fiesta y nos la ha enviado.

Su compañera asintió y abrió el correo en el ordenador.

—Sí, aquí la tengo.

—Genial. ¿Puedes distribuir los nombres entre Gösta, tú y yo? Así podemos empezar.

Martin respiró hondo camino de su despacho. Tocaba ir llamando a los resacosos invitados.

RICKARD BAUER se despertó con la sensación de haber olvidado algo importante, algo desagradable. No era una sensación nueva para él, pero ese día le resultaba más incómoda que de costumbre.

Tanteó en busca de Tilde, que dormía en el lado izquierdo de la cama. Por alguna razón inexplicable, se ponía demasiado cachondo cuando tenía resaca, y un desagüe rápido sería la solución. Ella ni siquiera tenía que hacer nada en concreto. Solo quedarse tumbada. La aceleración de los movimientos no haría más que acentuar más aún la electricidad que ya notaba en el cerebro.

Pero su lado de la cama estaba vacío.

—¿Tilde?

Silencio por respuesta, aunque oyó el chapoteo del agua en el baño. Estaría dándose una ducha. Rickard se hundió de nuevo entre los almohadones.

Le acudían a la cabeza recuerdos del día anterior, luego se desvanecían y desaparecían más allá de la conciencia. Atraparlos era como tratar de reunir un puñado de bruma con las manos. Oyó que Tilde salía de la bañera. Bien. Pronto recibiría ayuda para satisfacer aquella necesidad cada vez más apremiante.

—Ah, pero ¿estás despierto?

La esperanza de un polvo de resaca se esfumó en cuanto oyó el tono de voz de Tilde.

—Sí… —respondió despacio, con la esperanza de recibir más información.

Seguramente hubiera sido mejor seguir en la ignorancia, pero ese estadio rara vez duraba para siempre, así que más valía afrontar la realidad.

—Pareces enfadada.

Tilde soltó un suspiro muy revelador mientras se secaba el pelo con una toalla. Por lo demás, iba desnuda. Rickard se debatía entre la excitación y el arrepentimiento por la borrachera. Las señales de que algo iba mal no habían alcanzado aún al soldadito, que seguía en guardia muy tieso debajo del edredón.

—Pues claro, ¿qué demonios te has creído? ¡Ayer te pusiste en evidencia! Y a mí y a tus padres. ¿Sabes lo vergonzoso que fue? Tus padres celebran sus bodas de oro y tú tomas la palabra y pones a tu padre de vuelta y media. Te pasaste nada menos que veinte minutos regodeándote con cada injusticia que en teoría había cometido contigo a lo largo de toda tu vida. ¡Y justo cuando estamos en apuros y necesitamos con desesperación la ayuda de tu madre! ¿Tú crees que va a ayudarnos después de lo que has hecho? ¿Y quién nos ha llevado a esta situación de mierda, eh? ¡Pues tú, claro!

Durante la reprimenda de Tilde se le fue marchitando el soldadito, y Rickard se sentó en la cama presa de la mayor frustración, con la espalda apoyada en el cabecero.

—¡Vaya, no me ha faltado ayuda de la buena! ¡No puede decirse que tú hayas contribuido con ningún dinero! —le respondió—. ¿Y cuánto crees que te has gastado yendo de tiendas este último año? Además de todos esos viajes a Dubái, París, Marbella, Ibiza… ¡Pero si te encanta ir por ahí en plan glamuroso jugando a ser una esposa que nada en el lujo! Entonces sí hablas todo el rato de «nosotros». Ahora bien, en cuanto la cosa se pone fea, todo es culpa mía. ¿A ti te parece justo?

Tilde guardaba silencio. Rickard salió de la cama irritado y metió los pies en las zapatillas del hotel. El soldadito ya había recibido el mensaje completo y se le había encogido entre las piernas.

—Vale, sí, podía habérmelo ahorrado, pero el viejo se lo merecía. Me reafirmo en cada una de las palabras que dije. Fueran las que fueran. Por lo demás, mi madre no es nuestra única opción, aunque se nos pongan en contra. Volveré a insistirles, y no te preocupes, que yo sé cómo manejar a mi madre. He hecho cosas peores y siempre me ha perdonado.

Se puso unos vaqueros y una camiseta.

—Soy su favorito.

—Sí, por alguna razón insondable —dijo Tilde entre dientes, aunque ya se la veía algo menos enfadada.

—A mí es imposible no quererme —aseguró Rickard con la más adorable de sus sonrisas.

Tilde resopló, pero él advirtió un atisbo de sonrisa.

Rickard la atrajo hacia sí y notó que el soldadito se espabilaba de nuevo. Se desabotonó los vaqueros y empujó hacia abajo la cabeza de Tilde.

Después de que Louise se marchara a toda prisa, Erica se quedó sentada en el porche. La bruma se negaba a aflojar su tenaza sobre el mundo que se extendía al otro lado del ventanal, pero los analgésicos habían empezado a surtir efecto.

Cuanto más remitía el dolor de cabeza, tanto más pensaba Erica en lo que Vivian le había contado la noche anterior, el tema de que en el pasado de Rolf flotaba el misterio de un asesinato. ¿Habría alguna historia en ese asunto? Se dirigió resuelta al vestíbulo y se puso el chaquetón de Helly Hansen y un gorro. La resaca la hacía más sensible al frío que de costumbre y, tras sopesarlo unos instantes, se metió en el bolsillo un par de guantes por si acaso.

Erica sabía cuál era la casa de Sälvik que Vivian y Rolf habían alquilado durante la celebración. Nada pasaba inadvertido en el vecindario. Empezó a caminar a buen paso, pero tuvo que aflojar al cabo de tan solo unos cientos de metros, pues jadeaba y se sentía como si le fueran a estallar los pulmones. Los paseos con Louise aún no habían surtido algún efecto digno de mención.

Al poco atisbó la cabaña de color amarillo. La verdad era que la casa tenía unas vistas espléndidas de la bocana del puerto, pero ese día todo estaba envuelto en la misma bruma gris.

Erica empezó a dudar a medida que se acercaba, y se detuvo delante de la puerta con la mano en alto, lista para llamar. No tenía la menor idea de cómo se había tomado Vivian la noticia de la muerte de Rolf, y tampoco sabía si estaba en casa. Pero fue como si la mano tomara la decisión por ella, porque golpeó fuertemente la puerta de madera.

Erica retrocedió un poco y aguardó. En un primer momento solo hubo silencio. ¿No habría nadie en casa? Pero luego oyó unos pasos lentos que se acercaban cada vez más. La puerta se abrió y apareció Vivian.

—Pasa —dijo al tiempo que se apartaba, como si la hubiera estado esperando.

El techo era tan bajo que casi tenía que encogerse, a pesar de que no medía más de un metro sesenta y ocho.

—No tengo café, pero sí té. —La voz sonó inexpresiva.

Erica la siguió hasta una cocina diminuta decorada como si no la hubieran actualizado desde los años cincuenta.

—¿Rooibos?

—Perfecto, sí.

Erica estaba a punto de sentarse en la cocina, delante de una mesa redonda algo inestable y cubierta con un hule desgastado, pero Vivian la detuvo.

—Siéntate en el porche. Necesitamos toda la luz posible en esta estación oscura. Enseguida voy con el té.

Erica se acomodó en uno de los sillones de mimbre del porche. También estaban muy usados, y supuso que en la actualidad la casa solo se alquilaba en verano, y que ya no la habitaba nadie que se preocupara por el mantenimiento. Seguro que la venderían pronto. A unos alemanes o unos noruegos que derribarían todo lo antiguo y la convertirían en una casa de lujo. Tal vez le hicieran el encargo a Anna. Ella era la única decoradora del lugar.

Los tablones del suelo crujieron un poco cuando Vivian apareció con la tetera humeante y la colocó en la mesa junto con un cuenco de porcelana con terrones de azúcar.

—Ponte azúcar si quieres. ¿Tomas leche con el té?

—No, solo azúcar.

Erica esperó hasta que Vivian se hubo sentado, luego dijo de manera escueta:

—¿Cómo te encuentras?

Vivian meneó la cabeza.

—He estado hablando con la policía, pero, salvo eso, no soy capaz de hablar del tema. No puedo decir nada más de la muerte de Rolf por hoy. Pero sí puedo hablar de su vida. Porque supongo que eso es lo que a ti te interesa, ¿no?

Erica asintió.

—Ayer, durante la cena, hiciste un comentario acerca del misterio de un asesinato que de algún modo guarda relación con el pasado de tu marido, ¿verdad?

—Debo confesar que confiaba en que despertaría tu curiosidad. Quizá pensé que el que tú te interesaras por el caso le daría algo más de publicidad a la exposición de Rolf.

—Pues sí, sentí mucha curiosidad, pero ¿estás segura de que te sentará bien hablar del tema en estos momentos?

Erica tragó saliva. Allí estaba, entrometiéndose en la vida de una mujer cuyo marido acababa de morir y que estaba conmocionada. Su sentido de la oportunidad no siempre era el mejor, como Patrik no se cansaba de señalar.

Vivian alargó la mano, que tenía unas cuantas manchas típicas de la edad. Le dio a Erica unas palmaditas.

—Yo no sé con exactitud qué era lo que iba a exponer Rolf, la verdad. Y eso mismo le he dicho hace un momento a ese policía joven tan encantador. Pero el año pasado, en nuestra casa de Estocolmo, sorprendí un día a Rolf embobado delante de una fotografía que le había hecho a Lola hacía muchos años.

—¿Quién es Lola?

Erica tomó un sorbito de té. Aparte del sabor a té rooibos, notó un leve gusto a jengibre. Muy rico. Puso otro azucarillo y removió.

—Lola era una de las amistades de Rolf en su juventud. No conozco los pormenores. Rolf se mostraba muy taciturno con respecto a ese período de su vida, pero en una ocasión me dijo que Lola y su hija vivían en el barrio de Vasastan, y que las asesinaron. Que incendiaron el apartamento y murieron dentro. Y que al asesino no lo encontraron jamás.

—Qué espanto.

Vivian toqueteaba la taza, pero sin probar el contenido.

—Sí, debió de ser espantoso. Yo creo que eso les afectó a todos de diversas maneras.

—¿A quiénes?

Vivian se estremeció.

—A Rolf y a sus amigos. Henning y Elisabeth. Ole y Susanne. A veces me pregunto si no pusieron en marcha el Blanche por Lola.

Meneó la cabeza.

—Perdona el parloteo de esta anciana —dijo bajito.

—¿Cómo se apellidaba Lola? —preguntó Erica—. ¿Y de qué época hablamos? ¿Los ochenta?

Vivian asintió.

—Sí, principios de los ochenta. Pero no conozco otro nombre que el de Lola en este asunto. Creo que Rolf dijo que a la hija la llamaban con un apelativo, Mini, Lillan o algo así. Lo que sí puedo es mostrarte la fotografía. ¿No te he contado que está colgada en casa, en la pared de nuestro dormitorio?

Vivian se sobresaltó al decir «nuestro», y fue como si se hundiera físicamente también. Cerró con fuerza los ojos unos segundos, luego se irguió un poco.

—Tengo un ejemplar del número de la revista *Sköna Hem* que contiene un reportaje de nuestro apartamento. Una de las pocas cosas a las que conseguí que Rolf accediera. Él sabía cuánto tiempo y cuánto cariño había puesto yo a la hora de decorar la casa, así que al final consintió en que hicieran el reportaje, a pesar de que detestaba esas ocurrencias. La tengo en la mesita de noche.

Vivian entró en la cabaña y Erica se quedó mirando el mar brumoso mientras dejaba volar el pensamiento. Había algo seductor en lo que Vivian le había contado, algo que despertaba a la escritora que llevaba dentro. Al oír de nuevo el crujido de la madera volvió la vista. Vivian volvía al porche con una revista en la mano.

—Ahí tienes la foto.

Erica observó la revista. En una de las fotografías del reportaje, la del dormitorio de matrimonio, se veía en la pared una foto en blanco y negro. No era muy grande, pero Erica vio con nitidez a una mujer muy guapa con el pelo largo y ondulado, y perfectamente maquillada. Llevaba una blusa fucsia desabotonada, de modo que en el escote se adivinaba un sujetador bordado.

Erica observó la fotografía con más atención. Había algo en Lola que la hizo reaccionar, y entonces se dio cuenta de que el sujetador tenía relleno.

—¿Lola era un hombre? —preguntó.

Vivian se encogió de hombros y se sentó.

—Lola era guapísima —dijo—. Al menos, a juzgar por esa instantánea, que es la única que yo he visto. Rolf la tituló *Inocencia*.

—O sea que lo único que sabes es el nombre de Lola, y que vivían en Vasastan. Bueno, y que la mataron junto con su hija.

—Sí, sintiéndolo mucho. Pero, aunque Rolf nunca hablaba del asunto, yo era consciente de que su muerte le había afectado muchísimo. Estuvimos juntos durante casi veinte años, así que aprendimos a interpretarnos el uno al otro. Lola era importante para él.

—¿Por qué crees que tituló la fotografía *Inocencia*?

Erica observaba la foto con suma atención. Había recobrado el deseo de escribir. Ahí descansaba una historia que desvelar. De hecho, así habían empezado todos sus libros, con la historia de un ser humano y con su deseo de descubrir qué había ocurrido y de contarlo profundizando en ello. Una mujer y su hija habían muerto asesinadas, y el asesino nunca pagó por su crimen. Y esa era una injusticia que Erica quería hacer todo lo posible por reparar.

—No lo sé —dijo Vivian, y tomó unos sorbitos de té—. Como te decía, Rolf no hablaba mucho de esa época.

—¿Y no te preguntabas por qué?

Vivian sonrió a medias.

—Rolf era temperamental. Era un artista. Un creador. Y yo aprendí a vivir con sus caprichos. Hace mucho tiempo que dejé de hacer preguntas. Pero Lola siempre despertó mi curiosidad.

—Desde luego, has conseguido despertar mi interés por ella. Voy a ver qué puedo averiguar sobre su persona y sobre las circunstancias que rodearon su muerte —dijo Erica—. ¿Puedo llamarte o venir a verte si se me ocurre algo más? ¿Cuánto tiempo te quedarás aquí?

De pronto, la mujer que tenía enfrente le pareció muy pequeña. Erica sintió deseos de darle un abrazo, pero no estaba segura de cómo se tomaría ella ese gesto.

—Pues… no lo sé. Habíamos alquilado la cabaña por un mes, pero no voy a quedarme tanto tiempo. Claro que necesito saber cuándo podré llevarlo a casa… —Se le quebró la voz.

—¿Tienes a alguien que te haga compañía?

Vivian asintió despacio.

—Henning me ha llamado y me ha dicho que puedo quedarme unos días con ellos en la isla. Y creo que voy a cerrar la cabaña y a aceptar su oferta. Hasta que sepa algo más.

—Me parece lo más sensato —dijo Erica aliviada al saber que Vivian tenía adónde ir.

Se levantó.

—Muchas gracias. Voy a ver qué más averiguo sobre Lola.

—Pues mantenme al tanto —dijo Vivian con la voz rota—. No puedo saberlo con certeza, pero creo que eso es lo que Rolf habría querido.

Erica volvió a casa sumida en sus pensamientos. A mitad de la pendiente se volvió a mirar. Vivian seguía en el porche de la cabaña amarilla, con la mirada fija en la inmensa grisura.

—He llamado al barco taxi, nos recogen dentro de un cuarto de hora en el punto de información turística —dijo Elisabeth.

—Muy bien —respondió Henning mientras colocaba los zapatos de la fiesta en la maleta. Escuchaba a su mujer solo a medias.

—Si pones los zapatos encima sin ningún tipo de protección, se va a ensuciar la ropa —le dijo ella.

Henning la miró.

—¿Y acaso tiene alguna importancia en estos momentos?

—No, claro, ninguna.

—He invitado a Vivian a que se venga a la isla unos días. Y también a Ole y a Susanne.

—¿Por qué, si puede saberse? —preguntó Elisabeth, y se volvió hacia él.

Henning respiró hondo varias veces para no alterarse, sujetó luego la puerta del pasillo abierta con ayuda de la maleta y reunió el resto del equipaje.

—Invitar a Vivian me parecía lo más adecuado y lo más humano que podíamos hacer. Y con Ole y con Susanne tenemos que hablar. Del Blanche. Lo mejor es hacerlo tranquilamente en la isla.

—¿Tranquilamente? Eso va a ser un circo. ¿No podías haberme preguntado primero? ¿Y dónde se te ha ocurrido que van a dormir?

Elisabeth pasó por delante de él hacia el pasillo.

—Bueno, pueden quedarse en la casa de Rickard y Tilde, y que ellos se queden en tierra firme —masculló Henning.

Por qué todo tenía que ser siempre tan complicado.

—Ni hablar. Rickard estaba borracho y no sabía lo que decía. Seguro que está muy arrepentido y que te pedirá perdón.

—Eso me lo creeré cuando lo vea…

Henning cerró la puerta al salir y echó la llave. Bajaron como pudieron el equipaje por las escaleras. Louise estaba en recepción con Pierre y con Lussan, y al verlos se acercó enseguida.

—A ver, dejad que os ayude.

Bajó primero la maleta de Elisabeth y luego volvió en busca de la de Henning.

—Os he estado llamando. Un policía quiere hablar con vosotros. Acaba de entrar ahí. —Señaló la gran sala comedor que había enfrente de la recepción.

—El barco llega dentro de cinco minutos —respondió Elisabeth con un suspiro.

Henning se adelantó para besar a Lussan en la mejilla y darle a Pierre un apretón de manos. Siempre le gustaron los padres de Louise. Buenas personas. Buena familia en ambos casos, desde hacía varias generaciones. Ese tipo de cosas que no podían comprarse con dinero. Era una de las razones por las que siempre le gustó Louise.

—Nos hemos enterado. Qué horror —susurró Pierre negando con un movimiento de cabeza.

Era algo más bajo que Henning, pero iba muy erguido, como si tuviera un palo en la espalda enfundado en su *blazer* azul marino.

—Espantoso —coincidió Henning, y rodeó a Elisabeth con el brazo—. ¿Regresáis ya a Escania?

—No, nos quedaremos un tiempo en la casa que nos han prestado nuestros amigos Gugge y Jojja —dijo Lussan—. Viven justo por encima del viejo hotel del balneario, el Badis. Maravilloso. Y han sido tan generosos que nos la ofrecieron en cuanto se enteraron de que veníamos a celebrar vuestro aniversario. Ahora están en Marbella, en la casa que tienen allí.

—Estupendo —contestó Henning—. Entonces podéis venir a cenar con nosotros a la isla. Hablad con Louise, ella lo organiza. En fin, ahora parece que hay un policía esperándonos.

Dicho aquello, Henning se dirigió al comedor.

—Es espantoso —afirmó Lussan.

El corte a lo paje de su melena oscura tenía tanta laca que apenas se movió cuando negó con la cabeza.

—Louise, ¿puedes avisar al barco para que nos espere?

Esta asintió y Henning condujo a su mujer del brazo hasta el salón. Allí vieron a un hombre muy serio, de pelo oscuro, sentado solo en una de las mesas, y Henning supuso que debía de tratarse de la persona que los estaba buscando.

—Patrik Hedström, de la Policía de Tanumshede —dijo al presentarse cuando se le acercaron.

Henning miró con disimulo el reloj al sentarse. Con un poco de suerte, no les llevaría demasiado rato. Quería llegar a la isla cuanto antes.

Estocolmo, 1980

ESE DÍA PYTTE tenía la oportunidad de elegir qué hacer. En realidad, casi siempre elegía ella. Su padre era muy bueno. Pytte elegía siempre lo mismo: el parque infantil de los jardines de Vasaparken. Era el más próximo a casa, y ella había jugado allí desde muy pequeña.

Estaba lleno de niños con sus madres. Ninguna de ellas iba tan bien vestida como su padre. Llevaban ropa aburrida. De color gris. O marrón. Ninguna llevaba una ropa tan bonita como la de su padre. Y ninguna iba tan bien peinada.

Su padre conocía a muchas de las madres del parque, la mayoría frecuentaban el lugar desde hacía tiempo, igual que Pytte y su padre. Al principio algunos niños se quedaban mirando a su padre boquiabiertos. Cuando a Pytte le parecía que miraban con demasiado descaro, se les acercaba sin más, ponía la cara muy cerca de la suya y les decía: «¿Es que habéis comido ojos o qué?». Y entonces paraban. Alguno corría llorando en busca de su madre, y entonces su padre la reñía.

—No es culpa suya —le decía—. Alguien les habrá dicho algo en casa y tienen curiosidad. Tenemos que tratar a todo el mundo con amabilidad.

Pytte escuchaba. Quería obedecer a su padre en todo, solo que no comprendía cómo iba a conseguir que la gente dejara de mirar simplemente siendo amable.

—Cómo ha crecido.

Pytte escuchaba a escondidas cuando vio que la madre con la que su padre solía hablar casi siempre señalaba hacia donde se encontraba ella.

—Ya, casi no me doy cuenta —respondió su padre—. Cómo pasa el tiempo, ¿no? Parece que fue ayer cuando llegué a casa con ella, y entonces era como un pajarillo.

Era una historia que Pytte había oído muchas veces. Su madre había muerto en el hospital y ella también había estado a punto de morir en el vientre de su madre, pero al final había salido viva y coleando, aunque tan pequeña como un pajarillo. Su padre le dijo que le cabía en la palma de la mano. Pytte no le creía del todo. Ningún recién nacido podía ser tan pequeño para caber en la palma de la mano. Aunque su padre tenía las manos grandes.

Se acercó a los columpios. Era su lugar favorito del parque. Nadie se atrevía a balancearse tan alto como ella. Se puso a balancearse muy alto, altísimo, hacia el cielo azul claro, y cuando estaba en todo lo alto, siempre pensaba que se encontraba cerca de su madre, que estaba en el cielo. No porque la echara de menos, en realidad. Su padre era padre y madre a la vez. No era capaz de imaginar siquiera un mundo en el que existiera nadie más que ella y su padre.

Siempre le contaba cosas buenas de mamá. Le decía que se le parecía muchísimo. Así que claro que tenía curiosidad. Y cuando el columpio subía tan alto por encima del suelo que ella casi rozaba las nubes con los dedos de los pies, a veces le daba la impresión de que podía verla.

—¡Pytte, no tan alto!

Pytte hizo caso omiso de la preocupación que resonaba en la voz de su padre. Era libre. Era invencible. Cuando volaba por los aires, no podía ocurrirle ningún mal. Pytte vio con el rabillo del ojo que su padre la miraba con angustia. Se impulsó de nuevo con las piernas varias veces, aumentó un poco más la velocidad. Y justo cuando estaba en lo más alto, se soltó. Empezó a caer por el aire. Sentía el viento en la larga melena.

Caía y caía sin cesar. Era un ave que bajaba volando libre desde el cielo. Hasta que aterrizó de golpe con las dos suelas en la arena. Miró con una amplia sonrisa a su padre, que negó con la cabeza y abrazó con fuerza la mochila de Pytte, pues le había prometido que la cuidaría mientras ella se columpiaba. Entonces se inclinó hacia la mamá que había junto a ella en el banco:

—Qué niña esta. Un día me va a dar un infarto, estoy segura.

Luego miró a Pytte a los ojos. Y todo en el mundo era como debía ser.

—Vamos a tener que aplicar un tratamiento agresivo para ese cáncer, Rita.

Bertil Mellberg miraba fijamente al médico que tenía delante. Para empezar, apenas había dejado el pañal. ¿Habría cumplido los treinta? ¿De verdad les permitían tratar a pacientes cuando era imposible que hubieran adquirido experiencia? ¿Y cómo era capaz de dar una información así sin que le temblara la voz? Cáncer de mama. Triple negativo. Parecía una sentencia de muerte.

Rita retiró con la palma de la mano algo que supuestamente había en la mesa del médico.

—¿Qué implica un «tratamiento agresivo»? —le preguntó al muchacho.

Bertil no se explicaba cómo podía estar tan tranquila. Todo acababa de hundirse a su alrededor. Estaban de maravilla, hasta que Rita empezó con aquella tos que no terminaba de curarse nunca y a sentirse agotada. El día que se notó el bulto en el pecho, Bertil por poco se desmaya.

—Radioterapia. Y quimioterapia. Tanto antes como después de la operación. Seguro que conoce los efectos secundarios. Náuseas. Alopecia. Y todo lo demás. No es agradable, pero es lo único que puede eliminar los tumores cancerígenos.

—¿Cuándo empezamos?

Rita estaba sentada con el bolso bien agarrado entre las manos. Bertil la miró con horror.

—Pero no podemos dejarnos guiar por lo que acaba de decir él, ¿no? Si parece que acabe de terminar la carrera… Deberíamos ir a Gotemburgo, a un hospital más grande, a ver a alguien con más experiencia…

—Llevo quince años en esta profesión —dijo el médico con una voz que no daba a entender que se lo hubiera tomado a mal ni mucho menos—. Por supuesto, puede contrastar otras opiniones si es lo que quiere, pero le aseguro que obtendrá la misma respuesta, y le llevará un tiempo que, por desgracia, no puede permitirse. Yo le recomiendo vivamente que comience con el tratamiento de inmediato.

Bertil bajó la vista. Le zumbaban los oídos. No quería oír lo que estaba diciendo el médico. Aquello no era posible, no podía ser posible. No su Rita. Si apenas habían tenido tiempo de estar juntos.

Rita puso una mano sobre la de Bertil, que comprendió lo ilógico que resultaba que ella tuviera que consolarlo a él. Debería ser al revés. Pero el abismo era tan hondo y tan oscuro que no conseguía apartar la vista de él.

—Empecemos cuanto antes —decidió Rita.

El médico asintió. Carraspeó un poco tras el puño cerrado.

—Muchas mujeres prefieren raparse el pelo ellas, antes de que se les caiga, pero es algo personal.

—Eso ya lo veremos —respondió Rita sin más—. Ahora lo único que quiero es que planifiquemos el tratamiento y empecemos lo antes posible.

—Pues eso es lo que vamos a hacer.

El silencio flotaba denso en la consulta. A Bertil le faltaba el aire. Les había mentido a sus colegas, les había dicho que Rita y él habían ido a una absurda excursión a los baños de Strömstad con los hijos de Paula. Y deseaba con todas sus fuerzas que hubiera sido verdad.

Bertil respiró a duras penas con la mano de Rita entre las suyas. La notaba caliente. Jamás la dejaría ir.

Erica sonrió satisfecha y puso el teléfono en silencio. A Anna no le importaba cuidar de los niños unas cuantas horas más para que ella pudiera quedarse trabajando con el nuevo proyecto literario.

Se sentó delante del ordenador y tamborileó un poco con los dedos antes de empezar la búsqueda en Google. Gran parte del éxito de sus biografías de escritoras y de los relatos de asesinatos se debía a su capacidad para dar con los detalles más difíciles de localizar. Ahora bien, Lola era todo un reto. Erica disponía de poquísima información de la que partir. Estocolmo a principios de la década de 1980, un incendio en un apartamento y que una persona que había nacido hombre, que vivía como mujer y que se hacía llamar Lola había muerto asesinada junto con su hija. No era mucha información, la verdad. Seguramente no escribieron mucho sobre el caso, le decía su lado cínico. En la actualidad no resultaba fácil ser una persona trans, así que se imaginaba cómo sería en los ochenta, con la cantidad de prejuicios que había y los delitos de odio que se cometían.

En efecto, las palabras de búsqueda que tecleó no arrojaron muchos resultados. Y no encontró nada relevante en aquel contexto. Borró la palabra «asesinato» y buscó en términos generales sobre el mundo trans en la Estocolmo de los ochenta. Una vez más le sorprendió el escaso número de resultados que obtuvo. ¿De verdad que no había más información de aquellos años? Creía que habría imágenes, historias, informes, gente que fuera el rostro de esa época y de esa vida. Pero el resultado era de lo más exiguo.

Continuó buscando en Google hasta que acabó encontrando fotografías de Christer Strömholm. Como a tantas otras personas, también a ella le encantaban sus fotos del barrio de Pigalle de París. Las había hecho cuando estuvo viviendo allí y se relacionó con el mundo trans de los cincuenta y los sesenta, y conoció a los protagonistas de sus fotografías, que se contaban entre las más hermosas que había visto en la vida. La foto que Rolf hizo de Lola recordaba un poco a las de Strömholm, pero, al mismo tiempo, tenían un toque propio y único. Erica no podía olvidarla.

Por otro lado, el recuerdo de las fotos de Christer Strömholm la empujó a revisar su interés por el caso. Había una tendencia desafortunada a observar el mundo trans de fuera adentro, como si se tratara de un espectáculo teatral, un escaparate a algo exótico, estimulante. Y en modo alguno ella querría formar parte de quienes explotaban a los que se encontraban en una situación de desprotección. Estaba bastante segura de conocerse a sí misma como para saber que el poder de atracción de la historia de Lola no radicaba en su condición de mujer trans, pero sabía que cabía la posibilidad de que las críticas fueran por ese lado.

Erica se levantó y empezó a pasear de un lado a otro de su reducido despacho. Las vistas al mar desde la planta alta siempre la dejaban sin aliento, la niebla que se extendía como un filtro invisible sobre el mundo por fin había empezado a disiparse.

Escribir era un trabajo solitario. Erica había pasado muchas horas sola con su angustia creadora a lo largo de los años. Pero contemplar el mar y las islas siempre le infundía calma, la sensación de formar parte de algo más grande. Por absurdo que pareciera, ahora que era una escritora de éxito necesitaba esa calma más aún. Cuantos más libros vendía, más agresivo era el entorno en sus ataques contra ella. Las solicitudes de entrevistas, los pódcast, los viajes de promoción al extranjero, las ferias del libro, las firmas… Había multitud de asuntos que la apartaban del foco de lo que quería hacer: escribir y estar con la familia.

Volvió al ordenador. Siguió pensando en cómo encontrar la información que buscaba. ¿Quién sería la misteriosa Lola? ¿Quién las asesinó a ella y a su hija? ¿Hasta qué punto se conocían Rolf y ella cuando la mataron?

Con energía renovada, probó con otras palabras en el buscador de Google.

LA SALA DE descanso pintada de amarillo llevaba demasiado tiempo con el mismo aspecto. No había ni presupuesto ni interés en cambiarla. Annika refunfuñaba a veces diciendo que habría que «remozar aquello», pero nunca encontraba el menor apoyo. A sus colegas les gustaba el cuarto tal como estaba. A lo sumo, tal vez hubiera que mejorar el café.

—¿Cuánto tiempo lleva encendida? —dijo Paula Morales observando la cafetera con escepticismo.

—¿De verdad quieres saberlo? —preguntó Martin.

—Seguramente, no.

Paula se atrevió a servirse una taza y se sentó a la mesa frente a Martin. Había una bandeja con pastelitos de mazapán, y Paula cogió uno antes de acercársela a él.

Martin negó con la cabeza.

—Estoy empezando a engordar por simpatía —dijo Paula riendo.

Se alegraba de volver a verlo feliz. Hubo un tiempo en que temió que nunca se le borraría la tristeza de los ojos. Sin embargo, el tiempo curaba casi todas las heridas, al menos hasta el punto de que la vida pudiera continuar sin que nos ahogáramos en los recuerdos negativos.

Paula tomó un sorbo de café. Sabía a metal y a quemado, pero ni siquiera puso cara de asco. Justo igual que el amarillo descolorido de las paredes, eso también era lo suyo. Era como estar en casa.

—Creo que Mellberg ha ido a Strömstad a bañarse con los niños. Debe de ser un espectáculo para iniciados: Mellberg en bañador.

Martin alargó la mano en busca de un rollito de mazapán y lo devoró en dos bocados. Ya se había contenido bastante.

Paula bajó la vista. No soportaba mentirle a Martin, pero Bertil había insistido en que no dijeran nada de la visita médica de Rita, y ella pensaba que tenía razón. No quería tener que ver las miradas compasivas de sus colegas. Sobre todo de Martin, que había vivido la misma historia con un ser querido. Además, ¿y si les daban buenas noticias? Entonces no tendría que contarle a nadie la situación.

Miró el móvil de reojo. Aún no la habían llamado ni Bertil ni su madre. Pero, claro, las visitas al médico siempre se retrasaban.

—¿Qué tal va la lista? —preguntó Martin al tiempo que recogía unas migas de la mesa.

Después de echarlas en el fregadero cortó dos servilletas del rollo de papel de cocina y le ofreció una a Paula. «Se ha vuelto de lo más concienzudo —pensó—. Debe de ser gracias a Mette.»

—Bien —respondió—. Pero todavía no he sacado nada fuera de lo normal. Era una fiesta, la gente estaba borracha, todo lo recuerdan con bastante vaguedad y me cuesta conseguir una indicación horaria exacta. Pero, hasta el momento, nadie vio nada que llamara la atención, nadie reaccionó a ningún detalle extraordinario.

—Pues lo mismo que yo —se sinceró Martin después de sentarse y llevarse a la boca otro pastelito.

Sí que le habían engordado un poco los mofletes últimamente, pero a Paula le parecía que le sentaba bien.

—Yo creo que la explicación más sencilla es la más verosímil —dijo pensativo—. Un robo. Rolf se encontraba allí. Se produjo una pelea. Él murió y el asaltante huyó nervioso sin llevarse nada.

—Lo único que no me encaja es que haya ladrones de obras de arte en Fjällbacka, es un poco rebuscado —dijo Paula, y se tomó un pastelito ella también—. Sabemos quiénes son las estrellas del lugar en lo que a robos se refiere, y me da la sensación de que no controlan en absoluto el tema del arte de la fotografía.

Recogió una miga que había caído en la servilleta.

Martin asintió.

—Sí, yo también lo había pensado, pero no sabemos qué ha podido pasar. En la prensa local han escrito bastante sobre la exposición de Rolf y sobre sus éxitos. Y no olvides el golpe al Museo Munch de Oslo. Los que lo perpetraron no eran precisamente expertos en arte.

Paula soltó un silbido.

—Vaya, eso sí que es tener conocimientos especiales del mundo de los robos de obras de arte.

Martin se ruborizó de tal modo que se le disimularon un poco las pecas.

—Vimos un capítulo sobre el tema en Viaplay.

—Ah.

Paula sonrió. Miró la bandeja de pastelitos. Quedaba uno. Se lo ofreció a Martin.

—Para ti. Tienes una mujer embarazada con la que ponerte a tono.

—Gracias —respondió él con sarcasmo.

Pero se comió el pastelito de todos modos.

Paula se levantó después de echar una ojeada al móvil. Su madre seguía sin llamar. Sentía un nudo de preocupación en el estómago, pero lo único que podía hacer en ese momento era centrarse en el trabajo. Y tenía una lista con la que continuar.

—Ante todo quiero expresarles mis condolencias —dijo Patrik en voz baja.

Henning y Elisabeth le dieron las gracias con un gesto. Parecían cansados y decaídos. No era de extrañar, después de la fiesta del día anterior, pero en el cansancio no había ni rastro de la alegría de una buena celebración. Tenían la mirada vacía.

—¿Fue un robo?

El tono de Elisabeth era duro y exigente. Irradiaba aplomo y una autoridad que empujaron a Patrik a sentarse un poco más erguido en la silla.

—Aún no lo sabemos. Y, aunque lo supiéramos, no podríamos difundirlo en este estadio.

—Lo comprendo.

—La policía tiene que poder hacer su trabajo —defendió Henning, y puso la mano sobre la de su mujer. Volvió la vista hacia Patrik.

—Queremos ayudar en todo lo que podamos. Rolf fue muy buen amigo nuestro durante muchísimos años.

—¿Cómo es que no asistió a la fiesta?

Patrik frunció el ceño. Si eran tan amigos como aseguraba Henning, debería haber estado con ellos en la celebración del aniversario.

—Rolf era muy suyo. Y con los años la cosa fue a peor. Nos pasa a todos.

Henning se encogió de hombros, pero buscó con la mirada la aprobación de su mujer.

—Se fue volviendo un personaje solitario a medida que envejecía —corroboró Elisabeth—. Lo que más le gustaba era estar detrás de la cámara, a poder ser en algún lugar del mundo olvidado de Dios. A los que vivimos en el mundo real nos miraba cada vez con más desprecio.

—Bueno, ahí quizá hayas exagerado un poco —dijo Henning, que deslizó la mirada de Patrik a Elisabeth.

Su mujer se había enojado.

—Es la verdad, y lo sabes. Sobre todo, los últimos meses estaba brusco e inaccesible. La verdad, no nos sorprendió cuando nos dijo que no acudiría a la fiesta.

Patrik iba haciendo anotaciones en el cuaderno mientras la mujer hablaba.

—En cambio, su mujer sí que acudió.

—Sí. Por lo que me dijo Louise, Vivian aceptó la invitación en el último minuto. Seguramente, en contra de la voluntad de Rolf. Pero yo lo interpreto como una señal de que está en su sano juicio. Él podía ser muy dominante, y la pobre Vivian se ha pasado veinte años plegándose a su voluntad.

Elisabeth resopló.

—¿Se llevaban mal? —preguntó Patrik.

—No como para que ella quisiera matarlo, si lo pregunta por eso.

—Claro que tenían sus problemas, como todo el mundo.

Una vez más, Henning Bauer atenuó y suavizó un poco las palabras de su mujer. Patrik se preguntó si ocurriría solo en aquella conversación o si era una característica de la relación que mantenían después de tantos años.

—Pero ¿nada grave?

—No, nada grave —dijo Henning.

—¿Cómo conocieron a Rolf? Antes ha dicho que es una amistad muy antigua.

Henning volvió a mirar a Elisabeth, que se había girado y parecía observar a los clientes del hotel que había alrededor de las mesas del fondo. La bruma impulsaba a la gente a sentarse en el interior.

—Conocemos a Rolf desde los años setenta —explicó Henning al fin—. Éramos un grupo heterogéneo de personas que coincidíamos en nuestro amor por formas de expresión cultural de diverso tipo.

—¿Formas de expresión cultural? —preguntó Patrik.

—Literatura, fotografía, arte, música… En fin, todo aquello que distingue al hombre del mono —dijo Henning entre risas, y Patrik se figuró que era una broma que hacía a menudo.

—O sea que tenían relación desde entonces, ¿no?

—Sí, tanto en lo familiar como en lo laboral —respondió Elisabeth, que ya volvía a mirar a Patrik—. Rolf es el padrino de Rickard, el menor de nuestros hijos. Y además regentamos juntos un club desde hace muchos años, el Blanche.

—Sí, alguien lo mencionó ayer. ¿Podrían explicarme con más detalle de qué clase de club se trata?

Henning se inclinó hacia delante.

—Podría decirse que el Blanche es nuestra forma de compensar. Cadena de favores, ya sabe. Los que fundamos el Blanche somos personas exitosas en nuestro campo cultural, y sabemos que, para lograr el éxito, es preciso pasar un filtro increíble, así que con el club pretendemos ofrecer un espacio donde germinen y se desarrollen nuevos talentos.

—¿Qué clase de talentos? —preguntó Patrik.

—Talentos en todos los campos de expresión artística en que nosotros hemos desarrollado nuestras obras: literatura, fotografía, arte y música. Celebramos recepciones periódicas con todo tipo de actos, desde exposiciones hasta recitales de poesía y actuaciones musicales. Incluso hemos tenido danza.

—Ofrecemos un espacio en el que los nuevos talentos puedan coincidir con los agentes culturales, donde puedan crecer los unos gracias a los otros y crear nuevos mundos artísticos —añadió Elisabeth.

Patrik se rascaba la cabeza. Aquello no le aclaraba nada. En su opinión, todo resultaba muy confuso.

—¿Quiénes están detrás del Blanche?

Henning reaccionó con más entusiasmo aún.

—Pues Elisabeth y yo, Rolf y también Susanne, y Ole Hovland. ¿Sabe quiénes son Ole y Susanne?

El tono de Henning indicaba que no creía que Patrik fuera a responder de manera afirmativa a esa pregunta. Patrik asintió.

—Oí mencionar sus nombres ayer. Susanne está en la Academia Sueca y Ole es su marido.

—Exacto. Ole es el representante activo del Blanche. Es el director.

—¿Y cómo es la relación entre ustedes, los que dirigen el Blanche?

Elisabeth volvió a resoplar y Henning le puso la mano en el brazo.

—Nuestra colaboración siempre ha funcionado de maravilla —dijo la mujer—. No comprendo qué tiene que ver todo eso con el asesinato de Rolf. Es obvio que ha sido consecuencia de un robo, ¿qué tiene que ver el Blanche?

Patrik hizo un gesto con las manos para pedirle que se calmara.

—El primer paso consiste siempre en tratar de saber todo lo posible acerca de la víctima.

—Deja que hagan su trabajo, Elisabeth —le pidió Henning, y la acarició para tratar de apaciguarla.

Ella apartó el brazo sin mirar ni a su marido ni a Patrik.

—¿Rolf tenía enemigos? ¿Problemas con alguien?

Henning movió la cabeza con vehemencia.

—No, no, qué va, Rolf no tenía enemigos. ¿Quién puede tener enemigos? Dicho así resulta de lo más dramático. Sí, es cierto que podía ser un tanto brusco, sobre todo en los últimos años. También es cierto que en su campo hay una competencia brutal, pero ¿enemigos? No, nada de eso.

Elisabeth miró el reloj de pulsera, una pieza muy bonita y elegante de color plata, que Patrik supuso valdría una fortuna.

—No voy a retenerlos mucho más —dijo—. Mi última pregunta tiene que ver con lo que pasó anoche. ¿Vieron u oyeron algo que les resultara llamativo, que estuviera fuera de lugar o que pensaran que podría guardar relación con el asesinato de Rolf?

—¿Quiere decir que ocurriera durante la fiesta? —preguntó Elisabeth.

—Como decía, no puedo pronunciarme acerca de nada relacionado con la investigación, pero ¿sucedió algo en la fiesta de ayer que consideren digno de mención?

Henning y Elisabeth se miraron. Luego los dos negaron con la cabeza.

—No, nada que recordemos —dijo Henning.

—Muy bien, pues entonces les dejo ir, pero lo más seguro es que tengamos que contactar con ustedes de nuevo más adelante.

Henning Bauer se puso de pie.

—Me ocuparé de que Louise les facilite nuestros datos de contacto.

Cuando salieron del establecimiento, Patrik se quedó un buen rato siguiéndolos con la mirada. Algo le decía que no habían sido del todo fieles a la verdad. Solo que no sabía en qué punto. Todavía no.

—¿Todo el mundo tiene controlado su equipaje?

Louise observaba el reducido grupo que había en el muelle. Habían tenido que contratar un barco taxi de los grandes para llegar a Skjälerö, puesto que, de buenas a primeras, Henning había decidido invitar también a Vivian, Ole y Susanne.

—¿Cómo te encuentras? —le preguntó a Vivian, que estaba a su lado con una bolsa en la mano.

La mujer miraba al mar, donde la niebla había disminuido, pero la cresta de las olas se encrespaba en rizos de blanca espuma. Iba a ser una travesía muy movida hasta la isla.

—¿Qué quieres que te diga? —respondió Vivian con voz monótona—. Es como si no fuera real. Y no puedo sentir nada ante lo que no me parece real.

Louise le dio una palmadita en el brazo, pero no dijo nada más.

—¡Susanne, Ole! ¿Tenéis vuestro equipaje?

Susanne asintió mientras que Ole le hacía un guiño. Louise suspiró y fue hacia donde estaba el capitán que los llevaría a la isla.

—Tenemos que zarpar cuanto antes, el viento está empezando a arreciar fuerte —dijo este señalando hacia el mar.

—Nos iremos en cuanto lleguen Henning y Elisabeth —respondió ella, y dirigió la vista hacia Galärbacken y la entrada del Stora Hotel.

—Vaya idea ha tenido papá al invitar a toda esta gente a la isla en estos momentos —murmuró Peter con la boca medio cerrada, sin apartar la vista de Max y William, que estaban demasiado cerca del borde del muelle, aunque cada uno con un buen chaleco salvavidas.

—Sí, ha sido una idea malísima —convino Louise—. Pero ¿qué quieres que hagamos? ¿Se lo dices tú?

Se encogió de hombros, y Peter apartó la vista de los chicos y le puso la mano en la mejilla.

Louise se quedó de una pieza, sorprendida por el gesto. Era insólito que Peter tuviera con ella un gesto público de cariño. En fin, era insólito incluso para ella. Ellos dos no tenían ese tipo de relación. Lo privado se mantenía en el ámbito privado.

—No, no se lo voy a decir, como bien sabes. No tiene sentido tratar de convencer a mi padre cuando se le ha metido algo en la cabeza. Quizá la invitación sea su forma de afrontar el dolor por la muerte de Rolf, quién sabe. Rodearse de la gente que lo conocía. Puede que tenga razón y nosotros estemos equivocados.

—Pues Elisabeth no parecía muy entusiasmada.

—Ya, pero ¿cuándo lo está?

Peter sonrió antes de acercarse en dos zancadas al borde del muelle, donde los chicos se empujaban demasiado cerca del agua.

—¿Qué estáis haciendo? ¡Eh!

Los agarró bien fuerte del cuello del chaleco para separarlos.

—Ha empezado él. Me ha llamado bebé porque llevo un chaleco para bebés.

William estaba a punto de echarse a llorar mientras señalaba el chaleco naranja de cuello enorme que llevaba puesto. Max le sacó la lengua. Él llevaba uno azul marino, mucho más discreto. Una variante más pequeña de los que llevaban los adultos.

—No es un chaleco para bebés. Y deja de chincharle, Max.

—¡Por ahí vienen! —gritó Louise señalando la pendiente—. Voy a ayudarles con el equipaje. Id subiendo vosotros mientras tanto, así no tardaremos en zarpar.

—¡A la orden, mi capitán! —respondió Ole cantarín, y le hizo el saludo militar.

Nadie se rio.

Cuando todos hubieron subido a bordo y el barco ya se alejaba del puerto de Fjällbacka, Louise se permitió relajar los hombros por primera vez desde que Erica le contó que habían encontrado muerto a Rolf. Los movimientos del mar surtían en ella un efecto calmante. El agua era su elemento. Siempre lo había sido. Se acercó despacio a la proa, sin dejar de agarrarse a la borda. El barco se bamboleaba en medio de las olas, pero ella contrarrestaba bien los movimientos del agua.

Una vez en la proa, dejó que el viento gélido le azotara el rostro y disfrutó del agua que entraba a grandes cascadas. Notaba en la boca el sabor a sal, pero la sensación de libertad le permitía respirar. Quería retener en su cuerpo aquella sensación mientras pudiera. Unos nubarrones negros se arremolinaban en el horizonte. Se avecinaba tormenta. Y ninguno de ellos iba a salvarse.

—¡BERTIL!

Gösta Flygare llamaba a gritos a Bertil Mellberg, el jefe de la comisaría, pero el comisario se fue pasillo arriba, derecho a su despacho, y cerró la puerta.

Gösta dejó escapar un suspiro. Era obvio que ese día Mellberg no estaba de humor. Y teniendo en cuenta que ni siquiera en un día bueno era fácil tratar con él, aquello no auguraba nada positivo.

Dio unos toquecitos en el marco de la puerta del despacho de Martin Molin.

—Mellberg está en pie de guerra —le comunicó a Martin, que estaba sentado detrás del escritorio.

—Pues qué bien —dijo Martin, y se hizo crujir el cuello ruidosamente.

—Dicen que eso no es bueno.

—Una mala costumbre de toda la vida. ¿Cómo llevas lo de la lista?

Gösta se apoyó en el marco. Salvo Bertil, en la comisaría todos dejaban la puerta del despacho abierta, de ese modo era más agradable y más fácil trabajar.

—Ahí voy —dijo—. Ya llevo diez invitados, pero todos dicen lo mismo: nadie vio nada raro en la fiesta ni advirtió nada llamativo en torno a la galería. Aunque, a juzgar por la resaca que tienen, cabe preguntarse si ese testimonio es fiable. Parece que corrió el alcohol.

—Podemos preguntarle a Patrik. Él estuvo.

—Ya, esta mañana se le veía mala cara —dijo Gösta riendo—. ¿Y tú? ¿Cómo vas?

Martin señaló con la mano la lista en la que había ido tachando un nombre tras otro.

—Pues más de lo mismo. Nadie ha visto ni oído nada.

—¿Y los vecinos? ¿Son veraneantes o viven aquí todo el año?

—Hasta donde yo sé, son residentes, así que deberíamos ir preguntando de puerta en puerta.

—¿Y el personal del Stora Hotel?

—Le he pedido a Paula que elabore una lista con los nombres de los empleados, sí. —Martin suspiró y se puso a subir y bajar los hombros para liberar tensión—. En mi opinión, también

114

deberíamos tener una conversación con los malos del lugar. Por si a algún genio del pueblo se le ha ocurrido algo.

—Ninguno es violento, que sepamos. Del robo al asesinato hay un gran paso.

—Cierto. Pero tú y yo sabemos que las cosas empiezan de una manera y pueden degenerar en una situación muy diferente. Y teniendo en cuenta que, por lo que se ve, el arma utilizada se encontraba en la galería, mi impresión al menos es que no fue algo planeado, más bien todo lo contrario. Un asesinato cometido en el arrebato del momento.

Gösta observó a su joven colega. Vaya si había madurado profesionalmente en los últimos años.

—Sí, tienes razón. Pero primero se lo comentamos a Patrik, ¿no? Para que esté al tanto de con quiénes hablamos y en qué orden.

—Sí, no creo que tarde mucho —dijo Martin teléfono en mano para seguir llamando a los números de la lista—. Seguro que quiere celebrar una reunión cuando llegue.

—Seguro. Bueno, pues entonces veremos cómo anda Bertil de humor... —murmuró Gösta echando un vistazo a la puerta cerrada del fondo del pasillo.

Con lo fácil que habría sido su trabajo si Patrik hubiera seguido siendo jefe. Pero uno no podía tenerlo todo en la vida.

—¿Qué haces tú aquí? —le preguntó Erica a Patrik, sorprendida al verlo entrar por la puerta.

Acababa de poner una cafetera y estaba a punto de volver al ordenador para seguir con sus averiguaciones.

—Nada, una visita relámpago. Estaba pensando en preparar unos analgésicos y un táper con el almuerzo y largarme a la comisaría.

—Te da tiempo de tomarte un café —dijo Erica mientras servía una taza para cada uno.

—Vale, cinco minutos. —Patrik se presionó con fuerza el caballete de la nariz mientras cerraba los ojos.

Erica fue a buscar los analgésicos del mueble que tenían sobre el extractor de humos y se los dio junto con un vaso de agua.

—¿Sin niños en el horizonte todavía? —preguntó mirando a su alrededor.

—Puedo ir a buscarlos a las tres —dijo Erica, y se sentó enfrente de él a la mesa de la cocina.

Se quedó observando a su marido.

—¿Cómo os va?

—Apenas hemos arrancado aún —contestó evasivo con la mirada puesta en la taza de café.

—O sea, que nada bien —respondió ella leyendo entre líneas—. Yo he ido a ver a Vivian. Estaba de lo más serena, pero creo que es porque aún está conmocionada.

Patrik la miró extrañado.

—¿A Vivian? ¿Por qué has ido a verla?

—Porque me dijo algo… de un asesinato en el pasado de Rolf.

—¿Un asesinato? ¿A qué te refieres?

Patrik la miraba con los ojos entornados. La tendencia de Erica a meter la nariz donde no debía y, en particular, en las investigaciones de Patrik, era un viejo caballo de batalla.

—Mucho tiempo atrás. Una buena amiga de Rolf y una niña murieron asesinadas en Estocolmo. A principios de los ochenta, cree Vivian, aunque no estaba segura. Como estoy buscando ideas para un nuevo libro, y este es un caso del que no había oído hablar nunca… El asesinato sin resolver de una mujer trans y de su hija. Puede ser buen material.

—¿Una mujer trans?

—Sí, la víctima se llamaba Lola. He empezado a buscar más información, pero sin éxito hasta ahora. Rolf la fotografió en su día. Vivian tenía una revista de decoración donde se veía su dormitorio en un reportaje que hicieron de su casa.

Patrik sonrió. ¿Lo habría impresionado la idea de Erica o serían las pastillas, que habían empezado a surtir efecto?

—A ver, tú que eres una personalidad de la cultura —le dijo—, ¿qué sabes del Blanche, el club que mencionaste ayer?

—Bueno, yo no soy ninguna personalidad de la cultura, ¿no? ¿O no te pareció lo bastante obvio ayer en la cena que la élite intelectual no me considera una de ellos? Pero el caso es que Vivian y yo hablamos del Blanche cuando estuve en su casa. Dijo algo un tanto misterioso, como que la tal Lola influyó en el hecho de que fundaran el club.

Erica frunció el ceño. Si era cierto, ¿no resultaba un tanto fatídico?

—En fin, el caso es que el Blanche es un club de Estocolmo tan esnob como parece. Tiene cierto toque elegante y *underground*, y en él permiten que una serie afortunada de elegidos lo frecuenten durante veladas poéticas, conciertos de violín, instalaciones artísticas...

—Uf, parece más bien un castigo —se lamentó Patrik.

—Bueno, no es que me den ganas de llorar si pienso que a mí no me van a invitar nunca. Pero supongo que lo preguntas porque Rolf fue uno de los fundadores, ¿no?

Patrik asintió e hizo una mueca. «Así que aún no se le ha pasado el dolor de cabeza», pensó Erica.

—Pues sí. Resulta que les hice unas preguntas sobre el club a Henning y a Elisabeth. Según entendí, aún lo mantenían activo, junto con Rolf, Ole y Susanne.

—Sí, el Blanche ha mantenido ese estatus tan atractivo sobre todo gracias a Susanne. Todo el mundo quiere codearse con un académico de «los dieciocho».

—¿Y eso por qué? —preguntó Patrik—. Y perdona si te parece una pregunta tonta.

—Bueno, como les diríamos a los niños, las preguntas tontas no existen. Pero no es fácil explicarlo. En el mundo de la cultura, sobre todo en el de Estocolmo, la Academia Sueca ocupa una posición casi regia. Y Susanne Hovland es, desde luego, la reina no coronada del grupo. Dado su carisma de estrella, junto con la red de contactos de Henning, Elisabeth y Rolf con la élite de la cultura, no es de extrañar que el Blanche haya sido la fuente a la que aferrarse para quienes aspiran a entrar en un mundo que, por lo demás, resulta bastante inaccesible.

Erica tomó un trago de café y observó a su marido. Como siempre que él le dirigía esa mirada intensa, sintió un cosquilleo en el estómago.

—¿Y Ole? ¿Cómo encaja él en ese contexto? Henning mencionó por encima que él es quien se encarga del Blanche.

—Ole ha tenido acceso a ese mundo gracias a Susanne. Es un aspirante a director de cine que, según los rumores, invierte la mayor parte de su tiempo en perseguir a chicas demasiado jóvenes. Y, según me han contado, parece que tampoco hace ascos a las mujeres de más edad.

—Pero ¿cómo puede tolerar su mujer algo así?

—Ya, eso mismo se pregunta todo el mundo. Pero llevan juntos muchos años y no tienen hijos, quién sabe qué acuerdo hay entre ellos, porque si ella ignora que Ole se acuesta con todo ser vivo que tenga vagina es que está ciega y sorda.

Patrik resopló.

Erica se lo quedó mirando. ¿Y si le contaba lo que había averiguado? Sí, debía saberlo.

—Ayer, en medio de la borrachera, Ole me dijo algo que no consigo olvidar. Puede que fuera un delirio, pero…

—¿Qué dijo?

Patrik se inclinó hacia ella con interés. Al otro lado de la ventana, el viento y la lluvia habían empezado a azotar los cristales, y Erica se cruzó la rebeca un poco más.

—Dijo que a Henning le van a conceder el Premio Nobel de Literatura.

Patrik soltó una carcajada.

—En fin, creía que era algo relacionado con el asesinato de Rolf, pero bueno, si es así, mejor para él.

—Es que no es el tipo de información que puedes ir difundiendo por ahí de antemano. Se cuenta entre los secretos mejor guardados de Suecia. Y del mundo.

—Vale, puede que en vuestros círculos sea un asunto importante, pero en mi pobre mundo, en el que tengo un asesinato que resolver, no tiene mayor interés a quién le concedan el Nobel de Literatura.

—Ya, claro, eso es verdad, pero a mí me pareció interesante que dijera que conocía ese dato. Es un secreto que puede valer dinero y poder.

Patrik negó con la cabeza y se levantó. Rodeó la mesa y le besó la mejilla cariñosamente.

—Ya te digo, en mi entorno esa información no tiene ningún valor. Un besito, cariño, llegaré a casa cuando pueda.

—Claro. Yo me encargo de los niños.

Erica se despidió de Patrik y subió de nuevo al despacho. No había perdido la esperanza de encontrar más datos sobre Lola.

—¿POR QUÉ TENEMOS que movernos nosotros? —protestó Tilde.

Rickard la miró negando con la cabeza mientras ella metía sus cosas de cualquier manera en una gran bolsa de fin de semana.

—Pero por Dios, han prestado nuestra casa de invitados un par de noches, no hay más —dijo—. No tienes que llevártelo todo, déjalo en su sitio y ven a buscarlo si lo necesitas.

—Es que no quiero que la gente revuelva mis cosas.

—A mí me parece que Vivian tiene asuntos más importantes que atender antes que registrar tu ropa.

—Pues no se la ve tan triste.

Tilde sostuvo en el aire un vestido diminuto de Valentino y al final lo metió también en la bolsa.

—Cada uno reacciona a su manera. Vivian siempre ha sido… fría. Y un tanto confusa, no religiosa, pero seguro que se apoya en una guía espiritual o algo así.

Rickard sonrió despectivo ante la expresión «guía espiritual». La gente así siempre lo había fascinado. Quienes insistían en que se hallaban por encima de todo lo material y en que no les importaba el dinero. No se habían dado cuenta de que el dinero era lo que decidía cómo nos juzgaban y cómo nos definían como personas. Ni siquiera sus padres lo habían entendido. Creían que lo que les otorgaba esa posición superior en la sociedad era su capital intelectual. Sin dinero y sin un apellido famoso habrían sido artistas muertos de hambre, el tipo de persona a la que desprecian quienes tienen poder. El talento, el intelecto, la inteligencia… Nada de eso otorgaba una posición prominente de verdad, no como el dinero.

Él lo comprendió muy pronto. Con dinero no tendría que esforzarse por nada. No necesitaría trabajar, no necesitaría tener talento y ni siquiera tendría que ser amable. El dinero abría todas las puertas. La gente que le pedía consejo a un cristal no lo entendería nunca.

—¿A ti te gustaba Rolf?

Rickard miró a Tilde sorprendido. Era una pregunta demasiado compleja, viniendo de ella.

—¿Cómo que si me gustaba? No sé… ¿Quién piensa en esos términos de los amigos de sus padres? Rolf siempre estuvo ahí. Me enteré de que era mi padrino antes de saber nada de él, y eso significaba que me hacía regalos algo más caros que a Peter en

Navidad y por mi cumpleaños. Algo que a mí me encantaba, desde luego.

Tilde dejó escapar un suspiro. Sin embargo, pareció darse por satisfecha.

—Vamos a estar muy apretados compartiendo alojamiento con Peter y su familia. Y los niños son un tostón.

—No, Max y William son estupendos. Ya vale, Tilde, deja de protestar. No es para tanto, y pensando en que voy a tener que pedirle ayuda a mi madre, a lo mejor no está de más colaborar un poco.

Tilde cerró la cremallera de la bolsa y frunció el ceño.

—Vale, tienes razón. Haré todo lo que pueda. Pero tienes que hablar con tu madre cuanto antes. Sobre todo ahora que se ha frustrado el otro plan. No quiero tener que cancelar Niza. Todo el mundo estará allí.

—No vamos a tener que cancelar Niza. Mi madre siempre acaba ayudándonos. Lo único que necesita es... desahogarse refunfuñando un poco. Sentirse una madre responsable. Y yo me haré el arrepentido y le prometeré que nunca más volveré a pedirle dinero. Ese es nuestro juego, ¿verdad, *baby*? Tú y yo, en Niza, dentro de dos semanas.

Rickard le llevaba la bolsa cuando salieron del dormitorio. Todo se arreglaría. De una forma u otra, todo se arreglaría. Como siempre.

—Yo sigo pensando que no es buena idea.

Elisabeth removía el fuego en la chimenea con un atizador. Nancy la había encendido en cuanto los vio atracar en el muelle, y ya estaba empezando a arder y a dar calor.

—Pues claro, es una idea brillante —dijo Henning, y sirvió dos copas de vino tinto.

No se explicaba del todo por qué dudaba tanto Elisabeth.

—Les he dicho a todos que comemos dentro de una hora. Nancy ya está avisada, le he pedido a Louise que lo prepare todo.

Elisabeth se sentó en el sofá y empezó a girar la copa en la mano.

—No me creo que ya no esté —suspiró.

—Sí, es difícil de asimilar. Con las ganas que tenía de poder contarle lo del premio... Se hubiera alegrado.

—Desde luego.

Guardaron silencio unos instantes. Henning sintió un calor que lo embargaba solo de recordar el premio. Y pensar que el Nobel no tardaría en ser suyo... Uno de los premios más prestigiosos que se podían ganar.

—¿Tú crees que todo esto...? —Elisabeth dudó antes de continuar—. ¿Tú crees que todo esto complicará las cosas?

—¿El qué va a complicar las cosas? ¿Te refieres al fisgoneo de la prensa? No hay nada que pueda complicarse. Habladurías y mentiras, ni más ni menos. Nosotros estamos por encima de todo eso.

—No sé...

Su mujer tomó un sorbo de vino. Un Châteauneuf-du-Pape de 2009. Lo había elegido con esmero. Era el vino favorito de Rolf. «Tiene fuste», decía siempre que lo bebía.

—Ya están todos instalados.

Henning se sobresaltó al oír la voz de Louise a su espalda. Se volvió hacia ella.

—¿Y saben todos dónde van a dormir?

—Sí. Hemos ubicado a Rickard y Tilde en nuestra casa, en el cuarto de los chicos. Los chicos duermen con nosotros. Y así Vivian, Susanne y Ole comparten la casa de Rickard.

—Espléndido. ¿Le has pedido a Nancy que prepare su asado de corzo?

—Por supuesto. Con puré de patata y salsa de Oporto. Y esta noche toca marisco. Y ostras frescas.

—Excelente. ¿Las ostras son de Åsa, de la isla de Kalvön? —preguntó Henning chasqueando los labios.

—Esta vez no, son de Lotta Klemming —dijo Elisabeth.

—Es una maravilla que haya tantas mujeres emprendedoras en la costa —exclamó Henning encantado. Pero enseguida cayó en la cuenta de que la situación tal vez exigiera un tono algo más lúgubre—. En fin, las circunstancias son muy tristes, pero no hay razón para que no intentemos disfrutar a pesar a todo. Y vamos a tener que adoptar una serie de decisiones juntos. Acerca del Blanche.

Louise asintió.

—Avísame si puedo ser útil para lo que sea.

—Tú siempre eres útil —dijo Elisabeth, y alzó la copa mirando a su nuera.

—Siéntate. Tómate algo —le pidió Henning dando una palmadita en el sitio libre que había a su lado en el sofá.

Louise parecía dudar, al final negó con la cabeza.

—Tengo varias cosas pendientes aún, pero disfrutad vosotros. El almuerzo estará dentro de una hora, y los invitados están atendidos. ¿Les digo que pueden reunirse con vosotros un poco antes si quieren?

—Por supuesto —respondió Henning haciendo caso omiso del gesto cansado de su mujer.

Alzó el vaso de nuevo, vio las llamas de la chimenea reflejadas en la copa de cristal y en el rojo sangre del vino.

—Por Rolf.

Elisabeth también alzó la suya.

—Por Rolf.

—¿Puedes convocar a todo el mundo en la sala de reuniones?

Annika asintió, y Patrik le dio las gracias con un golpe de los nudillos en el mostrador, antes de marcharse corriendo.

No estaba estresado, pero tenía el estómago revuelto; con la resaca, se había mareado en el viaje de Fjällbacka a Tanumshede.

Se dirigió a toda prisa a los servicios y levantó la tapa del váter justo a tiempo antes de vomitar. Se quedó sentado en el suelo medio minuto más o menos, luego se incorporó despacio. Después de vomitar siempre se sentía mucho mejor. Se enjuagó la boca y se mojó la cara con agua fría, se miró en el espejo y consiguió creerse que no se le notaba demasiado que tenía los ojos rojos.

Sin tambalearse demasiado, se dirigió a la sala de reuniones, donde ya lo esperaban casi todos. Gösta, Martin y Paula, así como Annika, la secretaria de la comisaría. No podía imaginar unos colegas mejores. En la sala solo faltaba una persona.

—Annika, ¿podrías ir a buscar a Mellberg? —le pidió a la secretaria.

Paula carraspeó un poco. Ella también parecía más pálida de lo habitual, tal vez hubiera estado de fiesta la noche anterior, como él.

—Vendrá más tarde, tenía… un tema importante.

—Un tema importante —murmuró Patrik.

Ya sabía él lo que eso significaba: que Mellberg necesitaba con urgencia echar una cabezadita. Sin embargo, no insistió. Por lo general, todo era mucho más sencillo cuando Bertil no estaba.

—Vale, había pensado empezar con un resumen de la situación. —Se puso a escribir con el rotulador en la pizarra—. Rolf Stenklo, fotógrafo que iba a exponer en la galería de Galärbacken, aparece asesinado en la mencionada galería, donde lo encuentra la limpiadora, Fanny Klintberg. La llamada de aviso se produjo a las 8.05 horas y, según la limpiadora, solo transcurrieron unos minutos desde que halló el cadáver hasta que llamó a la policía. El resultado de la investigación forense ya sabéis que tardará en llegar, pero, según la nueva jefa de Criminalística, el forense ha señalado la media noche como hora aproximada de la muerte de Rolf Stenklo. Ahora bien, debemos tener presente que solo se trata de una valoración preliminar y que puede haber un margen de error.

Annika los fue mirando a todos.

—Tengo entendido que el arma homicida es una pistola de clavos, ¿es cierto?

Patrik asintió y escribió en la pizarra «pistola de clavos».

—Así es. Una pistola de clavos que, seguramente, estaría en el local. Con lo que podemos suponer que se trata de un delito cometido en un impulso, que no fue premeditado.

—¿Un disparo? —Gösta había levantado la mano.

Patrik volvió a asentir.

—Sí, un único disparo. El clavo debió de dar de lleno.

Martin señaló la pizarra.

—No había señales de que hubieran entrado por la fuerza, pero la llave estaba sin echar cuando llegó la limpiadora, ¿no?

Patrik anotó en la pizarra lo que su colega acababa de decir.

—¿Qué más tenemos? ¿Alguna aportación de los invitados?

—Todavía no —dijo Paula—. Ni yo ni Martin ni Gösta hemos sacado nada en claro de los interrogatorios.

—Propongo que investiguemos entre los delincuentes del lugar —le dijo Martin a Patrik—. Gösta y yo lo hemos estado considerando, aunque queríamos hablarlo contigo antes. Pero nos encargamos sin problemas.

—Me parece bien. Haced una lista de nombres según la prioridad. Me fío de vuestro juicio, ya sabemos quiénes son por lo general, cómo suelen actuar y hasta dónde suelen llegar. ¿Creéis que se trata de un robo que salió mal?

Gösta se cruzó las manos en la barriga.

—¿Tú no?

Patrik guardó silencio unos instantes, antes de responder.

—Es lo más seguro. Las fotografías son muy valiosas. Es muy probable que alguno de los chiflados de la zona lo supiera, pero desconocería lo difícil que iba a resultarle venderlas. Sin embargo, creemos que no falta ninguna fotografía.

—Según la mujer de Rolf, él era el único que sabía qué fotos iban a exponerse —dijo Martin.

Patrik dijo como si pensara en voz alta:

—Podemos pedirle que les eche un vistazo, pero no debemos cometer el error de centrarnos solo en una línea de investigación. Hay muchos ejemplos de investigaciones cuya respuesta parecía lógica en primera instancia, pero que luego resultaron ser mucho más complejas.

Paula deslizó hacia Martin la bandeja de dulces. Él le lanzó una mirada asesina, pero luego cogió uno de todos modos.

—¿Tenemos un móvil alternativo? —preguntó la agente.

Martin negó con la cabeza.

—Rolf y su mujer Vivian discutieron la víspera de la fiesta, pero no parece que fuera más allá de una riña matrimonial normal y corriente. Por lo demás y según he podido concluir, Rolf había estado más esquivo los últimos meses, pero hasta ahora nada indica que hubiera sufrido amenazas, nada que apunte a que hubiera una persona que lo odiara lo suficiente como para asesinarlo.

Patrik escribió en la pizarra la palabra «móvil» en mayúsculas, añadió un signo de interrogación y la rodeó con un círculo.

—Es decir, no tenemos ningún indicio de que haya habido motivos personales —concluyó.

Annika levantó la mano para preguntar.

—¿Qué hacemos con los medios de comunicación? No paran de llamar. ¿Qué queréis que les diga?

—Diles que convocaremos una conferencia de prensa a lo largo del día de mañana. No porque para entonces vayamos a tener nada de lo que informar, pero es un caramelo que darles mientras avanzamos.

—¿Qué hora les digo, a las once?

—Sí, perfecto. Habla con Mellberg antes de comunicárselo a la prensa. Seguro que quiere encargarse él.

—Es lo más probable —dijo Annika algo seca.

Paula soltó una tosecilla.

—No puedo decir más en estos momentos, pero os rogaría que mostrarais… cierta consideración con Bertil en las próximas semanas.

Todos la miraron con desconcierto. Gösta fue el primero en reaccionar.

—¿Consideración? Si todos estos años no hemos hecho otra cosa que tener consideración con él… ¿Qué es lo que no nos estás contando?

—Nada. —Paula bajó la cabeza y evitó mirarlos a la cara—. Solo dadle un poco de margen.

—De acuerdo.

Patrik miró extrañado a Annika, que se encogió de hombros. En condiciones normales, estaba al corriente de todo lo que ocurría en la comisaría, pero en esa ocasión, incluso ella parecía ignorar lo que estaba pasando.

Paula parecía tensa. Patrik le lanzó una mirada reconfortante. Algo había ocurrido, pero era obvio que no estaba preparada aún para contarlo. Ya se lo comunicaría llegado el momento.

Annika apretó entre las suyas la mano de su compañera para consolarla, porque parecía a punto de echarse a llorar en cualquier momento.

—Necesitamos averiguar más sobre la víctima —dijo Patrik.

Paula parpadeó varias veces.

—Sí, yo ya estoy en ello.

—Bien. ¿Qué más tenemos?

—No mucho, hasta que recibamos respuesta del Centro Nacional Forense y de los técnicos —dijo Gösta.

—Yo tengo en el teléfono una grabación del lugar de los hechos. Vamos a echarle un vistazo juntos.

Patrik abrió el vídeo y le pasó el teléfono a Annika. Ella era la única que siempre se las arreglaba para esquivar los caprichos de la pantalla de la sala de reuniones y conectar los dispositivos.

—Ahí tenemos el local, no es más que una sala, y es fácil de ver entera —dijo Patrik—. Como sabéis, Rolf iba a inaugurar su exposición mañana lunes.

—¿Qué es lo que hay en las paredes? —preguntó Gösta inclinándose hacia delante para ver mejor.

—Según Vivian, Rolf dedicaba mucho tiempo a la colocación de las fotografías —dijo Martin—. Y para no tener que andar moviendo unas obras bastante pesadas y difíciles de manejar, además de muy valiosas, utilizaba marcos baratos que contenían una nota con el nombre de la fotografía en cuestión.

—Lo que implica que cada marco representa una de las obras que iban a exponerse —añadió Patrik.

—Exacto —confirmó Martin.

—Los cuadros están ahí. —Patrik señaló la ordenada hilera de fotografías enmarcadas que había al fondo de la sala.

—No hay tanta sangre como cabría esperar —observó Paula.

—No, el clavo seguía en la cabeza, y apenas salpicó nada.

Patrik se estremeció y observó a los presentes.

—¿Todo el mundo sabe lo que tiene que hacer?

Sus colegas asintieron, recogieron sus cosas y se marcharon cada uno a lo suyo. Fuera había arreciado el viento, que casi era de tormenta. Patrik se quedó solo. Había algo que lo reconcomía por dentro. Algo que había visto u oído y que no encajaba, pero no atinaba a dar con lo que era. Y el dolor de cabeza había vuelto de lleno.

Se guardó el teléfono en el bolsillo y se dirigió a la recepción. Annika siempre tenía un botiquín casero en el escritorio.

Estocolmo, 1980

A LOLA LA preocupaba el hecho de tener que dejar sola a Pytte las noches que ella trabajaba, pero no le quedaba otra opción, no había nadie más. Estaban Pytte y ella.

—Llegas diez minutos tarde.

Jack, su jefe, la miró irritado. Ella resopló y pasó delante de él sin más. Jack era el típico perro ladrador.

—¡Que seas puntual, Lola! —gritó mientras ella se alejaba.

Ella se volvió y le tiró un beso.

—¡Yo también te quiero!

—Hoy hay mucho lío —dijo Maggie con calma cuando vio a Lola entrar detrás de la barra.

Maggie tenía razón. El establecimiento era un hervidero de gente. El Alexas era el club al que todo el mundo quería ir, y todo el mundo era bien recibido. La clientela era tan dispar como los empleados, y uno de los atractivos de pasar una noche en el Alexas era que uno nunca sabía a quién se podía encontrar. Algún miembro de la realeza, alguna estrella de rock internacional, un ladrón desconocido, un político famoso. Todos se juntaban allí, en el Alexas.

Lola dejó el bolso debajo de la barra y empezó a ayudar a Maggie con las comandas.

Maggie era una *drag queen* que tenía debilidad por los vestidos de lentejuelas, y esa noche lucía una creación impresionante color turquesa. Mezclaba las bebidas a una velocidad de vértigo y solo lanzó a Lola una mirada rápida.

—¡Me encanta esa blusa!

—Bah, tiene más años que el sol.

Lola pellizcó el tejido sedoso de la blusa mientras aleteaba con las pestañas. El cumplido la animó. Había encontrado la blusa en una tienda de segunda mano del barrio de Söder, a un precio que casi parecía un robo. No era fácil vestirse como una reina con el presupuesto de una criada, pero gracias a sus contactos en varias tiendas de segunda mano, se las arreglaba bien. Estaba guapísima y lo sabía.

—Lola, dame un Tequila Sunrise y una sonrisa.

Kent, uno de los clientes fijos del Alexas, se inclinó sobre la barra y la miró embobado.

—La sonrisa tiene un coste extra —dijo fingiendo ponerse seria, y empezó a mezclar la bebida que le había pedido Kent.

Había llegado a un punto en que podía hacer un combinado en sueños, y además los clientes solían pedirle el mismo noche tras noche. Cuando terminó con la mezcla naranja rojizo, llenó un vaso de chupito de café y Galliano y lo remató con un clic de nata montada antes de acercárselo a Kent, junto con la bebida.

—La casa invita a un chupito —dijo, invitándolo también a la sonrisa que le había pedido.

Kent era de los amables. Había otros con los que se esforzaba al máximo por mantener toda la distancia posible.

—¿Cuándo podré invitarte a cenar?

El hombre se quedó en la barra sin apartar la vista de ella. Lola meneó la cabeza. No había ningún problema con Kent. Era amable y siempre iba bien vestido. Esa noche llevaba una americana gris con las mangas dobladas de modo que el forro reluciente quedaba a la vista, unos vaqueros de Gul&Blå y mocasines con borla de color marrón. Pero rondaba los setenta y era, sin lugar a dudas, demasiado mayor para ella, como ya le había dicho infinidad de veces. «Aunque la esperanza es lo último que se pierde», pensaba Kent.

—Una cena de nada no puede ser para tanto —insistió ladeando la cabeza con gesto suplicante.

Lola se dirigió a otro cliente que quería una cerveza, y se giró para sacarla del frigorífico.

—Podrías ser mi padre, Kent —le dijo—. Búscate a alguien de tu edad. Yo quiero un hombre que no necesite ayuda para que se le levante el pito.

Kent soltó una buena carcajada. Lo único que conseguía insultándolo era que se prendara de ella más aún.

—Anda, anda, vete y búscate una mesa desde la que poder admirarme. Tengo clientes que atender.

Kent se alejó a regañadientes con la bebida y se dirigió a una de las mesas. Ya se había tomado el chupito y Lola colocó el vaso vacío en la encimera que tenía detrás.

—Tengo que salir a fumar ya mismo —susurró Maggie mientras abría una cerveza con soltura.

—Escápate un momento, la cosa no está tan mal para que no pueda ocuparme yo —dijo Lola señalando la cola que había delante de la barra.

Lo decía en serio. Tenía experiencia y la situación controlada.

—Gracias, *darling*.

Maggie salió y dejó tras de sí un aroma a Poison, de Dior.

—¡Lola!

Una voz más que familiar se dejó oír por encima de los acordes de «Rivers of Babylon» de Boney M.

Rolf Stenklo se había acercado a la barra y le sonreía con esa sonrisa suya de actor de Hollywood.

—¿Habéis venido todos? —preguntó Lola, y Rolf asintió.

—¡Estamos ahí! Vamos a salir a cenar, pero podemos venir a buscarte luego. ¿Hasta qué hora trabajas hoy?

—Termino a la una. Luego podemos ir a mi casa.

—¡Perfecto! Aquí solo vamos a tomar una copa. ¡Luego venimos a buscarte!

—Ahora pido que os lleven a la mesa dos botellas de vino y las copas.

—Eres un encanto, Lola.

Lola siguió el aleteo de la melena rubia de Rolf mientras se dirigía con su característico paso raudo hacia la mesa redonda de la esquina. Sonrió, levantó la mano y los saludó. Ellos le devolvieron el saludo entusiasmados, y Lola sintió una oleada de cariño. Estaba deseando que llegara la hora de cerrar. En realidad, no era del todo cierto lo que había pensado al salir de su casa. No estaba sola. Alineó seis vasos de chupito. Se los serviría con el vino.

—¡Hola! ¿Dónde está esa madre con resaca?

La alegre voz de Anna resonó en el vestíbulo, y Erica apagó el ordenador y bajó corriendo escaleras abajo. La recibió un alegre coro de niños, que ella fue abrazando uno a uno antes de que salieran corriendo a jugar en el salón.

—Ven, tómate un café —le dijo Erica a Anna—. Sintiéndolo mucho, no tengo nada rico con lo que acompañarlo. He engordado un par de kilos y estoy tratando de que no haya nada apetitoso en casa.

—Estás estupenda, Erica. Esa manía tuya de estar siempre a dieta… No tienes ninguna necesidad.

—Claro, para ti, que has heredado los genes de papá, es muy fácil decirlo. ¿Sabías que mamá lo obligaba a tomar nata en el desayuno porque temía que la gente pensara que no le daba de comer?

—No, esa no la conocía —respondió Anna riendo, y empezó a rebuscar en los armarios—. Anda, siéntate, necesitas descansar un poco. Yo preparo el café.

De pronto se volvió hacia Erica muy seria.

—¿Has sabido algo más del asesinato del fotógrafo?

—¿De Rolf Stenklo? No, Patrik pasó por casa un momento antes de ir a la comisaría, y desde entonces no he sabido nada. Lo que sí he hecho ha sido hablar con Vivian, la mujer de Rolf. Han alquilado una de las casas de la bahía.

—Pero ¿cómo has hecho una cosa así? —preguntó Anna sorprendida. Luego negó con un movimiento de cabeza—. Mira que eres...

—Pues la verdad es que no he ido a hablar del asesinato de Rolf. Vivian estaba en mi lado de la mesa durante la fiesta, y me habló de un asesinato no resuelto que se cometió en Estocolmo en los años ochenta.

—Ya, y a ti te ha parecido buena idea ir a hablar con ella de ese tema la misma mañana que encuentran el cadáver de su marido, al que han asesinado.

Visto así, Erica tuvo que reconocer a su pesar que su actitud tal vez pudiera parecer un tanto inadecuada. Su principal fortaleza como escritora —una curiosidad insaciable que a veces rayaba en el descaro— tal vez no siempre fuera su principal fortaleza como ser humano. Sin embargo, no le pareció que Vivian se lo hubiera tomado así.

—¿De qué asesinato se trataba?

—El de una mujer trans. Lola. Y su hija. Me he pasado varias horas tratando de recopilar más información, pero no encuentro nada de nada en la red.

—¿Qué relación guarda eso con Rolf?

—Según Vivian, eran amigos. Pero todo aquello debió de pasar en tiempos de su difunta primera esposa. Vivian no llegó a conocer a Lola.

Anna miró a Erica pensativa.

—¿Estás segura de que no vas a entrar en un territorio que no controlas?

—¿A qué te refieres?

Erica miró sorprendida a su hermana. Anna siempre era su principal apoyo en todo lo que emprendía.

—Bueno, ya sabes, Marianne...

De pronto se le hizo la luz. Erica conocía perfectamente la historia de Marianne, una de las amigas que Anna tenía en Estocolmo.

Diez años atrás conmocionó a la Suecia más conservadora al anunciar que a partir de ese momento dejaba de ser Kjell Sundholm, director general de uno de los principales bancos del país, y pasaba a ser Marianne Sundholm, directora general del mismo banco.

—Marianne me enseñó muchas cosas en las que yo no me había parado a pensar —dijo Anna, que parecía estar buscando la palabra adecuada—. Hay muchísimos prejuicios. Muchas historias que son una vergüenza. Entre otras está la historia de que el mundo trans se contempla como entretenimiento. Como un fenómeno. Como un espectáculo. Y como algo con lo que siempre ha ganado dinero la gente que está fuera de ese mundo. Al hablar de Lola, tú misma has dicho que era una mujer trans. ¿Por qué no decir simplemente que era «una mujer»?

Erica se quedó callada al principio, incapaz de responder nada. Comprendió a su pesar que Anna tenía razón. Ella misma había tenido las mismas consideraciones en su momento. Estaba segura de cuáles eran sus razones y, pese a todo, no sería difícil meter la pata, puesto que no conocía ese mundo.

—Me rindo, mi ignorancia es enorme. Pero te prometo que pienso acercarme a este relato con todo el respeto posible. Y que voy a adquirir los conocimientos que me faltan antes de enviar a imprenta una sola palabra. ¿De acuerdo?

—De acuerdo —aceptó Anna, y le apretó sonriente la mano entre las suyas.

Erica dejó escapar un suspiro.

—En todo caso, el primer problema es cómo seguir. No encuentro nada útil en internet.

—Pues ve a Estocolmo.

Erica enarcó las cejas. Luego señaló a los niños, que estaban jugando en el salón.

—Con un marido que se encuentra inmerso en una investigación de asesinato y una pandilla de niños pequeños, no veo cómo podría encajar un viaje a Estocolmo en estos momentos.

—Bueno, ya sabes que Kristina siempre dice que le gustaría quedarse más con los niños. Pídele ayuda a ella. Después de todo, en algún momento tendrás que ir a la editorial, siempre vas con regularidad. Márchate un par de días. Yo puedo ayudar a Kristina si fuera preciso. Ya nos apañaremos.

—¿Estás segura?

Erica seguía sin estar del todo convencida de que fuera buena idea. Desde luego, adoraba a su suegra, pero podía ser un error táctico adquirir una deuda de gratitud con ella. Tarde o temprano, siempre había que pagar el precio, por lo general en forma de alguna celebración familiar a la que no podían faltar. Pero en este caso, bien podría valer la pena, la verdad.

Anna sirvió dos tazas de café.

—Venga, llama a Kristina, pídele que se quede con los niños un par de días y vete a Estocolmo.

Erica asintió.

—¿Sabes qué? Creo que es justo lo que voy a hacer. Así puedo aprovechar y ver si averiguo algo sobre el Blanche.

—¿El Blanche?

—Sí, un club cultural detrás del cual se encontraba Rolf, entre otros. He oído ciertos rumores y me gustaría saber si encierran algo de verdad.

—¿Crees que puede guardar relación con el asesinato? —le preguntó Anna.

Erica se retrepó en la silla y echó una ojeada al salón.

—Puede que sí, puede que no. Pero no pasa nada por indagar un poco. Y yo no creo en las coincidencias.

—¿Tienes cómo acceder?

—Creo que mi editor puede echarme una mano. El ambiente cultural de Estocolmo no es tan amplio.

—¿Y cómo piensas averiguar más acerca de Lola?

—Ya le he escrito un correo a Frank, mi contacto policial allí; le he dicho que necesito que me ayude a localizar una investigación policial de 1980. Y pensaba ver si puedo averiguar algo más de alguien que conociera a Lola en esa época. Alguien del mundo trans, por ejemplo.

—Vaya, parece que lo de ir a Estocolmo ya lo tenías planeado —dijo Anna con una amplia sonrisa.

Erica se puso colorada. Sí, así era.

Maja entró en la cocina tapándose la nariz.

—Flisan huele muchísimo a caca —dijo con voz nasal, y Anna miró suplicante a Erica.

—Bueno, como es el ojito derecho de su tía…

Erica suspiró y se levantó. Cambiar un culo lleno de caca con resaca. Justo lo que necesitaba.

—Yo TENGO LA sensación de haber comido hace nada —dijo Susanne, y se estiró en el sofá.

Al otro lado de las amplias ventanas panorámicas el viento azotaba sin descanso y arrojaba auténticas cascadas de agua contra la isla. Henning había advertido a todos que las rocas estaban muy resbaladizas, y que había que moverse con sumo cuidado para ir de una casa a otra.

—No tenemos por qué comer todavía si no queréis —dijo Louise.

William se había dormido en su regazo y se le estaban entumeciendo las piernas por el peso. Peter y él habían estado poniendo en el agua la nasa de la que el pequeño se había pasado hablando toda la tarde. En aquellos momentos, Peter estaba jugando al ajedrez con el mayor de sus hijos, que, a juzgar por la expresión de su cara, parecía ir ganando.

—No, venga, vamos a comer ahora.

Elisabeth se levantó y zarandeó un poco a Henning, que estaba roncando en el sillón más próximo a la chimenea.

—Henning, la cena.

—¿Eh? ¿Cómo? Pero si acabamos de comer, ¿no? ¿Qué hora es?

—Más de las ocho. Si no cenamos ahora, se hará tarde para los niños.

—Bueno, a ver si consigo ponerme de pie. Este sillón es muy cómodo, pero levantarse es un suplicio.

Soltó un lamento cuando tomó impulso y logró incorporarse.

—Muy bien, caballeros, sentémonos a la mesa.

—¡Pero abuelo, que voy ganando!

Max miraba a Henning con la decepción en la mirada.

—Podéis seguir después de la cena. Dejad el tablero como está y recordad a quién le tocaba mover —dijo Louise al tiempo que empujaba suavemente a William.

Le costaría despertarlo, pero le había pedido a Nancy que preparase espaguetis con salsa de carne picada para los chicos en lugar del marisco, y dado que era el plato favorito de William, resultaría más fácil conseguir que se sentara a la mesa.

—¡Vaya, menudo banquete!

Ole palmoteó entusiasmado al entrar en el comedor. Se había pasado la tarde bebiendo whisky y la cara le había adquirido un tono rojizo que se apreciaba con más claridad aún en contraste con el polo beis que llevaba.

Louise se sentó al lado de Peter. Desde luego, era la mesa de una celebración. Había langosta, cigalas, cangrejo, gambas y ostras, además de pan fresco, limón, alioli, queso Västerbotten y esa salsa de caviar de corégono que preparaban en la pescadería de Fjällbacka.

—¿Alguien puede avisar a Vivian?

Elisabeth se sentó a una cabecera de la mesa y miró apremiante a los demás.

—Aquí estoy —avisó Vivian desde la puerta.

Tenía en la cara las marcas del almohadón, pero se había cambiado de indumentaria. Llevaba puesto un vestido azul claro y tenía el pelo recogido en una trenza a un lado.

—Ven, siéntate aquí.

Louise dio una palmada a la silla contigua. Vivian se sentó y Louise le pasó la mano por el brazo como para darle ánimo.

—¿Seguro que tienes fuerzas? Podemos pedirle a Nancy que te lleve la comida a tu habitación si lo prefieres —le dijo con amabilidad.

—No, necesito energía a mi alrededor.

—De acuerdo.

Durante la cena reinó un ambiente apagado, y nadie quiso prolongarla sin necesidad. La conversación resultaba forzada, así que casi todo lo que se oía era el ruido de los presentes mientras comían marisco.

Louise logró comerse medio bogavante y unas cuantas gambas. No pudo con más. Tenía demasiadas ideas rondándole la cabeza. Peter, en cambio, comió por los dos. Él no tenía problemas, con independencia de las circunstancias, y los diez kilómetros que corría a diario le permitían comer sin que se le notara.

Louise miró a su alrededor. Henning y Elisabeth, cada uno en un extremo. El patriarca. La matriarca. Como los reyes de antaño. Susanne y Ole. Esa extraña pareja. La bella y la bestia. El amor que los unía resultaba difícil de comprender, pero también era evidente y palpable. Vivian. Frágil y quebradiza en su dolor. Desorientada sin Rolf, que siempre había sido el ancla en su relación. Rickard y Tilde. Interesados, egoístas. Incapaces de amar a nadie más que a sí mismos. Unas sanguijuelas que vivían de la sangre de su huésped. Se preguntó cómo los veían todos a ella y a Peter. Cecily y él formaban una pareja perfecta. ¿Los compararían con la que ahora formaban Peter y ella? Seguro.

Louise era totalmente distinta de Cecily. Ella era bajita, menuda y rubia. En cambio, Louise era alta y morena. Los chicos habían heredado los colores oscuros de Peter, así que parecían más hijos de Louise que de Cecily. Como si ese hubiera sido el plan desde el principio. Louise se esforzó por pensar en otra cosa. No debía seguir por ese camino.

Henning dio unos golpecitos en la mesa desde su trono.

—Tenemos unos cuantos temas que cerrar en torno al Blanche, así que, sintiéndolo mucho, debo pediros que nos dejéis solos. Lo siento, Vivian, pero me figuro que preferirás no verte involucrada en asuntos tan aburridos.

—Sí, prefiero irme a dormir —dijo Vivian al tiempo que se limpiaba las manos con la servilleta.

Louise se percató de que no había probado bocado.

—Muy bien. Louise, ¿tú puedes quedarte por si hubiera que tomar notas?

—Por supuesto —dijo, abrió el envoltorio de una toallita húmeda y se limpió las manos a conciencia—. Peter, ¿acuestas tú a los niños? Recuerda que duermen con nosotros.

—Claro. Creo que yo también me voy a dormir pronto, así que no hagas ruido cuando llegues.

La besó en la mejilla y luego ella llamó a los chicos, que se le acercaron corriendo. Max miró añorante hacia el sofá.

—Íbamos a terminar la partida.

—Mañana, cariño —le dijo acariciándole la cara entre ambas manos—. Mañana.

Le dio un beso en la mejilla y alargó el brazo en busca de William.

—Sé bueno.

—Si soy bueno, mamá.

—Sí, es verdad. Eres un niño muy bueno. Venga, dadle un abrazo de buenas noches al abuelo y a la cama.

Los dos pequeños obedecieron y se acercaron a abrazar a Henning. Louise los observó con suma atención. Los chicos tenían mucho de su abuelo. A veces solo lo veía a él en ellos. Y aquella noche era así.

Cuando se marcharon con Peter, les mandaron besos tanto a ella como al abuelo.

Henning carraspeó un poco.

—Bueno, vamos, que tenemos unos cuantos asuntos que tratar.

—Pero ¡por Dios! ¡Si apenas cabemos en la cama!

Tilde agitaba los brazos con frustración, y Rickard no podía sino estar de acuerdo con ella mientras echaba un vistazo al cuarto de los chicos. Había tomado demasiado vino durante la cena, en fin, durante la mayor parte de la tarde, y los movimientos bruscos de Tilde lo mareaban.

William entró con un pijama de la Patrulla Canina y con un cepillo de dientes en la boca.

—¿*Vaish a dodmid aquí?* —dijo mirándolos con los ojos como platos.

Rickard se agarró a una silla tratando de no mostrar a su sobrino lo borracho que estaba.

—Pues sí. Esta noche Tilde y yo vamos a dormir en vuestro cuarto.

—Por desgracia —murmuró Tilde apartando el edredón, que iba a juego con el pijama de William.

Rickard miró a William con una mueca y el pequeño se echó a reír de tal manera que empezó a chorrear pasta de dientes.

—Anda, termina de cepillarte los dientes y ven a darnos las buenas noches, ¿de acuerdo, hombretón?

Le revolvió el pelo a William, que se alejó corriendo risueño.

—No me digas que has cambiado de idea y quieres tener uno como él tú también —dijo Tilde mientras se acomodaba debajo del edredón de la Patrulla Canina—. Porque de eso nada.

—No te preocupes —respondió Rickard mientras se desabotonaba la camisa—. Nunca te he considerado material materno.

—Estupendo. Entonces estamos de acuerdo.

Tilde se sentó de nuevo en la cama cubriéndose el pecho con el edredón.

—¿De qué tendrán que hablar? Parecía muy serio.

—¿Hasta qué punto puede ser serio? —Rickard se quitó los pantalones sin caerse y los colgó en una silla de escritorio minúscula—. ¿El artista del mimo se ha roto una pierna? ¿El poeta checo ha vendido más de mil ejemplares y ha perdido credibilidad?

Tilde soltó una risita, pero volvió a ponerse seria enseguida.

—Pero ¿y si es por un tema de dinero? ¿Y si es algo que impide que tu madre pueda ayudarnos? ¿Por qué no has hablado con ella esta noche?

—Sí, voy a hablar con mi madre, pero no sé si te has dado cuenta de que en las últimas veinticuatro horas han pasado varias cosas.

—¿De qué vas a hablar con mamá? ¿De dinero? ¿Otra vez? —Peter estaba en la puerta, con William y Max a su lado—. Chicos, id a acostaros en mi cama. Tengo que hablar de una cosa con el tío Rickard.

—Vale. ¡Buenas noches!

William se despidió entusiasmado con la mano, y él y Max se escabulleron hacia el dormitorio de Peter y Louise.

La expresión neutral de Peter se esfumó cuando sus hijos se alejaron de allí. Se le ensombreció la mirada.

—No vais a pedirle a mamá ni un céntimo más. Y deberías estar agradecido de que no le cuente a papá cuánto le has birlado a mamá los últimos años, Rickard. Sé exactamente cuánto le has sacado a base de mentiras y de promesas vacías.

Peter dio un paso al frente y Rickard retrocedió sin pensarlo. Estuvo a punto de caerse y lamentó haberse tomado las últimas copas. Nunca lo había visto tan enfadado. Él era siempre el hermano sereno, estable, cuya superficie nunca se alteraba en lo más mínimo.

—Yo no he birlado... —comenzó Rickard, pero se interrumpió al ver que su hermano se colocaba tan cerca de él que notaba su aliento.

Peter le clavó el índice en el pecho, y Rickard soltó un lamento.

—¡Qué haces!

—Solo te lo voy a decir una vez: deja de pedirle dinero a mamá. Tengo acceso a las cuentas de papá y mamá, así que podré ver si vuelves a recibir dinero. Se ha cerrado el grifo. Tendréis que..., qué sé yo... Trabajar, quizá.

Peter clavó la mirada en su hermano menor. Luego se dio media vuelta y se alejó.

Rickard se quitó irritado los calcetines. Tilde, amedrentada, tenía los ojos abiertos como platos. Le temblaba el labio inferior.

—Rickard...

—Ni una palabra o exploto. Ni una palabra.

Rodeó la cama en la que estaba Tilde para llegar a la que había en la otra pared. Con movimientos furiosos, apartó el edredón de Spiderman, se metió debajo y se tapó la cabeza con él. Desde allí oía cómo Peter les leía un cuento a los niños en el cuarto contiguo.

—¡Qué pronto has llegado!

Erica miró a Patrik sorprendida cuando lo vio entrar en la cocina, que estaba recogiendo después de la cena. Los niños ya tenían puesto el pijama y estaban en el sofá viendo la tele.

—No vamos a avanzar más hoy, así que quería llegar antes de que se acostaran los niños.

Le retumbaba la cabeza, pero aquella sensación se le pasó casi por completo cuando pudo contemplar tranquilamente a Erica.

—Nosotros acabamos de comer, podríamos haberte esperado —dijo ella—. Pero ha quedado suficiente comida, si quieres.

—Tranquila, he cenado en la comisaría.

—¿Quieres acostarlos tú?

—Me encantaría —dijo Patrik, y se fue a la sala de estar.

Al verlo lo recibieron con gritos de alegría que dieron paso a tres caras largas en cuanto anunció que era hora de irse a dormir.

Cuando bajó, veinte minutos después, Erica había preparado una infusión y había encendido unas velas en la sala de estar.

—Ven, siéntate. Tienes pinta de estar agotado.

Patrik se hundió en el sofá.

—Siempre es igual de duro.

Erica apoyó la cabeza en su hombro y le acarició el brazo.

—Eso es lo que te convierte en un policía extraordinario, Patrik. Que nunca te permites quedar indiferente cuando la gente muere.

—Supongo —respondió cansado—. Pero eso no facilita las cosas.

—¿Habéis avanzado algo?

—Pues no. En realidad, no hemos averiguado más de lo que ya sabíamos hace unas horas. Y los medios no paran de llamar. Hemos convocado una conferencia de prensa para mañana, pero no tengo nada que decirles.

—¿No se lo ha pedido Mellberg?

—Eso es lo raro. Se ha pasado todo el día encerrado en el despacho, y luego se ha ido a casa sin que nos hayamos dado cuenta. Y Paula parece destrozada. Me pregunto si no habrá pasado algo, pero no quiero presionarlos… Y, además, tengo que centrarme en la investigación.

Erica le acarició la mejilla y él le dio la mano.

—Tómate una taza —le dijo Erica—. Es manzanilla, así dormirás mejor.

—Gracias, cariño.

Patrik probó un sorbo y se volvió hacia ella. Sus rizos dorados resplandecían a la luz de las velas.

—¿Qué tal tú? ¿Qué has hecho hoy?

Erica se sintió incómoda de pronto.

—He decidido ir a Estocolmo a pasar un par de días.

—¿A Estocolmo?

—He estado hablando con Kristina. Dice que se ocupa de los niños, así que no tienes que preocuparte por eso. Me gustaría averiguar más cosas sobre Lola. Y además… puedo preguntar por el Blanche aquí y allá.

—Erica…

—Lo sé, no te gusta que ande husmeando por ahí. Pero ¿qué puede pasar? Tu investigación sobre el asesinato de Rolf se desarrolla aquí, no puede decirse que esté inmiscuyéndome, ni mucho menos. Y tienes que reconocer que Vivian me insinuó la existencia de ciertos secretos que podrían ser significativos para ti.

—Ya, pero…

—Voy a ser cauta, voy a ser diplomática, voy a ser discreta. Voy a ser todo lo que crees que no soy capaz de ser.

Lo miró con una amplia sonrisa.

—Eso es jugar sucio —dijo—. Reír de esa manera. Es dopaje. Un delito de soborno.

—Tú espera a conocer el resto del repertorio.

Lo rodeó con los brazos y lo estrechó con fuerza, para soltarlo de pronto enseguida.

—A menos que estés demasiado cansado.

Patrik la atrajo hacia sí de nuevo.

—Yo nunca estoy demasiado cansado.

—Mentiroso.

Patrik la besó. Esa noche necesitaba más que nunca tener cerca a su mujer.

Peter no sabía por qué, pero aquella noche, por primera vez desde que Cecily murió, había sacado el libro de cuentos que ella les leía siempre, *El viento en los sauces*. Estaba viejo y gastado. Había pertenecido a Cecily cuando era niña.

Por lo general era ella la que les leía a los niños. Él siempre trabajaba hasta bien entrada la noche. Eran pocas las tardes que llegaba a casa antes de que los niños se hubieran ido a la cama. Los fines de semana era ella la que los llevaba a jugar al parque o a la piscina, o a pasarlo bomba en el museo de Tecnología o en el centro cultural infantil de Junibacken.

Todo eso cambió cuando ella murió. Sus prioridades se alteraron en el instante mismo en el que el coche de un desconocido colisionó con el cuerpo de Cecily. Todas las horas extra, todos los suplementos, todo su afán de éxito se volvió absurdo en un segundo. Lo único que significaba algo eran sus hijos.

Contarles lo que le había ocurrido a su madre fue lo más difícil que había hecho en la vida. William, que entonces tenía dos años, era demasiado pequeño, pero Max tenía cinco y comprendió lo que implicaban las palabras de Peter. El aullido que había dejado escapar parecía surgir de un animal herido. Un grito primitivo de dolor.

Peter estuvo hablando con el psicólogo del hospital, que le aconsejó que permitiera que los niños fueran con él a despedirse. Cecily estaba conectada a un montón de tubos, sin esperanza de volver a despertar. El personal se portó de maravilla. La habían preparado para cuando llegaran los niños. Cubrieron todos los tubos que pudieron, le limpiaron la sangre y la peinaron un poco. Tenía un aspecto apacible.

Los dos se acurrucaron junto a ella en la cama. Se pegaron a su madre como dos cachorros en busca de calor y seguridad. Una hora después, Peter los sacó de la habitación. Y luego le dio permiso al médico para desconectar los aparatos que mantenían a Cecily con vida.

Los primeros meses creía que no podría sobrevivir. Menos aún volver a sentir alegría. Louise lo cambió todo. Ella fue

146

primero su mejor amiga. Luego, un pilar de seguridad para los chicos. Y después, llegó el amor. Tanto él como los niños la querían. No era Cecily. No era su madre. Pero era Louise.

—No vayáis a tomar por costumbre lo de dormir aquí —les dijo con una sonrisa maliciosa.

—Prometido —respondió Max muy serio.

Peter le hizo cosquillas en el costado. Max siempre había sido muy serio. Desde que nació. Y la muerte de Cecily había acentuado ese rasgo.

—¿Piensas roncar?

—Pero, papá, yo no ronco. Soy un niño.

—Así es, papá. Nosotros no roncamos, somos niños —insistió William.

—¿Qué me decís? ¿Quién es entonces el que ronca tanto que tiemblan las paredes todas las noches?

—¡Tú, papá! ¡Tú eres el que ronca!

—¿Cómo? ¡Anda ya! ¿En serio?

—¡Sí, en serio!

Los niños se echaron a reír.

Peter cerró el libro y lo dejó en el suelo, junto a la cama. Abrigó bien a los pequeños con el edredón extra y apagó la luz.

—Os quiero.

—Y nosotros a ti, papá.

Peter sonrió en la oscuridad. No era creyente, pero, no sabía cómo, estaba seguro de que Cecily estaba con ellos en momentos como aquel.

—Si hace un par de años alguien me hubiera dicho que daría las gracias por tener a Bertil, habría pensado que estaba loco.

Paula se aguantaba las ganas de llorar. Rita los había reunido en la cocina para, con una voz más monótona de lo normal, contarles lo que había dicho el médico. El silencio que siguió quedó resonando en la estrecha cocina. Bertil parecía muy pequeño.

Johanna y ella no habían vuelto a hablar del tema desde entonces. Los niños aparecieron corriendo. Chillaban y gritaban e irradiaban vida como suelen hacer los niños, así que fue imposible ponerse serios. Pero ahora que estaban acostadas una junto a otra en la cama, cada una con su libro, intentando desesperadamente no pensar en el cáncer de Rita, era imposible evitarlo.

Johanna dejó el libro, se quitó las gafas de cerca y se volvió a Paula acariciándole la mejilla.

—Todo va a ir bien. Ya has oído lo que ha dicho Rita, van a empezar con el tratamiento enseguida. Si no hubiera remedio, no se lo habrían planteado.

—Lo sé. Pero, de todos modos… —Paula se secó las lágrimas, que se empeñaban en bañarle las mejillas.

Detestaba llorar. Detestaba ser débil, tener miedo.

—Cariño…

—Quita, no me mires cuando estoy así. No soy yo la digna de lástima, es mi madre la que lo está pasando mal. Yo solo… Es que tengo mucho miedo.

—Pues claro que tienes miedo, es lo normal cuando una persona a la que queremos se pone enferma —dijo Johanna enjugándole las lágrimas—. Y me he dado cuenta de que Bertil también está muerto de miedo.

Paula respiró hondo, tenía que recuperar el control. Su madre la necesitaba.

—Ya, creo que no había reparado en lo mucho que mi madre significa para Bertil.

—Por favor, ella lo es todo para él. Ella y nuestros niños.

Johanna le sonrió.

—Tienes razón, sé que tienes razón —admitió Paula—. Pero ¿qué va a pasar ahora? ¿Aguantará? Bertil no tiene fama de resistir con firmeza cuando el viento sopla con fuerza.

—Bueno, a veces la gente nos sorprende.

—¿Tú crees? A mí me parece que la gente rara vez nos sorprende. Y me temo que esto es más de lo que Bertil puede resistir.

—Pues yo creo que te equivocas. Pero, si así fuera, Rita nos tiene a nosotras dos. No se quedará sola, pase lo que pase.

—Ya lo sé, pero…

Johanna volvió a acariciarle la cara.

—Nada de peros. Te volverás loca si empiezas a temer cosas que ni siquiera han ocurrido. Puede que Bertil te sorprenda.

Paula suspiró y apagó la lamparita.

—¿Nos dormimos ya? No tengo fuerzas para seguir hablando.

Johanna apagó y se subió el edredón hasta la barbilla. Luego susurró:

—Te quiero.

Paula no respondió, pero buscó la mano de Johanna bajo el edredón. Y no la soltó hasta que el sueño se apoderó de ella.

—¿De verdad quieres que abordemos esto ahora? ¡El cadáver de Rolf no ha tenido tiempo de enfriarse aún!

Elisabeth giraba despacio la copa de vino.

—No veo que tengamos otra opción —dijo Susanne, y se levantó para llenarse la copa.

Se había quitado los zapatos de tacón e iba descalza. El largo caftán de seda de Rodebjer que llevaba ondeaba alrededor de su estilizada figura mientras cruzaba la sala.

—Podemos empezar por algo más agradable —dijo Henning.

Él mismo se percató de la alegría que dejaba traslucir su voz. A medida que lo asimilaba, iban creciendo la dicha y la expectación.

—Sí, dinos, ¿cómo te sentiste cuando el bueno de Sten te llamó? —tartamudeó Ole, que ya se había acomodado con la cabeza en las piernas de Susanne.

Henning apretó los labios. Lógicamente, Susanne y Ole habían hablado del asunto en casa.

—Desde luego, muy merecido —dijo ella alzando la copa para brindar—. Todos estábamos de acuerdo.

Ole se incorporó, alargó la mano en busca del vaso de whisky e hizo lo propio. Henning miró a su mujer, que también había alzado la copa hacia él.

—Para el Blanche será maravilloso —admitió Ole, y volvió a recostarse en las piernas de Susanne. Ella le acarició el pelo despacio.

—Es una de las razones por las que debemos mantener esta conversación ahora. Nos pondrán bajo la lupa. Tanto por la investigación de la muerte de Rolf como por mi… reconocimiento. Tendremos que afrontar ciertos asuntos.

—Cotilleos. Tonterías. Envidia —farfulló Ole.

—Todos sabemos que hay mucha gente que va a por nosotros, que va a por el Blanche —continuó Henning—. Que quiere destruir lo que hemos construido. Lenguas venenosas.

—Hijos de puta.

Ole escupió aquellas palabras y Susanne le acarició la mejilla.

—Tranquilo, cariño.

—No vamos a darles la oportunidad. —Henning se inclinó hacia delante para dar énfasis a sus palabras—. ¿Cuánto hace que nos conocemos? ¿Cuarenta y cinco años? ¿Más? No podemos permitir que nos dividan.

Se volvió a Louise.

—¿Te das cuenta? Hace casi cincuenta años que nos conocemos.

—Increíble —exclamó Louise. Henning le vio cara de cansada.

Louise se aclaró la garganta.

—¿Y qué digo si la policía me pregunta… según qué cosas?

Susanne la miró muy severa. Siempre tuvo capacidad para transformar su mirada en hielo.

—No pasa nada, Susanne. Yo estoy de vuestra parte. Pero me gustaría saber con exactitud qué queréis que haga.

—Entierra la mierda. Eso es lo que queremos que hagas, Louise.

Ole se echó a reír y se sirvió más whisky.

—A ver, no es eso —dijo Elisabeth con tono conciliador—. Es solo que nos parece innecesario apartar el foco de la investigación hacia temas que son irrelevantes y que no harán más que llevar a la policía a un gasto inútil de tiempo y recursos. Y sería trágico que unas acusaciones falsas apartaran el foco de lo que ha conseguido Henning.

—Lo entiendo —dijo Louise—. Como es lógico, no voy a transmitirle a la policía información irrelevante.

—¡Irrelevante! Eso es, ¡irrelevante! —gritó Ole con voz gangosa.

Alargó el brazo una vez más en busca de la botella y Susanne se la quitó.

—Ya no vas a beber más.

—¡Ay, cariño, me encanta cuando te pones firme!

Ole hundió la cabeza entre sus pechos y la agitó. Susanne se echó a reír y lo apartó.

—Guárdate todo eso para cuando estemos en la habitación.

—Yo creo que debemos brindar por Rolf —dijo Elisabeth de pronto—. Apenas hemos hablado de él. ¿Por qué no hablamos de Rolf?

Henning alzó la copa.

—Por Rolf.

—Por Rolf —dijeron los demás a coro.

Durante unos segundos se oyó cómo bebían, luego Elisabeth soltó una risa.

—Desde luego, Rolf no soportaba el whisky.

—Mierda, se me había olvidado —admitió Ole—. Medio vaso y lo tenías durmiendo en un rincón.

Miró inquisitivo a Susanne, que asintió. Con una sonrisa, Ole se sirvió otro vaso.

—Pobre Ester, cuántas veces tuvo que llevarlo a casa a rastras. Con lo alto que era.

—¿Adónde solíais ir? —preguntó Louise.

Se había tendido de lado en el sofá y los miraba fijamente. Fuera, la tormenta lo arrasaba todo, las ráfagas de viento más intensas hacían temblar la casa.

—Nuestro primer abrevadero era un sitio que se llamaba Alexas —recordó Henning—. Un Studio 54 al modo de Estocolmo. A finales de los setenta y primeros de los ochenta, todo el mundo iba allí. Fueron unos tiempos de locura. Antes del teléfono móvil. Sin el menor riesgo de que te grabaran.

Le hizo un guiño a Louise.

—Era maravilloso —continuó Ole con voz gangosa—. Maricas, tortilleras, trans y *drag queens* se mezclaban con yupis y con fontaneros del suburbio de Bagarmossen. Allí cabía todo el mundo.

—Sí, qué tiempos —dijo Henning.

Miró al fondo de la copa. Encontraba relajante el color rojo intenso del vino. Pero también le traía recuerdos. Recuerdos de un tiempo pasado. Sentía la mirada de Elisabeth, pero en esos momentos no quería corresponderle. Había algo en la velada que le infundía una sensación de irrealidad. De planos temporales que se entremezclaban. Viejos recuerdos evocados solo a medias que pugnaban por salir a la superficie.

Al final, levantó la cabeza y miró a Louise.

—Tú eres para mí como una hija, lo sabes, ¿verdad? Eres más que una nuera.

Henning se sorprendió al oír sus propias palabras. Debía de estar más borracho de lo que él mismo creía. Pero lo había dicho muy en serio.

Louise no respondió, pero tampoco apartó la vista de él.

—Yo propongo que brindemos por Lola —dijo Ole.

Se hizo un silencio absoluto en la sala.

Henning dudaba. Luego vio que Elisabeth alzaba la copa y la secundó.

—Por Lola.

—¿Quién es Lola? —preguntó Louise.

Henning miró a su alrededor. Fue mirándolos a todos a los ojos. Unos ojos que él había visto envejecer. Unos ojos que él había visto perder la ingenuidad, la inocencia.

—Lola era Lola.

No dijo más. No había más que decir.

—Voy a poner música.

Elisabeth se levantó y se dirigió al tocadiscos, que estaba junto a la estantería. Se lo habían regalado a Henning en su setenta cumpleaños, después de mucho tiempo protestando por lo difícil que era conectar el sofisticado sistema de altavoces que Peter había mandado instalar.

La voz de Nat King Cole inundaba la sala de estar, con el crujido característico de los discos de vinilo. Pasaron una hora hablando de cosas sin importancia. Cosas irrelevantes. No de Rolf. Ni de Lola. Ni de los secretos que debían guardar conjuntamente.

Henning se levantó y se dio cuenta de que las piernas no lo sostenían. No era el único. Ole también tenía que apoyarse en Susanne.

—Louise se ha dormido —susurró Henning señalando a su nuera.

Roncaba tendida un poco de lado en el sofá. Elisabeth la tapó con una manta.

—¿La despertamos? —preguntó Henning.

Elisabeth meneó la cabeza.

—Deja que duerma. Además, Peter tiene a los chicos en la cama. Aquí descansará mejor.

—Pues nada. Entonces, vamos a dormir, preciosa mía.

Le ofreció el brazo a Elisabeth, que se apoyó en él. Como tantas veces hasta ese día. Fuera, el viento soplaba en ráfagas cada vez más intensas.

—¿PUEDES CONCILIAR EL sueño?

Rita no era más que una silueta oscura en el umbral. Bertil estaba sentado en el sillón de piel de oveja del salón. Lo había girado hacia la ventana y trataba de ver en la oscuridad.

Ernst estaba tumbado con la cabeza apoyada en sus pies. El animal había notado el estado de ánimo de Bertil y se le había acercado despacio. Ernst se quedaría en casa de Rita a partir de ese día. Ella lo necesitaba más.

—Hay tormenta. Esta noche derribará muchos árboles —dijo.

Rita se colocó detrás de él. Le puso las manos en los hombros.

—Ya hemos vivido tormentas antes. Y volveremos a verlas.

—No como esta.

Ninguno de los dos seguía hablando ya del tiempo.

Rita lo besó en la coronilla.

—¿Podrás afrontarlo?

Sus palabras lo dejaron sin respiración.

—No eres tú la que tiene que preguntar eso —dijo poniendo la mano sobre la de ella—. Sino yo.

—Ya, pero eres tú el que está aquí sentado en plena noche, mientras que yo estaba durmiendo tan ricamente, la verdad...

—Perdona si te he despertado.

—No, qué va. Me he levantado para ir al baño. Pero anda, vente a la cama.

—Voy enseguida.

—Necesitas dormir. Tienes una investigación de asesinato que resolver.

—¿Cómo voy a preocuparme por eso en estos momentos?

Rita le dio una leve palmada en el hombro.

—No digas tonterías. ¿Tú crees que me eres de alguna utilidad en ese estado? Bertil Rufus Mellberg, mírame bien.

Rita rodeó el sillón y se plantó delante de él con los brazos cruzados. Ernst soltó un suspiro y se fue a tumbarse en la alfombra del salón.

—Ahora mismo vas y te acuestas. Duermes un par de horas. Luego te duchas, te vistes y vas al trabajo a hacer lo que tienes que hacer. Y cuando yo necesite hablar, estarás ahí para escucharme. Mientras no quiera hablar del tema, me dejas tranquila. Cuando necesite un abrazo, me darás un abrazo. Así de sencillo. Deja ya la tormenta y vente a la cama. La tormenta hace lo que tiene que hacer, mires tú o no mires.

—Vale, vale, ya voy.

Mellberg se quedó ahí unos minutos. Luego se levantó. Rita tenía razón. Como siempre.

Lunes

A Erica le encantaba ese momento del día. Cuando los niños ya se encontraban en la guardería y Patrik se había marchado al trabajo. Y solo estaban ella, la taza de café, el ordenador y toda una jornada de trabajo por delante.

Lo primero que hacía siempre era abrir el correo electrónico. Atendía enseguida lo que era urgente y dejaba el resto para responderlo a lo largo del día. Uno de los mensajes captó enseguida su atención. Era de Frank, su contacto en la Policía de Estocolmo. Lo abrió enseguida, pero constató decepcionada que se limitaba a responder que había tomado nota de sus preguntas y que haría lo que estuviera en su mano. Erica sabía que había sido ingenuo por su parte esperar más en ese estadio inicial, sobre todo teniendo en cuenta que solo había podido darle muy pocos detalles. Pero ella nunca perdía la esperanza.

Abrió la reserva de tren y comprobó una vez más el horario de salida de la estación de Dingle. Menos mal que Kristina podía recoger a los niños directamente en la guardería por la tarde.

No había prisa con la salida, confirmó. Tenía tiempo de sobra. Volvió a revisar también el hotel, para cerciorarse de que había seleccionado la fecha correcta. Como de costumbre, había reservado en el Haymarket, por lo céntrico que era.

Fuera oyó el ruido del buzón. El correo llegaba muy temprano ese día, pensó, y bajó la escalera para ir a buscarlo. Después de constatar que no había nada importante —publicidad y una factura, poco más—, se puso a leer las noticias en el móvil. La muerte de Rolf encabezaba la primera plana de todos los periódicos, seguida de la conferencia de prensa que la policía daría esa mañana a las once. Hizo clic en algunos de los titulares y leyó los homenajes que algunos colegas y amigos hacían de Rolf Stenklo. Erica se dio cuenta de que nunca había llegado a entender lo importante que era en su campo. A ella la fotografía nunca le interesó demasiado. También mencionaban por encima el Blanche, pero solo decían que Rolf había sido uno de los fundadores.

Envió un mensaje de texto a Louise para darle las gracias por la fiesta y para preguntarle cómo seguía Vivian. Esperaba que los amigos estuvieran cuidando a la pobre mujer en la isla.

Erica abrió el frigorífico, pero lo cerró de nuevo. Los pantalones cada vez le quedaban más justos, y había leído en algún sitio que el ayuno intermitente era la nueva forma de perder algunos kilos. La dieta de los Vigilantes del Peso ya no parecía surtir efecto en ella. Había llevado bien el tema de los puntos las últimas semanas y, aun así, seguía subiendo de peso. Mierda de hormonas. Para las mujeres, cuando no era una cosa, era otra. Los hombres no eran conscientes de la suerte que tenían.

Echó mano del medicamento natural que le había dado Kristina y se tomó dos pastillas con un poco de agua.

Volvió a mirar el teléfono. Louise no había respondido aún. Qué raro, por lo general ella siempre contestaba enseguida, pero estaría ocupada trabajando. Seguro que los medios estaban al acecho y querían hablar con Henning a toda costa. Erica se guardó el teléfono en el bolsillo y subió la escalera. Podría seguir trabajando una hora más, luego tendría que ir a la estación.

ELISABETH DEJÓ EL manuscrito en la mesita que había al lado del sillón. Tenía potencial, de eso no cabía duda, pero el autor debería trabajarlo más.

Cuando Henning entró, Elisabeth se llevó un dedo a los labios y señaló al sofá, donde dormía Louise.

—¿Sigue dormida? —susurró Henning.

—Déjala. Estuvo trabajando las veinticuatro horas con lo de la fiesta, está echa polvo.

—¿Y los demás? ¿Están durmiendo también? Ya son casi las nueve, no sé cómo puede la gente perder el día durmiendo.

Elisabeth lo miró por encima de las gafas.

—No todos son jubilados despiertos como nosotros. Pero Vivian se levantó hace un rato a desayunar, aunque ha vuelto a su habitación.

—¿Tú qué piensas?

—¿De qué?

—De la conversación de ayer. ¿Tú crees que todos son conscientes de la gravedad del asunto?

Elisabeth se quitó las gafas y las dejó encima del manuscrito.

—¿Tienen elección?

—A mi entender, no. Estamos todos en el mismo barco. Pero no hay que subestimar la necedad de la gente. Ni su vanidad.

—Cierto. —Se quedó mirando a Henning sin pestañear—. No pienso permitir que nadie nos arrebate aquello por lo que tan duramente hemos luchado.

Su marido se le acercó y le puso la mano en la mejilla. La mano de Henning. Una mano que ella llevaba más de cincuenta años amando. Era verdad que el amor movía montañas. El suyo las había movido. En lo bueno y en lo malo. Eso fue lo que le prometió ante Dios y los presentes. No era muy creyente, la verdad, pero siempre había pensado que el amor era una fuerza divina. Esa fuerza era de ellos dos. Siempre lo fue. Siempre lo sería.

—Podemos superarlo todo. ¿No es cierto? —dijo Henning con dulzura acariciándole la mejilla.

Ella posó la mano sobre la de él. Se le caldeó el corazón con el calor que irradiaba.

—Todo, Henning. Podemos superarlo todo.

Se oyeron movimientos en el sofá, a la espalda de Henning. Louise empezó a estirarse, bostezó y miró a su alrededor algo desconcertada.

—¿Qué hago aquí? —preguntó con voz ronca.

—Te quedaste dormida ahí anoche. Nos dio pena despertarte. Además, tenéis a los chicos en la cama…

Henning se sentó en uno de los sillones y desplegó el periódico del día anterior, que habían comprado en Fjällbacka.

Louise se incorporó despacio. Se desperezó aún adormilada.

—Sí, mejor así. ¿Qué hora es? ¿Se ha levantado ya todo el mundo?

—Las nueve pasadas —dijo Elisabeth, y se dirigió a la cocina—. Vivian se ha levantado hace un rato, pero a los demás no los hemos visto todavía. Parece que Peter y los niños piensan dormir hasta tarde.

—Nunca se levantan tan tarde —dijo Louise al tiempo que se incorporaba—. Voy a despertarlos.

—Diles que ya está el desayuno. Les prometí a los niños cereales Start.

—Eso no son cereales, son caramelos que parecen cereales —murmuró Henning.

—En eso estamos de acuerdo tú y yo, pero por hoy puede pasar. —Louise se rio y dobló con cuidado la manta antes de dejarla en el respaldo del sillón.

Se dirigió a la puerta y, unos segundos después, la vieron caminar por las rocas en dirección a la cabaña de invitados que les habían asignado a Peter y ella. La tormenta había amainado, y las únicas huellas que se apreciaban eran los maderos que habían llegado flotando hasta las rocas y que en ese momento se balanceaban perezosamente en el agua.

Elisabeth se sentó de nuevo en el sillón, con una taza de té humeante entre las manos. Los chicos se pondrían contentísimos cuando vieran los cuencos de Start. No les permitían comerlos muy a menudo. Henning tenía razón, claro. Era como si desayunaran azúcar a cucharadas directamente del paquete. Pero consideraba que era privilegio de toda abuela consentir a los nietos y poner a prueba los principios.

En ese momento se abrió la puerta de la cabaña y vieron salir a Louise. Elisabeth entornó los ojos al mirar por la ventana. No veía a los chicos por ninguna parte. Ni tampoco a Peter. Claro, estarían vistiéndose.

Hubo algo en los movimientos de Louise que la dejó helada. Su nuera se movía como a cámara lenta. Ya no caminaba con los brazos alrededor del cuerpo para protegerse del frío, sino que le colgaban a ambos lados, y se movía con torpeza y a trompicones.

—Henning —dijo Elisabeth poniéndose de pie—. Ven un momento.

—¿Eh? ¿Qué pasa?

Henning dejó a un lado el periódico y se levantó con esfuerzo del sillón. Siempre le llevaba unos instantes poner a tono las articulaciones por la mañana.

—A Louise le pasa algo.

Elisabeth se acercó más al cristal y le indicó a Henning que se acercara. Él se colocó a su lado y observó la figura que se movía allí fuera.

—Pero… Es como si…

Henning calló enseguida y Elisabeth contuvo la respiración. Louise parecía tener el jersey lleno de manchas. Y las manos.

Unos pasos después, Louise se detuvo y levantó las manos hacia ellos. Entonces vieron la sangre que la cubría entera. Vieron cómo abría la boca. Los miraba fijamente a los ojos. Entonces llegó el grito. Un grito que ascendió hasta el cielo gris e hizo que la tierra temblara bajo sus pies.

PATRIK TUVO QUE hacer un esfuerzo para levantarse de la silla. Le horrorizaba lo que se le venía encima: jamás lograría acostumbrarse a las conferencias de prensa. Todas aquellas miradas. Las manos en alto. Los periodistas que se interrumpían entre sí con sus preguntas.

Se encaminó despacio a la cocina. Para superar aquello necesitaba más café. Gösta y Annika estaban delante de la cafetera cuando él apareció en la minúscula sala amarilla en la que tanto calor podía llegar a hacer en verano.

Gösta le dio a Patrik una palmadita en el hombro. Sabía lo incómodo que se sentía ante el encuentro con la prensa.

Patrik acababa de llenarse la taza cuando levantó la vista al oír el ruido de unos pasos acelerados. Mellberg entró en la cocina dando tales zapatazos que el pelo le parecía saltar en la cabeza.

—Lo hacemos en la sala de reuniones, ¿no?

Patrik intercambió con Gösta una mirada de asombro.

—¿Quieres ocuparte tú de la conferencia de prensa?

—Pues claro, ¿por qué no iba a querer?

—No, ya, es que pensábamos...

Patrik carraspeó un poco y guardó silencio. Los caminos de Mellberg eran, en verdad, insondables.

—Muy bien. ¿Ha llegado ya todo el mundo?

Annika asintió.

—Sí, todos en sus puestos. ¿Tienes la información que necesitas?

—¿Acaso no tengo siempre la situación bajo control? —resopló Bertil.

Nadie respondió.

Patrik y Gösta fueron pisándole los talones a Mellberg. Estarían estrechos en la sala de reuniones, pero no tenían una opción mejor. La comisaría era pequeña y estaba mal planificada.

Comprobó asombrado que, aparte de la prensa local, también habían acudido varios pesos pesados de los medios nacionales.

Gente del *Expressen*, de TV4, del *Aftonbladet* y de SVT se habían hecho un hueco en el reducido espacio de que disponían. Las preguntas empezaron a lloverles enseguida, pero Patrik alzó la mano para acallarlos, lo que, para su sorpresa, logró silenciar el parloteo.

—Soy Bertil Mellberg, jefe de Policía de la comisaría de Tanumshede.

Patrik se preparó, sin atreverse del todo a levantar la vista. Se colocó cerca de Gösta y le susurró:

—¿Está al menos al corriente?

—No es seguro —respondió Gösta sombrío—. Pronto nos enteraremos.

Uno de los periodistas del fondo de la sala levantó la mano. Una cara bien conocida. Kjell, del *Bohusläningen*.

—¿Podría empezar haciendo un resumen de en qué punto de la investigación se encuentran en estos momentos?

Mellberg carraspeó con solemnidad y se irguió pomposamente. El pelo se le escurrió hacia abajo por un lado, pero él lo recolocó enseguida con un movimiento intuitivo.

—Como comprenderán, no puedo facilitar detalles de la investigación. Lo que sabemos hasta ahora es que podemos confirmar que Rolf Stenklo ha sido hallado muerto en la galería de Galärbacken. La última vez que lo vieron con vida fue la noche del sábado, y han encontrado el cadáver esta mañana, de modo que cabe concluir que le quitaron la vida en algún momento de la noche del sábado.

—¿Ha sido de un disparo? —preguntó el reportero del *Expressen*—. Nos ha llegado esa información.

Mellberg hizo una pausa dramática. Patrik contuvo la respiración. En una conferencia de prensa siempre cabía considerar a su jefe como un accidente de tráfico a cámara lenta.

—En el estadio en el que nos encontramos nos es imposible facilitar ningún detalle acerca de cómo falleció. Para no entorpecer el curso de la investigación, es un dato que debemos reservarnos. Por otro lado, aún no se han llevado a cabo la autopsia ni el consiguiente informe forense, con lo que resulta prematuro pronunciarse sobre la causa de la muerte.

Patrik respiró aliviado. Mellberg estaba sorprendente y excepcionalmente alerta, sobre todo teniendo en cuenta su ausencia del día anterior. En cambio, no le pareció sorprendente que ya se estuvieran difundiendo rumores. Ponerse a especular enseguida en torno a un asesinato parecía algo inherente al ser humano.

El periodista del *Aftonbladet* agitaba la mano febrilmente. Un joven al que Patrik reconocía de su firma en el periódico.

—¿Existe algún tipo de conexión posible entre el asesinato de Rolf y su condición de copropietario del Blanche? En los últimos tiempos han proliferado rumores extraños acerca del club...

Mellberg miró desconcertado al periodista. Era obvio que no tenía ni idea de lo que estaba hablando aquel hombre. Patrik maldijo para sus adentros. Se inclinó hacia Gösta para susurrarle algo al oído, pero se detuvo al ver que Annika estaba en el umbral. La secretaria de la comisaría entró en la sala y se llevó a Gösta del brazo hasta el pasillo, mientras le indicaba a Patrik que los siguiera. Martin y Paula los esperaban allí, habían preferido no estar presentes durante la conferencia de prensa. A juzgar por la expresión de sus caras, había ocurrido algo horrible.

—Tenemos que interrumpir la conferencia de prensa —dijo Annika. Tenía la cara encendida.

A Patrik se le encogió el estómago. Annika no se alteraba por cualquier cosa.

—Los coches están preparados. Tenemos que irnos enseguida. —Martin estaba muy serio. Luego respiró hondo y continuó—: Se ha producido un suceso en Skjälerö.

Martin les contó lo que sabían y Patrik se quedó con la boca seca de horror.

—Id arrancando los coches. Voy a interrumpir la conferencia de prensa, vuelvo enseguida.

Entró en la angosta sala con las piernas temblándole, le susurró la información a Mellberg al oído y, acto seguido, con una voz que no logró mantener firme, dijo:

—Tenemos que interrumpir la sesión. Hemos recibido un aviso urgente que exige que nos personemos en el acto.

Un rumor se extendió por la sala. Todos los periodistas mostraron un interés inmediato. Se desataría el caos en la comisaría, pero no había otro remedio. Toda la unidad debía acudir a Skjälerö. Allí los aguardaba una pesadilla.

Estocolmo, 1980

LOLA LOS ADORABA. Era un grupo de lo más heterogéneo. Eran ruidosos, alborotadores, revoltosos, inteligentes, poco razonables, muy razonables, de mente abierta, de mente cerrada. Llevaban juntos desde el día que Rolf los llevó al Alexas. La primera noche, sin ir más lejos, ya acabaron en la cocina de su casa después de la hora de cierre, y a partir de entonces, se convirtió en su lugar de reunión.

—¿En serio insinúas que Ted Hughes fue la causa del suicidio de Sylvia Plath? ¿No es eso tanto como darle un papel y un significado demasiado importante? Sylvia Plath jamás hubiera permitido que un hombre tuviera tanto peso en una decisión de tal envergadura.

Elisabeth tenía en la mirada el fuego de grandes ideas e intensos sentimientos.

Lola se dio cuenta de que los ojos le brillaban después de tanto alcohol, pero justo en momentos así era cuando más ingenio demostraba, cuando dejaba atrás la pesada carga del apellido familiar y se mostraba intelectualmente salvaje e ingobernable.

Ole hizo un gesto de rechazo y tomó un trago de la botella de cerveza. Lola sabía que le encantaba chinchar a Elisabeth, y era imposible estar seguro de si las opiniones que expresaba eran suyas de verdad o si solo las utilizaba como combustible para el fuego de Elisabeth.

—Es un hecho comúnmente aceptado que Ted Hughes provocó su suicidio. Se habían visto tan solo un par de días antes de su muerte, y su influencia era tan poderosa que, en aquel encuentro, ella le había pedido que abandonara el país, puesto que le costaba escribir sabiendo que él se encontraba en el mismo lugar que ella.

—Ya, pero el único testimonio que hay de eso es la palabra de él —respondió Elisabeth, y apartó con un movimiento de cabeza el rubio mechón de pelo que, como siempre, le caía delante de la cara—. Los hombres siempre han querido subrayar su importancia a costa de las mujeres.

—Pues yo diría que es más bien al contrario —dijo Ole con tono cansino.

Henning enarcó las cejas mirándolos divertido. Aquello era un espectáculo permanente. Para disfrute de todos. Cuanto más se enfadaba Elisabeth, tanto más interesante resultaba.

—¿Cuántas mujeres no han sacado provecho de sus maridos a lo largo de la historia? También en lo literario. Sylvia Plath no es ninguna excepción. Primero, de Richard Sassoon, luego de Ted Hughes. A mí me cuesta trabajo creer que se agarrara a perfiles literarios masculinos de renombre por pura casualidad, cuando ella misma quería triunfar en ese campo. Y, además, ella también ataca a las mujeres en *El Coloso*.

—Y a los hombres en *Ariel* —dijo Elisabeth, que a esas alturas estaba roja de ira.

—Yo aquí estoy del lado de Elisabeth —afirmó Ester con su voz suave—. Además, Ted Hughes trató de manipular la historia de Sylvia Plath después de su muerte. Si eso no es despótico, no sé qué puede serlo.

—¡Exacto, exacto! —exclamó Elisabeth con vehemencia.

Henning le puso una mano en el hombro.

—Tranquila, cariño, estamos hablando de literatura, nada de vida o muerte.

Elisabeth se volvió hacia él y adelantó la barbilla encolerizada.

—La literatura es cuestión de vida o muerte. La gente va y viene. Vivimos. Morimos. Pero la literatura que creamos sigue existiendo.

—Elisabeth tiene su punto de razón. —Susanne se echó en el regazo de Ole.

Lola siempre había pensado que Susanne era idéntica a Ali MacGraw en *Love Story*, con esos ojos tan expresivos y el pelo largo y liso con la raya al lado. No llevaba un peinado muy moderno, porque ahora había que llevar el pelo inflado, esponjoso y con la permanente, pero el tiempo y la moda no afectaban a una belleza como la de Susanne.

Rolf observaba en silencio a Lola y le hizo un gesto para animarla.

—¿Tú qué opinas? Tú siempre haces el análisis más agudo de todos nosotros. ¿Por qué no hablas?

Lola le sonrió. La conocía a la perfección. Dudó un instante, luego dijo con esa voz suya tan suave:

—Porque considero que los dos tenéis razón. Y los dos estáis equivocados. Ted y Sylvia. Hombre y mujer. Y enseguida los reducimos a algo mucho más pequeño de lo que fueron: seres humanos. Personas que escribían. Almas atormentadas. Creo que debemos buscar una guía en la creatividad y el amor, no en hombre o mujer. La creatividad y el amor eran lo que definía su relación, así como su obra. Para bien y para mal. La creatividad lleva aparejada la destructividad. Con el amor viene el odio.

—Acertadas palabras que merecen cerrar esta velada —dijo Henning poniéndose de pie—. La literatura que creamos nos sobrevivirá, o eso espero. Y el que seas consciente de ello te convierte en la editora brillante que eres, Elisabeth. Dicho esto, tenemos que marcharnos a la mayor brevedad. Mañana tenemos un lanzamiento editorial.

—¡Joder, es verdad! ¡Enhorabuena! —exclamó Rolf alzando la copa.

Los demás siguieron su ejemplo. Todos levantaron solemnes la copa hacia Susanne. Las fotografías de Rolf habían cosechado ya el reconocimiento internacional, Henning era considerado desde hacía tiempo como una promesa de la literatura, y ahora Susanne publicaba otra novela.

—¿Cómo lo has titulado al final? —preguntó Ester con curiosidad—. Creo que no fue fácil.

—Al final se llama *El lado en sombra* —dijo Elisabeth.

El debate sobre Plath y Hughes ya había caído en el olvido, y sus ojos brillaban de felicidad.

—Yo creo que es lo mejor que has escrito hasta ahora, Susanne —afirmó—. Con una diferencia abismal.

—Así que los demás no te parecían buenos, ¿no? —dijo Susanne retadora, sin llegar a ser mordaz.

—Eran brillantes, pero este… Este es algo extraordinario. Has dibujado un paisaje literario propio, has diseñado el territorio con un lenguaje totalmente tuyo. No hay muchos editores que tengan la oportunidad de participar desde un rinconcito en la creación de una magia así.

—Bueno, bueno, tú has participado, pero no solo desde un rinconcito, Elisabeth. Tú sí que eres brillante.

—¡Brillante, brillante, brillante! Disolvamos ya este club de admiración mutua —dijo Henning entre risas—. Porque Susanne tiene razón, mañana es el lanzamiento. Además, seguro que Lola quiere deshacerse de nosotros, que tiene una criatura de la que ocuparse.

—Nosotros también —protestó Elisabeth malhumorada, y señaló la copa de vino que Ole acababa de llenarle.

—Ya, pero nosotros tenemos una niñera, cariño. Y Lola, no.

Entre mucho trajín y muchas risas se fueron despidiendo y lanzando besos a Lola, antes de dejarla en medio de un caos de vasos, botellas y colillas en la cocina. Pero no importaba. Ella lo recogía todo de mil amores, y siempre procuraba dejarlo hecho antes de irse a dormir, de modo que Pytte no tuviera que encontrarse el desbarajuste a la mañana siguiente.

Después de ordenarlo todo, fue al dormitorio. Pytte se había acostado en la cama de su padre, como siempre. Dormía tranquilamente en el lado izquierdo, con una jirafa raída en el regazo. La tenía desde que era pequeña, y se negaba a dormir sin ella. Lola se desvistió con cuidado, colgó la ropa, se puso el camisón y se sentó en el borde de la cama. Abrió el cajón de la mesita de noche tan silenciosamente como pudo. Chirrió un poco, pero Pytte solo se movió en sueños, sin llegar a despertarse.

El cuaderno de notas color azul se encontraba al fondo del cajón, detrás del baúl de terciopelo rojo. Los cuadernos que ya había escrito enteros los guardaba en el armario, pero el que llevaba en cada momento prefería tenerlo cerca. Lo sacó junto con el bolígrafo y mulló un cojín en el que apoyarse. Con la sonrisa del recuerdo de la velada aún en la comisura de los labios, comenzó a escribir. Las palabras iban surgiendo con facilidad, como siempre cuando era feliz. Y en esos momentos lo era. Algo que en su vida pasada nunca creyó que sería posible.

Los viajes en tren tenían algo relajante. No es que llegara a dormirse, no; Erica no pertenecía al tipo de personas que se dormían en los trenes o los aviones, mientras que Patrik se quedaba frito incluso antes de la salida. Pero dirigirse a un destino tranquilamente mientras se tragaba un par de capítulos de alguna de sus series favoritas —cuanto más ligera, mejor—, era maravilloso. En esos momentos estaba enganchada a *The Real Housewives of Beverly Hills*, y era estupendo poder verla sin interrupciones y sin oír a Patrik refunfuñar por lo absurdo que era ver a una pandilla de mujeres que no dejaban de gritarse unas a otras.

El paisaje pasaba a través de la ventanilla a toda velocidad. Vio rastros de la tormenta de la noche anterior durante el trayecto. Montones de árboles caídos aquí y allá. Comprendió que había tenido suerte de que no hubiera habido retrasos a causa del temporal. Por otro lado, aún no había llegado, así que era peligroso tentar a la suerte. En la actualidad, viajar con la red sueca de ferrocarriles y no sufrir un retraso era tan probable como ganar el premio gordo de la lotería.

El mareo empezaba a dejarse notar poco a poco. Y eso que había reservado un asiento en el sentido de la marcha. Se mareaba con facilidad, pero en esa ocasión había empezado más rápido que de costumbre y, además, notó que estaba sudando. Dichosas hormonas. Tal vez debería aprovechar y hacerse alguna prueba aprovechando su estancia en Estocolmo. Cuanto antes se lo miraran, antes averiguaría qué podía hacer para atajarlo. Había leído en una revista que había unos parches y un gel que podía untarse en la cara interna del muslo.

Se apostaría el cuello a que aquel era otro tema para el que recomendaban yoga o meditación. Dos recursos que había probado varias veces, pero para los que claramente no tenía paciencia. Después de cinco minutos de meditación ya había recitado el orden de sucesión al trono británico, el nombre de todos los maridos de Elizabeth Taylor y todas las clases de pasta de la marca Barilla. Nada de *mindfulness*, en realidad.

Había oído hablar de mujeres que se habían operado la matriz para ahorrarse todos los problemas, pero le parecía un tanto drástico. A ella, que hasta para cortarse las puntas se lo pensaba, porque sentía angustia ante la sola idea de la separación. Mejor una crema con la que embadurnarse, unas pastillas que tragarse o un parche que aplicarse.

Una voz anunció por el altavoz que se acercaban a Gotemburgo, y que había llegado el momento de cambiar de tren para quienes se dirigían a Estocolmo. Erica guardó el iPad en la mochila. Kyle, Lisa y Denise tendrían que parar de refunfuñar mientras tanto. Cuando bajó al andén sacó el móvil. Seguía sin tener respuesta de Louise. Tanto silencio empezaba a preocuparla. Pero no podía hacer gran cosa, más que esperar. Fue a la lista de las últimas llamadas y marcó el número de Patrik. Los tonos iban resonando uno tras otro, sin resultado. Miró el reloj. La conferencia de prensa debería haber terminado a esas alturas. Le escribió un breve mensaje:

«Cambio de tren en Gotemburgo. Llama cuando puedas. Un beso. Te quiero.»

EL BARCO DE Salvamento Marítimo navegaba hacia la isla a toda velocidad. El personal sanitario ya había salido. Farideh Mirza y sus técnicos llegarían en el siguiente barco; desde Uddevalla la travesía era más larga, y aún no habían llegado a Fjällbacka.

Gösta contemplaba el agua gris sin inmutarse cuando le salpicaba en la cara. Tenía en el estómago un nudo de angustia ante lo que se verían obligados a afrontar. Habían recibido un informe telefónico, pero confuso e incoherente. Aunque lo más importante, lo peor, sí que les había llegado.

—Estoy mareado —dijo Martin.

Gösta se sobresaltó. Con el ruido que hacía el estrave del barco al golpear el agua, no había oído que su colega se acercaba.

—Y yo.

Ninguno de los dos se refería al mareo propio de ir en barco.

—Acabo de hablar con el capitán. El equipo de los técnicos ha llegado al puerto y alcanzarán la isla más o menos un cuarto de hora después que nosotros.

—Bien. En ese caso, nuestra tarea principal será vigilar el lugar del crimen. Y empezar a recopilar testimonios.

—Sí, eso ha dicho Patrik.

Guardaron silencio y se quedaron mirando al agua. Al día siguiente de una tormenta, el aire se respiraba limpio y renovado, y el mar estaba en calma, como si nunca se hubiera alzado en olas altísimas. En las islas que iban dejando atrás reinaba la calma. Los rebaños de turistas habían desaparecido hacía ya tiempo. No se veía a nadie en las rocas con la merienda y la cerveza, ni había barcos en las calas con el anclote echado por detrás. Quienes ahora se encontraban en las islas eran los poquísimos habitantes permanentes. Gente hecha de tal madera que era capaz de soportar un entorno que podía ser el más bello y más acogedor del mundo, pero también el más violento y brusco.

Vieron pasar a algún que otro pesquero, y levantaban la mano sin entusiasmo en respuesta a su saludo.

—¿Ha empezado ya la estación del bogavante? —preguntó Martin.

La pregunta resonó banal y pobre en el aire, pero Gösta aceptó agradecido la posibilidad de hablar de algo insignificante y cotidiano por unos instantes.

—Sí, ya está en marcha. Desde hace unas semanas —respondió.

—¿Tú sales a pescar?

—Antes sí. Tenía incluso unas cuantas nasas propias. Pero al final no valía la pena. La gente se lleva los bogavantes de las nasas, ¿sabes? Así que solo conseguía malgastar cebo.

—Vaya, qué cara más dura. Ya no hay gente honrada. Ni siquiera en la pesca del bogavante.

—Bueno, a veces voy con mi hermano a pescar caballa sin caña, solo con el hilo y el cebo.

Los dos sabían que estaban manteniendo viva la conversación para no tener que pensar en lo que les esperaba.

Pronto vieron Skjälerö enfrente del barco, que se acercaba a toda prisa a su destino, y Gösta se dio cuenta de que se estaba agarrando a la relinga con tal fuerza que tenía los nudillos blancos.

—Pues ya estamos aquí —dijo.

—Sí —afirmó Martin—. Ya estamos.

PATRIK PUSO LOS pies en la roca lisa con cuidado. Sabía lo traicioneras y resbaladizas que podían ser. Alguien los llamó y levantó la vista.

Henning Bauer iba hacia ellos y Patrik respiró aliviado al verlo. No era ni la sombra del hombre con el que había estado hablando el día anterior, sin ir más lejos. Tenía en la cara una palidez enfermiza y tiritaba tanto que les habló tartamudeando cuando llegó adonde se encontraban.

—Louise… Ella los ha encontrado…

Henning se revolvió y soltó un aullido cuando Patrik lo agarró, para retroceder enseguida. Entonces tomó conciencia de quién era el hombre que tenía delante, y dejó que Patrik le pusiera la mano en el brazo para calmarlo. El personal médico ya estaba en el lugar, y lo habían informado de la existencia de tres fallecidos cuya vida no habían podido salvar. Así que resultaba de vital importancia llevar todo el trabajo de investigación de la manera más ejemplar posible, con calma y racionalidad. Aunque él hubiera preferido darse media vuelta y no tener que ver lo que les esperaba.

Detrás de las ventanas panorámicas de la casa más grande vio a Elisabeth. Estaba inmóvil como una estatua, y se rodeaba el cuerpo con los brazos como protegiéndose.

—La segunda habitación a la izquierda, directamente desde el vestíbulo.

Con la mano temblándole a causa de la tormenta de emociones que lo embargaba, Henning señaló la casa de la izquierda.

—Vuelve con los demás —le dijo Patrik—. Ya nos encargamos nosotros.

Le dio un apretón en el hombro y les indicó a sus colegas que lo siguieran. Cuando Henning no podía oírlos, les recordó a los policías que iban con él:

—Según la información del personal médico, hay tres muertos. Procurad ir con cuidado en todos vuestros movimientos, por si se tratara del escenario de un crimen.

Todos asintieron muy serios y se apresuraron hacia la casa.

Delante de la puerta había una alfombra con la palabra «Bienvenidos». Tal normalidad les resultó de pronto absurda, y Patrik dio un paso al frente sin pisar el mensaje. Se bajó la manga del abrigo y abrió la puerta agarrando el picaporte con la tela. Era crucial no dejar sus propias huellas dactilares, puesto que así dificultarían más aún la investigación.

Abrió la puerta y dio paso a los demás, pero indicándoles a Martin, a Gösta y a Bertil que se quedaran con él en el vestíbulo. Permanecieron ahí unos segundos, respirando. Los enfermeros salieron con las caras como máscaras inexpresivas, y pasaron raudos delante de ellos para salir de una casa que se había convertido en el escenario del infierno.

Patrik notó que el nudo del estómago se endurecía. Se imaginaba a Maja, Noel y Anton. A Flisan, la sobrinita de Erica. Hizo un esfuerzo por apartar de la cabeza sus rostros. No podía mezclar su yo privado con el del trabajo, no en ese momento, no en ese lugar.

Intercambió una mirada con los demás, y todos avanzaron con cuidado hasta el dormitorio que los enfermeros acababan de abandonar. Se quedaron en el umbral. Patrik respiró hondo y con fuerza al ver las camas ensangrentadas. La bilis le subió por la garganta y de nuevo se le fue el pensamiento hacia Maja, Noel y Anton. No podía evitar aquellas imágenes, no podía eliminar lo que tenía frente a sí.

Con el rabillo del ojo vio que Martin se llevaba la mano a la boca, antes de agarrarse fuerte a su brazo.

—No puedo con esto. Tengo que salir.

Patrik asintió y Martin salió corriendo. Él también quería marcharse. Quería correr hasta que no pudiera seguir corriendo, quería cruzar el mar, recorrer las islas. Quería correr hasta que ya no pudiera ver lo que tenía delante, pero era demasiado tarde. Las imágenes se le quedarían ya por siempre grabadas en la retina. Y mientras estaba allí de pie, helado de terror, algo se le rompió por dentro.

Erica llegó a Estocolmo en plena tarde. El mareo había perdurado todo el viaje, y se detuvo en el andén a respirar hondo varias veces antes de ponerse en marcha. Cometió el error de tomar el ascensor al viaducto de Klaraberg. El hedor a orines, mal disimulado con detergente con aroma a vainilla, renovó las náuseas, y salió corriendo del ascensor en cuanto llegó a la planta alta.

Una hilera de taxis esperaba delante de la entrada, y Erica puso cuidado en tomar uno perteneciente a las compañías de referencia. Después de decir el nombre del hotel, volvió a mirar el teléfono. Aún sin noticias, ni de Patrik ni de Louise. Negó con un movimiento de cabeza, pero decidió no pensar más en ello y llamar a Kristina para comprobar si había recogido a los niños sin problemas. Todo había ido de maravilla, según su suegra, y en ese momento iban camino del supermercado Coop, donde pensaba comprarles alguna cosa de comer totalmente innecesaria. Hacía ya mucho tiempo que Erica había abandonado esa lucha. Y como los niños no tenían abuela materna, dejaba que Kristina los mimara más de la cuenta. Los padres de Erica habían muerto en un accidente de tráfico antes de que los niños nacieran, y el padre de Patrik era un hombre simpático, pero no estaba muy presente en la vida de los niños, así que Kristina tenía muchos papeles que desempeñar.

El taxi se detuvo y Erica comprendió avergonzada que se le había olvidado lo cerca que estaba el viaducto del hotel, así que le dejó al taxista un extra de propina para compensar lo reducido del trayecto.

Greta Garbo le dio la bienvenida en el vestíbulo desde una fotografía de gran formato, y Erica pensó, como siempre, en la eficacia con la que habían convertido el viejo edificio del centro comercial PUB en un hotel estilo *art déco*, que realzaba a las estrellas de cine de otros tiempos. Patrik prefería hoteles de decoración más moderna, con mucho cristal y oro reluciente, así que, cuando viajaba sola, aprovechaba para elegir lo que le gustaba a ella.

Después de registrarse, Erica se sentó en la cama y repasó lo que debía hacer durante su estancia en Estocolmo. Había reservado la vuelta para dos días más tarde, pues no quería dejar de canguro a Kristina por más tiempo, así que tenía que ser eficaz y aprovechar su estancia al máximo.

Envió un mensaje a Frank para ver si había podido localizar la antigua investigación sobre Lola, y el policía le respondió enseguida. Había conseguido la información, y quedaron en tomarse un café en el bar del Haymarket sobre las cinco. Erica sonrió satisfecha. Ya lo tenía. Por sus libros anteriores sabía que lo mejor para empezar era la instrucción de un sumario. De ahí obtendría los datos fundamentales que necesitaba. Los hilos que seguir. Los nombres entre los que rebuscar. Los hechos que desentrañar. Era la fase que más le gustaba en la creación de un nuevo libro. También le encantaba la escritura misma, pero el proceso de forjarse una idea del curso de los acontecimientos y de las personas implicadas con la ayuda de los hechos era lo que mayor fascinación despertaba en ella.

Erica se acercó a la ventana. Fuera se desarrollaba el comercio en los puestos del mercado de Hötorget, delante de la escalinata del auditorio. Cuando vivía en Estocolmo, le encantaba ir a los mercadillos de segunda mano los fines de semana, pero ahora, los días laborables, vendían sobre todo flores, frutas y verduras, amén de algunas baratijas.

Volvió a la cama. Aún tenía que concertar una cita. Rolf era la conexión con Lola, pero también con el Blanche, y Vivian le había dado a entender que estaba rodeado de secretos.

Encendió el ordenador y abrió la página web del Blanche. Era extraordinariamente sencilla, indicaba elitismo y poder, y contenía poquísima información. «Quien tiene que saber, sabe», parecía ser el lema. Pero al ver el calendario que, pese a todo, sí anunciaban, comprobó cuál era el evento de aquella tarde, y Erica no pudo por menos de sonreír. No tendría que hablar con su editor. Acababa de encontrar la vía de acceso al Blanche.

—A ver, ¿qué es lo que pasa? ¿Por qué han interrumpido con tanta brusquedad la conferencia de prensa?

Paula se sobresaltó cuando un hombre de unos treinta años de edad apareció en la puerta de su despacho. Reconoció en él a uno de los periodistas, pero no sabía a qué periódico pertenecía.

—Markus Reberg, del *Aftonbladet*.

Paula puso un periódico sobre la pila de documentos que estaba leyendo y cerró la tapa del ordenador, por si acaso.

—No tengo ningún comentario que hacer. Y creía que les habíamos pedido que abandonaran el edificio, ¿no?

Su tono cortante no pareció incomodarlo.

—Estaba en los servicios, no me habré enterado.

—Bueno, pues ahora ya lo sabe.

Paula miraba fijamente a Markus Reberg, con tanta furia como podía. Los diarios vespertinos no se contaban entre sus favoritos, y ya se había puesto de mal humor.

Además de la mala noticia sobre el cáncer de su madre, Mellberg había ordenado que ella se quedara en la comisaría mientras que los demás salían rumbo a Skjälerö. Ya llevaba varios años en la comisaría de Tanumshede, ¿por cuánto tiempo seguiría siendo «la nueva»? Paula les había dicho a los demás que dejaran tranquilo a Mellberg, pero ella hubiera querido... No sabía qué hubiera querido, lo único que sabía era que no quería seguir así.

—Ya que estoy aquí, ¿no puedo hacer unas preguntas?

—No tengo respuestas que dar, ya se lo he dicho.

Se sorprendió al oír lo irritada que estaba.

—¿Tiene algo que ver con el asesinato de Rolf Stenklo?

Markus Reberg insistía con asombrosa tozudez, y Paula soltó un suspiro. Quitarse de encima a los periodistas era como intentar quitarse un trozo de papel higiénico de la suela del zapato.

—No tengo nada que decir.

Él hizo caso omiso, entró en el despacho y se sentó en la silla, delante del escritorio. Paula estuvo a punto de llamar a Annika, ella se lo llevaría de allí de la oreja si hacía falta, pero Annika era un arma pesada que más valía reservar para momentos especiales.

—Puede que yo tenga información que les resulte útil. Acerca de Rolf Stenklo y su relación con el club Blanche —dijo el periodista.

—¿Ah, sí?

Paula hizo un esfuerzo por no inclinarse hacia delante, pero, desde luego, aquel hombre había despertado su interés.

—Nuestro periódico lleva bastante tiempo investigando lo que sucede en el Blanche. Pronto tendremos suficiente información como para publicarla. Una información que podría ser decisiva para la investigación.

—Y supongo que está pensando en algún tipo de intercambio, ¿me equivoco? ¿O será quizá que, por pura humanidad, quiere hacer lo correcto y poner en conocimiento de los investigadores del asesinato cierta información que podría ser relevante?

Markus Reberg se encogió de hombros.

—Usted y yo sabemos que el mundo no funciona así.

—Bueno, yo creo que usted y yo tenemos visiones del mundo muy distintas —dijo Paula tajante.

—Eso no significa que no podamos colaborar.

Paula se retrepó en la silla. No podía negar que resultaba tentador. Una de las cosas a las que concedían alta prioridad en el caso de Rolf Stenklo era averiguar más datos sobre el Blanche. Y ahora se les presentaba la ocasión de tomar un atajo. Una parte de ella le decía serenamente que a veces el fin justificaba los medios. Al mismo tiempo y para ser del todo sincera, no tenía mucho que intercambiar. Salvo... Aún dudaba. Al final, respiró hondo.

—¿Tienen un resumen del material?

Markus Reberg le mostró el pulgar hacia arriba. Se había dado cuenta de que había conseguido que picara, Paula se lo vio en la mirada.

—Tenemos un borrador en bruto de toda la serie de artículos. Solo estamos esperando a confirmar algunas fuentes.

—¿Y tendré acceso al borrador entero?

—Si lo que me ofrece a cambio es lo bastante bueno, sí, entonces le daré el borrador entero. Pero no tomaré la decisión hasta que sepa lo que puede darme.

Paula miró la pantalla apagada. Tenían muy poco con lo que avanzar. Y no les resultaría fácil obtener información sobre una actividad que se desarrollaba en Estocolmo. Tomó una decisión.

—No sabemos si el aviso que nos ha llegado tiene algo que ver con Rolf Stenklo —dijo—. Pero yo diría que es bastante probable. En todo caso, indica que en Skjälerö se ha producido un crimen.

—¿En Skjälerö? ¿La isla de Henning Bauer?

Paula asintió. Markus Reberg intentaba asimilar la noticia, luego se levantó.

—Enseguida le mando el borrador por correo electrónico.

—Gracias. Y esto queda entre usted y yo.

Paula no era capaz de mirarlo a los ojos.

—Existe la protección de la fuente, así que, sí, claro.

Markus Reberg le sonrió satisfecho y se alejó a toda prisa. Paula se recostó en la silla. Se sentía una traidora y ya se estaba arrepintiendo.

Estocolmo, 1980

A PYTTE NO le importaba mucho no tener un montón de amigos. Con uno le bastaba. Su padre decía que tendría más cuando empezara el colegio, pero ella solo quería a Sigge.

—¡Empiezo a contar!

Gritó aquellas palabras desde la cocina y oyó la risita de Sigge. Pytte ya sabía dónde se iba a esconder. Siempre se escondía en el mismo sitio. En el gran baúl donde papá guardaba en invierno la ropa de verano y en verano, la ropa de invierno. Ahora estaba vacío, y era el mejor escondite de todo el apartamento.

—¡Ya voy!

Chilló fuerte para que él la oyera a través de la gruesa madera del baúl. También ella se había metido ahí alguna vez con la tapa cerrada, y sabía lo amortiguados que se percibían los sonidos del exterior. Con gesto teatral comenzó a recorrer el reducido apartamento.

—¿Dóóónde está Sigge? ¿Dóóóónde está Sigge?

El pequeño entreabrió la tapa y se puso a observarla desde ahí, pero ella hizo como que no se daba cuenta, por supuesto. El juego del escondite tenía muchas reglas no escritas, y Sigge y ella las seguían fielmente. Por eso era tan divertido. Así que apartó cortinas, miró debajo del sofá, abrió la puerta de la despensa. Y, cuando ya no podía aguantar más, se tiró encima del sofá y empezó a patear el cojín con los talones.

—¡Noooo! ¡No hay ni rastro de Sigge! ¡Debe de haberse ido a casa! —dijo tan alto como pudo.

Justo con la misma voz que la señora del parque. Sigge y ella se habían escondido entre los arbustos y la habían oído a ella y a los niños. Su padre le había dicho que se trataba de un grupo de juegos. Pytte no entendía para qué necesitaba nadie nada parecido. Jugar era algo que cada cual podía hacer solo.

—¡Jiiii! —se oyó desde el baúl, y Pytte se levantó rauda de un salto.

—¿Qué ha sido eso? ¿Un ratón? ¿O será que tenemos ratas?

—¡Jiiii!

—Vaya, vaya, parece una rata enorme. Me pregunto dónde estará, casi parece que esté encerrada en el gran... ¡¡BAÚL!!

Pytte levantó la tapa del baúl y se vio recompensada con los ojos de Sigge, que brillaban de risa. Luego le ayudó a salir.

—Imagínate que me hubiera creído que eras una rata de verdad y hubiera ido a buscar la trampa.

—¿Sonaba como una rata de verdad? —preguntó Sigge feliz.

—Sonabas como una rata de verdad, grande y horrible —aseguró Pytte, y le dio la mano—. ¿Quieres jugar a las mamás?

Lo llevó al dormitorio de su padre y abrió la puerta del armario. Sigge parecía dudoso.

—No sé, a mí no me parece tan...

—¡Sí, vamos!

Pytte sabía que, tras cierta persuasión, Sigge accedía a casi todo lo que ella quisiera hacer. Y a ella le encantaba jugar a las mamás.

—Yo soy la mamá y tú eres el papá —dijo al tiempo que le daba uno de los collares de su padre. Era uno de sus favoritos. Su padre decía que era de Finlandia y que estaba hecho de bronce.

—Vale —obedeció Sigge sumiso, y se lo puso en el cuello.

La medalla tenía un grabado y le llegaba por la barriga, así que se la metió por dentro de los pantalones.

Pytte rebuscó entre la ropa de su padre. ¿Qué más podía darle a Sigge? En realidad, no estaba segura de que le estuviera permitido jugar con las cosas de su padre, pero siempre se cuidaba mucho de volver a colocarlo todo en su sitio y, hasta el momento, él no había dicho nada.

Además, ese día había salido a ver al señor aquel, así que allá ella. Aunque no era que su padre se lo hubiera contado, no, pero Pytte los había oído al teléfono.

—Toma, ponte esta falda —dijo Pytte, y sacó una falda de volantes que se bamboleaban cuando su padre la llevaba puesta. Y además le gustaba el color. Era casi el mismo color de su mochila de Barbie.

Con Sigge la falda no se bamboleaba, así que le puso un cinturón elástico para que se le sujetara. De todos modos, le llegaba al suelo.

—¡Qué elegante estás, papá!

—¿Y tú? ¿Qué te vas a poner? —dijo Sigge.

Al principio a Sigge le pareció raro que el padre de Pytte llevara vestido, pero ahora ya sabía que su padre parecía una madre, y no había vuelto a pensar más en el asunto.

—Yo me voy a poner este —sonrió Pytte, y sacó de una percha un vestido con estampado de flores—. Este lo usaba mi madre. Antes de morir.

Se puso el vestido. Le quedaba grande, enorme, pero se lo remetió bien en la cintura por debajo del cinturón, para no caerse.

—Mi madre también está muerta —dijo Sigge, y se puso bien el colgante para que no se le enredara en el cinturón.

—No. Tu madre no está muerta. Es que es puta.

Alargó la mano en busca de un lápiz de labios rojo brillante y empezó a pintarle los labios a Sigge con mucho mimo.

—¿Y tú cómo lo sabes? —preguntó el pequeño girándose, de modo que el carmín quedó fuera de los labios.

—Se lo oí decir a tu abuela materna. Que tu madre es puta y que es imposible salvarla.

—¿Y qué significa puta? —dijo Sigge pensativo.

Pytte le limpió con cuidado el sobrante de carmín que había quedado fuera.

—No lo sé. Pero tiene que ser mejor que estar muerta como mi madre.

—Ya, sí, claro.

Sigge parecía dudoso, pero volvió a ponerse muy contento cuando Pytte lo puso a girar y pudo verse en el espejo.

—No parezco un papá, parezco un payaso.

Los dos estallaron en una carcajada. Pytte retrocedió un paso y lo observó.

—Pues la verdad es que sí. Pareces un payaso. ¡Un papá payaso!

Ya lloraban de risa. Pytte lo abrazó fuerte. No necesitaba más amigos. Adoraba a Sigge. Y deseaba que su madre también fuera una puta, en lugar de estar muerta.

—¡No quiero tranquilizantes! —gritaba una mujer justo cuando Martin, Gösta y Patrik entraban por la puerta.

Martin trató de librarse de la sensación de ser un intruso. Era irracional, pero el dolor flotaba en el aire como un velo pesado y denso, y ellos habían entrado y lo habían rasgado por completo.

Mellberg prefirió quedarse fuera. Adujo como excusa que alguien debía recibir los refuerzos que habían pedido para peinar la isla, pero la verdad era que tenían demasiadas horas de trabajo por delante en la cabaña.

—Pero, Louise, te sentirías mejor si…

La voz de Henning Bauer sonaba persistente y preocupada, pero cuando ellos entraron en el salón, Martin vio que Louise movía bruscamente la cabeza.

—¡Quiero poder pensar con claridad! ¡Tenemos que averiguar qué ha pasado! ¡Y no puedo confiar en ninguno de los que estáis aquí! ¡Estamos en una isla, lo más verosímil es que haya sido uno de vosotros!

Su voz se elevaba histérica hacia el techo y rebotaba por toda la sala.

—¡No digas eso, Louise! —la cortó Elisabeth Bauer—. Por supuesto que no hemos sido ninguno de nosotros. Tiene que ser alguien que ha venido en barco durante la noche.

Louise no respondió, solo se hundió en el sillón sin dejar de llorar.

Elisabeth se inclinó sobre ella.

—¿No quieres echarte un poco?

Lo único que denotaba que a su hijo y a sus nietos acababan de encontrarlos muertos era un cerco rojo alrededor de los ojos y un tic espasmódico alrededor de la boca.

—Sentimos mucho molestar en medio del dolor —dijo Patrik—. Pero vamos a tener que hablar con cada uno de ustedes.

—¿Ahora? —preguntó Henning con cara de estupefacción—. ¿Tienen que hablar con nosotros ahora? ¿No pueden esperar? Acabamos de perder...

El anciano no tuvo fuerzas para terminar la frase, sino que agitó la mano en el aire. Al lado de Martin, Gösta se movía inquieto.

Los dos enfermeros miraban a los policías sin saber qué hacer.

—Parece que no hace falta que os quedéis —dijo Patrik—. Dejad una muestra de la suela de vuestro zapato para poder descartaros, y luego podéis iros.

Los enfermeros asintieron y salieron de allí. Patrik tosió discretamente.

—Como decía, tenemos que empezar a tomarles declaración.

—Empiezo yo.

Louise se limpió la nariz y se sentó más erguida en el sillón.

Elisabeth se le acercó un poco más, pero su nuera le lanzó una mirada disuasoria.

—Sí, es lo que pensaba proponer —dijo Patrik—. Pero considero que debemos dividirnos. Louise, si pudiéramos sentarnos en algún lugar apartado... Mientras tanto usted, Elisabeth, puede hablar con Gösta, y usted, Henning, con Martin, ¿de acuerdo?

—Claro —dijo Henning.

Se hizo el silencio en la sala y Martin miró a su alrededor. Todos parecían hallarse más o menos conmocionados. Ole y Susanne estaban fuertemente abrazados sentados en el sofá; Vivian miraba sin pestañear el fuego de la chimenea que tenía delante, Rickard y Tilde estaban de pie, sin más, en un rincón.

Martin notaba que las náuseas iban y venían. Jamás volvería a ser el mismo de antes. Estaba deseando volver a casa y abrazar a Tuva, a Mette y la barriga. Abrazarlas fuerte y no perderlas de vista nunca más. Pero tenía trabajo que hacer. Él y sus colegas tenían por delante muchas horas de interrogatorio, con personas que tal vez fueran parientes de las víctimas, tal vez sus verdugos.

No podía por menos que estar de acuerdo con Louise. Lo más lógico era que alguno de aquellos que tenía delante hubiera matado a tiros a un padre y a sus dos hijos. Dos niños pequeños.

Ninguno de los presentes tenía pinta de asesino. Todos parecían destrozados de dolor. Pero si algo había aprendido Martin a lo largo de sus años de policía era que el mal nunca resultaba fácil de reconocer.

—Primero Rolf. Luego Peter y los niños. No puede ser casualidad.

Al oír la voz de Vivian junto a la chimenea todos se volvieron. Elisabeth abrió la boca para decir algo, pero la cerró de nuevo.

Fuera se oía ya el ruido de un helicóptero. Martin echó un vistazo por la ventana, miró al cielo. Mierda. Estaban llegando los medios de comunicación. ¿Cómo demonios se habían enterado tan rápido?

—Cuéntame, ¿qué fue lo que ocurrió?

Patrik hablaba sereno y con claridad. Estaban sentados en el despacho de Henning, en el único sofá que había. Louise tenía los ojos desorbitados y le temblaban las manos, y parecía que estuviera imponiéndose la tarea de mantenerse en pie. Debía de ser un esfuerzo sobrehumano.

—Pues… Estuvimos despiertos hasta tarde, bebimos mucho vino y yo me quedé dormida en el sofá. Elisabeth y Henning me

190

dejaron descansar y me taparon con una manta. De todos modos, habríamos estado muy estrechos en la cama con... —Se le quebró la voz, pero continuó enseguida—. Con los niños.

Clavó la mirada en Patrik.

—Seguro que todos suponían que yo estaba durmiendo en nuestro dormitorio. Lo que significa que la idea era que yo muriera también.

—Todavía no podemos sacar ese tipo de conclusiones —dijo Patrik.

Trató de hacer caso omiso del ruido del helicóptero. No se explicaba cómo se habrían enterado tan rápido los medios. Tenía que habérselo dicho alguien, no cabía otra explicación. Por el momento solo había un helicóptero, pero, seguramente, pronto serían más. Y barcos. Aquello se convertiría en un circo.

Apretó los dientes. Menudas hienas. Aunque, teniendo en cuenta lo del helicóptero, quizá sería mejor compararlos con buitres describiendo círculos en el aire alrededor de su presa.

—Pero es verosímil, ¿no? —preguntó Louise, y se echó por los hombros una manta que había en el brazo del sillón.

La mujer mayor que Patrik supuso que sería una criada había entrado discretamente con una bandeja de té. Ni él ni Louise la habían tocado siquiera.

—No puedo especular al respecto, Louise, pero sigue contándome. Te dormiste en el sofá, ¿no?

—Sí, y me desperté tarde por la mañana. Algo raro en mí, soy muy madrugadora. Bueno, ya lo sabes tú...

Patrik se esforzó por esbozar una sonrisa.

—Sí, y que lo digas, Erica suele protestar por ello...

—Pero, ya te digo, se hizo tarde, bebimos mucho vino y han sido días de mucha tensión, primero por la fiesta, luego por la muerte de Rolf. Supongo que estaba extenuada y que mi cuerpo necesitaba descansar.

—¿A qué hora te despertaste?

La manta se movió cuando Louise se encogió de hombros.

—Pregúntales a Henning y Elisabeth, ellos se levantaron más temprano. No me explico cómo pueden aguantar tan bien el alcohol. Supongo que gracias a décadas de consumo.

Louise sonrió, luego la realidad la golpeó de nuevo y se echó a llorar.

—Es… Es como si mi cerebro no quisiera asimilarlo.

Patrik le puso la mano en el brazo cubierto por la manta. Le dio una palmadita.

—Procuremos terminar lo más rápido posible, así podrás descansar. ¿Te fuiste derecha a vuestra cabaña? ¿En cuanto te despertaste?

—Sí, me extrañaba que Peter y… y los niños no se hubieran levantado. Max sí duerme más, pero William se despierta… —se le quebró la voz— … se despertaba siempre muy temprano. Así que fui a la cabaña con la intención de despertarlos.

—¿Viste a alguien por el camino? ¿Había alguien más despierto, aparte de Henning y Elisabeth?

Louise se frotó los ojos.

—No… O sí… Oí que había alguien en la cocina, sería Nancy. Pero no vi ni oí a nadie más. Rickard y Tilde dormían en el cuarto de los niños, yo pasé por delante, pero la puerta estaba cerrada.

De nuevo perdió el hilo, empezó a tiritar y se apretó más la manta alrededor del cuerpo.

—Entonces… Entonces los vi. Había tantísima sangre… William tenía los ojos abiertos de par en par. Yo… me acerqué corriendo y los zarandeé, pero…

Hundió la cabeza en el pecho. Lloraba de tal modo que le temblaba todo el cuerpo.

Patrik aguardó unos minutos antes de continuar con toda la dulzura posible:

—¿Recuerdas si viste algún arma por alguna parte?

—No —respondió Louise negando despacio con la cabeza—. Pero no lo sé, no me fijé...

Cada vez respiraba con más dificultad y Patrik volvió a ponerle la mano en el brazo.

—No importa. ¿Qué ocurrió después?

—Me dirigí a la casa principal. Henning y Elisabeth me vieron por la ventana y salieron a mi encuentro. Luego todo se convirtió en un puro caos... Todos oyeron mis gritos y salieron... Caos... Solo caos...

Se retorció las manos en el regazo y la manta cayó al suelo. A Patrik le costaba mirarle la camisa ensangrentada, pero era consciente de que constituía una prueba para la investigación.

—Me veo obligado a pedirte que nos entregues la ropa que llevas puesta. Me imagino, además, que estarás deseando quitártela. Y que no te laves las manos ni te duches hasta que hayamos recogido todo el material.

—¿Cómo que recoger? —dijo Louise mirándose las manos desconcertada.

—Entre otras cosas, os haremos en las manos un test de lo que llamamos residuos de disparo con arma de fuego. A todos vosotros.

—Comprendo.

—¿Hay en la isla alguien que tuviera algún tipo de rencor hacia tu marido, que tú sepas? ¿Algo que pudiera provocar una acción así?

—¿Rencor? —Movió decidida la cabeza—. Nadie le tenía rencor a Peter. Todo el mundo lo quería. Y ¿por qué iban a atacar a los niños?

—Tú misma has sugerido que es posible que también fueras objetivo del asesino. Así que te hago la misma pregunta: ¿sabes de alguien que te tenga rencor a ti?

Louise soltó una risotada. Una risa breve, triste.

—¿A mí? No. No soy tan importante en esta familia.

—¿Cómo era la relación de Peter con su hermano? Rickard estaba en la casa cuando dispararon a Peter, ¿no?

—La relación de Peter y Rickard era normal. Ni buena ni mala. Rickard tenía un desencuentro con Henning, más bien.

—Sí, ya me di cuenta el sábado. ¿A qué se debe el desencuentro?

—Dinero.

—¿En qué sentido? —insistió Patrik discretamente.

Louise dudó un instante. Parecía debatirse entre la lealtad a la familia Bauer y el deseo de ayudar. Al final, tomó una decisión.

—Rickard es un dejado. Derrocha el dinero sin darse cuenta. Siempre busca el modo más rápido y fácil de ganar dinero. Trabajar no le ha interesado nunca. Y Elisabeth siempre lo saca de todos los apuros. Una y otra vez. Lleva toda la vida manteniéndolo. Y, claro, ahora también está manteniendo a Tilde, supongo...

Habló con voz severa.

—¿Por qué?

—¿Por qué, qué?

—Que por qué actúa así Elisabeth.

Louise estaba cada vez más cansada y empezaba a tener muy mala cara. Patrik detestaba esa parte del trabajo. Pero era necesaria. Lo mejor que podían dar a los familiares eran respuestas.

—Siempre ha tenido debilidad por Rickard. Es el más pequeño, su hijo favorito. Peter siempre fue el más ordenado, el más cumplidor. Él siempre lo hace todo como es debido. O... lo hacía.

Se tambaleó en la silla.

—Pronto habremos terminado. ¿Y el conflicto con Henning se debía a que Elisabeth le ayudaba?

—Sí, la verdad, yo creo que al final Henning se hartó. Lleva años protestando, pero últimamente parecía que ya iba en serio. Lo del discurso del sábado fue el colmo. Y Rickard lo sabe.

—De acuerdo. Gracias. Yo creo que podemos dejarlo aquí. Pero tendremos que volver a interrogarte más adelante. Voy a ocuparme de que uno de nuestros técnicos tome muestras de la ropa y alguna que otra cosa más. Luego podrás descansar.

—No seré capaz de descansar —dijo Louise mirándose las manos ensangrentadas—. Están muertos. ¿Cómo voy a poder descansar?

Patrik no sabía qué decir. Recreó en su mente la imagen de los pequeños muertos con sus pijamas de alegres colores. Apretó los puños con fuerza. No sería posible descansar hasta que no encontraran al autor de los hechos.

—YO TENDRÍA QUE haber venido con vosotros —dijo Paula malhumorada—. Me necesitáis aquí.

Había ido enfadándose a medida que se acercaba a Skjälerö, y al ver a Gösta, no pudo contenerse.

—Pues ya estás aquí —dijo Gösta.

El agente saludó a los refuerzos de Uddevalla, que también incluían una unidad canina y perros detectores de armas y explosivos. Aunque la isla era pequeña, iban a necesitar recursos humanos para peinarla a fondo. Buscaban ante todo el arma, pero también algún posible rastro del atacante.

—¿Creemos que se trata de alguno de los presentes en la isla? —quiso saber Paula haciéndose sombra en la cara con la mano.

Una luz rosácea había empezado a abrirse paso entre las nubes, que empezaron a disiparse poco a poco. El helicóptero con el logotipo del periódico vespertino los sobrevolaba formando círculos. Markus Reberg había actuado con rapidez, pensó Paula con amargura. Se le llenaba la boca de bilis del desprecio que sentía por sí misma.

—Por ahora, no creemos nada —dijo Gösta—. Estamos tomando declaración a todos los testigos, ahí puedes ayudar. Los técnicos han llegado ya y están examinando el dormitorio, y luego seguirán con el resto de la cabaña de invitados. Y nosotros vamos a tener que dividir la isla en secciones para revisarla a fondo. No podemos suponer que sea alguno de los presentes, también pudo ser una o varias personas que llegaran durante la noche.

Paula estaba de acuerdo. Trataba de no mirar al helicóptero. Tenía un nudo de arrepentimiento en el estómago, y aún no había recibido el material que esperaba por correo electrónico, a pesar de que el periodista le había prometido que lo haría enseguida. Si Reberg la había engañado y ella los había vendido para nada, no sabía qué iba hacer.

Gösta señaló las cabañas.

—Entra en la más grande, habla con Patrik o con Martin y mira a ver quién es el próximo. Hemos hecho una lista de prioridades. Yo voy a poner en marcha el rastreo.

—¿Dónde está Bertil?

Paula miraba a su alrededor, pero no veía a Mellberg por ninguna parte.

—Ni idea. Seguro que ha encontrado una grieta en la que echar un sueñecito. Supongo que en cuanto llegó se dio cuenta de que aquí había más trabajo de la cuenta para su gusto. Me sorprende que no haya tomado el barco de regreso a la comisaría.

—Ya, bueno, dale un poco de margen —pidió Paula, que recibió una mirada de sorpresa por respuesta.

Se arrepintió en el acto de haber hablado. Aún no estaban listos, nadie de la familia lo estaba. Iban dando vueltas unos alrededor de otros sin hablar, sin nombrar lo innombrable. Pero Paula advertía en los ojos de Bertil el mismo pánico que en los suyos y, solo por esa mirada, le perdonaba todas las debilidades. No le cabía la menor duda de lo mucho que Bertil quería a su madre.

—¿Hay algo que deba saber? —preguntó Gösta.

Paula se encogió de hombros.

—Nada, solo que creo que ahora deberíamos darle algo de margen.

A Gösta no le impresionó mucho una explicación tan insuficiente, pero no insistió.

Paula se dirigió rauda a la casa central. Jamás había oído hablar de Skjälerö. No era muy aficionada a los barcos, una travesía al año como máximo, y, por lo general, la pasaba deseando volver a tierra. El agua no era su elemento, y no alcanzaba a imaginarse cómo nadie podía querer vivir así. En un entorno aislado, árido y claustrofóbico, con un barco como único medio de llegar a tierra firme.

Sabía que para muchos aquello era el sueño de su vida. En las islas del archipiélago de Fjällbacka las casas costaban una fortuna. Últimamente, un artista había comprado una por dieciséis millones de coronas. Una locura.

Tampoco tenía mucha información sobre la familia Bauer. El mundo literario no era lo suyo, y no sería capaz de nombrar a ningún ganador del Premio August o del Nobel ni aunque su vida dependiera de ello. Solo leía en verano y, por lo general, literatura más bien ligera, historias policíacas y novela romántica moderna, nada que la familia Bauer considerase literatura siquiera.

El sonido del helicóptero se amortiguó cuando entró en la casa sin llamar. Martin estaba en el vestíbulo hablando con Patrik, y a los dos se les iluminó la cara al verla.

—¡Qué bien que hayas podido venir tan rápido! —exclamó Patrik—. Nos hace falta una mano con los testimonios.

—Qué rabia, ¿has visto el helicóptero? —Martin señaló irritado hacia el techo—. ¿Quién les habrá dado el soplo tan rápido? Pronto nos habrán invadido. Ya no hay límites.

Paula clavó la vista en el suelo. Luego carraspeó un poco y miró a Patrik.

—¿Con quién queréis que hable?

—Ya hemos interrogado a Louise, a Henning y a Elisabeth. Nada concreto, por el momento. Yo pensaba hablar con Rickard ahora. ¿Te ocupas de Tilde mientras Martin se encarga de Vivian? Están en la sala de estar.

Paula se dirigió a la sala de estar, que podía entrever desde el vestíbulo. Fuera, el helicóptero seguía rugiendo.

EL HOMBRE QUE Patrik tenía delante parecía a punto de vomitar en cualquier momento. Las demás habitaciones estaban ocupadas, así que propuso que se sentaran en el dormitorio de Henning y Elisabeth. Le resultaba un poco raro interrogar a un testigo sentado en una cama, pero no les quedaba más remedio que utilizar los espacios disponibles.

—¿Le importa si abro la ventana?

Rickard estaba pálido. Al hijo menor de la familia Bauer aún le temblaban las piernas cuando se levantó para abrir. Luego se sentó de golpe en la cama.

—Como sabe, estamos tratando de averiguar si alguno de ustedes ha visto u oído algo —dijo Patrik.

Rickard se pasó las dos manos por el pelo, que tenía revuelto y parecía sucio.

—No me explico que no oyéramos nada. Estábamos pared con pared. Deberíamos habernos despertado. Pero claro, ayer bebimos una barbaridad, creo que todos nos pasamos un poco, sí... Yo, por lo menos, dormí como un muerto.

Rickard hizo una mueca ante sus propias palabras. Contuvo un eructo y se frotó los ojos. El alcohol consumido la noche anterior no solo se apreciaba, sino que se notaba en las vaharadas de mal olor que le llegaban a Patrik.

—¿Es posible que utilizaran un silenciador? —dijo Rickard, y soltó un hipido.

—No sabemos nada, por el momento. —Patrik se preguntó cuántas veces habría dicho aquellas palabras en las últimas horas.

—Es que no me explico cómo no oímos nada —repitió Rickard.

Negó con la cabeza, pero enseguida puso cara de haberse arrepentido de hacer ese movimiento.

—¿A qué hora se marcharon a la cama? ¿Tilde y usted se fueron a dormir al mismo tiempo?

—Sí, nos acostamos a la vez. Yo al principio no podía conciliar el sueño y pensé que podíamos pasar un buen rato, pero no hubo forma de que se me levantara. Por lo general el alcohol no me plantea ningún problema, pero, claro, uno ya no tiene veinte años…

Sonrió a medias, pero la sonrisa se esfumó en cuanto cayó en la cuenta de lo inapropiada que resultaba.

Patrik trataba siempre de dejar a un lado sus sentimientos personales, pero en aquel caso le estaba costando. Le disgustaba muchísimo ese tipo de personas, y el discurso del sábado no paraba de resonarle en la cabeza. Un golfillo consentido. Esa era la frase que mejor lo describía, y eso que Rickard ya era demasiado mayor para encajar en la definición de golfillo.

—¿A qué hora más o menos? —repitió Patrik.

El flequillo le cayó en la cara, y Rickard giró la cabeza con un gesto mecánico para retirarlo.

—Ni idea, la verdad. Todo es como una niebla… Pero mi padre y los demás iban a tratar no sé qué asunto del Blanche, así que tuvimos que marcharnos. Mi madre y mi padre les habían prestado nuestra casa a Vivian, Ole y Susanne, así que nos fuimos a la habitación de los chicos, en la casa de Peter y Louise. Sinceramente, no había mucho más que hacer que irse a la cama. A Tilde no le hizo mucha gracia, se lo aseguro, y a mí me va a hacer falta un buen fisio para que me arregle la espalda.

Patrik se mordió la lengua para no decir ninguna inconveniencia. El dolor de espalda de Rickard no despertaba sus simpatías.

—¿Cómo era la relación con su hermano? —se limitó a decir.

La cara de Rickard expresaba total indiferencia. Patrik trataba de encontrar en él un atisbo de sensibilidad, pero solo veía la resaca. Intentó convencerse de que no debía juzgar. El dolor podía adoptar muchas formas. Y la conmoción podía retrasar la aparición del dolor.

—Éramos muy distintos. Peter era el bueno, el responsable. Supongo que a mí siempre me han visto como el chiflado de la familia.

—¿Y a usted eso qué le parece?

—Pues bastante injusto. Peter nunca corría riesgos. Yo sí. Unas veces lo pagas y otras no. Solo es cuestión de paciencia. Mi madre lo entiende, pero mi padre y Peter… Ellos piensan demasiado, con poca amplitud de miras.

—Dígame, ¿eso era fuente de conflictos entre su hermano y usted?

Fuera, el helicóptero volaba cada vez más cerca y la corriente de aire hacía resonar la ventana. Si no hubiera estado sujeta con el gancho, habría salido volando.

—Bueno, no sé si los llamaría conflictos —dijo Rickard despacio—. La verdad es que Peter nunca discutía. Se limitaba a mirarte con la decepción pintada en aquellos ojos de perro… Mi padre sí que se suele enfadar más.

Una parte de Patrik quería acercarse a él y zarandearlo para sacudirle tanta negligencia.

—Pero no sé. Peter le echó más pelotas al final. Llevaba más la contraria. Seguro que gracias a Louise. Ella es dura de roer. No creo que yo le caiga bien, pero no puede uno gustar a todo el mundo… —Sonrió a Patrik—. Aunque no me explico que aguantara todo el rollo sobre Cecily el último año. A Peter se le había metido en la cabeza averiguar quién la mató.

—¿Quién la mató? —preguntó Patrik con interés—. ¿No fue un accidente de coche?

—Bueno, el conductor se largó. Ella había salido a correr y un cerdo, borracho, seguramente, la atropelló y se dio a la fuga.

—¿Y dice que Peter quería averiguar quién fue?

—Los primeros años estaba paralizado de dolor. Louise fue quien consiguió que se recuperase. Así que supongo que hasta ahora no se había sentido capaz de ponerse manos a la obra. Sé que llamaba a la policía todas las semanas, y creo que había contratado a alguien para que averiguara más información.

—¡Vaya! —se sorprendió Patrik—. ¿Y sabe si había conseguido algo?

—Ni idea.

Rickard estaba cada vez más pálido, a pesar de la brisa marina que entraba por la ventana.

—¿Sabe de alguien que tuviera una cuenta pendiente con su hermano?

—¿Con mi hermano? —Rickard se echó a reír—. No. Como creo que ya le he dicho, Peter vivía su vida con la mayor sencillez. Evitaba los conflictos, procuraba no opinar nunca diferente. Así que no. No sé de nadie que pudiera tener una cuenta pendiente con Peter.

Tragó saliva y se le apagó la sonrisa.

—Tengo que vomitar. ¿Podemos tomarnos un descanso?

—Claro —dijo Patrik.

Se quedó observando a Rickard mientras este salía corriendo hacia el cuarto de baño. ¿Sería un asesino? Lo dudaba, pero era imposible estar seguro.

ERICA SALIÓ DEL ascensor y se dirigió aprisa a la zona del bar. Había decidido tumbarse para descansar y se había quedado dormida. Se quedó horrorizada cuando, al despertar, comprendió que solo faltaban cinco minutos para la hora de la cita. Vio que Frank ya estaba esperándola. Mierda, sabía lo riguroso que era con la puntualidad. Bueno, era riguroso con todo, lo que constituía una de sus principales virtudes. En muchas ocasiones, Frank le había facilitado los detalles decisivos, los más importantes, esos que armaban una historia y que la convertían en algo más que lo que todo el mundo había leído en el periódico. Claro que ella nunca le había pedido lo que sabía que él no podría darle. En esos casos, tenía que acudir a otras fuentes.

—Perdón, me he quedado dormida.

Frank levantó una copa.

—No pasa nada. He terminado la jornada por hoy y me he pedido una cerveza. Tú pagas.

Frank no respondía al estereotipo del policía y se parecía más a un oficinista. Delgado, calva incipiente y con ese tipo de gafas que solían asociarse a los burócratas de los años sesenta. Hacía muchos años que era contacto suyo, y Erica no sabía absolutamente nada de su vida. Solía entretenerse tratando de adivinarlo, pero alternaba entre pensar que vivía en el garaje en casa de su madre o que llevaba una vida secreta en un sótano con un gabinete de experimentos sexuales decorado en piel. Claro que lo uno no excluía lo otro.

—¿Has visto las noticias? —preguntó señalando el móvil.

—No… —dijo Erica. No había mirado el teléfono antes de salir corriendo a su encuentro.

—Están pasando cosas en Fjällbacka —dijo él muy seco, y tomó un trago de cerveza.

—Ya, el asesinato de Rolf Stenklo —respondió Erica desconcertada.

Buscó con la mirada a algún camarero. Pensaba sacarle el máximo partido a aquellos días y aunar trabajo y placer, disfrutando del tiempo a solas. En algún lugar, detrás de la barra, había una copa de cava que llevaba su nombre.

—No, no, el asesinato de Rolf Stenklo, no. La masacre de Skjälerö.

—¿Qué? No sé de qué hablas…

El brazo que Erica acababa de levantar para llamar la atención del camarero se quedó inmóvil a medio camino.

—¿Una masacre en Skjälerö? ¿Cuántas cervezas llevas?

Frank pulsó tranquilamente el botón del móvil, abrió la página web del *Aftonbladet* y se lo mostró. Los negros titulares no dejaban lugar a dudas:

«¡Asesinato en Skjälerö! ¡Se desconoce el número de víctimas mortales!»

Erica se esforzaba por asimilar aquellas palabras. Sacó el móvil y abrió el artículo. Tenían una emisión en directo, imágenes de un helicóptero que revoloteaba alrededor de la isla.

Erica entendió enseguida el silencio de Patrik y Louise. Por Dios santo. Louise y los niños. Se oyó un zumbido y la imagen se volvió borrosa unos segundos.

—¿A qué os dedicáis en el pueblo, eh? Es peor que el salvaje Oeste… —dijo Frank sarcástico.

Llamó al camarero y se volvió a Erica.

—¿Qué querías?

—¿Cava…? —dijo con voz débil, y el camarero desapareció enseguida.

Erica siguió leyendo. Aún no parecía haber muchos datos, así que la mayor parte del artículo era puro relleno. Mencionaban de pasada el asesinato de Rolf Stenklo, y especulaban sin reparo sobre la existencia de una posible relación.

—No puede ser casualidad, dos sucesos así, tan próximos en el tiempo y con gente del mismo círculo —dijo Frank, como si le hubiera leído el pensamiento.

—No…, claro… No parece verosímil.

Erica le escribió un mensaje a Patrik. «He visto las noticias. Llama cuando puedas.»

—¿El asesinato de Rolf tiene algo que ver con lo que me has pedido que averigüe?

Frank tomó un puñado de cacahuetes del cuenco que le habían servido junto a la cerveza.

—No tengo ningún dato que indique nada parecido, pero la viuda de Rolf mencionó el asesinato de Lola como un tema en el que su marido se había centrado cada vez más. Sobre todo últimamente. Pero la historia me interesó enseguida de todos modos. Y también pensaba preguntar un poco por Rolf y el Blanche, ya que estoy aquí, porque he oído vagos rumores sobre algún problema... Tanto los asesinatos del pasado como los problemas del presente son circunstancias que pueden conducir a que alguien muera asesinado.

—Bueno, yo he visto incluso razones de menos peso —suspiró Frank, y tomó otro trago de cerveza.

El camarero apareció con el cava de Erica, y Frank aprovechó para pedir otra cerveza. Luego continuó:

—Una vez un tipo mató al vecino porque el gato se había hecho pis en su seto. La gente, es que...

—¿Tienes el material? —le preguntó Erica tratando de no mirar de reojo al teléfono todo el tiempo.

Se figuraba que Patrik tardaría unas horas en poder ponerse en contacto con ella, pero no podía evitar mirar la pantalla. De pronto, el sofá en el que estaba sentada se le antojó demasiado blando, y la luz, demasiado intensa.

—He encontrado la investigación de entonces. El policía que la dirigió ha fallecido, y todavía no he conseguido contactar con nadie que recuerde el caso, así que esto es lo que hay.

Le dio una carpeta de documentos tan fina que Erica se preocupó un poco mientras la ponía encima de la mesa. Ya se había tomado la mitad del cava.

Frank la observaba mientras ella iba hojeando. La oyó murmurar algo para sus adentros, una costumbre que tenía siempre que leía el material para sus libros, y de vez en cuando enarcaba una ceja.

—¿Tú habías oído hablar de este caso? —le preguntó a Frank mientras seguía leyendo el texto.

—Pues es raro, pero no. Y debería. Presenta aspectos interesantes que merecen atención. Y una serie de interrogantes. Pero no. Nunca lo había oído mencionar siquiera. Debieron de taparlo enseguida.

—¿Quién? —quiso saber Erica, levantando la vista del informe.

—Es difícil saberlo, pero lo que sí puedo decirte es que la orden debió de venir de muy arriba.

Apuró rápido el vaso al ver que llegaba el siguiente. Luego se quedó observando fijamente a Erica y, con una preocupación inesperada, le preguntó:

—¿Estás segura de que sabes en qué te estás metiendo?

—No tengo ni idea —dijo Erica—. Pero, después de tantos años, alguien tiene que averiguar qué pasó con Lola y con su hija. Y ese alguien soy yo, supongo.

—Bueno, pero ten cuidado —dijo Frank.

—Yo siempre tengo cuidado.

Un destello en la mirada de Frank le dijo que sabía que le estaba mintiendo.

LA ISLA BULLÍA de actividad. Los policías peinaban cada milímetro. No habían aparecido más helicópteros, pero sí un par de barcos, que habían atracado a poca distancia e iban llenos de fotógrafos equipados con cámaras provistas de teleobjetivos enormes.

—¿A qué viene ese despliegue? —dijo Farideh Mirza señalando los barcos.

—¿No conoces a la familia Bauer? —preguntó Patrik.

—Pues no, me temo que no.

—Elisabeth Bauer es la única heredera de la familia Bauer, cuya editorial, junto con Bonniers, constituye el mayor grupo de ese sector de Suecia. Y su marido, Henning Bauer, es un escritor de renombre internacional del que, según mi mujer, se rumorea que será el próximo Premio Nobel de Literatura.

—Ah, vaya.

Farideh no parecía muy impresionada.

—¿Cómo vais vosotros? —Patrik respiró hondo el aire fresco.

Necesitaba unos minutos de descanso del dolor que imperaba en la casa principal, y aprovechó para comprobar cómo les iba a los técnicos. Farideh y él se habían encontrado delante de la cabaña de invitados de Peter.

—Pronto habremos acabado en el dormitorio. La forense ha estado aquí tomando muestras y ya van a envolver los cadáveres —dijo con un tono sordo, y Patrik tragó saliva.

Solo de pensar en los dos pequeños metidos en los sacos negros que utilizaban para transportar cadáveres se le revolvía el estómago.

—¿Algo interesante?

Ella negó con un movimiento rápido de cabeza. Se había puesto la capucha del mono de protección y llevaba el pelo negro bien recogido en una cola de caballo.

—Hemos reunido todo lo que hemos podido y lo hemos documentado; espero que obtengamos más información cuando el Centro Nacional Forense lo haya analizado. Pero por ahora no hay nada reseñable.

—¿Algún arma?

—Ninguna en el dormitorio.

—¿Alguna idea del tipo de arma?

—Pues no puedo decirlo con seguridad, pero, a juzgar por la bala que estaba incrustada en el cabecero de la cama, se trata de una pistola del calibre 7,65.

—O sea, un arma normal y corriente. En Suecia hay muchísimas.

—Ya, no es de gran ayuda. Pero si la encontramos, podremos compararla con el proyectil. Y en la autopsia encontraremos más proyectiles, no todos los orificios de entrada tienen orificio de salida.

Patrik volvió a tragar saliva.

—Vamos a continuar con el dormitorio contiguo —informó Farideh—. Hay una mancha de sangre no muy grande en el marco de la puerta.

—Podría ser de cuando el asesino cruzó el pasillo, ¿no? —quiso saber Patrik.

—Sí, podría ser —dijo Farideh.

Volvió a quitarse la capucha. A su espalda se abrió la puerta. Dos técnicos pasaron transportando una bolsa negra. Una bolsa pequeña. Patrik sintió que la bilis se le abría paso en la garganta. Se le llenaron los ojos de lágrimas a causa de la acidez y se esforzó al máximo por resistirlo. Pero cuando salió el segundo saco pequeño, no pudo más.

No consiguió llegar más allá de la esquina de la casa, luego vomitó. Desde uno de los barcos, un hombre fotografiaba sin cesar.

—TIENE QUE GUARDAR relación con Rolf —dijo Vivian.

Miraba a Martin sin pestañear. Se habían sentado en el comedor, delante de un extremo de la gran mesa alargada.

—Por ahora no sabemos nada al respecto.

Martin tomó un sorbo de la taza de té. Tenía un sabor fuerte y muy rico, le había puesto tres cucharadas de miel para que estuviera bien dulce.

Vivian no había tocado el suyo.

—Pero es imposible que no tenga que ver con Rolf. ¿Cómo iba a ser casualidad que primero lo asesinen a él y poco después a Peter y a los niños?

—Estoy de acuerdo con usted en el razonamiento y, como es lógico, es algo que vamos a investigar, pero ahora no podemos limitarnos a ninguna vía concreta.

—Algo había cambiado el último año. Lo veía perfectamente. Rolf estaba más sombrío. Preocupado. Y, de alguna forma, la razón guardaba relación con los Bauer. Y con el Blanche.

—Sí, lo mencionó también cuando hablamos después de... De lo que le ocurrió a Rolf. Pero no tiene ningún dato concreto, ¿verdad? ¿Nada que podamos considerar un móvil posible? ¿Se comportaba de un modo distinto? ¿Dijo algo en particular?

Vivian movió la cabeza en un gesto de negación.

—No lo sé. Es difícil decir algo en concreto. Lo que pasaba era que lo veía más callado. A veces se iba y se negaba a decirme adónde. Eso en él no era normal. Teníamos una agenda conjunta y siempre nos coordinábamos. Lo compartíamos todo. Hasta que, un buen día, dejó de ser así. A veces se apartaba para hablar por teléfono, lo cual también era insólito. Nosotros, que nunca habíamos tenido secretos el uno para el otro...

Guardó silencio. Parecía cansada y Martin pensó que era como si hubiera envejecido una década desde la última vez que la había visto.

—¿De qué trataban las llamadas?

Giró la taza para poder ver el dibujo floral.

—No lo sé. —Se la veía frustrada—. Solo oía palabras sueltas. Rolf mencionaba el Blanche, y sé que oí el nombre de Ole varias veces. Y el de Henning. Luego estaba su obsesión por la exposición, claro. Y por el hecho de que tuviera una orientación totalmente distinta a aquella con la que se había forjado un nombre. En cierto sentido, yo tenía la impresión de que en los últimos tiempos Rolf había empezado a mirar al pasado.

Vivian negó y tomó un sorbito de té.

—Bah, no digo más que vaguedades, pero lo cierto es que no lo reconocía. Y la gota que colmó el vaso fue que se negara a ir a la fiesta de Henning y Elisabeth. Fue tan…

Vivian se estremeció y Martin se inclinó hacia ella.

—Sí, había una cosa más. A veces recibía cartas por correo postal. Sin remitente. Solo su nombre y la dirección. Una vez estuve a punto de abrir una. No teníamos por costumbre abrir el correo del otro, pero en una ocasión me equivoqué y empecé a abrirla, sin mirar a quién iba dirigida. Y Rolf se puso fuera de sí, lo cual tampoco era propio de él.

—¿Y no tiene ni idea de quién pudo enviar la carta que estuvo a punto de abrir? ¿O de cuál era su contenido?

Vivian negó con la cabeza.

—No, ni idea.

—¿Cree que estará aún en su apartamento?

—No creo. No volví a verla después de aquel día.

—De acuerdo —dijo Martin con la desesperanza en la voz—. Pero, si recuerda algo, avísenos enseguida.

—Por supuesto. Por cierto, ¿tengo permiso volver a casa?

—No podemos retenerla.

—Gracias. Me quedaré en la casa de Sälvik unos días más, luego me iré. Y esperaré a que Rolf regrese también.

Se estremeció.

—Comprendo —dijo Martin—. Antes de terminar, ¿podría decirme algo del día de ayer?

—No hay mucho que decir. Los demás se quedaron despiertos hasta bastante tarde, creo, pero yo me fui a la cama temprano. Habían pasado demasiadas cosas… en todos los ámbitos. Hacía mucho que no dormía tan profundamente como anoche.

—¿Quiere decir que no vio ni oyó nada?

—No, serían las ocho y media cuando me desperté, y me fui a la cocina de la casa grande. Tenía la boca muy seca y no me había llevado agua al dormitorio. Me tomé un café y una tostada de pie en la cocina. Pero no noté nada de particular. Todo el mundo estaba en la cama, salvo Henning y Elisabeth, con los que crucé unas palabras. Louise estaba durmiendo en el sofá, y a los demás no los vi. Bueno, sí, Nancy estaba en la cocina, claro.

—Muy bien, pues muchas gracias.

Martin cerró el cuaderno.

—¿Hemos terminado?

—Sí, por ahora no tengo más preguntas.

—Entonces voy a ver a Elisabeth —dijo Vivian al tiempo que se levantaba.

No eran pocos los interrogantes que le rondaban la cabeza. ¿Qué fue lo que cambió a Rolf? ¿En qué pensaba? Algo le decía a Martin que parte de las preguntas que se hacían en esos momentos se encontraban ahí. Pero ¿cómo llegar a ellas?

—¡Hola! ¿Cómo va la cosa por aquí?

Anna entró en casa de Erica y Patrik sin llamar. Nadie respondía. Lo único que se oía era un golpeteo rítmico.

—¿Holaaaa?

Se pasó a Flisan a la otra cadera y se quitó los zapatos en la entrada. El sonido rítmico que la había recibido continuaba. Nadie en la cocina, nadie en la sala de estar y nadie en el porche. Continuó hacia la parte trasera de la casa, donde encontró abierta la puerta que daba al jardín y al mar.

—¡Hola, Anna!

Maja se acercó a ella corriendo y le rodeó las piernas con los brazos. Los gemelos hicieron lo propio cuando la vieron, y Anna se tambaleó un poco bajo el peso de sus tres sobrinos. Dejó a Flisan en el suelo y miró a su alrededor.

Kristina se le acercó con una amplia sonrisa.

—¡Vaya, hola! ¡Qué alegría que vengas a vernos! ¡Y Fia también!

—Flisan —dijo Anna abrazando a Kristina.

Le gustaba la suegra de Erica, pero en pequeñas dosis.

—¿Qué estáis haciendo? —preguntó mirando con los ojos entornados a un rincón de la parcela, donde el marido de Kristina, Gunnar, a quien la familia llamaba en broma Bob el Manitas, estaba tramando algo.

Se veían unos tablones extendidos sobre el césped, y él estaba de rodillas con una máquina bastante grande en la mano.

—No vayas a chivarte —le rogó Kristina con una sonrisita astuta—. Pero pensábamos darles una sorpresa a Erica y a Patrik introduciendo algunas mejoras en la casa. Los dos están muy ocupados y, con los niños, es lógico que no resulte fácil mantener una casa tan grande, pero lo cierto es que no se ocupan de ella, ¡con el potencial que tiene! Es una suerte que nosotros estemos jubilados, ¡así tenemos todo el tiempo del mundo para ayudarles con algunos arreglos!

Anna miró a Kristina con escepticismo. No estaba ella tan segura de que Erica y Patrik quisieran tener la casa «arreglada». Pero conocía a Kristina lo suficiente como para no intentar pararla cuando estaba lanzada. Uno tenía que saber con quién discutir, y esa batalla se la cedía de mil amores a su hermana y su cuñado.

—¿Y qué vais a hacer aquí?

Anna echó un vistazo al césped, donde Flisan estaba muy entretenida con Maja y los gemelos, y se acercó al manitas, que levantó la vista feliz y saludó con la mano: no podía hablar porque tenía unos cuantos clavos en la boca.

—Una ampliación del porche. He pensado poner ahí un tendedero, así no lo tendrán todo lleno de toallas mojadas en verano. Y luego Gunnar ha pensado hacer también unos maceteros.

Madre mía, es que esto parece el desierto del Sáhara así, sin una sola planta, no puede ser, ¿qué van a decir los vecinos?

Kristina señaló horrorizada el jardín, que, en efecto, no tenía mucho de lo que presumir en lo tocante a plantas y flores.

Anna ahogó una risita y se limitó a repetir:

—Desde luego, madre mía, ¿qué van a decir los vecinos? Será mejor que los maceteros sean bien grandes. Seguro que Erica se anima en cuanto empiece. Esto parecerá un paraíso, solo tiene que ponerse manos a la obra.

En realidad, lo cierto era que Erica nunca había sido capaz de mantener con vida ni un cactus más de una semana.

Kristina palmoteó encantada.

—Claro, es que una vez que sientes la emoción de ver florecer lo que has sembrado, ¡no hay vuelta atrás!

—Qué gran verdad —dijo Anna muy seria, pero riéndose por dentro tanto que casi se cae.

Sabía que no debía seguir preguntando, pero no pudo contenerse.

—¿Qué otros cambios habéis planeado hacer? ¿Y qué dirá Patrik cuando vuelva a casa?

Kristina se puso muy seria de pronto.

—Bueno, Patrik llamó hace un rato y dijo que se va a quedar en la comisaría mientras Erica esté fuera, teniendo en cuenta la carga de trabajo sobrevenida después de lo ocurrido. Así que tenemos tiempo de sobra de darles una sorpresa a los dos. —A Kristina se le iluminó la cara de nuevo—. Hemos tenido una suerte loca, porque para la cocina hemos encontrado unas puertas que encajan a la perfección con sus muebles, así que vamos a sustituirlas por las que tienen y así ahorraremos un montón de tiempo. Yo voy a pintarlas mientras Gunnar va trabajando la madera. Había pensado rosa salmón, aunque tirando un pelín a terracota. ¿A que va a quedar precioso? Luego Gunnar puede hacer un arco entre la cocina y la sala de estar, así disfrutarán de ese toque mediterráneo tan increíble. Es que cuando Gunnar y yo estuvimos en Positano el verano pasado nos sobrecogió el estilo y la arquitectura que imperaba allí, así que hemos reformado nuestra casa con el mismo estilo. Dan y tú tenéis que venir a cenar un día, así lo veis. Te van a encantar las cortinas con limones. De hecho, creo que me sobró algo de tela...

—Pues claro —dijo Anna mordiéndose la lengua. Terracota. Un arco de pizzería. Debería pararlos, pero era demasiado gracioso.

De pronto preguntó con curiosidad:

—¿Qué más dijo Patrik cuando llamó? He visto las noticias. ¿Qué es lo que ha pasado en Skjälerö?

Kristina movió la cabeza en un gesto de negación.

—Pues precisamente, le pregunté por la noticia, pero nada, no dijo ni una palabra. Es terrible, y, además, con tan poco margen después de que mataran al fotógrafo. Casi parece que vivimos en Estocolmo, y no en la tranquila Fjällbacka.

Kristina volvió a mover la cabeza.

Anna miró de reojo al césped y tuvo que salir corriendo cuando vio que los gemelos, aunando esfuerzos, habían levantado a Flisan y trataban de alejarse de Maja corriendo con ella en volandas.

—¡Eh, chicos, dejadla en el suelo!

Pero ellos seguían corriendo cada vez más rápido sin parar de reír a carcajadas. Anna los alcanzó enseguida y pudo liberar a su hija. Una hija que, por otro lado, parecía totalmente satisfecha con la situación.

—Tía Anna, no tienen remedio —dijo Maja apesadumbrada, y Anna se echó a reír, acariciando la melena de Maja.

—Son pequeños. No como tú, que eres mayor.

—¡Pues no, no somos pequeños, somos mayores!

Miraron enfadados a Anna durante unos segundos, pero enseguida cambiaron el foco de interés hacia Bob el Manitas y sus martillazos.

Anna se inclinó hacia Maja.

—¿Preparamos algo de merendar?

Maja asintió encantada.

Anna le dio la mano y, con Flisan apoyada en la cadera, se dirigieron a la cocina. Una cocina que pronto sería de color salmón.

ERICA EXTENDIÓ EN orden sobre la cama la documentación de la instrucción del sumario una página tras otra. Tal como había apreciado cuando se la entregó Frank, era de una escasez preocupante. El asesinato de una mujer trans y de su hija debería haberse investigado más a fondo. Y, aunque los delitos de odio y las cuestiones del colectivo trans tenían en la actualidad más protagonismo, también en los años ochenta debería haber dado lugar a grandes titulares.

En todo caso, disponer así de aquella documentación tenía un valor incalculable. Se sentía un tanto mareada después de las dos copas de cava que se había tomado y tuvo que esforzarse por centrarse un poco. Patrik seguía sin llamar, pero Erica había dejado encendido el sonido del teléfono para oír si llamaba o le enviaba un mensaje.

Primero leyó todas las páginas de principio a fin, para hacerse una idea global del asunto. Luego, cuaderno y lápiz en mano, empezó a anotar datos sueltos que le serían útiles cuando siguiera buscando más información.

Al principio de la lista escribió el nombre del investigador responsable, pero añadió «fallecido» entre paréntesis, pues así se lo había ratificado Frank. El nombre podía resultar útil de todos modos, quizá hubiera colegas u otras personas de su entorno que supieran algo. Luego escribió el nombre que le habían puesto a Lola al nacer. Algo se le removió a Erica en lo más hondo al ver el nombre escrito por primera vez. El nombre de nacimiento no representaba a quien ella quería ser. Ella era Lola, no Lars Christer Berggren, como rezaba en los documentos. En su mente le prometió a Lola que usaría ese nombre el mínimo indispensable. Ni siquiera con el pensamiento.

Erica escribió el número de identidad, así como el nombre y el número de su hija, Julia Berggren. Cuando murió tenía seis años.

Examinó el informe de la autopsia que iba adjunto, donde se indicaban dos causas de la muerte. A Lola la habían matado de dos disparos en la cabeza. La pequeña falleció por inhalación de humo. Lola no tenía humo en los pulmones, por lo que, cuando se produjo el incendio, ya estaba muerta, mientras que la niña había muerto a causa del humo provocado por el fuego.

Había varias fotos del lugar del crimen adjuntas al informe, pero no se distinguía muy bien lo que representaban. En parte, porque la calidad era pésima; y también porque el apartamento estaba tan dañado por el humo y los cadáveres tan calcinados que era difícil adivinar qué era qué. Pero lo que Erica pudo concluir a partir de las fotos y del sumario era que Lola se encontraba tendida en el suelo de la cocina, cerca de los fogones, mientras que a la pequeña la habían encontrado en un gran baúl de tipo americano que había en el salón.

Los investigadores no encontraron el arma homicida, y Erica trató de imaginar varias posibilidades. El hecho de que fueran dos disparos tenía algo de asunto personal. Hacerse una idea temprana de lo ocurrido le ayudaba a visualizar el camino por el que avanzar en sus pesquisas, aunque siempre existía la posibilidad de retroceder y revisar sus suposiciones. Alguna vez se había equivocado. A veces las cosas no eran tan evidentes como uno quería.

Continuó anotando detalles en el cuaderno. La dirección del apartamento la conocía de sobra. Había vivido por la zona los años que estuvo en Estocolmo, y sabía bien de qué edificio se trataba. Sin embargo, nunca tuvo noticia de que allí hubiera habido un incendio.

Habían interrogado a varios vecinos como testigos. Ninguno había visto ni oído nada, pero Erica anotó sus nombres de todos modos; quizá tuvieran algo que decir ahora, después de tanto tiempo. En efecto, había aprendido que existían muchas razones por las que los testigos preferían guardar silencio sobre ciertas cosas, y a veces el tiempo podía cambiar esas circunstancias.

Al leer uno de los nombres se llevó una sorpresa. Rolf Stenklo había sido uno de los testigos. Él fue la última persona que la vio con vida, y por eso lo interrogaron. Ocurrió en una fiesta de cumpleaños en casa de Lola. Cuando él se marchó del apartamento, tanto Lola como su hija estaban vivas.

Erica se levantó y se dirigió a la ventana. Los puestos de la plaza de Hötorget estaban recogiendo para cerrar, y los vendedores anunciaban a los viandantes que todo estaba a «mitad de precio». ¿No era llamativo? Que Rolf hubiera sido la última persona que la había visto con vida, y que ahora, cuarenta años después, él mismo hubiera muerto después de haber pasado el último año recuperando el recuerdo de Lola…

Erica no creía en las casualidades. Y tampoco creía en las coincidencias. Lola y Rolf estaban relacionados. Sus muertes estaban relacionadas. Solo tenía que averiguar cómo.

Estocolmo, 1980

Se acercaba la hora de cierre y a Lola le dolían los pies con aquellos tacones tan altos. Había sido una noche tranquila en el Alexas. Era la víspera del día de cobro, la gente no tenía dinero y nadie podía permitirse gastar nada en cerveza ni en combinados.

—¿Dónde están los demás? —le preguntó a Rolf cuando lo vio acercarse a la barra.

—¿Qué pasa? ¿Es que yo no te valgo?

Sonrió para que viera que estaba de broma.

Lola puso la mano sobre la de él. Las uñas largas de color rosa chillón brillaban bajo las luces de neón de detrás de la barra.

—Por supuesto que me vales. Preguntaba por curiosidad. Como siempre vais juntos…

Se percató de que, como siempre, Rolf atraía las miradas de los demás clientes. Ya fueran hombres o mujeres. Tenía el aspecto de lo que en verdad era. Un aventurero. Un alma libre. Como si en realidad debiera estar al mando de la Kon-Tiki o coronar la cima del monte Everest. Rubio, con los ojos de azul brillante y siempre con ese tenue bronceado que traía de sus viajes, parecía salido de una película de Hollywood de los años cuarenta.

—La idea era venir todos juntos, pero la vida se interpuso en nuestro camino. Peter tiene otitis, así que Henning y Elisabeth han decidido quedarse en casa. Y se ve que Ole y Susanne han discutido. Ya te puedes imaginar por qué. Siempre la misma historia.

—¿Y Ester?

A Rolf se le apagó la sonrisa. Clavó la mirada en la cerveza que acababan de servirle. Tardaba un poco en responder, pero Lola esperó paciente. De todos modos, ningún otro cliente reclamaba su atención.

—Ayer tuvo un aborto.

—Vaya, lo siento, perdona la pregunta.

Lola volvió a poner la mano sobre la de Rolf. Sin mirarla, él puso la mano sobre la de ella y la apretó cariñosamente. Luego la soltó y tomó un buen trago de cerveza.

—Ya empezamos a acostumbrarnos, es el octavo. Claro que Ester está triste, lógico. Bueno, y yo también. Pero hoy ha venido a verla su hermana, y casi prefería librarse de mí…

Las palabras se perdieron en el rumor sordo del establecimiento.

—¿Seguís intentándolo? —Lola se puso a limpiar la barra con un paño.

—No sé. Supongo que Ester sí quiere. Pero lo de andar siempre entre la esperanza y la desesperación… —Dejó escapar un suspiro—. Ya puedes estar contenta de tener a Pytte. Aunque la cosa acabara como acabó.

—Sí, desde luego. Estoy contenta. Pero me gustaría que su madre hubiera podido verla ahora.

—Claro, lo comprendo. A mí me parece que Ester y yo podemos llevar una buena vida así, sin hijos. Pero no sé si ella lo ve del mismo modo. No tiene otros intereses como yo. En muchos sentidos, mis fotografías son mis hijos, mi legado. Pero yo quiero a Ester, claro. Y lo que más deseo en la vida es que sea feliz.

—Pues entonces no te queda otra que seguir el ritmo que marca Ester. Dejar que ella decida.

—Qué sabia eres. —Rolf tomó otro trago. Luego dejó la cerveza, resuelto—. En fin, hoy no estoy muy animado que digamos. Creo que me voy a ir a casa.

—El bar no tardará en cerrar, así que yo también me voy. Nos vemos otro día.

—Un beso —dijo Rolf, y le lanzó uno al aire.

Lola terminó de limpiar su parte. No había mucho que recoger después de una noche tan tranquila, así que solo tardó unos minutos. Fue al cuarto de la limpieza, situado detrás de la barra, en busca del bolso, se despidió con la mano del resto de los compañeros y salió por la puerta de atrás.

Hacía una cálida noche de verano. A Lola le encantaba sentir el aire templado de julio en la cara mientras paseaba camino a casa. El cielo no llegaba a ponerse del todo negro en esa época del año. Lo más oscuro era un color gris violeta, y esa noche tenía además una pincelada rosa.

Le encantaba Estocolmo. Y, contra todo pronóstico, le encantaba su vida. Toda la tristeza, todo el dolor del pasado se había esfumado en el preciso instante en el que miró a los ojos de Pytte el día que nació. Todo se volvió fácil. Incluso lo difícil.

—Hola.

Fuera había un hombre fumando. La miró desde debajo del flequillo. Con timidez, pero con un tonillo de algo más.

Lola le sonrió. Él y su pandilla de amigos se habían pasado la noche pidiéndole las copas a ella, y no le habían quitado ojo. No era la primera vez que iba al Alexas, pero sí la primera que la observaba de una forma tan calculada. Sin embargo, no le gustó cómo la miraban algunos de los chicos de la pandilla, aunque prefirió hacer como si nada. Había muchos como ellos, y lo mejor era no prestarles la menor atención.

—Hola —respondió Lola, y se le acercó—. ¿Tienes un cigarro?

Él sonrió más aún y le ofreció un paquete de Marlboro.

—¿No me lo vas a encender?

Lola le guiñó el ojo y parpadeó un poco. No tenía la menor intención de seguir con el flirteo; estaba enamorada. Y era demasiado leal para hacer nada. Pero le gustaba que le prestaran atención. Y el hombre era mono y juvenil.

Sin apartar la vista de ella, se puso el cigarro en la boca, se lo encendió y lo giró con el filtro hacia ella. Lola dio varias caladas, enarcó una ceja e hizo un puchero con los labios. A los hombres les encantaba.

—Eres muy guapa —dijo.

—Gracias.

Lola dio un paso más hacia él. La gente salía del club, iban alegres, aún con un humor festivo, listos para ir a otro sitio o para volver a casa a continuar la fiesta. Ella pensaba irse a casa con Pytte enseguida. En cuanto se terminara el cigarro.

El hombre alargó la mano y le acarició la mejilla.

—¿Me das tu número de teléfono?

—Puede.

La verdad es que era monísimo. Por unos instantes, le dejaría creer que iba a darle su número.

—¡Eh! ¡Tobbe! ¿Qué demonios haces detrás de esa? ¿No has tenido bastante con todas las copas que has pagado ahí dentro?

Una voz bramó a su espalda y los sobresaltó a los dos. Los otros chicos que habían estado sentados en la misma mesa salieron del Alexas. Todo el halo juvenil desapareció del rostro del hombre. Solo quedó el miedo. Y algo que Lola conocía bien: vergüenza.

Antes de que pudiera reaccionar, el puño del hombre le aplastó parte de la mandíbula. Cayó al suelo.

Y entonces todos aparecieron a su alrededor. Le daban patadas, la golpeaban, la escupían. Le gritaban con aquellas voces horrendas como bramidos.

Lola se puso de lado y trató de encogerse y de colocarse en posición fetal para protegerse. Notaba el asfalto frío y arenoso en la mejilla, y la superficie rugosa le arañaba la cara con cada patada.

—¡Engendro asqueroso! ¡Qué asco!

Lola miró de lado hacia arriba. Los hombres gritaban más alto aún. Uno de ellos tenía en los ojos un velo oscuro que Lola reconoció al instante. Había visto la misma mirada en muchas ocasiones. A veces en personas a las que quería, en personas que creía que la querían a ella.

—¡Mierda de maricón repugnante y asqueroso!

Las patadas le aterrizaban en medio del abdomen. La siguiente, del tipo de la cara amable, le dio en la espalda con tal fuerza que se quedó sin respiración. Trataba de gritar, pero no le salía ningún sonido.

Las voces se oían cada vez más alto. La gente pasaba a toda prisa, nadie se paraba a ayudarla. Ya no oía lo que decían los hombres. Los golpes le llovían tan seguido y con tal fuerza que ya no era capaz de distinguir a unos de otros.

Lola recordaba la cara de su hija. Pytte, que estaba en casa durmiendo en su cama, con el camisón de caballitos. Se resignó ante el hecho de que nunca volvería a verla. No tenía fuerzas para seguir luchando, se había pasado la vida luchando, y había llegado a creer que estaba a salvo. Se había engañado creyendo que podría ser feliz.

Lola se pegó al asfalto. Sentía el frío mientras el cuerpo se estremecía con cada patada.

Luego, una voz. Una voz conocida, maravillosa. Una voz que gritaba tan alto que subió hasta el cielo de modo que los ángeles tuvieron que oírla. Porque las patadas cesaron. Cuando él se sentó a su lado y la abrazó, Lola lloró de felicidad.

—Me paré a fumarme un cigarro, de lo contrario no habría…

A Rolf se le quebró la voz mientras la mecía entre sus brazos.

Lola alargó los suyos como pudo y se abrazó al cuello de Rolf. Después de todo, sí que estaba segura.

Había sido un error subir al coche. Con la edad y gracias a la influencia de Rita, Bertil Mellberg había ido tomando cada vez más conciencia de sus carencias. No estaba seguro de cuánto conseguiría cambiar. Era como era, y para él cambiar nunca había sido fácil.

Se imaginaba que sus colegas daban por hecho que se había escaqueado para librarse del trabajo. Y podría haber sido verdad. Pero esa vez no lo era. Ahora que la muerte le soplaba en la nuca y amenazaba con robarle lo que más quería, no iba a ser capaz de verla de cerca.

Por eso se había sentado a pasar frío medio escondido en una grieta de la roca, detrás de las casas. Oía a distancia los sonidos, las voces, el abrir y cerrar de puertas. Algunos de los colegas de Uddevalla lo miraron raro cuando lo descubrieron mientras peinaban la zona. Pero él no hizo caso, se limitó a desplazarse unos metros para que pudieran examinar la grieta.

Cuando se marchaban, los oyó murmurar. No le importaba. Ya nada tenía la menor importancia, pero sabía que, si entraba en aquellas cabañas y se enfrentaba cara a cara con la muerte y con la pena de otras personas, se vendría abajo.

En realidad, debería subir al barco y volver. Alejarse de la isla. Pero no le respondían las articulaciones. Una vez que se hubo sentado, fue incapaz de ponerse de pie otra vez. Veía los barcos de los medios de comunicación que describían círculos alrededor de la isla, oía el clic de las cámaras fotográficas. Un helicóptero se había pasado horas volando sobre ellos en círculos. Unos metros más allá habían echado una nasa solitaria, descubierta por la boya roja a la que estaba enganchada.

Notaba el áspero granito bajo las manos heladas. Seguiría allí mientras las generaciones iban y venían. Lo único permanente. Bertil no superaría el estar solo. No sobreviviría sin Rita. Tiritaba mientras contemplaba el gris del mar, que solo interrumpía algún que otro islote, antes de que el horizonte se volviera infinito. Y en ese momento, allí mismo, decidió que, si la perdía, él se iría con el mar.

La decisión lo alivió. No tendría que quedarse allí sin ella. Se levantó, se sacudió la ropa. Con un poco de suerte, podría volver enseguida con el barco de Salvamento Marítimo. No quería permanecer ni un segundo más en aquella isla dejada de la mano de Dios. La muerte pesaba demasiado sobre Skjälerö.

—¿GÖSTA? ¿GÖSTA FLYGARE?

Gösta había salido para tomar un poco el aire después de su segunda conversación con Elisabeth Bauer. Tuvieron que interrumpir la primera porque de pronto se sintió muy mareada. Se volvió y vio a Farideh Mirza, que se acercaba a él desde la cabaña de invitados. Parecía algo alterada.

—Hemos encontrado algo —dijo.

Cuando Farideh le habló del hallazgo, a Gösta empezó a latirle el pulso cada vez con más fuerza, hasta que sintió que le retumbaba en los oídos.

Se apresuró a la casa principal y miró a su alrededor en busca de Patrik. No estaba en la sala de estar ni en el despacho, ni tampoco en el dormitorio. Abrió la puerta de la cocina y lo encontró delante del fregadero, al lado de Nancy, la criada, que estaba fregando a mano las tazas y las cucharillas del té.

—¡Patrik!

A Patrik le chispeó la mirada al oír el tono de la voz de Gösta, y se acercó a él.

—¿Sí?

—Tenemos una camisa llena de sangre.

—¡Joder! ¿Dónde?

Gösta miró con intención hacia Nancy, que había parado de fregar.

—Ven —ordenó, y los dos salieron al vestíbulo.

Se agacharon para ponerse los zapatos, y Gösta le dijo en voz baja:

—La camisa de Rickard estaba en el baño, en el cesto de la ropa sucia, manchada de sangre.

—Joder —repitió Patrik, asombrado.

—¿Lo detenemos? —preguntó Gösta.

Patrik reflexionó unos segundos.

—Voy a llamar al fiscal de inmediato —dijo al fin.

Una vez fuera de la casa, Patrik se apartó un poco y sacó el móvil. Cuando volvió, Gösta le vio en la cara lo que le había dicho el fiscal.

—¿Dónde está? —preguntó Gösta—. Llevo ya un rato sin verlo.

—En el baño. Con resaca —dijo Patrik.

Miró hacia la cabaña de invitados de la izquierda.

—Antes quiero ponerme de acuerdo con Farideh. Luego vamos a por él. El barco está listo para zarpar en cualquier momento.

—Voy contigo —resolvió Gösta.

Patrik se alejó con paso rápido y Gösta empezó a seguirlo como podía. Las piernas ya no le obedecían como antes, a pesar de las incontables partidas de golf del verano.

Una vez en la cabaña de invitados, Patrik llamó a la puerta mientras hablaba en voz baja con uno de los técnicos, que llevaba puesto el equipo completo. Al cabo de unos minutos se les unió Farideh delante de la puerta. Se le adivinaban en el rostro el cansancio y el esfuerzo: tantas horas de concentración intensa habían dejado su huella.

—Bueno, ya te has enterado —dijo mientras se quitaba el gorro y los guantes de goma.

—Sí, Gösta me lo ha contado. El fiscal me ha dado el visto bueno para que nos llevemos a Rickard, pero antes quería hacerte unas preguntas.

Farideh sacudió la larga melena oscura. Tenía la frente llena de gotitas de sudor, y se lo secó con la manga de la camisa.

—¿Es seguro que se trata de la camisa de Rickard?

—A juzgar por la marca y por la talla, diría que es la camisa de un hombre, y encaja con la descripción de la camisa que llevaba Rickard Bauer.

—¿Y la salpicadura de sangre?

Patrik se balanceaba adelante y atrás sobre los pies, y Gösta escuchaba atento detrás de él. Hedström conocía bien su trabajo y hacía las preguntas adecuadas.

—Mi conclusión ahora mismo es que coincide con la salpicadura que pudo producirse cuando la persona que llevaba puesta la camisa disparó a las víctimas desde una distancia muy corta. El Centro Nacional Forense tendrá que considerarlo más a fondo, pero, según mi experiencia, es lo más verosímil.

—De acuerdo. —Patrik guardó silencio. Luego dijo vacilante—: Lo único es que… ¿Quién iba a ser tan torpe como para dejar una camisa manchada de sangre en el cesto de la ropa sucia?

—¿No ha dicho él mismo que anoche estaba como una cuba? —apuntó Gösta.

Él había visto torpezas mucho mayores a lo largo de su carrera. Y sabía que su colega también.

Patrik asintió.

—Ya. Es cierto. Vamos a detenerlo de inmediato. Y hay que interrogar de nuevo a Tilde. A fin de cuentas, compartían habitación.

TRAS RECOGER LOS documentos, Erica puso la ropa que se había llevado sobre la cama. Lo de vestirse para salir era un reto. Por un lado, todo le quedaba un poco estrecho, pues había engordado unos kilos; por otro, no estaba del todo segura de cómo esperaban que fuera vestida. El negro clásico de los actos culturales era una carta segura, pero ¿funcionaría una blusa fucsia, o habría que llevar un jersey negro de cuello alto?

Al final se decantó por la blusa y unos pantalones muy cómodos, con la cinturilla elástica. Se arregló en un periquete delante del espejo. Crema base, rímel y brillo de labios. Ese día no tenía fuerzas para más.

Comprobó la hora y la dirección en el teléfono. La exposición comenzaba a las siete, y calculó que le llevaría un cuarto de hora llegar a la dirección indicada, que se encontraba cerca de la plaza de Odenplan.

Había tenido suerte. Lenora, que inauguraba su exposición en el Blanche aquella tarde, era una artista a la que había conocido en el pasado. Lenora estudiaba en la Universidad de Estocolmo mientras Erica estudiaba Literatura, y sus caminos se cruzaron en el bar de la facultad. Durante un par de años fueron inseparables, luego la vida y sus diferencias las llevaron por caminos distintos. Pero Erica guardaba un recuerdo muy grato de todas las horas que había pasado con Lenora bebiendo vino barato, conversando sobre la vida y sobre el amor, tan difícil de encontrar.

Erica se sentía poco honrada por no haberle contado el verdadero motivo de su visita cuando le mandó un mensaje para preguntarle si podía asistir a la inauguración en el Blanche. La alegría sincera de su amiga le causaba aún más cargo de conciencia, pero, en honor a la verdad, estaba deseando ver por qué caminos había discurrido el arte de Lenora desde la última vez que se vieron.

Mientras fueron amigas, trabajaba sobre todo con la arcilla, y sus provocadoras figuras eran un desafío. A juzgar por la descripción que se leía en la página web del Blanche, había continuado en la misma línea. La describían como a «una Judy Chicago postfeminista hasta arriba de *speed*, que señala con el dedo la obsesión neomaterialista de la escena artística sueca». Erica no entendía mucho de aquella descripción, y menos aún comprendió lo que decía la reseña del periódico *Dagens Nyheter* que encontró cuando buscó en Google el nombre de Lenora. Describían su trabajo como «una fantasía postapocalíptica bien coreografiada que echa por tierra todo lo que el mundo del arte sueco cree saber sobre el neomaterialismo, y que al mismo tiempo remueve la herida más sangrienta de lo antropocénico». Erica creía que se trataba de una crítica positiva. Pero segura del todo no estaba, desde luego.

Después de una última ojeada al espejo, se colgó el bolso y salió de la habitación. Ya en la puerta del hotel giró a la izquierda hacia la parada de taxis de Kungsgatan, donde casi siempre había algún coche esperando.

Después de darle al taxista la dirección, se acomodó en el asiento y sacó el teléfono para ver si Patrik había dado señales. Nada todavía. Comprobó los titulares. Ninguna novedad, solo especulaciones. Nadie parecía saber aún quiénes eran las víctimas, pero había fotos de tres cadáveres metidos en sacos que los técnicos trasladaban con sus monos blancos. ¿Qué demonios habría ocurrido en la isla?

Erica se puso a mirar por la ventanilla los edificios que iban dejando atrás. Se imaginó la cola de caballo de Louise mientras volaba delante de ella durante sus carreras. ¿Sería posible que le hubiera ocurrido algo?

El taxi la sacó de tan inquietos pensamientos al detenerse, y Erica pagó con la tarjeta sin ser muy consciente de lo que estaba haciendo. Todo se le antojaba como envuelto en una bruma.

Advirtió la mirada extrañada del taxista en el retrovisor y se espabiló. Lo único que podía hacer ahora era averiguar más secretos posibles relacionados con el Blanche.

Se alisó los pantalones y se bajó del coche. La entrada era modesta y conducía a un sótano con una bóveda de ladrillo. Una joven muy guapa de unos veinte años comprobó su nombre en la lista de invitados y la dejó entrar con una mirada benevolente.

Erica se sentía fuera de lugar. Aquello resultaba todo lo intelectual y culto que se pudiera imaginar, y no era el tipo de evento al que solían invitarla. La gente, casi toda vestida de negro, hablaba en voz baja alrededor de Erica. Al verla, algunos no pudieron disimular una mirada de asombro detrás de las gafas de montura negra.

Con la copa de vino en la mano, Erica identificó a varios miembros de la Academia Sueca, a un cantante de ópera internacionalmente conocido, a varios políticos de alto rango y a un primo de la familia real.

—¡Hola!

Lenora la saludó con un grito de alegría y la abrazó enseguida. Así se quedaron un buen rato. Como en tantas otras ocasiones, Erica se dijo que debía contactar más a menudo a las personas que un día habían sido importantes para ella. Pero resultaba difícil mantener el contacto con los amigos de Estocolmo viviendo en Fjällbacka, demasiado ocupada con su trabajo y su vida familiar. Y tener niños pequeños, por si lo anterior fuera poco, no facilitaba las cosas. Lenora estaba casada, de eso estaba segura, pero ella y su mujer no tenían hijos. Al menos, no que Erica supiera.

—A ver, enséñame qué has inventado ahora —dijo Erica señalando con curiosidad la exposición al fondo de la sala.

Los ojos de Lenora relucían mientras iba señalando cada una de las obras sin dejar de explicarle a Erica y sin parar de gesticular. Entre otras cosas, había una vulva extendida hecha en cerámica con un árbol que crecía entre los dos labios, y un pene erecto que expulsaba monedas de euro por el glande.

Erica caminaba detrás de su amiga educadamente, haciendo lo que podía por corresponder a su entusiasmo, pero, por más que lo intentaba, le costaba entenderlo de verdad. El arte nunca fue lo suyo, y carecía de conocimientos y de marcos de referencia. En todo caso, no le cabía ninguna duda de que tenía talento.

—Oye, ¿podría robarte para mí luego durante unos minutos? —le preguntó una vez que habían visto todas las piezas.

Lenora enarcó una ceja.

—Ya sabía yo que no eran mis coños de cerámica lo que te interesaba. —Se rio al ver la cara de Erica, que se sentía descubierta—. Ya llevo una hora entera codeándome y dando coba a los del jersey de cuello alto. Me he ganado una copa de vino en el bar.

—Ah, tenía la esperanza de que hubiera bar —dijo Erica aliviada.

Lenora hizo un gesto con la cabeza y el hombre de pelo negro y rizado salió volando.

—Esto es el Blanche. El baluarte de la decadencia. Por supuesto que lo hay.

Fue abriéndose paso entre los intelectuales que charlaban y bebían hasta que llegaron a un bar que había al fondo del local. Otra guapa joven de veinte años, de un parecido desconcertante con la que había recibido a Erica en la entrada, esperaba detrás de la barra.

—Dos copas de vino tinto —pidió Lenora sin preguntarle a Erica. Ella ya sabía bien lo que prefería su amiga.

Una vez que les sirvieron las copas, se sentaron a una mesa alta.

—El personal parece responder a un tipo de perfil concreto —dijo Erica señalando con discreción a la belleza fría y rubia de la barra.

—Es el tipo de Ole —dijo Lenora.

—El polo opuesto de Susanne —comentó Erica, y Lenora se echó a reír.

—Sí, la verdad, es algo que se podría analizar. Lo que no entiendo es dónde las encuentra. Es como si tuviera una fábrica secreta en alguna parte, un lugar donde fabrican jóvenes rubias de largas piernas, solo para el Blanche.

—O sea que sus negocios no son ningún secreto, ¿no? —dijo Erica.

Tomó un trago de vino. Sabía barato y acuoso, pero se conformó con lo que había. El rumor que las rodeaba era educado y tenue.

—¿Qué opinan los demás copropietarios?

—¿De las hazañas de Ole? —Lenora resopló—. Lleva muchos años haciendo lo que quiere, así que no parece que a nadie le importe demasiado. El Blanche es propietario de varios apartamentos, y hace mucho que corren rumores de para qué se utilizan. Susanne debe de ser una maestra a la hora de hacerse la loca.

—A lo mejor son un matrimonio con una relación abierta, ¿no?

—Bueno, medio abierta, en todo caso, porque nadie ha visto ni oído nunca nada de que Susanne haya estado con otro hombre. Así que, por alguna razón insondable, parece que ella lo ha aceptado.

—¿Un matrimonio de interés? En Hollywood circulan muchos rumores sobre actores que se casan para ocultar su homosexualidad.

Lenora se pasó la mano por el pelo, que relucía con un brillo deslumbrante, casi antinatural bajo la luz mágica del bar.

—Bah, no sé a quién le iba a interesar que Susanne fuera gay. Como escritora casi sería una ventaja publicitaria ser bollera. El tiempo de Selma Lagerlöf y Karin Boye ya pasó. Además, yo los he visto a los dos juntos aquí y estoy convencida de que lo quiere. Quizá incluso demasiado.

—¿Y los demás copropietarios? ¿Henning y Elisabeth? ¿Rolf? ¿Qué opinión te merecen?

—Supongo que es por Rolf por lo que preguntas. Ha habido muchísimas habladurías después de su muerte, y se llegó a plantear la posibilidad de suspender la exposición. Pero, por lo que sé, el resto de propietarios han dado instrucción de que la actividad debe seguir como si tal cosa.

Erica comprendió que Lenora no estaba al tanto de las noticias sobre los asesinatos de Skjälerö, pero prefirió no decir nada aún. Antes quería centrarse en Rolf.

—Ya, en fin, y ¿qué dice la gente de Rolf? ¿Circula ya alguna teoría sobre el asesinato? —preguntó.

—Rolf era un hombre muy apreciado. A pesar de su humor algo seco y brusco. A él le interesaban las personas. No le importaban el estatus ni la fortuna.

—En cambio, los demás sí, ¿verdad?

—Sí, diría que, en muchos sentidos, consideran que están por encima de «la gente normal». Eso jamás le pasó a Rolf.

—O sea, ¿nada de enemigos?

Erica notó apesadumbrada que se le había acabado el vino y se preguntó cómo había ocurrido tan rápido. Lenora se dirigió al bar con su copa y volvió con otra llena.

—¿Detecto cierta hambre de vida adulta?

—No te rías —se lamentó Erica—. Además, los años de bregar con niños pequeños terminarán pronto. Solo tenemos que resistir un poco más. Aunque ahora yo estoy entrando en la menopausia. Creía que eso no pasaba hasta los cincuenta más o menos.

—La premenopausia —dijo Lenora comprensiva—. Una mierda.

Erica tomó un trago de vino. La segunda copa sabía un pelín mejor que la primera.

—Me preguntabas si Rolf tenía enemigos —continuó Lenora retomando el hilo de la conversación—. Y no, que yo sepa, no tenía enemigos. A propósito de Ole, en cambio, sí que han empezado a protestar bastante. Son nuevos tiempos. Los hombres no pueden comportarse de cualquier manera. No conozco los detalles de los problemas, pero parece que han creado fricciones entre los propietarios. Louise lo ha tenido difícil.

Erica dio un respingo.

—¿Louise?

—Sí, ha seguido ocupándose de la parte administrativa, incluso después de convertirse en la ayudante de Henning. Tras los rumores de que los medios habían empezado a hurgar en los asuntos del Blanche, ha tenido mucho ajetreo. Y no me sorprende el interés de los medios. Ya ves cuál es la clientela. Además, a través de Susanne, el Blanche tiene una conexión directa con la Academia Sueca. No puede haber nada más apetecible que un escándalo en torno a personas cercanas o pertenecientes a una de nuestras instituciones más prestigiosas e internacionalmente reconocidas.

—¿Quieres decir que Louise trabajaba en el Blanche antes de empezar a trabajar para Henning? —dijo Erica.

No recordaba que Louise hubiera mencionado nunca el Blanche. Solo hablaba de su papel como mano derecha de Henning.

—Sí, así fue como conoció a Peter. Trabajaba aquí cuando estaba casado con Cecily y, después del accidente, ella se convirtió en su principal apoyo. Y, a la larga, en el principal apoyo de Henning.

—Ah, comprendo. Nunca se me ocurrió preguntarle cómo se conocieron Peter y ella.

—Son una pareja estupenda, y Louise ha sido maravillosa con sus hijos.

—¿Sois amigas?

—En realidad, los amigos somos Peter y yo. Empezamos a vernos con frecuencia algún tiempo después de que tú te mudaras. Pero sí, Louise y yo siempre hemos encajado. No sé qué hubiera hecho la familia Bauer sin ella.

—Ella y yo nos vemos mucho cuando están en Fjällbacka —dijo Erica.

Recordó la foto de los tres sacos con los cadáveres que portaban los técnicos forenses. Empezaba a sentirse deshonesta por no decir nada.

—Parece que ha pasado algo más —susurró despacio—. En Skjälerö. Al menos, según la prensa vespertina. Pero no dan detalles acerca de qué o quién.

Lenora contuvo la respiración.

—¿Qué dices?

Sacó el móvil a toda prisa y abrió uno de los periódicos de la tarde.

—¡Dios mío!

Lenora se cubrió la boca con la mano mientras miraba fijamente la imagen de los tres cadáveres.

Erica se quedó sentada en silencio mientras Lenora leía el artículo. Escuchaba el murmullo circundante y oía palabras sueltas como «terrible» y «absolutamente espantoso», y comprendió que la noticia estaba cundiendo por el club como la pólvora.

—Lo más probable es que mi marido se encuentre allí —dijo—, pero no he conseguido localizarlo, así que no conozco ningún detalle.

Erica había intentado por todos los medios no especular con la identidad de los cadáveres que había visto en los sacos, pero la imagen de Louise acudía a su memoria sin cesar. Se le llenaron los ojos de lágrimas.

—¿No podrías intentar localizarlo de nuevo? —le pidió Lenora.

Erica dudó, pero sacó el teléfono. Sabía la firmeza con la que Patrik protegía la integridad de la investigación, pero sentía la preocupación como un dolor sordo, y no pudo resistir la pena en la mirada de Lenora.

«Perdona que te moleste, pero tengo que saberlo. ¿Quiénes son los muertos?»

Erica envió el mensaje a toda prisa. Dejó el teléfono en la mesa y, por los puntos que aparecían bajo su texto, comprendió que Patrik estaba respondiendo. Al cabo de unos segundos, se oyó que entraba el mensaje.

Erica se quedó sin respiración al leerlo. Era imposible de asimilar. No era capaz de articular palabra, así que le mostró el teléfono a Lenora sin decir nada.

PATRIK SE HABÍA alejado de las casas y estaba contemplando el mar sin poder asimilar las vistas. El cansancio lo inundaba en oleadas. Era temprano por la tarde y llevaban en la isla desde antes de las doce del mediodía, pero tantas horas de concentración absoluta no tardarían en consumirle toda la energía. Aun así, sabía que tenía que continuar un par de horas más.

Se habían tomado un descanso y sus colegas esperaban en la explanada que se extendía entre las casas. Lo único que necesitaba era estar solo unos segundos antes de dirigirse a la casa principal por enésima vez. Les pidió a Paula y a Gösta que esperasen fuera, y entró con Martin. No preveía ningún problema, así que no era necesario que entraran los cuatro.

—Rickard. Tilde. Nos gustaría que nos acompañaran a la comisaría de Tanumshede.

—¿Y eso? ¿Por qué nosotros?

Rickard se levantó a toda prisa. Se pasó la mano por el pelo, que se le quedó despeinado. Aún se le notaban la resaca y el cansancio, tenía los ojos enrojecidos y la frente llena de gotas de sudor, a pesar de que en la habitación hacía frío.

Los ojos de todos los presentes estaban puestos en él. Louise se incorporó despacio y se quedó sentada en el sofá en el que estaba descansando.

—¿Qué pasa? —preguntó adormilada.

Pero enseguida debió de recordarlo todo, porque se quedó como sin resuello. Patrik tragó saliva. No era capaz de mirar a Henning y a Elisabeth, pero notaba sus miradas.

—Hemos decidido detenerle, Rickard, y también tendríamos que hacerle algunas preguntas más a usted, Tilde.

Lo único que se oía era el crujir de la leña en la hoguera y voces dispersas del exterior. Entonces habló Henning, con rabia contenida:

—¿Qué es lo que pasa? Debe de ser un error.

Patrik apretó las mandíbulas. No era frecuente que tuviera que actuar así en presencia de los familiares más cercanos, y sabía que aquello agravaría la tragedia para todos. Sin embargo, su trabajo era averiguar la verdad y, por el momento, Rickard era la persona a la que apuntaban las pruebas. Eran los hechos. Hechos puros y duros.

—Contamos con la petición de la fiscalía. Tiene que venir con nosotros, Rickard. En cambio, a usted, Tilde, no podemos obligarla a acompañarnos, pero dado que aclarar las cosas nos interesa a todos, sería bueno que pudiera contar con toda la colaboración posible por su parte.

Elisabeth buscaba a tientas la mano de Henning. Estaba pálida como la cera.

—Ve con ellos —dijo con impaciencia—. Ve con ellos para que este error se aclare cuanto antes.

—Voy a llamar a nuestro abogado —dijo Henning.

Soltó la mano de Elisabeth y se dirigió a su despacho.

—Venga ya, mamá, son cosas de polis paletos, no va a pasar nada.

Rickard se encogió de hombros, pero Patrik advirtió un brillo de temor en la mirada.

—Pues yo voy también, no pienso dejar que Rickard vaya solo.

Tilde se colgó el bolso al hombro y se dirigió a la entrada.

—Vuelvo dentro de un par de horas —dijo Rickard.

Salió detrás de Tilde y se puso los zapatos y el chaquetón. Luego hizo un gesto apremiante con las manos.

—Bueno, ¿vamos o no?

Patrik y Martin intercambiaron una mirada. La soberbia solía serles ventajosa; cuanto más envalentonado se sintiera Rickard, mejor para ellos.

—Van a lamentar esto —les susurró Rickard una vez que hubo cerrado la puerta al salir—. ¿Creen que no conocemos a gente muy poderosa? Cuando terminemos con esto pasarán a poner multas en Jokkmokk.

Siguió parloteando mientras se dirigían al barco que los aguardaba, y Tilde lo seguía a toda prisa, angustiada. Se resbaló con los zapatos de tacón, totalmente inapropiados para caminar por las rocas, pero Martin logró sujetarla en el último segundo.

—Gracias —atinó a decirles, y Rickard los miró irritado.

—Mi hermano está muerto. Y mis sobrinos. ¿No podemos pasar el duelo en paz?

—Nos limitamos a hacer nuestro trabajo —dijo Patrik.

—Ya, pues qué bien, ¿así es como se utiliza el dinero de nuestros impuestos? —murmuró Rickard mientras subía a bordo del barco, con Tilde siguiéndole los talones.

—No se lo pone nada fácil, la verdad —susurró Martin, que iba detrás de Patrik.

Paula y Gösta se quedarían en la isla mientras los técnicos siguieran allí. Además, aún estaban examinando el lugar con ayuda de los colegas de Uddevalla, así que necesitaban tener allí algunos efectivos.

—Al menos ya se ha ido el dichoso helicóptero —dijo Martin.

Patrik se puso serio. Aún se preguntaba cómo demonios se había enterado tan rápido la prensa de que algo había ocurrido. Pero tenía sus sospechas.

Estocolmo, 1980

A PYTTE LE gustaba vivir en un chalé, y le gustaba vivir con Rolf y Ester. La casa gris de Enskede tenía un amplio jardín en la parte de atrás y arriates con montones de fresas, ruibarbos, zanahorias y guisantes tiernos. Cada tarde, Ester y ella bajaban al huerto y llenaban una cesta de verduras para la cena. Pytte no sabía que las zanahorias y los tomates pudieran tener un sabor tan rico. A su padre no le gustaban mucho las verduras, así que en casa no las comían muy a menudo, y, si alguna vez las compraba, eran insípidas y lacias. Las que crecían en el huerto de Ester y Rolf eran algo totalmente distinto.

—¿Quieres comer pastel de ruibarbo de postre otra vez? —le preguntó Ester acariciándole el pelo.

Pytte asintió encantada. La primera noche que pasó allí fue también la primera vez que probó el pastel de ruibarbo, y era lo más rico que había comido en la vida. Además, le encantaba comer tallos de ruibarbo pelados, que iba mojando en un cuenco de azúcar. La sola idea de esa mezcla de sabor ácido con dulce le hacía la boca agua.

—¿Cuándo viene mi padre? —preguntó alargando la mano en busca de una fresa enorme y madura.

Hizo como si la pregunta no fuera muy importante, a pesar de que era la más importante del mundo. Tanto Ester como Rolf la miraban con tristeza en los ojos cada vez que preguntaba, así que intentaba no hacerlo tan a menudo como quería. Pero en esa ocasión, Ester la miró feliz.

—Me ha llamado Rolf y me ha dicho que, según el médico, podrá traerla a casa el sábado.

—¿Cuántos días faltan para el sábado? —dijo Pytte.

El corazón empezó a latirle más rápido en el pecho. Echaba muchísimo de menos a su padre, tanto que no sabía cómo iba a caberle en el pecho tanta añoranza.

—Dentro de cuatro días. Aguantarás, ¿verdad? Cuatro días más con nosotros no es nada, ¿no?

Ester la miraba con ojos tiernos. Pytte le tenía cariño. Y a Rolf también. Eran buenos. No tanto como su padre, claro, nadie era como su padre, pero les tenía cariño, y le gustaba vivir en una casa con jardín.

—Claro —dijo.

A Ester se le iluminó la cara.

—Entonces habrá que sacar todo el partido posible a estos días. Vamos a preparar todos tus platos favoritos. Empezando por el pastel de ruibarbo para esta noche. Y mañana he pensado helado de vainilla con fresas. Y a lo mejor quieres probar mi crema de grosella para desayunar mañana, ¿qué me dices? Mi abuela me enseñó a prepararla. Se toma con leche.

—Seguro que está muy rica —respondió Pytte, y saboreó en silencio el nombre en la boca.

«Crreeema de grroseeella.» Le parecía curiosísimo. Y todo lo que Ester le había cocinado estaba riquísimo. Así que seguro que la «crreeema de grroseeella» también.

Le dio la mano a Ester. Para su sorpresa, comprobó que no se había alegrado. Al contrario, se le llenaron los ojos de lágrimas. Pytte le ofreció la fresa grande que aún llevaba en la mano.

—Toma. Es la más grande. Para ti.

Ester dudó. Luego aceptó la fresa. Y sonrió. Pytte le dio un apretón en la mano. Nadie podía estar triste con una fresa así. Ella estaba rebosante de alegría. Su padre no tardaría en volver.

Erica se detuvo en el 7-Eleven. Sentía una necesidad urgente de comer algo dulce. Las dichosas hormonas le hacían la vida imposible.

Había optado por ir a pie al hotel desde el Blanche. Hacía una noche agradable más templada de lo esperado, y había sido lo bastante sensata como para no ponerse tacones, sino un calzado muy cómodo.

El ambiente en el Blanche se había ido ensombreciendo a medida que se extendían las noticias de Skjälerö. Empezaron a circular las especulaciones acerca de quiénes serían los tres fallecidos y qué habría ocurrido. Según la versión que más arraigo cobraba, Henning y Elisabeth habían muerto asesinados a manos de su hijo Rickard, que luego se había suicidado. Pero Erica conocía la verdad. Y ahora, Lenora también estaba al corriente, aunque le había pedido a su amiga que jurase que no diría nada hasta que la policía hubiera desvelado los nombres de las víctimas a la prensa. Patrik había sido muy claro en su mensaje al advertirle que se trataba de una información que bajo ningún concepto podía divulgar.

Erica revisó el escaparate de la tienda de 7-Eleven. ¿De verdad pensaba entrar? El caso era que, una vez en el hotel, le iría bien distraerse, ver una película o algo así, para no tener que pensar en todo lo ocurrido en la isla de la familia Bauer. Y para ver una película necesitaba golosinas.

Los pies se encaminaron por sí solos hasta el estante de las golosinas de la tienda, y Erica se vio con una bolsa de chocolatinas Dumle, otra de coches de gominola Ahlgrens y otra de regaliz salado Turkisk Peppar.

Greta Garbo le dio sonriente la bienvenida desde el hermoso retrato en blanco y negro cuando Erica entró en la habitación. Enseguida se puso ropa cómoda y se recogió el pelo en una coleta. Quería meterse en la cama a una hora razonable y así le daría tiempo a hacer lo máximo posible al día siguiente, pero aún era pronto para acostarse, y esperaba que Patrik tuviera un hueco para llamarla.

Dispuso en la cama el bufé de golosinas y empezó a repasar los canales de televisión. Al final encontró una comedia ligera de Jennifer Aniston y se sentó apoyada en los almohadones. Sin embargo, le costaba concentrarse, pues continuamente se le iba el pensamiento a la imagen de los tres sacos con los cadáveres, y al asunto que la había llevado a Estocolmo.

Erica no tenía ningún plan concreto para seguir adelante. Los hilos estaban demasiado sueltos, y por el momento no contaba con más guía que la de su intuición. Lo que por lo general le ayudaba a avanzar era dejarse llevar por la curiosidad. ¿Acerca de qué querría saber más? Echó mano del cuaderno de notas y del bolígrafo que tenía en la mesita de noche y se puso a trabajar.

Escribió «Rolf» en el centro de la página y empezó a trazar líneas, al final de las cuales fue escribiendo «Lola», «1980», «Incendio», «Blanche», «Rumores», «Academia Sueca», «Exposición», «Fotografías», «Skjälerö», «Peter», «Masacre».

Se quedó un rato mordisqueando el extremo del bolígrafo antes de meterse en la boca unas golosinas. Y en ese momento, sonó el móvil. Era Patrik. Erica intentó tragar a toda prisa, pero aún tenía la boca llena de caramelos cuando respondió con voz pastosa.

—¿Estás borracha? —le preguntó sorprendido.

Erica se echó a reír.

—No, qué va, es que me has pillado comiendo caramelos.

Se puso seria enseguida.

—¿Cómo os va por allí? ¿Estás bien?

Patrik mantuvo un largo silencio, que rompió con un suspiro.

—Es terrible, espantoso. Para todos nosotros. Ahora mismo estoy en la comisaría. Al final…, hemos detenido a una persona.

Erica consiguió tragarse el último trozo de caramelo y pudo hablar con claridad por fin.

—¿A quién? ¿Puedes…?

—Mañana te contaré más. Ahora mismo no tengo fuerzas. Aún tengo por delante un par de horas de trabajo, y luego me quedaré a dormir aquí, en la comisaría. Mi madre ya lo sabe, se queda en casa con los niños. Yo ahora mismo no soy capaz de verlos. Es demasiado doloroso.

—Cariño…

Erica dejó la palabra suspendida en el aire.

—¿Qué tal te ha ido a ti? —quiso saber Patrik al cabo de unos instantes de silencio.

—Ya hablaremos mañana, o cuando puedas. Haz lo que tengas que hacer, solo quería oír tu voz. Habría sido muy raro no darnos las buenas noches.

—Ya lo sé —dijo él, y Erica adivinó que sonreía—. Buenas noches, cariño, te quiero y quiero a nuestros hijos.

—Lo sé. Y nosotros te queremos a ti. Buenas noches.

Después de colgar, Erica se quedó un rato sentada con el teléfono en la mano. Cayó en la cuenta de que no había seguido la acción de la película en absoluto, pero daba igual. La tenía puesta más que nada como acompañamiento de sus cavilaciones.

Alargó la mano en busca del cuaderno para continuar con su mapa de ideas y metió la mano en la bolsa de caramelos que tenía abierta. Se habían terminado. Se la había zampado entera en tiempo récord.

Hizo una mueca y arrugó la bolsa en la mano haciéndola resonar. Luego se quedó helada de pronto. Muy despacio, fue abriendo la mano y se quedó mirando la bolsa, que recuperó la forma original.

La bolsa de Dumle.

Una sospecha empezó a invadirla despacio. Y a medida que retrocedía en el tiempo y sumaba dos y dos, la sospecha empezó a transformarse en certeza. Se quedó mirando la bolsa fijamente.

Mierda.

—¿Quiere esperar a su abogado?

Patrik se sentó enfrente de Rickard. Martin estaba con Tilde en la sala contigua. Querían interrogarlos por separado, para evitar que se pusieran de acuerdo en qué decir.

—Jakobsson viene de Estocolmo, tardará un poco. Y, además, no tengo nada que ocultar.

Rickard se cruzó de piernas con gesto descuidado y se pasó la mano por el pelo. Patrik se había dado cuenta de que era un gesto que hacía a menudo, pero no lo conocía lo suficiente para saber si era una manifestación de nerviosismo o más bien una manía.

—Hábleme otra vez de la tarde y la noche de ayer.

—Pero si ya se lo he contado todo —se lamentó Rickard.

Patrik esperó.

—De acuerdo —dijo al final con un suspiro—. Pues otra vez. Después de la cena, mi madre y mi padre iban a hablar de algo con los demás. Debimos de beber un montón, porque recuerdo solo por encima el momento en el que Tilde y yo nos fuimos a dormir. Nos habían echado de nuestra cabaña y teníamos que dormir en el cuarto de los niños.

—¿Se despertó durante la noche? ¿Oyó algo?

Rickard lo negó con un movimiento de cabeza.

—Qué va, dormí como un tronco. No me desperté hasta que oí los gritos de Louise…

Volvió a pasarse la mano por el pelo. Ya lo tenía prácticamente de punta.

—¿Se despertó Tilde también en ese momento o estaba despierta ya?

—No, se despertó en ese instante también.

—De acuerdo…

Patrik pensaba en cómo continuar. Quería sonsacarle a Rickard tantos detalles como fuera posible, para poder acorralarlo antes de mostrarle lo que habían encontrado los técnicos.

—Ha dicho que no recuerda bien cuándo llegaron al dormitorio, pero ¿sabe si se quitaron la ropa antes de meterse en la cama?

—Yo me desperté en calzoncillos y Tilde estaba desnuda, así que sí, supongo que sí.

—¿Y dejaron la ropa en la silla del escritorio del cuarto de los chicos?

—Ni idea. Todo está de lo más borroso. Yo no suelo emborracharme tanto, pero supongo que me dejé llevar por Ole, que es capaz de empinar el codo a lo grande. Y Tilde también estaba bastante ida. Pero ya sabe, la muerte de Rolf y todo eso… Son cosas que afectan a cualquiera.

—Sí, claro.

Patrik iba anotando palabras clave en el cuaderno. La grabadora llevaba en marcha desde el principio, pero escribir breves notas a mano le ayudaba a ordenar los pensamientos.

—La última vez que hablamos dijo que se llevaba bien con su hermano, pero que en la familia había un conflicto relacionado con su situación económica. ¿Podría ampliar un poco esa información?

Rickard resopló.

—No me explico por qué les parece tan importante. No es nada. Es solo que debo un poco de dinero, pero tengo en marcha un montón de negocios de primera, así que lo único que hace falta es paciencia, que todo se va a arreglar. ¡Voy a tener más pasta que Peter!

Sonrió. Luego se le apagó la sonrisa.

—Mierda, se me olvida todo el rato…

Se inclinó hacia delante y apoyó la cara en las manos. Se frotó los párpados unos segundos y levantó la vista. Tenía los ojos llorosos, pero Patrik no sabía si eran lágrimas o la resaca.

—No entiendo por qué pierden el tiempo conmigo. ¿Por qué no están buscando al que lo ha hecho? Peter era un figura en el mundo de las finanzas, seguro que ahí hay algo sucio que él descubrió. En el mundo de los negocios hay tipos de mucho cuidado, y seguro que detrás del asesinato hay algo así. Alguien tuvo que llegar en barco a la isla durante la noche mientras dormíamos.

Una vez más, se mesó el pelo con la mano. Patrik dio unos golpecitos con el bolígrafo en el cuaderno. Luego dijo tranquilamente:

—¿Y entonces cómo es que hemos encontrado su camisa llena de sangre en el cesto de la ropa sucia?

—¿Qué dice que han encontrado?

—Su camisa llena de sangre. Estaba en el cesto de la ropa sucia —repitió Patrik despacio.

—¿En el cesto de la ropa sucia? —Se oyó cómo Rickard tragaba saliva.

—Sí.

Patrik no dijo nada más. Sabía que para llevar a cabo un buen interrogatorio el silencio era su mejor aliado. La gente tenía una tendencia innata a llenar el silencio. Incluso aunque fuera en perjuicio suyo.

—Eso es imposible. —Rickard negaba sin cesar—. Alguien tiene que haberla dejado ahí. Yo no he disparado a nadie. Ni siquiera he sostenido un arma en la vida.

De nuevo movió la cabeza con vehemencia.

—Alguien quiere cargármelo a mí, lo juro. Alguien los ha disparado mientras llevaba mi camisa. Esto es…, por Dios, es una locura.

Se le empezaba a llenar la frente de finas gotas de sudor, y se puso a tironearse del cuello del jersey.

—Además, si ha dicho… Ha dicho que la camisa estaba en la silla.

—No he dicho que estuviera en la silla. Le he preguntado si recordaba si habían colgado la ropa en la silla antes de acostarse. Los pantalones estaban en la silla, sí, pero la camisa la encontramos en el cesto de la ropa sucia, en el cuarto de baño. Llena de sangre.

—No puede ser.

Rickard guardó silencio. Clavó la vista en la mesa, se estremeció varias veces.

—No pienso decir nada más sin la presencia de mi abogado.

Patrik se levantó decepcionado. La conversación había terminado hasta nueva orden.

—¿Ha sido Rickard quien mató a Rolf?

Las palabras de Vivian resonaron pesadas en el conmovido silencio de la sala de estar. Elisabeth volvió despacio la vista hacia ella. ¿Qué decía aquella mujer?

—No, Rickard no ha matado a nadie. Ni a Rolf ni a Peter ni a los niños. No sería capaz. ¡No haría una cosa así en la vida! Que se te ocurra…

Elisabeth se hundió en el sofá y fue incapaz de detener las lágrimas. Aquello era una pesadilla.

Henning volvió del despacho y miró a su alrededor.

—Pero ¿qué pasa? Calma, por favor. Jakobson ya ha salido de Estocolmo, Elisabeth. Se ha puesto en marcha de inmediato. Todo esto es... Es un malentendido.

Elisabeth le dio la mano y él se sentó a su lado en el sofá. Toda la energía que irradiaba siempre había desaparecido como por arte de magia.

—Pero imagínate que fuera verdad...

A Louise se le quebró la voz. Se aclaró un poco la garganta y, con la ira a flor de piel, gritó:

—¡Tú siempre lo has protegido, Elisabeth! ¡No sabes cómo es! ¡Ni siquiera tú sabes cómo es, Henning! Lo habéis mimado siempre. ¡Es un consentido y un arrogante, y odiaba a Peter!

Elisabeth se puso tensa. Era como si le hubieran dado un latigazo.

—Pero ¿qué estás diciendo? ¿De verdad crees que Rickard podría haber matado a su hermano y a sus sobrinos? Estás conmocionada, lo comprendo, pero, por Dios, ¡tú conoces a Rickard! ¡Jamás los hubiera asesinado! ¿Y por qué iba a matar a Rolf? ¿Cuál podría ser el motivo?

Para irritación suya, terminó en falsete, y Henning le rodeó los hombros con el brazo en un gesto de protección.

—Todos estamos destrozados por lo ocurrido —le dijo a Louise—, y de nada sirve que nos enfrentemos entre nosotros. Rickard y Peter tenían sus diferencias, como suele pasar entre hermanos. Pero no se odiaban.

—Henning tiene razón, Louise —dijo Ole de pronto.

Elisabeth abrió los ojos de par en par. Había olvidado que Ole se encontraba allí.

—Conozco a Peter y a Rickard desde que nacieron —continuó—. Eran distintos, pero, como los planetas del sistema solar, no se interferían.

Susanne asintió.

—Así es, Louise. Fueron muy distintos entre sí desde el primer momento, pero nunca se odiaron. No comprendo cómo puedes decir algo así. Henning y Elisabeth ya están sufriendo bastante.

Se volvió a Vivian.

—Y Rickard no tenía ningún motivo para haberle hecho daño a Rolf. No es más que una horrible casualidad que los dos sucesos se hayan producido al mismo tiempo. La muerte de Rolf se debe sin duda a un intento de robo que salió mal. Y Peter y los niños... La verdad, no lo sé. Tendrá que averiguarlo la policía. Pero aquí nadie tenía ni la ambición ni los motivos para hacerles daño. Ahí también entra Rickard. Y lo sabes, Louise, es solo que estás destrozada y conmocionada.

Susanne dirigía una mirada suplicante a Louise, que no le correspondió.

Vivian dejó escapar un sollozo.

—Quiero irme a casa. No quiero seguir aquí.

Su voz flotó débil por la sala de estar.

—La policía ha dicho que podemos irnos cuando queramos —respondió Ole señalando a los agentes que aún iban de un lado a otro allí fuera.

—Pues entonces, pienso tomar el barco a la península —dijo Vivian.

—Ole y yo nos vamos contigo —dijo Susanne—. Podemos pasar un par de noches en el Stora Hotel, por si la policía tiene más preguntas que hacernos. Luego nos iremos a Estocolmo. A menos que queráis que nos quedemos, claro.

Susanne no miró a Elisabeth cuando dijo aquellas palabras. Era obvio que lo que más deseaba en esos momentos era abandonar la isla. «¡Pues lárgate!», hubiera querido gritarle Elisabeth.

—No hace falta. —Se limitó a decir—. Tenemos a Nancy. Y a Louise. Estamos unidos. No hay nada que podamos hacer. Y mañana llega el abogado, él hará que Rickard vuelva a casa. Tenemos que conseguir que Tilde y él vuelvan. Tenemos que organizar el entierro...

Elisabeth se sorprendía de lo ausente que sonaba su voz. Lo distante que le parecía.

—Lo iremos solucionando todo, querida. Juntos. Louise nos ayudará.

Henning le sujetó la mano. Ella trató de tomar fuerza de esa mano, pero sentía que le pesaba sin más.

—Claro que odiaba a Peter.

Elisabeth se quedó mirando a Louise, que permanecía sentada en el sofá. Todas las miradas se volvieron hacia ella. Louise también les sostenía la mirada a todos. Luego se agachó y sacó el iPad del bolso. Buscó algo y les mostró la pantalla.

—Los mensajes de Peter se distribuyen por el grupo de la familia a nuestro iPad. He visto lo que Rickard le envió. Justo anoche.

Elisabeth no era capaz de asimilar las palabras que se leían en la pantalla, era imposible, sencillamente.

Louise se puso en pie.

—Yo también voy a la península. Ya he avisado a mis padres que me marcho.

—No pensarás... —Henning aún tenía la vista fija en el iPad—. No pensarás enseñarle eso a la policía, ¿verdad?

—Ya se lo he enviado —respondió Louise algo seca.

Caminó hacia el vestíbulo, pero se detuvo delante de Henning y Elisabeth.

—Ya os he protegido bastante. Y me ha costado muy caro. Ya está bien.

Se volvió a Vivian, Susanne y Ole.

—¿Venís? He enviado un mensaje al barco avisando de que nos vamos. Sale dentro de quince minutos.

Louise se dirigió a la puerta maleta en mano.

El dolor y el desconcierto inundaban a Elisabeth, pero no podía hacer otra cosa que llorar en silencio.

Martes

PATRIK SE DESPERTÓ gritando de horror. Se incorporó en la camilla de la sala de descanso de la comisaría y retiró la manta. Estaba ahogándolo.

Una vez más le volvieron a la mente las imágenes. Las que lo despertaban. Imágenes de los muertos en las camas de Skjälerö. La sangre. Los ojos mirando fijamente, sin ver ya nada. Pero en lugar de a Peter, a Max y a William Bauer eran Maja, Noel y Anton los que estaban en las camas. Era su sangre. Eran ellos los que habían dejado de ver.

Patrik se levantó con rapidez para intentar deshacerse de la pesadilla. Se dirigió refunfuñando a la cocina con la intención de poner una cafetera.

Daba una sensación un tanto fantasmagórica estar solo en las oficinas. Cuando la cafetera estuvo lista se sentó con una taza de café en la escalera, delante de la comisaría, para tomar un poco el aire. La ventilación de los despachos se había quedado anticuada en la década de los 60, y después de haber pasado allí una noche entera, empezaba a costarle trabajo respirar. Además, la pesadilla se negaba a darle tregua.

Ya se apreciaba el tráfico por la calle, aunque aún era escaso. Hacía un frío húmedo, pero Patrik llevaba un chaquetón de otoño lo bastante abrigado, y se había llevado de la cocina una manta sobre la que sentarse.

Aparte del tiempo que pasó en la Escuela Superior de Policía, había vivido en Tanumshede y Fjällbacka toda su vida. A veces pensaba que debería haber visto algo más de mundo. Claro que había estado en el extranjero de vacaciones, pero nunca había vivido ninguna aventura de verdad. Aunque para qué. Erica y los niños eran su aventura. Y en el trabajo experimentaba más vivencias en un mes que la mayoría de las personas en toda su vida.

Para bien y para mal.

El día anterior había hecho lo posible por ahuyentar la imagen de los pequeños asesinados. Se había abierto paso a lo largo del día sin ver más allá, centrado solo en qué había que hacer, con quién tenía que hablar y qué preguntas debía formular. Y todo por no pensar en Max y William Bauer. En toda aquella sangre.

Pero por la noche le fue imposible librarse. Se despertó varias veces cubierto de un sudor frío, con los rostros de los pequeños en la retina. Ya había investigado con anterioridad algún caso en el que las víctimas eran niños, y cada vez se hacía las mismas preguntas: «¿Cómo sobrevive uno? ¿Cómo sigue adelante?»

Un antiguo compañero del colegio pasó por delante, vio a Patrik en la escalera y lo saludó. Aquello era lo que le gustaba de las localidades como Tanumshede y Fjällbacka. Todo el mundo se conocía. Eso aportaba seguridad. Siempre había un vecino que había visto algo. Siempre había alguien que había reconocido a alguien. Todas las llamadas que recibían: «Ha sido el chico de Bengt el que ha robado la bicicleta del vecino». Todo el mundo tenía algo que ver con todo el mundo.

La cruda realidad era que la mayoría de los delitos los cometía alguien a quien la víctima conocía. Patrik había oído que hasta nueve de cada diez los cometía alguien cercano. En Skjälerö solo estaban la familia Bauer y sus amigos. Y claro que la isla no era una fortaleza inexpugnable, era del todo posible llegar allí en barco y bajar a tierra al abrigo de la oscuridad. Solo que quedaba totalmente fuera del ámbito de lo que Patrik sabía que era lo normal, y tenía las estadísticas de su parte, lo que indicaba que era razonable suponer que había sido Rickard quien disparó a su hermano y a sus sobrinos.

El pantallazo que Louise les había enviado con el mensaje que Peter recibió la noche de autos aportó otra pieza del rompecabezas. Seguirían interrogando a Rickard en cuanto llegara su abogado y, a todo lo que ya tenían, añadirían el mensaje enviado a su hermano. No le iba a ser fácil explicarlo todo.

Una ráfaga helada le atravesó el chaquetón y Patrik se estremeció. Las imágenes de la pesadilla de la noche anterior volvieron, y tomó unos tragos de café caliente y se calentó las manos con la taza. Las familias tenían algo, esa fina línea que separaba el odio del amor. Disfuncionalidad y funcionalidad. Los sentimientos que se encontraban próximos podían cambiarse sin problemas por su contrario.

Para Elisabeth y Henning la tragedia era de tal magnitud que no alcanzaba a imaginar cómo se sentían. Su familia había quedado destrozada de golpe. El sábado estaban celebrando las bodas de oro. Entonces tenían consigo a sus hijos, a sus nietos y a sus amigos para celebrar una larga vida de éxitos juntos, su vida de pareja y su vida familiar. Dos días después, solo quedaban despojos. El hijo mayor, muerto; los dos nietos, muertos, y el hijo menor detenido por su asesinato.

Algo así no se fraguaba de un día para otro. Habría ido creciendo y empeorando con el paso de los años, para estallar al final como una catástrofe. Pero ¿qué? ¿Cómo?

Tal vez nunca llegaran a saberlo. Lo que ocurría a puerta cerrada, solía quedar oculto. Cerca de treinta años después, la gente aún especulaba sobre las razones por las que los hermanos Menéndez habían matado a tiros a sus padres. ¿Sería por pura avaricia e indiferencia ante unos progenitores que querían a sus hijos? ¿O más bien por la frustración y la rabia que había brotado después de muchos años de maltrato y abusos sexuales? Nadie llegaría a saberlo nunca. Tal vez la verdad se encontrara en un punto intermedio.

El sábado anterior, Patrik había visto con sus propios ojos cómo Rickard derramaba su ira sobre Henning. Y también había visto el odio en el mensaje a Peter que Louise había compartido con la policía. ¿Sería Elisabeth parte de la causa de la tragedia al no enseñar a Rickard que no podía salirse siempre con la suya?

El frío de la escalera empezaba a traspasar la manta, y Patrik se levantó. Los demás llegarían dentro de media hora. Había convocado una reunión de repaso a lo que ya tenían en la sala de reuniones. A las once llegaría el abogado de Rickard. Antes tenían que haberlo revisado todo. Los hechos eran su única vía hacia la verdad. O la única vía de acercarse a ella lo máximo posible.

—Me cuesta acostumbrarme.

Era temprano por la mañana. Mette estaba junto a la ventana mirando el jardín, aún a oscuras. Martin no se hartaba de contemplar su silueta de embarazada. Se le acercó, se plantó detrás de ella y le puso las manos en la barriga. Unas pataditas resueltas le indicaron que el niño que había dentro estaba despierto y activo, y no pudo reprimir una amplia sonrisa.

—¿A qué te cuesta acostumbrarte? —le preguntó a Mette, y le dio un beso en la nuca.

Olía a limpio y a ese perfume tan dulce que tenía en la última balda del armario del baño, y cuyo nombre él nunca recordaba.

—A vivir con una persona que puede que vuelva herida, o que no vuelva jamás cuando se va al trabajo.

—¡Vamos, Mette! —Martin suspiró y la abrazó más fuerte—. Ya sabes qué dicen las estadísticas. Es rarísimo que los policías resulten heridos siquiera estando de servicio.

La giró para que pudiera verle la cara.

—Lo sé. Pero en estos momentos los datos no ayudan. Solo pensar en esos pobres niños… Quien ha hecho algo así tiene que estar desquiciado, y tu trabajo es encontrar al monstruo.

Martin apretó los dientes tan fuerte que le resonaron las mandíbulas. Lo inundaron los recuerdos de Skjälerö. Las imágenes que había visto en la isla lo habían abandonado solo a intervalos breves desde entonces, y no había podido dormir muchas horas. Estaba de acuerdo con Mette. Tenía que ser una persona sin sentimientos para matar a dos niños pequeños y a su padre mientras dormían indefensos.

—No puedo hablar del tema —dijo mientras volvía a pasar la mano por el vientre terso de Mette—. Solo quiero hablar de qué nombres vamos a poner en la lista de candidatos para este personaje, qué rosas vamos a plantar a lo largo del camino de grava y si vamos a reformar el baño pequeño ahora o si seremos sensatos y lo abordaremos cuando no tengamos a un recién nacido del que ocuparnos.

—Sabes que vamos a reformar el baño ya —respondió Mette sonriendo, y lo miró con connivencia.

Y tenía razón. Ninguno de los dos tenía la paciencia ni la capacidad necesarias para esperar nada. Había que hacer las cosas ya, o mejor, ayer.

Y bien sabían los dioses que tenían proyectos de sobra a los que hincar el diente, porque la vieja casa que Martin había heredado inesperadamente de Dagmar, una testigo de un caso de asesinato antiguo, exigía mucho amor. Por suerte, ni él ni Mette tenían nada en contra de invertir tiempo y dinero en aquella preciosa casa de fin de siglo. Mette incluso se enamoró de ella la primera vez que Martin la invitó a cenar, y luego se quedó allí con él como la cosa más natural del mundo.

Martin respiró hondo y notó cómo se relajaba al sentir el calor de Mette. En aquella casa encantadora, aunque exigente, vivirían los hijos mayores, y pronto también el hijo de ambos. A veces tenía que pellizcarse el brazo para creerse la suerte que había tenido, que la vida le hubiera dado otra oportunidad de ser feliz, que hubiera encontrado la salvación a aquella negra noche oscura en la que cayó tras la muerte de Pia.

—Anda, vete ya. Y haz lo que tienes que hacer. No nos escuches a mí ni a mis hormonas embarazadas. Me las arreglo de maravilla.

Mette se puso de puntillas para besarlo dulcemente en los labios.

—¿Seguro? —preguntó Martin.

—Seguro.

Martin la besó una vez más y se dirigió al coche. Antes de subir se detuvo y contempló la casa. Aquel regalo había traído consigo mucho más de lo que nunca esperó.

Mientras conducía en dirección a Tanumshede y la comisaría trató de conservar aquella sensación de felicidad y de gratitud. La necesitaba para superar lo que sus colegas y él tenían por delante.

ERICA ESTABA SENTADA con el test en la mano. No había podido dormir en toda la noche, y en cuanto vio en Google que la farmacia de la calle Drottninggatan, cerca del hotel, estaba abierta, salió corriendo para comprar una prueba de embarazo.

Llevaba casi veinte minutos mirando el test, pero por más que lo giraba bajo la luz y que entornaba los ojos para aguzar la vista, la conclusión seguía siendo la misma: en la ventanita había un claro signo «+». Por Dios. Ella, que creía que estaba en la premenopausia, resultaba que estaba embarazada.

Recordó con pavor la cantidad de copas de vino que había tomado la noche anterior. Por no hablar de la cantidad considerable de alcohol que había consumido el sábado en las bodas de oro de Henning y Elisabeth. Su único consuelo era que creía que al principio el feto se encontraba en algo parecido a un saco, el saco vitelino o algo así, y que ahí el consumo de alcohol de la madre no le afectaba. Pero claro, podían ser figuraciones suyas, porque prefiriera creerlo así.

Al final tiró el test y se lavó las manos con agua y jabón. La cara que veía en el espejo indicaba falta de sueño. No era solo la idea de un posible embarazo lo que la había mantenido despierta. No había parado de dar vueltas y más vueltas a la noticia sobre Peter y los niños. Y no podía dejar de pensar en Louise. Le dolía en el alma su amiga, pero no sabía cómo podría ayudarla en ese pozo de negrura en el que sin duda se encontraba ahora.

Le mandó un mensaje antes de acostarse. Lo redactó varias veces antes de decidirse a enviarlo por fin. Porque, ¿qué escribía una en semejante situación? Al final se conformó con una breve frase: «Aquí me tienes, para lo que necesites», y un corazón. Se le antojó poca cosa, demasiado poco.

Louise no le respondió, pero ella tampoco lo esperaba.

Entre torpe e inestable, se levantó y se vistió. No sabía si era porque se paró a pensarlo, pero le pareció que se sentía un tanto mareada. Se preguntó de cuánto estaría. Llevaba tanto tiempo con reglas irregulares que no estaba segura de cuándo había sido la última vez que la tuvo.

Se sentó abatida en la cama. ¿Y si era tarde para intervenir? Si es que no querían tenerlo, claro. Porque, ¿cómo iban a tener otro hijo? ¡Ahora! Los gemelos eran pequeños, prácticamente, aún los estaban criando, pero Patrik y ella habían empezado a divisar la luz al final del túnel. La sola idea de volver a empezar la historia de los pañales y las noches sin dormir le daba pánico. Por no hablar de la idea de un embarazo problemático. Le producía tal ansiedad que apenas podía respirar.

Lo que quería era sobre todo llamar a Patrik y hablar con él. Pero sabía que no era el momento. Y quería contárselo estando con él, no por teléfono, así que tendría que ser cuando volviera a casa.

Se colgó el chaquetón y el bolso del brazo y salió de la habitación. Quedarse allí dándole vueltas a la cabeza no serviría de nada; de todos modos, no podría remediar la situación. Así que lo mejor sería llevar a cabo los planes del día.

La dirección fue fácil de localizar. Aprovechó para dar un paseo a la débil luz del sol, y enseguida entró en calor, a pesar de que hacía fresco. Las primeras planas anunciaban sus titulares. «Masacre en Skjälerö», proclamaba el *Expressen*. «Crimen familiar en la isla», rezaba el *Aftonbladet*.

Erica se preguntaba qué estaría haciendo Patrik en esos momentos, cómo se encontraba y cómo llevaban la investigación sus colegas y él. Sufría por todos los implicados.

Una vez llegó al portal cayó en la cuenta de que no había pensado en cómo entraría en el bloque. Y tampoco estaba segura de qué puerta sería. Era en el quinto, eso sí lo sabía, pero seguramente habría más de un apartamento por planta. Tomó nota de los apellidos del quinto piso y localizó el primero en el portero automático.

Los tonos sonaban una y otra vez, hasta que Erica se dio por vencida. Decidió llamar al siguiente nombre de los residentes del quinto piso. Elofsson Å. Después de tres tonos, se oyó una voz ronca de hombre.

Erica habló cerca del micrófono, con toda la claridad posible.

—Hola, me llamo Erica Falck, me gustaría hablar con alguien que sepa cuál fue el apartamento que ardió en 1980.

Se hizo el silencio unos instantes. Luego se oyó un zumbido en la puerta.

Erica subió al quinto piso en el viejo y minúsculo ascensor del edificio y fue leyendo las chapas de las puertas. Elofsson.

Llamó al timbre. Casi de inmediato oyó un arrastrar de pasos al otro lado.

Un hombre de unos ochenta años le abrió la puerta y retrocedió para que entrara. Iba bien vestido, con camisa, pantalón y tirantes, y tenía el pelo, así como la barba, de un blanco precioso.

—Pase, pase. He puesto café. —Y se adelantó arrastrando los pies hasta una cocina pequeña pero luminosa.

Erica miró con curiosidad a su alrededor. Se preguntaba si aquel habría sido el apartamento de Lola, pero no se apreciaban señales de ninguna reforma drástica, porque el ambiente de principios de siglo estaba intacto, aunque bastante deteriorado.

Se sentó a la mesa de la cocina y esperó paciente mientras el hombre servía el café en unas preciosas tacitas de moca, y las colocaba en la mesa.

—Por desgracia, no tengo ningún dulce que ofrecerle. Diabetes —añadió encogiéndose de hombros.

—Tanto mejor, yo no debo comer dulces —dijo Erica, y tomó un sorbito de café.

—Me llamo Åke —continuó el hombre, mientras se sentaba con cierto esfuerzo en una silla frente a Erica.

La observaba con suma atención.

—¿Por qué le interesa Lola?

—¿La conocía? —preguntó Erica muerta de curiosidad. Le pareció que aquel hombre pronunciaba el nombre de Lola con familiaridad.

—Sí, la conocía. Pero, dígame, ¿por qué le interesa?

Erica dejó la taza en el plato despacio.

—Un buen amigo me habló de ella, y de su muerte. Y despertó mi interés. Soy escritora. Trato casos de asesinato.

—¿Esos libros sensacionalistas que circulan por ahí?

Erica negó con la cabeza.

—No, para nada. La cosa empezó a raíz de mi interés por las personas. Por sus historias. Y por cómo a veces las cosas pueden torcerse tanto que terminen asesinando a alguien. Más bien trato de descubrir a las personas que hay detrás de los titulares.

—Con Lola no hubo titulares —respondió Åke, que pareció contentarse con la respuesta de Erica.

—Ya, y me resulta un tanto extraño. Quiero decir, el hecho de que escribieran tan poco sobre el crimen. Sobre todo, teniendo en cuenta… quién era Lola.

—Lola era maravillosa —dijo el hombre con un destello en los ojos—. Ni más ni menos.

Erica sacó el cuaderno del bolso.

—¿Le importa que tome notas? —preguntó, y él asintió con la cabeza—. ¿Tenían mucho trato? —continuó.

—No, salvo un café de vez en cuando. Mi querida esposa y yo estábamos más que atareados con nuestros hijos adolescentes, uno de ellos, además, se había torcido un poco… Pero yo siempre apreciaba los ratos que pasaba con Lola, era un soplo de aire fresco hablar con alguien que no veía el mundo igual que yo.

—¿Y su hija?

—Pytte, la chiquitina. Una criatura encantadora. Para Lola era todo su mundo. Y Lola era el mundo de Pytte. Sí, desde luego, aquello fue una tragedia. Pero lo cierto es que no solo se incendió la casa de Lola, ¿lo sabía?

Erica se inclinó con interés.

—Ah, ¿no? Cuénteme.

—El apartamento de la bruja de la señora Alm también se quemó. Se volvió tan majareta que ya no se atrevía a tener en casa a Sigge, su nieto.

—¿Qué edad tenía el niño?

—La misma que Pytte. Yo creo que cuando se produjo el incendio tenían seis años. Hacía poco que habían celebrado el cumpleaños. Toda la pandilla.

—¿Quiénes eran toda la pandilla?

—Bueno, yo no los conocía. Me limitaba a saludarlos cuando me los cruzaba en el ascensor o en la escalera. Pero era un grupo de personas que solían verse en casa de Lola. Casi siempre a altas horas. Yo me pasaba horas despierto esperando a unos adolescentes que no llegaban nunca a su hora, así que solía oírlos hasta bien entrada la noche.

—¿Llegó a oír alguna pelea en el apartamento de Lola? ¿Armaban mucho ruido?

—No, más bien se oían risas y música. La única vez que oí discutir a gritos fue el día del incendio. Entonces sí que armaron un ruido infernal.

Erica dejó de anotar. ¿Una discusión en casa de Lola, el mismo día que murió?

—¿Pudo oír algo concreto?

Åke negó con la cabeza y se levantó para ir por la cafetera para servirle más café a Erica. Luego volvió a sentarse con esfuerzo.

—Las paredes son demasiado gruesas. No es posible distinguir palabras concretas, pero a mí me pareció oír una voz de hombre y otra de mujer. Claro que hace muchísimos años. Se lo conté a la policía, aunque creo que ni siquiera tomaron nota. Nadie parecía muy interesado en averiguar qué había ocurrido. Eran otros tiempos, ¿sabe?

Erica asintió. Ningún artículo de prensa, y la policía no se molestó en indagar… Cuando empezó a investigar se imaginó que en aquel entonces habría muchos prejuicios, pero resultaba doloroso comprobarlo.

—¿Sufrió muchos daños el apartamento? ¿En cuál vivía Lola?

—El que queda a la izquierda del mío. Y sí, quedó destrozado. Han conservado la distribución de cuando Lola vivía en él, pero, por lo demás, está reformado de arriba abajo.

Åke la miró con malicia.

—¿Quiere verlo? Tengo la llave.

—¿Y eso?

—Le riego las plantas a la familia cuando se van de viaje. Y esta semana están en Dubái. Se han adelantado un poco a las vacaciones de otoño.

—Me encantaría —dijo Erica poniéndose de pie.

Åke se agarró al respaldo de la silla y logró levantarse.

—No se haga vieja. Cuando no es diabetes, es gota. Pronto empezaré a perder la memoria, seguro.

—Bueno, la otra opción es peor —dijo Erica risueña.

Åke sonrió a medias.

—Sí. Hasta que se acabe. Venga, no tiene que ponerse los zapatos, está al lado.

Sacó la llave de un armarito que había colgado de la pared junto a la entrada y giró directamente a la izquierda al salir. En la puerta se leía «Sandén», y enseguida quedó claro que ahí vivía una familia con niños pequeños. La entrada estaba llena de zapatos grandes y pequeños, de monos, gorros, patinetes y cascos de bicicleta. Era casi igual que el recibidor de la casa de Erica.

—¿Y está bien que entremos? —preguntó Erica recorriéndolo todo con la mirada.

Casi sentía como si estuviera invadiendo la intimidad de la familia al entrar en su hogar sin que lo supieran.

—Doy por hecho que no va a robar ni a romper nada. Si es así, no veo problema en enseñarle la casa. En estos momentos no es el apartamento de los Sandén, sino el de Lola.

Åke señaló al interior del apartamento.

—Justo así era la distribución entonces. La cocina a la izquierda, el dormitorio con el vestidor a la derecha y el salón al fondo. Pytte tenía la cama en el salón, pero Lola lo había organizado de modo que quedaba como un cuarto aparte para la niña, ahí, en el rincón.

Iba gesticulando mientras hablaba en medio de la sala amplia y luminosa.

—El baúl también estaba ahí —dijo el hombre bajando la vista.

. Se hizo el silencio de pronto. En ese baúl habían encontrado el cadáver de Pytte. Erica sintió náuseas de pronto y trató de controlarlas.

Åke carraspeó un poco, antes de continuar enseñándole el apartamento. Dio unos golpes en una de las paredes.

—Aquí había antes una puerta que daba a la cocina. Y elimina del conjunto el cuarto de las niñas, que antes no estaba. La familia que vive aquí compró el apartamento de al lado, de una sola habitación, y tiró la pared medianera para tener más espacio.

—Ya, comprendo a qué se refería al decir que está totalmente reformado.

Erica echó un vistazo. La vivienda tenía un aspecto mucho más moderno que la de Åke, sin los detalles típicos de principios de siglo.

—Quedó arrasado. El incendio lo destrozó todo.

Erica entró en la cocina. Repasó mentalmente lo que había leído en el material de la investigación. Lola estaba tendida en el suelo de la cocina, justo delante de los fogones.

Erica se acuclilló en el lugar donde se supone que debieron de haberla encontrado, pero la cocina le resultaba tan nueva que le costaba imaginarlo.

Se levantó y se dirigió al dormitorio. Era amplio y luminoso, con ventanas de gran tamaño. El vestidor era casi como otra habitación, y no el armario con puertas que ella se había imaginado.

—Este cuarto era como… Como una tienda de ropa. —Åke señaló el dormitorio y el vestidor—. Aquí había mucho de Lola. Montones de elegantes vestidos y zapatos de tacón y frascos de perfume… Y las pelucas.

—Maravilloso.

Erica desearía haber podido ver la habitación cuando era de Lola. Desearía haberla conocido.

—¿Y sabe algo de la vida de Lola antes de… en fin, antes de Lola? ¿Llegó a contarle algo?

Åke dudaba.

—Para mí solo existía Lola. Era lo que ella quería. Pero…

Erica aguardaba en silencio.

—Verá, es de lo más curioso. Sé que ya no está, y que debería contarlo todo, porque está muerta, igual que su niña también está muerta, y lo único que puedo hacer por ellas ahora es colaborar para que la verdad salga a la luz. Porque supongo que eso es lo que busca. La verdad de lo que les ocurrió, claro. Pero, al mismo tiempo, me cuesta…

Åke carraspeó un poco y al final se armó de valor.

—Vino una mujer. Llamaba Lars a Lola. Nunca la había visto antes, y nunca volví a verla después. Pero Lola no quería que viniera. Estaban hablando en el vestíbulo, justo delante de la puerta del apartamento, cuando yo salí del ascensor. No quería oír nada, así que entré en mi casa y cerré la puerta. Y, sin oír los detalles, no pude por menos de comprender que Lola quería que aquella mujer se marchara. Y oí que la llamaba Lars. Y eso… no me gustó. Yo sabía que ella quería ser Lola. No Lars. E incluso hablar de Lars me resulta incómodo.

Erica le puso instintivamente la mano a Åke en el brazo. Y él le dio una palmadita.

—A ver, que me estoy poniendo sentimental… Pero me ha gustado poder hablar otra vez de Lola. Y de su niña. No las olvido. Y me gustaría saber quién las mató antes de que estire la pata. O de que pierda la cabeza.

—Bueno, no puedo prometerle nada, pero voy a hacer lo posible. Yo también quiero averiguar qué les pasó a Lola y su hija.

Erica echó una ojeada a su alrededor. Y, por un instante, creyó percibir el aroma de un perfume.

HENNING DEJÓ LA taza de té y se quedó mirando la pantalla. Elisabeth se había dormido por fin. Cuando se le pasó la conmoción, pudo llorar a gusto. Un llanto histérico y animal. Como si se le estuviera rompiendo el corazón en pedazos. Lo que, seguramente, no se apartaba mucho de la realidad.

Empezó después de que Louise se marchara junto con Vivian, Ole y Susanne, y continuó toda la noche. Estaba inconsolable.

Al final, por la mañana, Henning logró que se tomara un somnífero. Tanto por su propio bien como por el de ella. No soportaba oír su dolor.

En lo que atañía a sus sentimientos, estaban encerrados como un aullido que se le hubiera atascado dentro.

El cursor parpadeaba en la pantalla. No se había sentado al ordenador porque creyera que iba a escribir, sino porque le resultaba familiar. Una tortura que le era familiar. Se había visto así sentado miles de horas. Angustiado. Sintiendo la angustia que se filtraba por cada poro. En cierto modo, aquello se había convertido en su tormento, y, con los años, había llegado a acostumbrarse al dolor.

Ahora trataba de utilizar esa situación que tan bien conocía para afrontar un tormento nuevo, que le resultaba tan doloroso que sentía deseos de salir arrastrándose de su propio pellejo. Pero el parpadeo del cursor no le procuraba ni alivio ni angustia. Nada de lo que antes le parecía tan importante tenía ahora el menor valor.

Oyó que Nancy andaba por la cocina. Había dejado abierta la puerta del despacho para tratar de librarse de la sensación de claustrofobia. No entendía sus propias reacciones, era como si las paredes se cerraran cada vez más a su alrededor.

Se levantó y se acercó a la ventana. Estaban solos en la isla Elisabeth, Nancy y él. Tilde quiso volver con ellos, los llamó por teléfono después del interrogatorio en la comisaría, pero Elisabeth se negó en redondo. Dijo que prefería que su nuera se quedara en el Stora Hotel, que ellos pagarían la habitación.

Todo se desmoronaba a su alrededor. La vida que con tanto mimo habían construido juntos. Tal vez fuera el karma. Muchas de sus elecciones habían sido beneficiosas para ellos, pero a costa de otros. Tal vez aquello era justo lo que merecían.

Sonó el teléfono. Llevaba sonando toda la mañana. Los medios los perseguían, sus amigos querían saber cómo se encontraban, el abogado de la familia había intentado localizarlo. Pero él los rechazaba a todos.

Se sentó de nuevo delante del ordenador. Intentó encontrar consuelo otra vez en la familiar angustia del parpadeo del cursor en el documento vacío. Todas aquellas páginas en blanco. ¿Cuál sería su réplica, al final? Páginas vacías.

Cerró el ordenador y decidió devolverle la llamada al abogado. Aún tenía un hijo. Era lo único que le quedaba.

El REMORDIMIENTO DE conciencia era una carga pesada de llevar. Paula tuvo que esforzarse en cada paso que iba dando hacia la sala de reuniones. ¿Cuál sería su castigo?

—¿Patrik?

Su voz resonó lastimera, muy distinta de lo normal.

Patrik estaba escribiendo algo en una de las pizarras mientras Annika ponía en la mesa café y una bandeja de galletas.

—¿Sí? —respondió él ausente sin mirarla.

—¿Podemos hablar un momento? ¿En mi despacho?

—Claro —dijo Patrik, y dejó el rotulador en la tablilla situada debajo de la pizarra.

Una vez en su despacho, Paula se quedó mirándose los pies avergonzada. Era imposible mirar a Patrik a los ojos. Cuando llegó a casa la noche anterior, Johanna notó enseguida que algo no iba bien, y Paula le prometió que lo primero que haría al día siguiente sería abordarlo con Patrik. Pero era dificilísimo.

—Ha sido fallo mío —dijo—. Me bloqueé y cometí una tontería. Estuve pactando con un periodista y… le di información de más. Lo siento mucho, no volverá a pasar. Y aceptaré el castigo que consideres que debes imponerme.

Se le quebró la voz y parpadeó para contener el llanto. Los últimos días habían sido muy duros.

—Eh, tranquila, cuéntamelo despacio, anda —la calmó Patrik poniéndole una mano en el hombro.

Paula tuvo que combatir el impulso de lanzarse a sus brazos de puro alivio: no habría sido muy profesional.

—¿Qué te dio el periodista a cambio? —le preguntó mientras se sentaba en una silla.

Paula se sentó delante del ordenador y tecleó algo. Giró la pantalla hacia Patrik.

—El *Aftonbladet* está escribiendo un artículo extenso y revelador sobre el Blanche. Lo he recibido esta mañana. Tienen una fuente interna que les ha facilitado acceso a un montón de trapos sucios. Hay pagos raros, correos secretos y acuerdos turbios. El completo.

—¿Tú crees que la fuente era Rolf? —dijo Patrik pensativo mientras leía.

—Imagínate si no sería un móvil para matarlo.

—¿Y cómo encaja en el supuesto el asesinato de Peter y los niños? —continuó Patrik.

Pareció que estuviera pensando en voz alta más que preguntándole a Paula. Pero ella ya había reflexionado al respecto.

—Louise parece la encargada de la administración del Blanche. El artículo la señala como la persona que efectuó pagos para que la gente mantuviera la boca cerrada, la que preparó los acuerdos de confidencialidad y todo lo demás. Y la noche de autos debería haber dormido en ese dormitorio. Puede que Peter y los niños fueran un «daño colateral».

Patrik apartó la vista de la pantalla y miró a Paula.

—Es decir, que alguien relacionado con el Blanche tenía motivos para callar a Rolf y a Louise, ¿no es eso? A la fuente secreta de la prensa y a la persona que estaba en posesión de información perjudicial. No parece inverosímil. Pero ¿quién? ¿Y qué relación guarda todo eso con Rickard? Tenemos pruebas de que disparó a su hermano Peter y a sus sobrinos. ¿Le habrán pagado para que lo haga? ¿Estará él interesado en el Blanche?

En ese momento el teléfono de Paula emitió un zumbido. «No puede ser verdad», pensó mientras leía. Y de pronto le entró la risa. Era una risa medio histérica, y Patrik la miró preocupado. Logró dejar de reír tosiendo varias veces. A continuación, le mostró la pantalla del teléfono.

—Han publicado el artículo. Así que he vendido mi alma por una hora de anticipación de un artículo que ahora puede leer todo el mundo…

—Que sepas que no pienso enfadarme —dijo Patrik—. Sé que lo has entendido. Todos cometemos errores, y no tiene sentido torturarse con eso. Lo que tenemos que hacer ahora es reunir en la pared todos los datos, todas las preguntas, todas las especulaciones. Tenemos reunión dentro de cinco minutos. Y relaja esos hombros mientras tanto. No pasa nada.

Las lágrimas de alivio le quemaban los ojos. Cuando Patrik dejó el despacho, Paula le envió un mensaje a su madre. «No te olvido. ¿Quieres que te lleve algo esta noche?»

Estocolmo, 1980

LOLA SE MIRÓ preocupada al espejo, pero todo parecía haber curado como debía. En el hospital se había negado a comprobarlo.

Alargó el brazo en busca de la crema base y empezó a dársela en la cara, con una capa extra en los cardenales que aún alternaban entre el verde y el azul. No podía esperar más a que se le curasen, necesitaba volver al trabajo para poder pagar el alquiler.

—¿Vas a trabajar esta noche?

Pytte se le había acercado sigilosamente por detrás y le rodeó inquieta la cintura.

Lola se volvió y abrazó a su hija.

—Papá tiene que trabajar, si no, no tendremos ni para comer.

—Yo no tengo hambre, no necesito comer nada.

Pytte hundió la cara entre los pechos, y Lola sintió cómo se desplazaban dentro del sujetador. Le rodeó a Pytte la cabeza entre las manos y la sostuvo a unos centímetros para que pudiera verle los ojos.

—Fue un accidente. No miré antes de cruzar la calle, fue culpa mía. A partir de ahora haré siempre lo que te he enseñado que hay que hacer. Miraré a la izquierda, luego a la derecha y luego otra vez a la izquierda.

—¿Me lo prometes?

Pytte soltó un sollozo. Lola la abrazó con fuerza y le dijo muy seria:

—Te lo prometo. Te lo juro por mamá que está en el cielo. No pienso permitir que me ocurra nada otra vez. Ni a ti tampoco.

Llamaron a la puerta y las dos se sobresaltaron. Lola hizo una mueca al incorporarse. No quería pensar en cuánto tiempo duraría aquel dolor. Se dirigió a la puerta cojeando un poco y comprendió a su pesar que tardaría un tiempo en poder llevar tacones.

Cuando vio quién había al otro lado de la puerta, sintió deseos de cerrar otra vez. Pero, aun a su pesar, la abrió del todo y se apartó a un lado.

—Me he enterado de lo sucedido —le dijo su hermana—. Y no porque me lo hayas contado tú.

Dirigía a Lola una mirada de reproche.

—¿Por qué iba a contártelo? —preguntó Lola.

—No puedes seguir así, Lars. ¿Es que no lo comprendes? Es peligroso.

Hablaba con voz estridente y acusadora, y Lola tuvo que reprimir las ganas de taparse los oídos con las manos. Detestaba oír el nombre de Lars. Era el nombre de una persona muerta. De alguien enterrado hacía ya mucho tiempo.

Detrás de ella, en el vestíbulo, vio a Åke, el vecino, que cerraba la reja del ascensor. Las miró con curiosidad.

—Pasa —le ofreció Lola a su pesar.

Por poco que le apeteciera invitar a pasar a su hermana, menos aún le gustaba la idea de compartir con otros aquella parte de su vida.

—Se ve limpio —dijo su hermana al entrar. Lola siempre había detestado esa manera que tenía de comportarse como si fuera dueña de cualquier espacio.

—¿Y por qué te sorprende?

La hermana apretó los labios, perfectamente pintados.

—¿Es Julia?

—La llamamos Pytte —dijo Lola, y rodeó a su hija con el brazo con un gesto protector.

—¿Dónde se encontraba mientras tú estabas en el hospital?

—Con unos amigos.

Le hervía la sangre ante el hecho de que su hermana se encontrara en su casa. No la había invitado. Hacía mucho que había perdido el derecho a formar parte de la vida de Lola, justo igual que el resto de la familia. Sus padres habían fallecido, pero aún sentía en la boca el escozor de la amargura ante su fría condena.

—Pero, Lars, ¿cómo puedes dejar a tu hija con unos amigos, en lugar de llamarme a mí? ¿Cuántos años tiene ya? ¿Cinco?

La voz de su hermana tenía el mismo retintín de condena que el de sus padres, y Lola volvió a poner mala cara al oír el nombre.

—Mi papá no se llama Lars, se llama Lola, y ya mismo voy a cumplir seis años —dijo Pytte, y se abrazó fuerte alrededor de las piernas de su padre.

Lola le revolvió el pelo. ¡Cómo quería a su hija!

—Si te soy sincera, no me explico cómo los Servicios Sociales permiten esta… situación.

La hermana miró a su alrededor. La alfombra de nudos roja del salón, la colección de exuberantes «Chicas ABC» de Lisa Larsson en el alféizar de la ventana y las pelucas en el dormitorio.

Lola sintió el miedo aleteándole en el pecho. Las palabras de su hermana removieron su pavor más arraigado, que su elección de vida implicara que le arrebatasen a Pytte.

—Nos las arreglamos bien —replicó seca, y retrocedió un paso junto con su hija.

—Es solo cuestión de tiempo que pase algo —dijo la hermana con frialdad, y examinó a fondo la cocina—. En fin. Ya sabes dónde encontrarme si fuera necesario. Pero sabes también que el requisito es que pongas fin a este sinsentido.

La hermana torció el labio al ver las uñas rosa fucsia de Lola.

—Me parece que ya puedes irte —dijo Lola.

—Claro. Sé muy bien cuándo no soy bienvenida.

Se dirigió a la puerta, pero antes de abrir se volvió y miró a Pytte.

—Tu padre es terco. Y poco inteligente. Pero, si un día necesitas ayuda, puedes llamarme. Aquí te dejo mi número de teléfono.

Sacó una tarjeta de visita y la metió en la mochila de Pytte.

—Vete ya.

Cuando la puerta se cerró, Lola se agachó y abrazó a su hija con todas sus fuerzas mientras le susurraba:

—No nos va a pasar nada. Estamos juntas. Con eso basta.

Su hija la abrazó fuerte también. Eran ellas dos contra el mundo. Solo ellas dos.

El Ritorno, en la calle Odengatan, estaba lleno de gente, pero Erica había encontrado un sitio donde sentarse con el ordenador en un rincón. Siempre le encantó aquella pastelería clásica que llevaba existiendo sesenta años y donde siempre se tenía la sensación de que se hubiera detenido el tiempo, con decoración antigua y una repostería exquisita.

Erica soltó y estiró la espalda con toda la discreción posible y sacó el cuaderno de notas para revisar la lista de lo que quería hacer durante su estancia en Estocolmo. Habían pasado muchos años desde el asesinato de Lola. La gente había muerto o se había mudado a otra ciudad. A los que quedaban les costaría recordar, seguramente. El tiempo era devastador para toda investigación, y ella lo sabía bien de casos anteriores.

El primer punto de la lista era averiguar cómo había llegado Lola a vivir sola con su hija. Era raro que la madre de Pytte no estuviera también, y en los años ochenta debía de ser más raro aún.

Erica tenía el número de identidad de Pytte, y buscando en las bases de datos de la autoridad fiscal y en Ratsit, pudo averiguar quiénes figuraban como sus padres. Lars Berggren aparecía como su padre, eso ya lo sabía. Y el nombre de la madre era Monica Sohlberg, fallecida el 30 de agosto de 1974. La misma fecha en la que nació Pytte.

Erica siguió tecleando. En el registro había una tal Birgitta Sohlberg, madre de Monica, y aún seguía con vida. Con una dirección de Estocolmo, por suerte. En Bagarmossen.

No tardaría mucho en llegar en taxi, puesto que no era hora punta. Erica sacó el teléfono y miró el número que aparecía en la pantalla. ¿Sería mejor llamar primero? ¿Avisar de que pensaba ir a verla y cuál era el motivo de la visita? Volvió a dejar el teléfono en el bolso y recogió sus cosas. Casi siempre era preferible contar con el factor sorpresa.

Encontró un taxi enseguida, y el viaje hacia allí les llevó veinte minutos. El coche se detuvo en una calle cerca del gran hospital veterinario, y Erica buscó el número entre la hilera de casas bajas de los años cincuenta. Un hombre mayor salió del portal cuando se acercaba Erica, que aprovechó para adelantarse y entrar.

Buscó el nombre en el tablón negro con letras blancas que había al entrar a la derecha, y constató que Birgitta Sohlberg vivía en la segunda planta. Subió las escaleras y se detuvo unos segundos a respirar antes de tocar el timbre. En la puerta había colgado un cuadro de bienvenida con una imagen de Jesús. Erica cruzó los dedos para que Birgitta estuviera en casa, y respiró aliviada cuando oyó pasos en el interior.

Una mujer mayor la miró cautelosa por la rendija que permitía la cadena de seguridad.

—No quiero comprar nada. Me da igual lo que venda. Y si es de los testigos de Jehová, Cristo ya está conmigo.

—No vendo nada —dijo tratando de no sonreír al pensar que pudieran confundirla con una testigo de Jehová—. Me llamo Erica Falck. Me gustaría hacerle unas preguntas sobre su hija.

—¿Sobre Ingela? ¿Por qué? —preguntó la señora, y cerró la puerta un centímetro más.

—No, sobre Ingela no. Sobre Monica.

Birgitta se quedó un rato en silencio. Luego cerró la puerta un poco más. Erica acertó a maldecir para sí misma su descaro antes de que se oyera el ruido de la cadena y la puerta se abriera del todo.

—Pase.

Erica siguió a la anciana por el pasillo. Jesús la miraba desde todos los rincones. Cuadros, tapices y figuritas de cerámica y de porcelana. Y aquí y allá había colgadas cruces y citas de la Biblia.

—Vamos a sentarnos en la sala de estar. Viktor está haciendo los deberes en la cocina.

—¿Viktor?

—Sí, mi nieto —dijo Birgitta con un brillo en los ojos—. Vive conmigo desde hace años.

La mujer señaló un sofá estampado de flores que había delante de una mesa de ratán con tablero de cristal, y Erica se sentó. Nunca había estado en una casa tan limpia y ordenada. En comparación, la suya parecía un antro de drogadictos.

—Qué bonita tiene la casa —dijo, y la mujer la recompensó con una sonrisa.

—Gracias, muy amable. Sí, la verdad es que me gusta tenerlo todo en orden.

La mujer se sentó al otro lado del sofá.

—Bueno, ¿por qué está interesada en saber acerca de Monica? Lleva muerta muchos años.

Erica carraspeó un poco. Siempre la ponía un poco nerviosa el hecho de explicar sus motivos. No sabía qué podía ser un tema delicado y qué no, y a lo largo de los años había recibido de todo, desde reprimendas hasta ataques de llanto y de histeria.

—Soy escritora. Escribo sobre casos de asesinato. Y, a través de una amiga, me enteré del caso de Lola y su hija.

—Lola… —Birgitta se quedó pensando en sus palabras—. Hacía mucho que no oía ese nombre.

Erica decidió ir al grano.

—Por lo que he visto, su hija era la madre de la hija de Lola. Pero, según el registro, falleció el mismo día que nació la pequeña, ¿es correcto?

—Sí, pobre hija mía. Que Dios se apiade de ella.

Birgitta empezó a toquetear un paño que había en la mesa con el texto: «Aquel que no nace de nuevo, no podrá ver el Reino de Dios».

—Es una cita del evangelio según san Juan. ¿Usted lleva a Dios en su corazón?

Erica se removió algo incómoda.

—Pues… La verdad, no soy muy religiosa que digamos.

—¿Tiene alguna fe?

—Bueno, supongo que la fe de la infancia.

La relación de Erica con la Iglesia era complicada. En Fjäll-backa y alrededores aún quedaban restos de aquella religión estricta y reacia al perdón que tanto tiempo había tenido en sus manos a la región, y que había obligado a la gente a vivir bajo el yugo de la culpa y la vergüenza, siempre con el miedo a la ira de Dios.

—Eso está bien, la fe de la infancia es algo bueno. —Birgitta guardó silencio y miró por la ventana.

—Estábamos hablando de Monica… —interrumpió Erica para reconducir la conversación al tema que le interesaba.

Oyó movimiento en la cocina y supuso que sería el nieto, que estaba haciendo los deberes. Le extrañaba que Birgitta tuviera un nieto tan pequeño, pero, claro, podía tratarse del bisnieto; sería más lógico.

—Monica fue bastante díscola desde niña —dijo Birgitta—. Nunca hacía lo que le decían. Más bien al contrario. En fin, mis dos hijas lo heredaron de su padre, supongo. Y el componente destructivo lo heredó de mí.

Erica la miró sorprendida. Ella no utilizaría la palabra «destructivo» para describir nada relacionado con la anciana que tenía delante, con la falda bien planchada y el jersey impecable de cuello alto.

Birgitta pareció advertir el asombro en su mirada y le sonrió.

—La necesidad que siento ahora de que haya orden a mi alrededor procede del caos que reinó en mi vida pasada. Antes de encontrar a Jesús, me vi en lo más hondo del abismo. Mis hijas tuvieron una infancia deplorable. Su padre murió cuando eran pequeñas, me quedé sola con ellas y era demasiado joven, demasiado necia y demasiado insensata para asumir aquella responsabilidad. No debieron permitirme que me hiciera cargo de ellas.

Hablaba sin apartar la vista de Erica.

—Mis hijas tuvieron que educarse solas, prácticamente, y vieron muchas cosas que nunca deberían haber visto. Monica era la mayor y se llevó la peor parte. Además de cuidar de sí misma, tenía que cuidar también de Ingela. Y claro, así pasó lo que pasó. Primero el alcohol. Luego las drogas. Y, después, hacer lo que fuera para conseguir dinero con el que costearse el consumo. Robos. Prostitución. Y yo me encontraba en lo más hondo de mi propio pozo para poder ayudarla. No dejé el alcohol por completo hasta diez años después de la muerte de Monica. A buenas horas. Para entonces, tanto ella como la pequeña habían muerto.

Toqueteó los flecos del tapete con dedos temblorosos.

—¿Llegó a conocer a Lola? ¿O a su nieta?

—Sí. Una vez Lola llevó a la niña para que me conociera. A un parque. Tendría un año más o menos. Pero yo estaba… Yo estaba tan destrozada que Lola fue lo bastante sensata como para no repetir.

—¿Le contó lo que había pasado con Monica?

—Murió en el parto. Algo falló mientras daba a luz y se desangró.

—¿Le contó Lola cuánto tiempo fueron pareja?

—No, apenas supe nada de su relación. Y tampoco estaba en condiciones de preguntar. Pero recuerdo que él dijo… Quiero decir, ella dijo que eran almas gemelas. Siempre lo he tenido presente. Pensé que era una forma muy bonita de expresarlo. Y me ha dado mucho consuelo a lo largo de los años saber que Monica llegó a conocer a su alma gemela antes de que Dios se la llevara.

Erica dudaba, pero sentía demasiada curiosidad para no preguntar.

—Pero… ¿cómo afrontó usted lo de… Lo de Lola? Teniendo en cuenta…

Echó una ojeada a todas las cruces y todas las figuras de Jesús que había en las paredes, y enseguida se avergonzó de haber preguntado. Pero Birgitta no se lo tomó a mal.

—Cuando conocí a Lola aún no había encontrado a mi Dios, mi redentor. Y las personas que había a mi alrededor eran un rebaño de lo más variopinto, así que no me sentía quién para juzgar a nadie. Pero supongo que se refiere a cómo lo veía… cómo la veía después. Es una pregunta muy lógica. Pero debe comprender que mi Dios es un dios que perdona. Ha perdonado mis pecados, y eso que son muchos. Y el Dios que siento en mi corazón es el creador de todo lo que hay en la Tierra. Lo que implica que nos ha creado tal como quiere que seamos. Todos tenemos un lugar. Todos tenemos un sentido.

Erica sonrió. Era una visión preciosa de Dios.

—¿Abuela…?

Un hombre de unos treinta años apareció en el umbral de la puerta. Sostenía en la mano un colorido libro con las letras del alfabeto.

—Abuela, ¡he escrito «plátano»!

El hombre sonrió satisfecho al tiempo que señalaba el libro. Birgitta dio unas palmaditas de entusiasmo.

—¡Viktor! ¡Qué listo eres!

—Soy listísimo —dijo Viktor satisfecho, y volvió a la cocina.

Birgitta lo siguió con la mirada, que dirigió luego a la cara de asombro de Erica.

—Viktor es el hijo de Ingela. Como ha visto, tiene síndrome de Down. Lleva viviendo conmigo desde niño. Ingela… Bueno, ella no podía con él. Pero él es quien me alegra la vida. Él y Jesús.

—¿Cuántos años tiene? —preguntó Erica curiosa.

—Treinta y tres. Algunas personas con síndrome de Down pueden ir al colegio y trabajar como la mayoría de la gente, pero, por desgracia, no es el caso de Viktor. Para él son retos inabordables. Tal vez debería ir a un centro de día, pero le gusta tanto el colegio… Así que me dedico a enseñarle en casa.

Sonrió, y se le marcaron las hondas arrugas de los ojos.

—Para mí, él es la prueba de que Dios nos ha creado a su imagen y semejanza. No hay nadie más cariñoso que Viktor. Con él, Dios tenía un propósito igual o mayor que con todos nosotros.

Erica tragó saliva. Se le hizo un nudo en la garganta al ver el amor inmenso que Birgitta sentía por su nieto.

—Pero hablábamos de Lola, sí —continuó Birgitta—. Era una buena persona, no necesitaba saber más. Eso sí, me daba un poco de envidia que, con sus piernas, le quedaran mejor las faldas que a mí.

Erica se rio.

—Sí, he visto una foto de ella, era guapísima.

—¡Espere!

La anciana se levantó y abandonó la habitación. Tardaba tanto en volver que Erica empezó a extrañarse. Justo cuando iba a levantarse, llegó al fin con una caja negra.

—Si me promete que me las devolverá, se las presto —le dijo—. Lola me las envió poco antes de que Dios se las llevara a ella y a Pytte. Creo que fue una forma de invitarme a formar parte de su vida de nuevo. Por desgracia, no fue posible.

Cuando levantó la tapa de la caja, Erica se quedó sin resuello. Estaba llena de fotografías. Algunas amarillentas y con las esquinas gastadas. Fotos de Lola y Monica y Pytte. Le temblaban las manos mientras las cogía para verlas, una tras otra.

—Gracias, le prometo que estarán a buen recaudo —le prometió, y notó al levantarse que también le temblaban las piernas.

Cuando se dirigían a la puerta, Erica se detuvo un instante en el umbral de la cocina. Viktor estaba sentado a la mesa, muy concentrado, con la punta de la lengua asomando por la comisura de los labios y una tiza en la mano. Estaba muy concentrado escribiendo al lado de una imagen de un mono, y levantó sonriente el libro para que lo vieran Erica y la abuela.

—¡Mira! ¡Acabo de escribir «mono»!

Birgitta se le acercó, le besó la coronilla y le dio un abrazo.

—Gracias por haberme dado la oportunidad de hablar de mi Monica. Y de Lola. Espero que un día esté dispuesta para recibir a Dios en su corazón.

Erica sonrió.

—El dios que usted describe siempre será bienvenido.

PATRIK SE PLANTÓ delante de las pizarras de la sala de reuniones para comenzar el repaso conjunto.

—¿Cuál es la situación con Rickard? —preguntó Mellberg desde su rincón.

—Sí, por ahí pensaba empezar. Está bajo custodia, pero no hemos podido interrogarlo desde ayer, seguimos a la espera de su abogado, que no tardará en llegar.

—¿Ninguna confesión? —preguntó Paula.

Patrik dudó antes de responder, trató de recordar lo que él mismo había sentido la noche anterior.

—No lo sé. Con Rickard, es difícil. Es como si en él nada fuera auténtico. Pero luego existe también la otra opción: que estuviera tan borracho que no recuerde nada.

—¿Le tomamos una muestra de saliva? —preguntó Martin.

—Por desgracia, no —dijo Patrik.

Señaló las pizarras que había preparado para la reunión. La de la derecha estaba repleta de fotos de la investigación. Señaló la que acababa de fijar justo antes de empezar.

—Ayer por la tarde Louise, la mujer de Peter, me mandó un pantallazo de un mensaje que Rickard le envió a Peter la noche anterior a su asesinato.

Leyó en voz alta la fotocopia que había fijado a la pizarra con un imán.

—«Vete al infierno, cerdo.»

—Claro y conciso —comentó Gösta algo seco—. ¿Soy el único que piensa que esto está zanjado? Aunque no hayamos encontrado el arma homicida, tenemos la camisa ensangrentada y ahora, además, un mensaje que pone de manifiesto el estado de ánimo de Rickard la noche del asesinato. Claro que no es ninguna amenaza directa, pero sí es una prueba de que no apreciaba demasiado a su hermano. ¿A qué hora envió el mensaje?

—A las 3.15 —dijo Patrik.

—¿Tenemos alguna indicación del forense acerca de la hora de la muerte? —preguntó Gösta.

Patrik negó con un movimiento de cabeza.

—Todavía no. Seguimos esperando el resultado de todos los análisis, tanto de los técnicos como del forense. Igual que esperamos aún los resultados de las muestras recogidas en el escenario de la muerte de Rolf. Pero sé que Farideh está apremiando todo lo que puede a los del Centro Nacional Forense. Teniendo en cuenta la atención mediática, sospecho que pronto veremos algunos resultados.

—Estupendo para el caso, si bien es triste que tenga que ser así —dijo Gösta.

Patrik estaba de acuerdo, pero en ese momento pensaba dar las gracias y aceptar la tendencia a dar prioridad a los casos a los que la prensa prestaba mucha atención.

Martin se estiró desde su lado de la mesa.

—¿Qué pensamos sobre la posibilidad de que Rickard sea también el autor del asesinato de Rolf? —preguntó—. ¿No es bastante verosímil? Incluso probable.

—Aún no tenemos nada que vincule a Rickard con el asesinato de Rolf —confirmó Patrik—. No tenemos ningún móvil y, por el momento, no hay ninguna prueba material que lo señale. Ningún testigo de la noche en cuestión lo sitúa en el lugar del crimen. Por otro lado, tampoco hay nada que diga que no es Rickard.

Miró las dos pizarras. La de la izquierda estaba llena de imágenes, y la de la derecha, totalmente vacía.

—Me gustaría jugar a ser el abogado del diablo y revisar todo lo que tenemos con imparcialidad. Sin contar con la culpabilidad de Rickard como algo seguro. Empezamos por el asesinato de Rolf y de ahí pasamos al de Peter y los niños. Vía libre para especulaciones, ningún pensamiento, ninguna idea es absurda, nada es irrelevante y todo se puede decir. Annika, ¿tomas nota?

—Claro. Tomo nota y pongo la grabadora del teléfono. Adelante. Soy rápida con el boli.

Patrik se volvió a la pizarra vacía con un rotulador en la mano.

—Sabemos que el asesinato de Rolf Stenklo tuvo lugar la noche del sábado. Estamos a la espera de que la forense nos dé una hora más concreta, pero el cadáver estaba frío cuando lo encontraron, de modo que llevaba muerto unas horas.

Señaló una foto del cadáver de Rolf, que estaba en la pizarra de la izquierda.

—Por lo que sabemos, se encontraba en la galería para preparar la exposición que debía haberse inaugurado ayer lunes. Había colgado unos marcos con notas en las que había escrito el nombre de las fotografías que luego se exhibirían ahí. Al fondo del local se hallaban las fotografías enmarcadas. Quince, en total, por valor de un par de millones de coronas. Alguien entró por la noche en la sala de exposiciones y le disparó en la nuca con una pistola de clavos que, podemos suponer, ya estaba allí. No había ningún resto de huellas dactilares en la pistola, lo más probable es que las limpiaran, y tampoco parece viable obtener ninguna muestra de ADN, pero en el arma había restos de un tejido, y los técnicos pudieron aislarlos. Por desgracia, ahora mismo es imposible saber si ya estaban ahí con anterioridad, si procedían de Rolf o si los dejó el agresor.

Patrik iba escribiendo palabras clave en la pizarra mientras hablaba, y algunas las subrayaba.

—Escribe «no planificado» —dijo Martin señalando la pizarra—. Que el agresor haya utilizado un arma que ya se encontraba en el local indica que no había planeado el ataque.

—Estoy de acuerdo —afirmó Patrik, que escribió en la pizarra «no planificado» y lo subrayó.

De nuevo se dirigió al grupo.

—Hemos pensado hablar con Vivian sobre la exposición y pedirle que mire detenidamente las fotos del local, por si cayera en algún detalle. A ti te fue bien el interrogatorio con ella, ¿verdad, Martin? ¿Podrías ir a verla después de la reunión?

Martin le respondió con el pulgar hacia arriba.

—Llévate la película que grabé en la galería —pidió Patrik—. En el periódico de hoy hay más información a la que hincar el diente por lo que al móvil se refiere. ¿Alguien ha tenido tiempo de leerlo?

Todos asintieron.

—Bien. Es algo que debemos investigar más de cerca. Al parecer, alguien de dentro del Blanche ha filtrado información que la dirección hubiera preferido mantener en secreto. La fuente pudo haber sido Rolf, y en tal caso, ese sería un buen móvil para su asesinato. Sin embargo, aún no tenemos la certeza de que sea así, de modo que sigamos trabajando con amplitud de miras, sin cerrarnos a ninguna teoría.

—Si relincha como un caballo y parece un caballo, no será una cebra —dijo Mellberg sombrío, y se cruzó de brazos.

—Yo creo que el dicho no es así en realidad, sino... —comenzó a decir Martin, pero se calló al ver la mirada que le lanzaba Annika.

Casi nunca valía la pena invertir tiempo en razonar con Mellberg.

—En cambio... —Patrik golpeó la palma de la mano con el rotulador para enfatizar sus palabras—. En cambio, cabe la posibilidad de que ese móvil también englobe lo que ha ocurrido en Skjälerö. Una persona que aparece en el artículo como muy mezclada e involucrada en los asuntos del Blanche es Louise. Y, en principio, debería haber dormido en su habitación.

—Vale, pero ¿qué motivo relacionado con el Blanche podría tener Rickard para matar a Rolf primero y a Louise después? —dijo Gösta—. Si es que barajamos la idea de que ella era el verdadero objetivo.

Alargó el brazo en busca de una galleta.

—Debemos investigar la conexión de Rickard con el Blanche —dijo Patrik—. ¿Habrá estado implicado de alguna forma? Por lo que he podido entender del primer artículo de la serie, va a salir a la luz un batiburrillo de trapos sucios de todo tipo. Abusos sexuales; jóvenes cuyo silencio compraron; sobornos a los miembros de la Academia Sueca relacionados con un canal de apuestas antes de la comunicación pública del Premio Nobel de Literatura; dinero que ha desaparecido de las cuentas del Blanche. La lista es larga.

—Madre mía —exclamó Gösta—. O sea, gente fina. Pero cagan igual que todos nosotros.

Mellberg se rio a carcajadas hasta el punto de que le temblaba la barriga.

—Ahí le has dado, Gösta. Bien dicho —comentó levantando un pulgar grasiento lleno de migas de galleta.

—A ver, no lo entiendo —dijo Martin—. ¿A quién señala la prensa exactamente?

Se le había formado una arruga de preocupación entre las cejas, como siempre que no tenía una visión completa de las cosas.

—Confieso que no tengo el tema controlado —se sinceró Patrik—. Tenemos que trabajar para esclarecer el asunto. Pero, por lo que he podido entender, al que acusan de haberse aprovechado de su alta posición en el club para abusar sexualmente de chicas jóvenes es a Ole.

—¿Y los demás? ¿Henning, Elisabeth, Louise…?

—Lo han encubierto. Se supone que han utilizado poder, dinero y favores y, en general, cualquier moneda de cambio imaginable, para que las víctimas de los abusos guardaran silencio.

—Pues qué asco —dijo Martin con aversión.

Nadie lo contradijo.

—También tenemos que comprobar si Rickard cobró por llevar a cabo los asesinatos —continuó Patrik, y lo anotó en la pizarra—. Tiene una necesidad acuciante de dinero, así lo han afirmado varias personas de su entorno con las que hemos hablado. En otras palabras, tenemos que pedir un extracto de su cuenta, ver si en los últimos meses ha recibido algún ingreso de envergadura.

Patrik subrayó las palabras «extracto bancario de Rickard».

—Pero, y perdonad si insisto, no quiero que nos limitemos a Rickard todavía. Casi parece demasiado sencillo, tenemos que contemplar otras posibilidades. Por ejemplo, si una o varias personas llegaron a la isla durante la noche. Además, estoy convencido de que debemos examinar a fondo la posibilidad de que el verdadero objetivo fuera Louise.

Miró la pizarra antes de volverse de nuevo hacia sus colegas.

—Cuando hablé con Rickard en la isla, mencionó algo que sigue rondándome la cabeza. Dijo que Peter había empezado a investigar la muerte de su primera mujer. Murió hace un par de años, atropellada por un conductor que se dio a la fuga. Rickard dijo que Peter había llegado a contratar a una persona para que lo investigara. Tengo la intuición de que hay algo en ese asunto en lo que deberíamos indagar.

Escribió en la pizarra «la mujer de Peter, accidente con fuga».

—¿Alguien tiene algo más? ¡Ah, sí, eso es! Martin, no hemos tenido tiempo de hablar de cómo te fue ayer el interrogatorio con Tilde. ¿Sacaste alguna información respecto a la coartada de Rickard?

Martin negó con un movimiento de cabeza.

—No, ella dice lo mismo que él. Que se fueron a la cama juntos. Que los dos habían bebido mucho y que se pasaron la noche durmiendo y no se despertaron hasta que no oyeron los gritos de Louise en la habitación contigua.

—¿Ninguna fisura en su historia? —preguntó Patrik.

Martin cabeceó de nuevo.

—No, pero ya sabemos lo poco fiables que son las coartadas de los familiares. Así que el valor de su testimonio es dudoso. En el mejor de los casos.

—Sí, estoy de acuerdo. Bueno, pues lo dejamos aquí. Creo que tenemos bastante a lo que hincar el diente. Como es lógico, estaré en contacto permanente con Farideh, y en cuanto tengamos los resultados de las autopsias y los demás análisis técnicos, os informaré. La búsqueda del arma homicida continúa. También había pensado hablar con Louise acerca del Blanche. Al parecer, va a irse a vivir con sus padres de momento. Paula, ¿vienes conmigo?

Paula asintió resuelta.

—Gösta, indaga en el asunto del accidente de tráfico. Martin, lo dicho, tú habla con Vivian y trata de averiguar más sobre la exposición. Annika, ¿podrías revisar los movimientos de cuenta de Rickard en cuanto los envíe el fiscal? Y Mellberg…

Patrik miró a Bertil, que alzó las manos para detenerlo.

—Yo ya estoy hasta arriba, hay… Hay un montón de trabajo administrativo que hacer con una investigación de esta envergadura.

Patrik asintió con un leve gruñido, pero para sus adentros suspiró aliviado. Mellberg siempre ocasionaba el mínimo perjuicio quedándose en el santuario de su despacho y dando una de sus cabezaditas.

—Pues en marcha —ordenó, y echó un último vistazo a las pizarras.

Por un momento, se sintió abrumado por el lío descomunal y por la magnitud del caso. Cuatro asesinatos en dos días. Y no pudo evitar pensar que el tiempo apremiaba.

Era agradable estar solo unos instantes en el coche. Sin colegas. «Sin Tuva y Mette», pensó Martin un tanto avergonzado. Le encantaba la vida en familia, pero al mismo tiempo también apreciaba a veces tener un rato para él solo.

Tomó la carretera de la costa por Grebbestad hacia Fjällbacka. Le llevaría un poco más de tiempo que la carretera que discurría por el interior, pero contemplar la costa en la temporada de otoño era extraordinario. En verano era imposible ir por los pueblecitos en coche. Todo estaba lleno de turistas, la gente caminaba por en medio de la calle y era desesperante.

La calma del otoño y la primavera era algo bien distinto. Como si los pueblos de la costa se relajaran, se desplegaran y mostraran su mejor versión. Su yo más lógico sabía que aquellos pueblecitos no podrían sobrevivir sin el turismo. Los dos meses de verano cubrían el sustento de todos los meses del año. Pero, aun así, cuando uno era residente habitual, lo sentía a veces como una invasión de cigarras que lo asolaban todo a su paso.

Cuando empezó a acercarse a Sälvik, redujo la velocidad. Había llamado a Vivian para avisarla de su llegada. Ella no tenía coche, así que Martin pudo dejar el suyo en el reducido aparcamiento que había junto a la casa.

Vivian abrió la puerta en el mismo momento en que Martin se bajaba del coche.

—Pase —le pidió la mujer con voz queda.

Parecía cansada y destrozada. La trenza le colgaba enredada y despeinada sobre el hombro izquierdo.

—Tengo una pinta... Perdón. Es que... no consigo organizarme. —Como si hubiera podido leerle el pensamiento a Martin, se llevó la mano a una mancha que tenía en la camisa.

—Siento que tengamos que seguir molestando —dijo Martin con total sinceridad.

Siempre resultaba incómodo interrogar a una persona que acababa de perder a alguien, pero, al mismo tiempo, sabía que la familia era la principal interesada en que la policía hiciera su trabajo y les diera las respuestas que buscaban.

—Vamos a sentarnos en el porche —dijo Vivian.

Cruzaron la casa y salieron al porche, donde se sentaron en los sillones de mimbre.

—Hay unos cuantos puntos que queremos comprobar —comenzó a decir Martin, y cruzó las manos sobre la rodilla—. Ante todo, quería empezar preguntándole si ha recordado algo más desde la última vez que hablamos. De Rolf o de la noche que pasó en Skjälerö.

Vivian movió la cabeza.

—No. De ser así, habría llamado enseguida. Todavía me resulta incomprensible, todo es como una pesadilla. Peter y los niños...

—Estamos haciendo todo lo posible —dijo Martin—. Pero, dígame, ¿a usted qué le parece? ¿Cree que hay alguna conexión con la muerte de su marido, o piensa que es una macabra coincidencia?

Vivian suspiró temblorosa.

—A mí me cuesta creer que no esté relacionado. Pero no tengo ni idea de cómo. Ni de por qué. A Rolf lo quería todo el mundo, igual que a Peter. Con Rickard es muy distinto, pero Peter era bueno, estable y dulce.

—¿Cree que Rickard sería capaz de hacer algo así?

—¿Con Peter y los niños? ¿O con Rolf?

Martin no respondió y se limitó a mirarla. Vivian, imitándolo, cruzó las manos con fuerza sobre la rodilla también.

—No lo sé —dijo—. Mi relación con Rickard nunca ha sido muy estrecha. Sé que Elisabeth y Henning descartan esa idea por completo. Pero hay algo que… Rickard no ha oído un «no» en su vida. O bueno, la verdad es que no lo conozco desde hace tanto, pero sí lo suficiente. Y Rolf me contó que siempre fue así. Por cierto, que él era su padrino.

—Sí, eso tengo entendido.

—Claro que no se implicó mucho —admitió Vivian con un suspiro—. Al menos, no que yo sepa. Tal vez fuera distinto cuando Rickard era joven, cuando Rolf estaba casado con Ester. Eso tendrá que preguntárselo a Elisabeth. Si es que es relevante. Pero mientras Rolf y yo estuvimos casados, solo tuvieron contacto muy de vez en cuando, y siempre estaban presentes Henning y Elisabeth. No tenían una relación independiente de la familia.

Martin la observaba. Advirtió el cansancio en su mirada. Pensó en la carrera de Rolf, en todo el apoyo que Vivian debió de darle entre bastidores.

Se hizo el silencio unos instantes. Abajo, en la bahía, el viento inclinaba los juncos. Grandes manchas de algas cabeceaban en las aguas. «Las habrá traído el viento durante la tormenta», pensó Martin. Volvió en sí para retomar la conversación, y se dirigió de nuevo a Vivian.

—Decía que no se había involucrado mucho en la exposición de Rolf en Fjällbacka, ¿no es cierto?

—Antes siempre me implicaba mucho, trabajábamos como un equipo. Rolf respondía de la parte creativa, de lo artístico, y yo de los aspectos administrativos y más prácticos. «De lo aburrido», pensará mucha gente, pero a mí me encantaba. La organización y la estructuración siempre se me han dado bien. No se deje engañar por el aire bohemio.

Sonrió a medias y, una vez más, Martin se sorprendió de su belleza natural. No había hecho ningún intento de tratar de detener el paso del tiempo, ninguna intervención de esas que disimulan las arrugas y rellenan la piel. Las patas de gallo de los ojos eran testimonio de una vida vivida y, personalmente, a él le parecía mil veces más hermoso que esa juventud artificial que estaba de moda.

—Pero esta vez no fue así, ¿no es cierto?

Vivian negó con la cabeza.

—Rolf estaba distinto durante el último año. Estaba más ausente. Me costaba que me tuviera informada, se olvidaba de avisarme, llegaba tarde, a veces era cortante y desabrido conmigo, algo que nunca había ocurrido. Yo creo que estaba preocupado. Incluso se lo pregunté en varias ocasiones, pero él siempre se enfadaba y me decía que estaba equivocada y que lo dejara en paz. Así que eso hice. Quizá debería haber sido más insistente. Así quizá hoy no…

Se le apagó la voz.

—Tenemos un vídeo de la sala de exposiciones —dijo Martin—. ¿Le importaría verlo?

A Vivian le tembló un poco la boca cuando dijo que sí.

Martin sacó el móvil. Lo sostenía de modo que los dos pudieran ver la pantalla, y ambos se inclinaron hacia delante. Cuando puso en marcha la cámara, el pelo de Vivian le rozó el brazo.

El vídeo recorría el luminoso local de altos techos. Vivian se estremeció al ver el cadáver de Rolf en el suelo. Martin le puso la mano en el brazo. En la película se veía trabajar a los técnicos con los monos blancos, y luego las paredes con los marcos baratos y los papeles en blanco.

—Los marcadores de Rolf —susurró Vivian—. Así podía ir probando la posición de las fotografías hasta que le parecía que estaban en el lugar adecuado.

El vídeo continuó avanzando hasta la pared posterior, donde estaban las fotografías perfectamente colocadas unas junto a otras.

Vivian se agarró al brazo de Martin.

—No me dejó verlas —dijo—. No me dejó ver qué fotografías pensaba exponer.

Respiró hondo cuando las imágenes expuestas desaparecieron de la pantalla.

—¡Lola! —exclamó.

Martin paró el vídeo.

—¿Reconoce a la mujer de la foto?

—Por supuesto. Sabía que la exposición trataba del pasado de Rolf, pero no que... Lo curioso es que oírle hablar de su pasado me impulsó a hablar de Lola con Erica, la encantadora esposa de su jefe.

Martin sonrió. Vivian no era la única que creía que Patrik era el jefe de la comisaría.

La mujer señaló el móvil, donde aún se veía el vídeo en pausa.

—De esa foto en concreto tenemos una copia en nuestro apartamento. Me gusta muchísimo. Se titula *Inocencia*.

—¿Sabe algo más de Lola? —preguntó Martin.

Vivian acercó la mano al móvil de Martin y casi rozó la imagen de Lola.

—Era una mujer trans que murió asesinada a principios de los ochenta, mucho antes de que yo conociera a Rolf. Ella y su hija fallecieron de una forma horrible.

—¿Las asesinaron a las dos? —dijo Martin.

Se le aceleró el pulso. ¿Habría ahí algo interesante para la investigación?

—Sí, el caso quedó sin resolver. Ya hablé de eso con Erica, le dije que debería escribir un libro sobre la muerte de Lola. Y de hecho creo que ha ido a Estocolmo para conseguir más datos.

Martin asintió. Patrik le había contado que Erica estaba en Estocolmo haciendo acopio de información para su nuevo libro.

—¿Podría decirme algo más sobre las fotos?

Martin volvió a poner el vídeo, y Vivian no pudo contener un sollozo.

—Pues parece que se trataba de una exposición sobre Lola y las personas que la rodeaban. Y sobre el Alexas, el club en el que ella trabajaba, el lugar de moda en Estocolmo en aquel entonces. Rolf siempre decía que era la persona más inteligente que había conocido, y que sus almas no tardaron en congeniar más de tres chupitos. Yo creo que es la única vez que he oído a Rolf hablar del alma. —Vivian sonrió.

—Es decir que Rolf no la conoció a través de su profesión.

—No, qué va. Sé que hizo un montón de fotografías de los trabajadores y de los clientes del Alexa. Entre otros, de Lola. Pero su amistad no se basaba en el hecho de que ella le hiciera de modelo. Rolf dijo en una ocasión que a él le encantaba su inteligencia y a ella, la amabilidad de él, porque había sido un bien escaso en su vida.

—Parece que hay quince fotografías —observó Martin, volviendo a poner el foco en el vídeo.

—Sí, y yo creo que coincide con el número de marcadores. ¿Puede…?

Martin rebobinó un poco y volvió a poner la grabación. Contó los marcos de las paredes. Eran quince.

—Espere —exclamó Vivian con tanta brusquedad que Martin se sobresaltó—. ¿Puede retroceder un poco?

Martin paró y fue pasando hacia atrás fotograma a fotograma.

—¡Ahí! ¿Lo ve?

Martin observó la pantalla. En uno de los folios había dos títulos.

—Es lo que hacía Rolf cuando iba a colgar juntas dos fotografías que formaban pareja —dijo Vivian despacio.

Martin fijó la vista para distinguirlo mejor.

—Parece que uno de los dos títulos es *Inocencia*. Y es el retrato de Lola, sí. Pero no consigo ver bien lo que…

—*Culpa* —dijo Vivian—. La otra fotografía se titula *Culpa*.

—¿La había visto antes?

Vivian negó con la cabeza.

—No, estoy casi segura de que no es ninguna de las fotos del vídeo. Pero si en las paredes había dieciséis nombres…

—Es que falta una fotografía —completó Martin—. ¿Hay alguna forma de averiguar de qué imagen se trata? ¿Algún negativo?

—¿Un negativo? Las cosas ya no funcionan así. Las fotos están en un disco duro, pero yo nunca he tenido acceso a él. Seguramente estará en el estudio de Rolf, en Estocolmo. Yo vuelvo a casa dentro de un par de días. Puedo comprobarlo entonces.

Martin se guardó el móvil en el bolsillo.

—Gracias —dijo Martin poniéndose de pie—. Le estaría muy agradecido.

Al otro lado de la ventana el viento seguía azotando los juncos. La cuestión de la culpa seguía flotando en el aire.

—Adelante, adelante.

Lussan, la madre de Louise Bauer, les abrió la puerta a Patrik y Paula echando una ojeada nerviosa al exterior. Patrik supuso que la idea de que los vecinos vieran que había ido a verla la policía la ponía nerviosa.

La casa en la que vivían Lussan y Pierre se encontraba por encima del hotel del balneario Badis y, desde luego, las viviendas estaban muy apiñadas y bien a la vista unas de otras. Sin embargo, la mayoría se veían vacías y a oscuras en aquella época del año. Las vistas al mar eran muy codiciadas por acaudalados propietarios que no se molestaban ni en tener una lucecita encendida en invierno.

—Dicen que van a construir apartamentos —dijo Lussan señalando el Badis.

La apuesta de hacía unos años por el hotel con *spa* había resultado no ser tan rentable, y el edificio estaba en la actualidad vacío y desierto.

—Puede que sea una buena inversión —afirmó el padre de Louise.

Se acercó y les dio la mano con cierta solemnidad. Parecía recién salido de un anuncio publicitario de una mansión inglesa: los pantalones bien planchados, camisa blanca y chaleco gris. Lussan tampoco iba mal vestida precisamente, pues llevaba un traje azul oscuro y un reluciente collar de perlas en el cuello. Patrik ocultó una sonrisa. Desde luego, ni Erica ni él iban vestidos así cuando estaban en casa.

Lussan desechó la idea con la mano.

—No es momento de pensar en eso, Pierre, en medio de todo este horror…

—Sí, siento mucho… —comenzó Paula, pero Lussan la interrumpió con un hondo suspiro.

—Los periódicos son terribles. No comprendo cómo pueden permitirse afirmar esas locuras. Nosotros conocemos bien a Henning y a Elisabeth desde que Peter y Louise se casaron, y son las personas más honradas e íntegras que conozco. Y Susanne es una leyenda literaria, jamás se rebajaría a algo así. Ese tal Ole, en cambio, siempre me ha parecido desagradable, es un sobón, le cuesta controlar las manos, así que por lo que a él respecta me creo lo que dicen. Pero claro, todo ha debido ocurrir sin que Louise lo supiera. ¡Hay que tener valor para afirmar que ella estaba implicada en negocios sucios! Pierre y yo estamos conmocionados. De hecho, me he pasado la noche en blanco.

Lussan les indicó con la mano que se sentaran en el sofá que había enfrente de las ventanas, que daban a la bocana del puerto de Fjällbacka. A lo lejos se distinguía Valön, y Patrik atisbó el edificio blanco de la antigua colonia infantil detrás de los árboles.

Patrik miró de reojo a Paula cuando se sentaron cada uno en un sillón. Sabía que estaban pensando lo mismo: ¿cómo podían los padres de Louise estar más alterados por el escándalo mediático en torno al Blanche que por lo sucedido?

—Louise está descansando, pero voy a llamarla —dijo Pierre, y se alejó por el pasillo.

Lussan volvió a suspirar y se acomodó en un rincón del sofá. Patrik miró a su alrededor. De modo que así era como vivía la otra mitad. Todo era blanco, blanco, blanquísimo. Recreó en su mente cómo quedaría aquel salón nuclear después de media hora con los gemelos y se le erizó la piel. Los niños pequeños no encajaban en un hogar así.

—Esta es la casa de unos buenos amigos. Nos la han prestado mientras están en España —dijo Lussan, como si les hubiera leído el pensamiento—. Gugge y Jojja son unas personas maravillosas. Los conocimos cuando estuvimos en Marbella en un acto benéfico, y cuando nos enteramos de que tenían una casa en Fjällbacka, en fin… Por supuesto, conocían la isla de Skjälerö y a la familia Bauer, y en alguna ocasión hasta se habían cruzado con Louise en la confitería Zetterlinds. Este mundo es un pañuelo.

Lussan negó con un movimiento de cabeza, y sus pendientes de diamantes emitieron un destello. Patrik supuso que eran diamantes, pues tenían un lustre muy distinto de los pendientes que Erica compraba en Glitter.

—Así que cuando supieron que veníamos a las bodas de oro de Henning y Elisabeth, insistieron en que nos quedáramos en su casa en lugar de alojarnos en el hotel, y claro, no pudimos decir que no. Es una maravilla, y Jojja ha hecho un trabajo increíble con la reforma y la decoración.

—¿Quieren café?

La voz de Louise detuvo por un instante la verborrea de Lussan. A Patrik se le hizo un nudo en el estómago al ver los estragos del dolor en su cara. Sabía que tenía que ser profesional, pero resultaba difícil no pensar en que aquella mujer había perdido a toda su familia de golpe.

—Sí, gracias —respondió.

Lussan indicó impaciente a Pierre que se sentara mientras Louise se dirigía a la cocina, que estaba integrada en el salón, y empezaba a preparar café en una máquina grande y reluciente que parecía más apropiada para una cafetería que para un hogar.

A Patrik le sonó el móvil, así que se disculpó y apagó el volumen, pero antes de dejar el teléfono con la pantalla bocabajo en la mesa del sofá de mármol gris, leyó el mensaje de Gösta. Le pedía que le preguntara a Louise el nombre del detective privado al que había recurrido Peter para investigar la muerte de Cecily.

—Si quieren leche, hay en la jarra —dijo Louise al tiempo que dejaba la bandeja en la mesa. Luego se sentó en el sofá, lejos de su madre.

—Justo les estaba comentando a los agentes el modo tan terrible en el que te están tratando los periódicos, sobre todo teniendo en cuenta las circunstancias. Es un escándalo de vulneración de derechos, y le hemos pedido al abogado de la familia que mire a ver qué podemos hacer, ¿verdad, Pierre?

Su marido asintió mientras tomaba un sorbo de café. Patrik se dio cuenta de que Louise trataba de morderse la lengua. Luego dijo:

—Mamá, da lo mismo. Peter y los niños están muertos, es lo único que me importa. Deja que la prensa escriba lo que quiera.

—Pues a mí me parece terrible —murmuró Lussan alargando el brazo en busca de su taza.

—¿Cómo puedo ayudarles? —les preguntó Louise a Patrik y a Paula.

Se apartó hacia atrás el cabello oscuro. Tenía ojeras y no parecía haber pegado ojo desde la última vez que Patrik la había visto.

—¿Ha confesado Rickard? —preguntó, y un destello asomó al azul oscuro de sus ojos.

—No podemos desvelar nada de los avances de la investigación —dijo Paula.

—No, claro. —Louise apretó tanto los labios que se le quedaron blancos—. Es solo que… Es difícil esperar.

Lussan se inclinó hacia ella y le dio una palmadita en la mano. Louise la retiró.

Patrik las observaba. No había reparado antes en lo mucho que se parecían físicamente, pues tenían una personalidad distinta por completo. Aunque los ojos eran idénticos, al igual que el nacimiento del pelo, con un amago de entradas. Adivinó que Lussan de joven debió de haber sido igualita a su hija.

—¿Cómo se conocieron Peter y usted? —preguntó Paula.

Louise sonrió.

—En el Blanche. Empecé a trabajar allí un poco antes de que muriera Cecily, la primera mujer de Peter. Al principio nos limitamos a saludarnos y a intercambiar frases de cortesía cuando acudía a ver a Henning o a alguno de los actos que organizábamos.

—Pero después… —dijo Patrik.

Tomó un trago de café. ¡Madre mía, qué rico estaba! Miró de reojo hacia el aparato. ¿Cuánto costaría? ¿El sueldo de dos meses?

—Luego murió Cecily. Peter estaba de luto y, además, se había quedado solo con dos niños pequeños. Una tarde vino a ver a Henning, pero él no se encontraba allí, y entonces nos quedamos charlando. No sé cómo, pero fue muy sencillo. Me convertí en un apoyo en medio del dolor. En una amiga en aquellos momentos tan duros. Y, poco a poco, la amistad se fue convirtiendo en otra cosa…

Louise no pudo continuar. Se secó las lágrimas y al final ocultó la cara entre las manos.

—Formaban una pareja ideal —dijo Lussan, y le dio a Louise una palmadita en el hombro—. Nos alegramos tanto cuando supimos que Louise y Peter Bauer estaban juntos… Como padres nos preocupaba ver que pasaban los años y que nuestra única hija se quedaba sin pareja, porque no es que fuera joven precisamente. Como Louise no puede tener hijos, quizá muchos hombres no querían apostar por una relación…

—¡Lussan! —la cortó Pierre clavándole la mirada.

Ella resopló, pero guardó silencio.

Louise se irguió un poco. Se secó las lágrimas y miró a Pierre.

—No pasa nada, papá. Mamá tiene razón. Ya iba camino de quedarme soltera, y el hecho de no poder tener hijos contaba, y mucho. Los hombres que querían formar una familia me descartaban. Pero Peter y yo… Estábamos hechos el uno para el otro. Y a los niños los sentía como míos. No podría haberlos querido más si hubieran sido mis hijos biológicos.

Volvió a enjugarse las lágrimas con la manga, no podía parar de llorar. A diferencia de Lussan y Pierre, ella llevaba una sudadera y un pantalón de chándal.

—Era increíble lo bien que encajaban Peter y Louise. Erais como una sola persona —dijo Lussan.

—Sí, casi daba repelús —reconoció ella—. Él hablaba ruso, después de haber estado allí dos años de estudiante de intercambio. Yo lo había estudiado en la universidad. Él jugaba al tenis, yo también. A los dos nos encantaba la ópera y constatamos que incluso habíamos estado en la misma representación en dos ocasiones, y que nos habíamos sentado a tan solo unas filas de distancia.

—Estabais hechos el uno para el otro —dijo Pierre moviendo sombrío la cabeza—. Terrible, es terrible.

Patrik golpeó con el dedo índice en el móvil.

—Rickard mencionó que Peter había contratado a alguien para investigar la muerte de Cecily. ¿Por qué?

Louise suspiró con la vista puesta al otro lado de la ventana.

—Era una idea fija que Peter tuvo el último año. No sé por qué.

—Pero había sido un conductor que se dio a la fuga, ¿verdad?

—Sí, lo que lo convierte en un suceso trágico. Pero Peter empezaba a ver una conspiración detrás de todo. Estaba empeñado en que alguien había atropellado a Cecily a propósito. La policía llevó a cabo su investigación y comprobó que lo más seguro era que hubiera sido mala suerte, que se encontraba en el lugar y el momento equivocados. Con toda probabilidad, un conductor borracho.

—¿Existía alguna razón en particular que lo indujera a pensar que había algo más detrás del accidente? —quiso saber Paula.

Louise movió la cabeza despacio.

—No que yo sepa. Los niños pasaron una fase en la que preguntaban mucho por su madre. Quizá eso tuviera que ver. Reforzado por el sentimiento de culpa de Peter.

—¿De culpa? ¿Por qué? —preguntó Patrik con el ceño fruncido.

Se le había terminado el café. Echó un vistazo anhelante a la cafetera.

—*Survivor's guilt*, lo llaman en inglés, ¿no? La culpa del que sobrevive —dijo Louise—. Creo que Peter quería hacer algo, cualquier cosa, para no sentirse impotente al ver cómo los niños añoraban a su madre.

—¿Sabe el nombre de la persona a la que contrató? —dijo Patrik.

«Gösta no habrá conseguido averiguar el nombre», pensó con la esperanza de que Louise lo supiera. Pero vio que negaba con la cabeza.

—No, nunca me lo dijo. Sabía que yo pensaba que era tan innecesario como imposible, así que no hablaba conmigo del tema. ¿No lo sabía Rickard?

—No, él tampoco lo sabía.

Mierda. Patrik se revolvió irritado en el sillón. Tal vez lograran localizar el dato en la lista de llamadas del móvil de Peter, o en los pagos bancarios efectuados, pero eso complicaría muchísimo las cosas.

A Lussan se le iluminó la cara. Y señaló a Pierre.

—¡Peter y tú hablasteis del tema hace poco! Cuando Louise y Peter fueron a vernos a Escania. Sé que os oí comentarlo. ¿No te dijo el nombre?

Pierre ladeó la cabeza.

—Pues sí que lo dijo, pero, madre mía, no lo recuerdo.

Hizo una mueca mientras Lussan lo miraba irritada.

—¡Piensa!

—A ver, si no se acuerda es que no se acuerda —dijo Louise, con el mismo tono de irritación que Lussan.

Pero Pierre chasqueó los dedos y se irguió en el sillón.

—¡Reidar! No recuerdo el apellido, pero estoy seguro de que el nombre era Reidar, porque le gasté una broma y le pregunté si era Reidar el de la serie *La naviera*.

—Reidar —repitió Patrik satisfecho.

Era un nombre poco corriente. Y no creía que en Estocolmo hubiera una multitud de detectives privados. Si, además, se llamaba Reidar, debía de ser fácil localizarlo. Se le ocurrió otra idea, pero la dejó reposar por el momento. No estaba seguro de si era buena o mala.

—¿Podemos hablar del Blanche? —preguntó, y decidió no mirar a Lussan.

Lo que ella pensaba al respecto era evidente. Y, en efecto, la oyó resoplar.

—Claro —respondió Louise con serenidad.

—En estos momentos circulan en la prensa bastantes comentarios —continuó Patrik con cautela.

—Tonterías —replicó Lussan moviéndose de tal modo que se oyó el resonar del collar de perlas.

—No he leído lo que dicen —respondió Louise con voz queda—. Pero me lo puedo imaginar.

—¿Cree que puede tener que ver con los asesinatos? —dijo Paula.

Se hizo un largo silencio.

—No lo sé. Quizá.

—¿Cómo cree que puede estar relacionado? —continuó Patrik.

—Las cosas se complicaron. Empezó como algo insignificante. Hasta que un día nos superó. A todos.

Lussan miraba atónita a su hija. Abrió la boca para decir algo, pero volvió a cerrarla tras una mirada apremiante de Pierre.

Louise continuó en voz baja:

—Todo está relacionado, es difícil de explicar. Lo uno llevó a lo otro… Como la gota que acaba perforando la piedra.

Se levantó de pronto y se dirigió a la cocina.

—Necesitamos más café —dijo, y se puso a manipular el aparato.

Patrik supuso que necesitaba una excusa para poder pensar en lo que iba a decir, y decidió concederle una pausa.

Al cabo de unos minutos llegaron las tazas llenas de café recién hecho. Lussan tenía los labios tan apretados que, literalmente, parecía que estuviera impidiéndose a sí misma abrir la boca para hablar. Una vez más, Patrik se quedó sorprendido de lo mucho que se parecían madre e hija.

—Yo creo que, cuando pusieron en marcha el Blanche, la intención era buena —dijo Louise—. Tenía que ser un punto de encuentro cultural, un lugar donde los nuevos talentos pudieran conocer a los ya reconocidos, donde poder establecer contactos. Y sí, en muchos sentidos, así funciona aún. Pero con el tiempo empezaron a cobrar relevancia intereses y necesidades personales. Cuando empecé a trabajar con ellos, ya era así, pero a mí me llevó un tiempo darme cuenta. Y cuando por fin lo vi, ya era demasiado tarde. Me encantaba mi trabajo. Peter y yo nos habíamos enamorado. Pasé a formar parte de la familia. Y así pasé a formar parte de la solución.

—¿La solución? —preguntó Paula.

—Sí, se me da bien hacer limpieza. Es un talento que he tenido siempre —dijo Louise, escueta—. Y es una cualidad que ha resultado muy conveniente en el Blanche.

—¿A qué se refiere con «hacer limpieza»?

—Uno de mis cometidos consistía en pagar lo suficiente a las mujeres con las que Ole se propasaba para que guardaran silencio.

—¡Louise! —exclamó Lussan con voz chillona. Tenía la cara totalmente roja—. Me parece que es mejor que no digas una palabra más, hasta que hayas hablado con nuestro abogado. Pierre, ¿no estás de acuerdo conmigo? No puede… ¿Cómo se dice? En las películas policíacas de la tele sale todo el rato… Ah, sí, no puede incriminarse sin más.

—¡Mamá! —rugió Louise, y esta se sobresaltó.

Volvió a apretar los labios. Louise continuó, ahora con voz sorda, resignada.

—Yo me encargaba de los pagos, negociaba los acuerdos, actuaba con discreción, seducía… Hacía lo necesario para taparlo todo.

—¿Y eso lo sabían los demás? ¿Ole, Susanne, Henning, Elisabeth… y Rolf?

—Sí. Y, al final, también Peter —dijo Louise—. Comprendió lo que estaba ocurriendo no hace mucho. Se llevó prestado mi ordenador, y la carpeta de los acuerdos con las chicas y las cantidades abonadas estaba abierta.

—¿Y Rickard? ¿Cuál era su papel en todo eso?

Louise vaciló. Al final, respiró hondo y continuó.

—Rickard chantajeaba al Blanche. Para no contarle a Henning lo que había averiguado.

—¿Qué era? —preguntó Patrik conteniendo la respiración.

—Que su padre era Rolf, no Henning.

A Lussan, sentada al lado de Louise, se le cayó la taza de café sobre la mesa de mármol.

LAS FOTOS DE Birgitta estaban esparcidas sobre la cama del hotel. Erica las trataba con sumo cuidado, porque eran frágiles y delicadas, y sabía cuánto significaban para Birgitta. Tenía la sensación de que le hubiera hecho un regalo. Un regalo hermoso y único.

Y sí, claro, había visto a Lola en la fotografía de Rolf, también maravillosa e íntima, pero aquello era mucho más. Las imágenes conformaban un relato. Instantáneas de una realidad de tonos pálidos. Un tiempo ya pasado, que ahora proyectaba su sombra sobre el futuro.

Erica siguió ojeándolas cuidadosamente. Lola con Monica. Lola con Pytte recién nacida. Lola detrás de la barra de lo que debía de ser su lugar de trabajo. Una foto de exterior donde dos *drag queens* rodeaban a Lola con el brazo delante de un bar. Se las veía felices, y Erica deslizó con cuidado el dedo sobre sus rostros. Debía de tratarse del bar en el que trabajaba Lola. El nombre del lugar se veía detrás de ellas: Alexas. Erica lo anotó en el cuaderno y lo subrayó.

Erica había apartado la foto que más la había fascinado. Volvió a examinarla. Tenía algo. Irradiaba amor de un modo distinto a las de Lola con Monica. La pareja de la foto se veía borrosa, como si la hubieran captado en pleno movimiento. Era Lola abrazada por un hombre en cuyos brazos parecía sentirse segura. Ella tenía la cara vuelta hacia la cámara, y era evidente que estaba enamorada y feliz. Pero resultaba imposible ver quién era el hombre, de él solo se advertía la imagen desdibujada de la espalda.

Erica suspiró y dejó la foto en la cama. Le envió un mensaje a Lenora. Un cuarto de hora después, recibió respuesta. Gracias a su enorme red de contactos, había logrado averiguar el nombre y la dirección de los compañeros de trabajo de Lola en el Alexas.

LA LLUVIA FLOTABA en el ambiente y la gente caminaba deprisa por la calle Kungsgatan. La dirección que tenía se encontraba a tan solo cinco minutos a pie. Justo cuando llegó a su destino, empezó a chispear, y se apresuró a entrar en el portal.

El apartamento se encontraba sobre un restaurante tailandés, y Erica podía oír el rumor de los clientes a través de las paredes. El edificio estaba muy descuidado y necesitaba una reforma. También parecía abandonado en lo tocante a la limpieza, y Erica arrugó la nariz ante el hedor a orines que la recibió al llegar al hueco de la escalera. El olor le revolvió el estómago, y tragó saliva al notar una arcada. Ahora al menos sabía por qué sentía náuseas con tanta facilidad, pero era un flaco consuelo. Apartó del pensamiento la idea del embarazo. No era el momento.

La chapa con el nombre «Johan Hansson» estaba en la primera planta, en la puerta de la derecha. Encima había pegado un cartel donde se leía «Maggie Vinter Design» en letras de color rosa. No había ningún timbre, así que dio unos toquecitos en la puerta. No se oía ningún ruido procedente del interior, de modo que volvió a llamar con más fuerza. Al final, oyó un arrastrar de pies, luego el clic de una cerradura, y la puerta se abrió. Erica alzó la vista despacio. La persona que tenía delante era alta. Casi dos metros.

—¿Erica? Lenora me ha llamado y me ha avisado de que venías. ¡Y se le ha olvidado decirme lo guapa que eres! Más que en la foto. La instantánea que apareció en *Amelia* no te hacía justicia, desde luego. Deberían despedir a quien te maquilló.

—Bah…

Erica notó que se ruborizaba.

—Soy Johan. —Le dio la mano, con las uñas pintadas de rosa—. Al enterarme de que venía a verme una escritora famosa no he podido por menos de ponerme el *look* Maggie Vinter.

Johan deslizó la mano por el sedoso mono color verde esmeralda, con cinturón y perneras anchas. Le quedaba elegante y ajustado en torno a un pecho generoso gracias al relleno del sujetador, tenía un escote discreto. Erica sintió enseguida deseos de tener un mono igual.

—Pasa, pasa, cariño.

Entró llena de curiosidad en el apartamento de Johan. En contraste con el viejo portal, la casa era como una caja de chocolatinas irresistible, y Erica no pudo evitar un suspiro de felicidad. Tenía un estilo personal y atractivo, y todo estaba lleno de telas maravillosas, cintas y cajitas de botones. Por lo demás era un apartamento luminoso y sobrio, típicamente nórdico, con bastantes muebles de diseño clásico que Erica fue capaz de identificar tras sus visitas compulsivas a la página de subastas de Bukowski.

—¿Qué estás cosiendo? —preguntó fascinada mientras acariciaba con cuidado un paño de tela rosa con lentejuelas.

—Vestuario de espectáculo, Mello, Shower, Wallmans, vídeos musicales... En fin, todo lo que no exija aplicar el lema de «menos es más». Al principio era para mis actuaciones *drag*, pero mis creaciones fueron cobrando fama. Quien quiere algo brillante, *over the top* y que le permita destacar entre la multitud, acude a Maggie Vinter Design.

—Divino —dijo Erica acariciando una boa lila.

En su guardarropa dominaban el negro, el blanco y el beis, pero eso no implicaba que no le encantaran las lentejuelas y el rosa fucsia.

—Siéntate, cariño, siéntate.

Johan dio una palmadita en una silla modelo Sjuan y apartó un retal de tul amarillo chillón, mientras él se sentaba enfrente y le ofrecía una caja de chocolatinas.

—Chocolate negro. Uno al día mantiene a raya las ganas de comer dulce y no se te va a las caderas. Cumplidos los setenta, no hay mucho que uno pueda permitirse si quiere conservar la línea.

Observó a Erica de arriba abajo.

—¿Siempre te vistes así, tan trágica? Tienes buen tipo, reina, es una pena y hasta un delito esconderlo de ese modo tan poco favorecedor.

Erica miró su indumentaria y comprendió que no tenía sentido protestar. Había preparado la maleta teniendo en cuenta la comodidad, obviando por completo toda consideración estética. Y lo que había sacado para la ocasión eran unos pantalones negros con pelusas que, en honor a la verdad, habían servido en su día como pantalones premamá. Nada resultaba tan cómodo como una cinturilla ancha y flexible, en particular ahora que había engordado unos kilos. Y cuando los metió en la maleta ni se imaginaba lo inapropiados que podrían llegar a ser. El jersey no era mucho mejor. Un viejo favorito de H&M de punto sintético que llevaba más lavados de la cuenta. Aquí y allá colgaban hilos sueltos, y las mangas habían empezado a deshilacharse.

Johan tenía razón. Debería actualizar el repertorio. Aún llevaba ropa que había comprado en los años noventa. Lo de Patrik era peor aún. Todavía conservaba una camiseta de la gira Wind of Change de los Scorpions, y se negaba a tirarla a pesar de que parecía devorada por las polillas.

—¿Cómo conociste a Lola? —preguntó Erica, y ocultó los puños deshilachados debajo de la mesa.

A Johan se le iluminó la cara. Se tomó unos minutos antes de responder. Erica le concedió el tiempo necesario. Tenía la sensación de que estuviera haciendo un viaje al pasado en la memoria. Y eso era justo lo que ella quería.

—Nos encargábamos del bar del Alexas —dijo Johan al fin—. Nos gustaba trabajar juntas y tratábamos de coordinarnos para coincidir en los turnos. Lola era un sueño como compañera. Siempre era puntual, siempre hacía su trabajo, no regalaba copas a los amigos y nunca trabajaba bebida. El Alexas tuvo varios casos perdidos a lo largo de los años, pero Lola era una joya. Y siempre estaba contenta. Recuerdo sobre todo eso, su alegría de vivir. Y sus cuadernos de notas de color azul.

—¿Cuadernos de notas?

—Sí, siempre llevaba un cuaderno azul en el que escribía cuando tenía un rato libre. Llegó a completar dos o tres en los años en los que coincidimos.

—¿Y qué escribía? —dijo Erica.

Era la primera vez que oía hablar de aquellos cuadernos.

—Lola soñaba con ser escritora, pero a mí nunca me dio a leer nada. Ni a mí ni a nadie.

—¿Sabes si llegó a enviar el manuscrito a alguna editorial?

Johan apartó una mota invisible de la pernera. Alargó el brazo en busca de un bombón y le dio un mordisco.

—No creo. Lo único que le oí decir de su escritura fue que era un todo. Que era un todo y tenía que culminarse.

—¿Y no tienes ni idea de sobre qué escribía?

Johan extendió con resignación las manos, de manicura perfecta.

—No es que no preguntáramos, desde luego. Siempre andábamos metiéndonos con ella porque escribía a todas horas. Pero Lola se limitaba a sonreír. Como una esfinge.

—¿Os veíais mucho fuera del trabajo?

Las risas de los clientes del bar del bajo atravesaron el suelo. Johan dio una patada rabiosa, y el ruido se atenuó un poco.

—Antes, cuando lo que había abajo era una tienda de costura, se estaba mucho más tranquilo —dijo irritado, y miró a Erica otra vez—. Sí, nos veíamos bastante, pero Lola tenía su grupo. Eran inseparables.

—¿Rolf y los demás?

Johan asintió.

—Era una pandilla bastante heterogénea, la verdad. Pero, por lo que decía Lola, lo que los unía era el interés por la literatura.

—¿Y cómo eran las cosas en aquella época? ¿Había muchos lugares de reunión para…?

Erica dudó, no estaba segura de qué palabra utilizar para no herir sensibilidades. Era una ignorante en ese campo, y no quería parecer torpe y prejuiciosa.

Pero Johan sonrió.

—¿Para personas LGTBI? ¿O te refieres solo a personas trans, como Lola? Bueno, por suerte, se ha avanzado mucho desde los ochenta. Después de todo lo que le ocurrió a Lola, me uní a la RFSL, la Asociación Nacional por la Igualdad de Derechos Sexuales. Y aunque yo soy un hombre homosexual al que le gusta vestirse de mujer, me impliqué por Lola en cuestiones relacionadas con las personas trans. Tengo que empezar un poco antes de los ochenta para darte algo de contexto.

—Perfecto. —Erica sonrió.

Le mostró el cuaderno con expresión interrogante.

—Claro, anota lo que quieras, cariño —dijo Johan. De pronto le afloró a la mirada un brillo soñador—. Hasta los años sesenta, las personas trans no tenían en realidad ningún modo de reunirse. Al menos no de forma oficial. Pero entonces empezaron a establecerse tímidos contactos a través de las revistas porno, ni más ni menos. Una de ellas se llamaba *Raff*.

Johan se rio como perdido en los recuerdos.

—Lola y yo hablábamos mucho del tema cuando la cosa estaba tranquila en el bar. Una de las pioneras en la comunidad trans sueca, Eva-Lisa Bengtsson, entró en contacto con Erika Sjöman a través de la revista. Erika, que había trabajado en alta mar, se había hecho con un ejemplar de la revista americana *Transvestia*, y supongo que de ahí les había llegado la inspiración. En todo caso, pusieron un anuncio en la revista hermana *Piff* para crear un lugar de reunión. Recibieron respuesta de personas trans de toda Suecia, lo que condujo a que se abriera el primer club sueco para personas trans, que llamaron precisamente Transvestia. Se convirtió en un lugar seguro para muchas personas que antes se travestían en soledad. Sin embargo, allí no solo acudían personas trans, sino también lesbianas, gais, personas con distinta orientación y fetiches, algunas *drag queens*, como yo... En fin, todos los que en aquella época mantenían en secreto su condición.

—¿Cuánto tiempo estuvo abierto el Transvestia?

—Solo hasta 1969.

—¿Y cuándo se creó el Alexas?

—Sí, a eso iba. Cuando el Alexas abrió a mediados de los setenta fue una bendición, porque llegaría a convertirse en uno de nuestros principales puntos de encuentro. Homosexuales, bisexuales, personas trans, *drag queens*... Todo el mundo se reunía allí. Exactamente igual que en el Transvestia. Con la diferencia de que no era un lugar solo para nosotros. Allí podía ir todo el mundo. Allí iba todo el mundo.

Erika levantó la vista del cuaderno.

—Perdona que te haga una pregunta tonta, pero ¿cuál es la diferencia entre una *drag queen* y una mujer trans?

Johan respondió con una sonrisa. Erica tenía la sensación de que le gustaba tener delante a alguien que escuchaba con atención.

—Una *drag queen* es un hombre cis, es decir, un hombre que ha nacido hombre y que se siente hombre, pero a quien le gusta vestirse con ropa de mujer. —Lo último lo añadió al ver la expresión interrogante de Erica—. *Drag* es un juego para expresar los sexos. Por lo general, pero no siempre, se exploran los límites de la feminidad o de la masculinidad.

Johan adoptó de nuevo una expresión soñadora.

—Yo siempre he sido alto y fuerte, pero había algo en lo femenino que me atraía. Traté de resistirme, pero a mediados de los setenta, cuando tenía veinte, me atreví a acudir por fin a aquel establecimiento, y para mí fue como llegar a mi hogar. Pude vivir sin límites mi personalidad de *drag queen*. Significó un gran paso.

Erica se conmovió ante la sinceridad de Johan, la ausencia de temor al contarle su historia. Intuía las heridas que había tras aquellas palabras, y se dio cuenta de que Johan tenía muchas cicatrices del pasado.

—¿Podemos volver a la historia del Alexas? —preguntó.

—Por supuesto. Empecé en torno a 1977, y Lola poco después. Pero ya nos conocíamos de antes. Yo era amigo de Monica, y así fue como la conocí a ella.

—¿Cómo veía la gente su vida con Monica? Y perdona mi ignorancia supina, pero ¿veían a Lola como heterosexual o como lesbiana?

—Monica y Lola nunca estuvieron juntas —dijo Johan, y resopló con desdén—. A Lola no le interesaban las mujeres. No era lesbiana.

—Pero ¿y su hija? —dijo Erica desconcertada.

—Monica y Lola se tenían cariño. Vivían como una familia. Pero eran como hermanas. No eran amantes. Puedo garantizarte que era físicamente imposible que la niña fuera de Lola. Ella jamás se hubiera acostado con una mujer, porque era una mujer heterosexual. En todos los sentidos, salvo por el físico con el que había nacido.

—Ya, pero se ocupó de la pequeña como si fuera suya, ¿no?

—Sí, desde luego. Le prometió que cuidaría de ella a Monica, que tenía problemas con las drogas y se prostituía para pagarse el consumo. Resultaba imposible saber quién era el padre de la pequeña. Ni siquiera Monica lo sabía. Pero yo sé que Lola quería a Pytte como si fuera suya. Lo era todo para ella. Y en el certificado de paternidad era Lola quien figuraba como padre, así que nunca tuvo problemas con el derecho jurídico de la niña. Era suya en todos los sentidos, salvo en el biológico. Lola me dijo una vez que prefería que Pytte la llamara papá, porque quería que recordara a Monica como su madre.

—¿Sabes si había alguien más en la vida de Lola? —preguntó Erica con curiosidad.

Johan asintió. De nuevo empezaron a oírse ruidos de la planta baja, y volvió a dar fuertes zapatazos en el suelo para acallarlos.

—Sí, había un hombre, pero ella era muy discreta sobre su identidad.

Erica levantó la vista del cuaderno.

—¿Sabes algo de él? Cualquier cosa…

—No, se le daba muy bien guardar el secreto. Pero estaba enamorada, de eso no hay duda. Resplandecía más de lo habitual cuando volvía de estar con él.

Erica asintió pensativa. En relación con la muerte de Lola y de Pytte no interrogaron a ningún hombre. Sería una línea de investigación muy interesante. Una historia de amor que acabó mal.

Erica tomó impulso para hacer otra pregunta, y sospechaba que podía ser delicada.

—¿Cómo estaba el tema de las hormonas y las operaciones en los años ochenta? ¿Fue algo que Lola se planteara alguna vez?

—Pues sí. En 1980 podías operarte en Estocolmo como parte del paso a mujer. Antes de esa fecha, había que ir a Copenhague o a Casablanca. Pero las operaciones eran aún muy experimentales. Y lo mismo ocurría con los tratamientos de hormonas. Los efectos secundarios eran terribles. Sé que Lola empezó a tomar hormonas antes de que Monica muriera, pero lo dejó cuando tuvo que hacerse responsable de Pytte. No quería arriesgarse a que los efectos secundarios le impidieran ocuparse de la pequeña. Así que, por la niña, aceptó llevar la carga de vivir en aquel cuerpo de hombre, aunque siempre tuvo el propósito de continuar con la transición a mujer en cuanto Pytte hubiera crecido. Era su gran sueño. Y decía que escribir le ayudaba a afrontar sus opciones vitales.

—¿Lo que escribía en los cuadernos azules?

—Sí, esos cuadernos eran su tabla de salvación.

Erica probó un bombón y sintió cómo se le derretía en la boca. Tuvo que tragar antes de poder hacer la siguiente pregunta. Debajo de ellos se elevaba el volumen de las risas procedentes del restaurante.

—¿Era habitual que, como Lola, os relacionarais fuera de vuestro círculo?

—Sí y no. Muchos llevaban una doble vida. Tenían una vida con nosotros, su verdadera vida. Y otra vida aparte, social y públicamente aceptada. Muchos tenían mujer e hijos. O marido e hijos. Y vivían de un modo conservador de cara a la galería. En realidad, era bastante inusual que, como a Lola, te aceptaran como mujer trans en el mundo cis hetero. Pero su círculo era de gente de la cultura, así que supongo que eso lo explica todo.

Johan se rio.

—¿Cómo conoció Lola a ese grupo? —dijo Erica.

Dudó un poco antes de ir por el segundo bombón. Si en lo sucesivo no iba a poder tomar vino, al menos comería chocolate.

—A través de Rolf. Ellos dos se conocieron en el Alexas. Luego Rolf le presentó a sus amigos, gracias a su interés por la escritura. Y, en fin, a partir de ahí fueron inseparables.

—¿Te has enterado de que Rolf ha muerto?

—Sí, lo he oído. Una lástima. ¿Qué fue lo que pasó?

—Nadie lo sabe. Yo… Yo había pensado averiguar más sobre Lola y Pytte, y qué les pudo pasar, pero también pienso en Rolf y en su asesinato. Iba a montar una exposición sobre su pasado, según me ha contado Vivian, su viuda, y me mostró una foto de Lola. Se llama *Inocencia*. ¿Tú sabes algo de eso?

Johan negó despacio.

—No, ni idea. Hace muchos años desde la última vez que tuve contacto con Rolf. Después de la muerte de Lola desapareció por completo. Creo que ni siquiera lo he visto desde entonces. O no, espera, miento. Depende de cómo se mire. Yo no tenía ningún contacto con Rolf, eso es cierto, pero él me llamó hace un par de semanas. Aunque entonces yo estaba entregado de lleno a un encargo de vestuario para el nuevo espectáculo de *Alcazar* en el Hamburger Börs, así que no tuve tiempo ni de atender la llamada. Luego se me olvidó y nunca se la devolví.

—Así que no sabes qué quería… ¿No dejó ningún mensaje?

—No.

Johan movió la cabeza con cara de lamentarlo mucho, y la larga peluca oscura le cayó en rizos brillantes alrededor de la cara.

—¿Y no tienes la menor pista sobre el hombre del que estaba enamorada Lola?

—No, nada concreto. Me figuraba que estaría casado. Ella nunca lo dijo abiertamente, pero yo lo leí entre líneas.

Erica le hizo la pregunta que llevaba un rato resonándole en la cabeza.

—¿Crees que pudo ser Rolf?

Johan dudó.

—Mentiría si dijera que no lo había pensado —confesó.

Cuando Erica dejó los brillos del apartamento, sintió que las piezas empezaban a encajar poco a poco. La foto de Lola en el dormitorio de Rolf no le había dado tregua. Ahora, de pronto, le parecía mucho más lógico.

—¿QUÉ TAL os ha ido con Louise? —preguntó Gösta cuando vio a Patrik y a Paula en el pasillo.

—Ven, vamos a sentarnos.

Patrik se adelantó hacia la cocina, y Gösta y Paula lo siguieron. Martin ya estaba allí. Tenía la espalda apoyada en la pared y los pies en la silla de al lado, pero los bajó al verlos entrar, a fin de que hubiera sitio para todos.

—¿Café? —preguntó Gösta con la cafetera en la mano, al tiempo que se servía una taza.

Patrik y Paula lo rechazaron enseguida con un movimiento de cabeza.

—No creo que sea capaz de beberme el café de la comisaría después del que nos acaban de dar —dijo Patrik, y se sentó al lado de Martin.

Le dio una palmadita en la pierna.

—¿Cómo está Mette? ¿Tiene ganas de que vuelvas al horario normal de trabajo?

—Pues sí, está siendo un poco duro para ella. Además, asume casi toda la carga familiar con Tuva y Jon. Pero ya sabe cuál es la situación y, por ahora, se ve que la vida de mujer de un policía le parece bien.

—¿Cómo que «mujer»? —preguntó Paula con toda la intención.

Martin se ruborizó hasta las orejas.

—Bueno, pues «compañera de un policía».

—¿Y para cuándo…?

—Vamos a cambiar de tema —dijo Martin, y se encogió en la silla—. Por ejemplo, resulta que lo más probable es que falte un retrato de la colección que iba a exponerse. Se titula *Culpa*. El asunto es complicado porque Rolf no había hablado mucho de la exposición, así que Vivian no sabía cuál era el modelo, pero es posible que fuera una mujer trans llamada Lola sobre la que creo que tu mujer está investigando.

Miró a Patrik, que soltó una maldición. Dichosa Erica, con ese olfato para los misterios. Tendría que enviarle un mensaje después de la reunión.

—Tenemos que indagar en ese asunto —dijo Patrik rascándose la cabeza.

Empezaba a notar en su cuerpo los estragos de tantas horas de trabajo. La espalda le recordaba que la cama de la comisaría era adecuada para un rato de descanso, no para una noche entera.

—Nosotros también hemos conseguido información interesante —dijo Paula.

Intercambió una mirada con Patrik, antes de soltar la bomba.

—Según Louise, Rickard extorsionaba al Blanche exigiéndole grandes cantidades de dinero.

Martin soltó un silbido.

—¿Y por qué se dejaban extorsionar?

—Para proteger a Henning —dijo Patrik.

—¿Protegerlo? ¿De qué?

—De saber que no es el padre de Rickard.

Gösta se quedó con la taza en el aire.

—Pero ¿qué estás diciendo? ¿Henning no es el padre de Rickard? Y entonces, ¿quién es?

Paula y Patrik se miraron de nuevo. Patrik le indicó que siguiera. Paula enarcó las cejas y dijo:

—Rolf.

—¿Y Rickard lo sabía? —preguntó Gösta—. ¿Y recibía dinero de la caja del Blanche para que no se lo contara a Henning?

—Sí, es lo que nos contó Louise —afirmó Paula.

Martin carraspeó para indicar que quería intervenir.

—¿Qué hacemos con Rickard? Su abogado ha llegado hace un par de horas. ¿Continuamos con el interrogatorio?

—No, vamos a dejar que sude un poco. —Patrik tamborileó con los dedos en el tablero de la mesa—. Espero que Farideh nos envíe mañana un informe, aunque sea preliminar. Y podemos retenerlo durante setenta y dos horas. Quiero disponer de tanto material como sea posible antes de seguir hablando con él.

—¿Habéis averiguado algo del detective privado? —preguntó Gösta.

—Pues sí. El padre de Louise habló del tema con Peter y recordaba que en algún momento mencionó el nombre de Reidar. Así que, con esa información, creo que no debería resultar muy difícil localizarlo.

—Me pongo a ello ahora mismo. Y lo llamo.

Gösta se levantó y metió la silla debajo de la mesa. Patrik alzó la mano para que aguardase.

—No, espera. Erica está en Estocolmo. Si consigues el teléfono y la dirección, podría pedirle que hablara con él…

Gösta permaneció de pie con el ceño fruncido, luego asintió.

—De acuerdo. Voy a buscar la información.

—Yo voy a llamar a Farideh para insistirle —dijo Patrik—. Paula, tú sigue indagando en los negocios sucios del Blanche, y Martin, tú trata de averiguar algo más de la foto desaparecida. Habla con galeristas, conocedores del arte de la fotografía… A ver si puedes encontrar algo en la red. Seguro que hay sitios específicos para vender objetos así. Y comprueba también si hay alguien en el entorno de Rolf que pudiera conocer la existencia de esa fotografía y que sepa lo que representa. No sé, igual tenía un ayudante, se me ocurre.

Todos abandonaron la mesa. Al pasar por delante de la cafetera, Patrik dudó. Total, el café, café era... Se sirvió una taza y se dirigió a su despacho. Le esperaba otra larga noche.

Estocolmo, 1980

—¡Seis años! Figúrate, ¡el sábado cumples seis años!

Elisabeth pellizcó a Pytte en la cara cuando pasó a su lado. A la pequeña se le encendieron las mejillas de felicidad.

—Sí, ¡solo faltan tres días! ¡Y vamos a celebrar una fiesta! ¡Con Sigge!

Elisabeth se paró en seco.

—¿Quién es Sigge?

Lola hizo un aro de humo con el cigarro e hizo un guiño.

—El novio de Pytte.

—¡Qué va, no es mi novio! —dijo Pytte dando zapatazos en el suelo.

Rolf se echó a reír.

—No irritéis a la niña. De todos modos, no va a tener novio nunca, por decisión del tío Rolf.

—¡Pues no, no pienso tener novio nunca! —protestó Pytte, y se marchó enfadada al dormitorio.

—Dios mío, y pensar que va a cumplir seis años... Una mujercita —dijo Susanne, y rodeó el cuello de Ole con sus brazos.

—Pronto empezará el colegio —dijo Lola, sin poder ocultar el orgullo que sentía—. Está deseando aprender a leer, a sumar...

—¡Y a hacer amigos! —dijo Ester cariñosa. Se quedó mirando a Pytte un buen rato.

—Sí...

Lola no sabía cómo expresar sus sentimientos ante la idea de que Pytte empezara el colegio. Los demás llevaban una vida tan… normal. Nunca la entenderían.

Rolf se quedó observándola desde debajo del rubio flequillo y dijo comprensivo:

—Te asusta pensar cómo van a tratarla si se enteran de que su padre…

Lola sintió por dentro una oleada de amor. Él la entendía como nadie. Había llegado a conocerla en profundidad a través de su cámara, pero no era eso lo que definía su relación. Él la veía a ella. Siempre a ella.

—Sí. Me da pánico.

Sus palabras cayeron sobre la mesa raída. El cigarro que tenía en la mano se había consumido, y lo apagó en el cenicero de porcelana con forma de oso polar, que era uno de los pocos objetos que se había llevado del hogar familiar.

—Le irá de maravilla —afirmó Ester—. Es valiente. Todos la quieren.

Henning y Elisabeth guardaban silencio, pero intercambiaron una mirada. Lola se percató.

—¿No estáis de acuerdo?

Elisabeth dudaba, pero al final dijo:

—Esas cosas no son fáciles para los niños. Y tú estás sola. ¿Estás segura de que no quieres… retomar el contacto con tu familia?

Lola negó con determinación. Encendió otro cigarro y dio una honda calada antes de expulsar el humo despacio.

—Mi hermana ha estado aquí —dijo.

—¿Ah, sí? —preguntó Rolf sorprendido.

Lola dio otra calada.

—Llegó, me condenó y se fue.

—Pero ¿le diste una oportunidad? —dijo Elisabeth—. Puede que las cosas hayan cambiado. Puede que tus padres…

—Mis padres murieron hace un par de años —dijo Lola moviendo el vino en la copa. Las llamas de las velas le arrancaban destellos, y se quedó observando fijamente los remolinos rojo rubí.

—¿Y cómo es que no nos has dicho nada?

Ester puso su mano sobre la de Lola, y estuvo a punto de quemarse con el ascua del cigarro.

—A mis ojos llevan muertos desde el instante en que salí por la puerta de su casa. No me querían allí. No era su… Su hija.

—Pero ¿y tu hermana? —insistió Elisabeth—. ¿No hay forma de que retoméis el contacto? ¿No crees que pueda entrar en razón? Después de todo, son lazos de sangre.

Rolf miró a Elisabeth con dureza, y ella guardó silencio. Ole los observaba a los dos, sonriendo divertido. Por un instante, pareció que iba a decir algo, pero Susanne le puso la mano en el brazo y se hizo el silencio.

Lola llamó a Pytte, que había salido del dormitorio y se había puesto a hacer piruetas en el suelo de la cocina, delante de los fogones. La niña se le sentó en las rodillas y Lola le besó la cabeza. Miró a todos los presentes. Alzó la copa.

—Pytte es mi familia, y dentro de tres días vamos a organizar una fiesta por todo lo alto. Es lo único en lo que quiero pensar ahora.

—Pues brindemos por eso —dijo Rolf, y alzó su copa también.

El resto se apresuró a imitarlo.

Lola cerró los ojos y apoyó la mejilla en el suave cabello de su hija. Allí tenía la única familia que necesitaba.

ERICA RECHAZÓ LA llamada. Justo estaba entrando en el vestíbulo del hotel Haymarket cuando Patrik llamó, pero en ese momento se dio media vuelta y se encaminó a la parada de taxis que había a la vuelta de la esquina.

Había dos coches esperando. Erica se subió en el primero y le dio al conductor la dirección que Patrik acababa de pasarle. Al parecer, Peter había contratado a un detective privado para que investigara la muerte de Cecily, y ese detective se encontraba en Årsta. Se retrepó en el asiento y cerró los ojos un instante, pero se arrepintió en cuanto notó las náuseas.

Buscó con la mirada algo en lo que poder vomitar en el peor de los casos, pero no encontró nada, así que bajó la ventanilla y levantó la cara hacia la rendija. El taxista la observó inquieto por el retrovisor, preocupado seguramente por la posibilidad de tener que limpiar una vomitona del asiento trasero. Erica trató de sonreírle, pero no pareció calmarlo mucho.

Y pensar que la exposición de Rolf iba a tratar de Lola… Las náuseas remitieron un poco cuando empezó a pensar en ello. Le hubiera gustado ver esa exposición.

—Hemos llegado —dijo el taxista algo seco, y detuvo el coche.

Seguro que sentía un alivio enorme al ver que su cliente no había vomitado.

Erica pagó y se bajó del coche, se quedó un rato de pie y respirando hasta que desapareció el último rastro de angustia. Se puso la mano en la barriga, pero la retiró enseguida. No, no podía pensar en la razón de las náuseas, entonces se enredaría en un montón de razonamientos que no iban a conducirla a ninguna parte. Primero tenía que contárselo a Patrik. Así podrían decidir juntos qué hacer.

Reidar Tivéus tenía el despacho en la plaza de Årsta. Hacía muchos años que Erica no pisaba aquella zona, pero la plaza seguía tal como la recordaba. Era como si el tiempo hubiera encontrado una grieta en aquel lugar, en el que todo se había quedado inmóvil década tras década. Letreros descoloridos con la pintura desgastada. Establecimientos que parecían adormecidos, o, al menos, totalmente agotados.

El despacho daba pared con pared con una peluquería. Estaba a pie de calle, con un gran escaparate cuyas persianas estaban bajadas para evitar tanto las miradas de los viandantes como la luz del sol. No había timbre, así que Erica dio unos golpecitos en el cristal de la puerta, que también tenía bajadas las persianas grises un tanto sucias. Un letrero donde se leía «Reidar Tivéus – Detective privado» indicaba que al menos se encontraba ante la puerta adecuada. Nadie respondió, así que volvió a llamar. Tras unos minutos de espera, bajó el picaporte. La puerta se abrió.

—¿Hola?

Erica entró y echó una ojeada a su alrededor. El despacho parecía el almacén de un programa televisivo. Todo estaba cubierto de archivadores, pilas de papeles y periódicos.

Al fondo se oyó el chirrido de una puerta, que finalmente se abrió. El hombre que salió por ella iba abrochándose los pantalones sobre una barriga enorme, y se alisó con cuidado la camisa.

—Perdón, no he oído que hubiera entrado nadie —dijo con una amplia y alegre sonrisa.

Le dio la mano, que Erica le estrechó tras cierta duda, teniendo en cuenta de dónde había salido el hombre. Pero él le dio un apretón cálido y firme.

—Siéntese, por favor. Voy a despejar la silla —dijo abriéndose paso como pudo entre las pilas de cajas, hasta una silla que había delante de la mesa atestada de papeles.

Reidar puso en el suelo sin grandes miramientos la enorme pila de carpetas que había sobre el asiento. Una nubecilla de polvo se elevó de inmediato, y Erica lo limpió con disimulo antes de sentarse.

El hombre retiró un poco la mesa para poder pasar por detrás y se sentó resoplando con esfuerzo.

—Cuesta creer que fuera deportista de élite en mi juventud —dijo con una sonrisa que le iluminó la mirada.

Erica no sabía bien cuál sería la respuesta más educada a ese comentario, así que no dijo nada y se limitó a sonreír. El detective privado alargó el brazo en busca de una foto que tenía enmarcada sobre el escritorio.

—Juegos Olímpicos de Moscú de 1980. Estuve cerca del bronce, pero se lo llevó Lars-Erik Skiöld.

Movió la cabeza apesadumbrado. La foto representaba a un joven Reidar, mucho más delgado y con un traje de lucha muy ajustado.

—¡Impresionante!

Erica lo dijo con el corazón en la mano, pero se dio cuenta de que más bien había sonado educada. Puesto que a ella le costaba animarse a salir para pasear siquiera, a menos que la esperase una cafetería al final del paseo, lo de ser deportista de élite era algo que admiraba y que despertaba su asombro.

—Supongo que no ha venido aquí para hablar de mi hoy por hoy lejana carrera deportiva. ¿Sospecha que su marido se está acostando con la secretaria? ¿Necesita que le ayude a localizar a un hermano, cuya existencia acaba de descubrir? ¿Quiere encontrar algún trapo sucio en la vida de su socio en el trabajo? Reidar se pone a su disposición para todo eso y para más aún.

Abrió los brazos y concluyó con otra de sus sonrisas.

Era imposible no dejarse seducir por el encanto de Reidar Tivéus, detective privado.

—Estoy ayudando a la policía en una investigación. Peter Bauer y sus hijos han muerto a tiros en su isla, en el archipiélago de Fjällbacka. Y algo que la policía quiere comprobar más a fondo son los rumores de que Peter le contrató para que investigase la muerte de su mujer.

Reidar la miraba sin pestañear. Había palidecido y se le había apagado la sonrisa.

—¿Peter está muerto? ¿Y sus hijos también?

Erica asintió. Supuso que el detective no estaba muy al tanto de las noticias.

—Sí, fue la noche del domingo.

—Joder —susurró Reidar con la cara descompuesta—. Sí, sí, es cierto, Peter me contrató para que investigara el accidente con fuga que sufrió su mujer.

—¿Sabe por qué?

A Erica le picaba muchísimo la nariz con tanto polvo, y trató de reprimir un estornudo.

—Lo que me dijo fue que quería investigar quién la había atropellado y después se había dado a la fuga. Cosa que comprendo a la perfección. La policía fracasó en ese punto, aunque la verdad es que no movieron un dedo para averiguarlo. «Un conductor borracho, seguro», como dijo textualmente el agente responsable de la investigación cuando traté de informarme sobre lo que sabían.

—¿No hay nada en la investigación que indique algún dato sobre la identidad del conductor? Por otro lado, hace varios años que Cecily murió, ¿sabe por qué Peter decidió empezar a indagar tanto tiempo después quién mató a su mujer?

Erica no pudo contener un estornudo, que resonó como una explosión.

—Salud.

—Gracias.

Arrugó la nariz para que se le pasara el picor.

—No tengo ni idea de por qué me contrató en ese momento —dijo Reidar—. Pero, por lo que sé acerca del proceso de duelo, ya que lo encuentro a menudo en mi trabajo, el dolor tarda en curar y puede ser paralizante. Tal vez hasta ahora no había alcanzado el estado de ánimo necesario para poder afrontarlo.

—Sí, parece lógico —dijo Erica pensativa—. Además, mantenía una relación con otra pareja, una relación estupenda, que quizá le infundió la seguridad suficiente.

—Pues ahí lo tiene —dijo Reidar con los brazos abiertos—. Pero, por responder a la primera parte de su pregunta, no, no hay nada en la investigación que aporte la menor pista sobre el conductor huido, aunque debe tener en cuenta que yo utilizo el término «investigación» de un modo muy laxo. La policía no hizo gran cosa por averiguar quién conducía el coche. No le dieron ninguna prioridad.

—¿Y cuánto ha avanzado usted con su investigación?

—Peter me contrató hace tan solo unas semanas. Y le advertí que no podría dedicarle mucho tiempo al principio, puesto que tenía en marcha un encargo de envergadura que debía finalizar. En realidad, no he podido centrarme en la muerte de Cecily hasta estos últimos días. Y hasta ahora el resultado es bastante escaso.

—¿Podría contarme algo acerca de las circunstancias de su muerte? Tengo tan poca información que puede partir de la base de que no sé nada.

De nuevo sintió el cosquilleo en la nariz y trató de arrugarla para no estornudar, pero se dio cuenta de que debía de resultar ridículo.

—Ocurrió en su casa de campo de Tyresö, en Brevik. Y fue en el mes de julio, hace cuatro años. Cecily iba a correr a diario, siempre por la misma ruta, siempre a la misma hora. Salía a las ocho y corría una hora más o menos, así que solía volver sobre las nueve. Al ver que eran casi las diez, Peter empezó a preocuparse. Y, en fin, luego llamó la policía... El cadáver no estaba muy lejos del domicilio, más o menos a unos veinte minutos al ritmo al que corría ella. Ningún testigo.

—¿Nadie vio nada?

—No, según el informe policial. Pero yo creo que los agentes no se tomaron la molestia de preguntar por la zona ni nada parecido. A esas alturas de julio no había mucho tráfico, según Peter.

—Así que nadie vio cómo la atropellaban y el conductor se largó sin más —afirmó Erica pensativa—. ¿Podría indicarme en un mapa el lugar exacto en el que la encontraron?

Reidar puso cara de abatimiento.

—Lo siento, no tengo ninguno.

—En el móvil sí hay —dijo Erica, y abrió un mapa en el teléfono. Buscó «Brevik, Tyresö» y se lo mostró a Reidar.

—Yo todavía tengo un Nokia antiguo. Tendrá que explicarme cómo se maneja esto.

—De acuerdo, ¿dónde se encontraba su casa? ¿Era la residencia permanente o la de veraneo?

—Era para las vacaciones —dijo Reidar, y se concentró en la pantalla que Erica le había acercado sobre la mesa.

Tardó unos minutos en orientarse, hasta que señaló un punto en el extremo de un cabo.

—La casa estaba ahí. Y vamos a ver cuál era la ruta que ella solía hacer... —Señaló un lado de la pantalla—. ¿Se puede seguir por ahí?

—Sí.

Erica pasó los dedos por el cristal y desplazó el mapa hacia la derecha. Reidar señaló un camino que avanzaba serpenteando por lo que parecía una zona boscosa.

—Esa era la ruta. Y ahí… —Se inclinó hacia delante y siguió despacio los recovecos del camino—. Ahí fue donde la encontraron. En esa curva. A un lado está el bosque y al otro un precipicio que cae escarpado hacia el mar. Al pie de la pendiente hay casas, pero los árboles las ocultan.

—Parece peligrosísimo correr por ahí, sé bien cómo conduce la gente por carreteras así —dijo Erica siguiendo con la vista los meandros de la calzada.

—Ya, Peter me dijo que siempre se quedaba preocupado cuando Cecily salía a correr, pero ella insistía en que era un camino seguro. Lo cierto es que comprobé la frecuencia de accidentes en la zona, y había habido varios amagos de accidente grave antes de que colocaran la cámara de velocidad, justo el año antes de que muriera Cecily.

—¿Cámara de velocidad? —preguntó Erica irguiéndose en la silla—. ¿Dónde está colocada?

Reidar volvió a inclinarse sobre la pantalla y entornó los ojos. Al final señaló un punto a un kilómetro del lugar en el que habían encontrado a Cecily.

—Ahí. Muy astutamente, justo después de una cuesta abajo donde de pronto hay que pasar de cincuenta a treinta. Seguro que pillan a más de un conductor no familiarizado con la zona.

Erica memorizó el lugar señalado por Reidar. Poco a poco, en su cabeza se iba forjando una idea.

—¿Sería posible que me permitiera fotografiar las páginas de la investigación?

Con estremecedora precisión, Reidar sacó un folio grapado del centro de una pila que tenía en el escritorio.

—Yo ya no tengo ninguna misión en este caso, teniendo en cuenta que fue Peter quien me contrató, así que llévese lo que necesite.

Erica lo miró agradecida y fotografió con cuidado las dos páginas del informe policial.

Cuando salió al aire libre, después de haberse ido abriendo camino con sumo cuidado por entre las pilas de papeles, respiró hondo. Por fin dejaba de cosquillearle la nariz. Miró el reloj. Era hora de irse al hotel para hacer la maleta y dirigirse al tren. Podía llamar desde el taxi a Frank, su contacto policial. Lo que pensaba pedirle era difícil, pero no imposible.

VIVIAN PASÓ TODO el trayecto de vuelta a Estocolmo tratando de imaginar cómo sería cruzar el umbral del apartamento de Söder. Su hogar y el de Rolf. Ahora era solo suyo. Él jamás volvería a dar un paso entre aquellas paredes, su voz jamás volvería a oírse mientras tarareaba en la ducha una antigua canción famosa.

Dejó la maleta allí mismo, en el suelo del vestíbulo. Las cosas de Rolf seguían en la vivienda que habían alquilado, no había tenido fuerzas para recogerlas. Solo quería volver a casa. Ya lo arreglaría más tarde de algún modo.

Había vivido muchos años antes de Rolf. Debería saber cómo se vivía sin él. Aun así, se le antojaba imposible.

No tuvieron una relación perfecta. Y a veces la atormentaban los celos al pensar en la vida que Rolf había llevado con Ester. Él siempre le habló de ella con amor. Y en ocasiones, cuando Henning y Elisabeth, Ole y Susanne hablaban de viejos recuerdos, recuerdos de los que formaban parte Rolf y Ester, esos sentimientos oscuros casi la devoraban. Pero Rolf y ella compartieron también algo único.

Durante el viaje en tren, Vivian leyó todos los artículos sobre el Blanche. Una y otra vez. Y reconocía en ellos la voz de Rolf entre líneas. Debió de haber sido él quien le proporcionó al *Aftonbladet* toda la información, pero Vivian no comprendía por qué. El último año habían pasado muchas cosas que ella no había entendido y que seguían siendo un misterio.

¿Dónde se metía Rolf cuando desaparecía sin que ella pudiera localizarlo? Antes siempre se ponían de acuerdo para organizar el día, y cada uno sabía siempre dónde andaba el otro. No con afán controlador, sino porque les gustaba formar parte de la vida del otro. De buenas a primeras, todo cambió. Rolf empezó a ocultarle cosas, y ella lo notaba. Y todos aquellos intentos de conseguir que le diera explicaciones solo consiguieron que se cerrara aún más en sí mismo.

Luego estaban las cartas. Aquellos sobres grandes de color blanco que habían ido llegando los últimos meses. Sin remitente. Se arrepentía de no haber abierto ninguno. Pero ellos no tenían costumbre de abrir la correspondencia del otro.

Vivian nunca vio dónde ponía Rolf las cartas. ¿Quizá las tiró? ¿Quizá no? Además, aquel joven policía tan amable le había pedido que mirase por si encontraba algo más acerca de la fotografía desaparecida. *Culpa*. Mientras iba en el tren llamó a Rafael, el último ayudante de Rolf, pero él tampoco sabía mucho de la exposición. El estudio se encontraba a un tiro de piedra del apartamento, y si Rolf quisiera guardar en algún sitio algo que fuera importante para él, sería allí.

Vivian se levantó. Por fin se le había ocurrido qué podría hacer.

LA OSCURIDAD SE había extendido por Fjällbacka cuando Patrik volvía a casa. Los faros del coche iluminaron la puerta del garaje y se quedó un rato respirando hondo para cambiar el foco del trabajo a su condición de padre y de hijo, antes de entrar en la casa. Erica llegaría dentro de una hora, y quería relevar a su madre y preparar la cena. El cansancio estaba a punto de acabar con él, pero se negaba a rendirse. Pensar que Erica no tardaría en llegar le ayudó a disipar un poco las brumas del agotamiento. Siempre que pasaban un tiempo separados la echaba de menos.

Y le encantaba que aún fuera así. Había a su alrededor muchas parejas que apenas querían compartir la misma habitación, y que solo mantenían en marcha el proyecto «familia» por los hijos. Erica y él juraron que jamás llegarían a eso, y tampoco parecía que hubiera un riesgo inminente.

—¿Hola?

Patrik llamó desde la entrada mientras se quitaba los zapatos y enseguida recibió el premio de lo que parecía una manada de elefantes. Los tres niños llegaron corriendo y se abalanzaron sobre él.

—¡Uy, menudo recibimiento!

Patrik los abrazó y los fue besando uno a uno, pero a Maja le dio un abrazo un poco más largo. Sabía que asumía mucha responsabilidad por sus hermanos pequeños cuando Erica y él no estaban en casa, y de nada servía que le dijeran continuamente que no tenía por qué. Sencillamente, le salía del alma.

—¡La abuela y Gunnar han arreglado un montón de cosas! —dijo Anton tirando de él—. ¡Ven, ven a ver!

—¿«Han arreglado», dices? ¿Un montón de cosas?

Patrik sintió que se le hacía un nudo en el estómago. En lo más hondo de su ser sabía que tal vez no hubiera sido muy buena idea quedarse a dormir en la comisaría y dejar solos en casa un par de días a su madre y a Bob el Manitas. La cara de impaciencia de sus hijos le decía que la preocupación estaba justificada.

Su madre dio una palmada de entusiasmo al verlo. Eso lo tranquilizó un poco. ¿Qué se le habría ocurrido ahora?

—Niños, niños, no estropeéis la sorpresa. Dejad que vuestro padre lo vea por sí mismo. Venga, cariño, cierra los ojos.

—Pero, mamá…

Patrik protestó, pero Noel y Anton tiraron de él con fuerza, cada uno de una mano, y comprendió que estaba arrinconado.

—¡Cierra los ojos, papá, ciérralos! —gritaban, y él obedeció sin mucha convicción.

Aquello no presagiaba nada bueno. Conocía a su madre y al marido de ella demasiado bien.

—Ven, ven —seguían gritando los gemelos, y, con los ojos cerrados, Patrik dejó que lo guiaran.

—¡Ya puedes mirar! —exclamó su madre entusiasmada.

Patrik se armó de valor y abrió los ojos.

Dios bendito. Erica se iba a poner furiosa.

EL CURSOR PARPADEABA en la pantalla. Allí estaba una vez más, delante del documento en blanco. En aquellos momentos, era su única seguridad.

Si Henning miraba por la ventana hacia la derecha, veía la casa de invitados rodeada del cordón policial que aleteaba al viento. ¿Les permitirían entrar ahora? ¿Podrían limpiar? ¿Quién iba a limpiar? ¿Nancy? La asistenta conocía a Peter desde niño. Había visto a los chicos ahí desde que nacieron. ¿Cómo iban a pedirle que lo limpiara? Que retirase la sangre de los pequeños, la sangre de Peter.

Henning se secó las lágrimas y volvió a dirigir la vista a la pantalla y al cursor en movimiento.

Sabía que todos esperaban. O más bien, esperaban antes, ya no. ¿Cómo podían esperar que escribiera un texto ahora? Todos entenderían que no pudiera terminar el décimo libro, la última parte de su decálogo. Las cosas habían cambiado radicalmente, y ahora no tenía que cumplir. Ya no. Y había ganado el Nobel sin haber terminado la serie: hasta ese punto era magnífica su obra. Y eso nadie podía arrebatárselo. ¿O sí?

Henning se detuvo en pleno movimiento. ¿Podrían quitárselo? Aún no habían anunciado la concesión públicamente. Hasta entonces, nada era seguro. Hasta entonces, podían dejarse influir por todas las mentiras que circulaban por el mundo.

O, en fin, mentiras… Una parte sí era verdad. Pero las cosas no eran blancas o negras, tal como se veía en la letra impresa de los periódicos. Los artículos no daban margen a los tonos de gris de la existencia.

¿Habían pagado a las chicas con las que se acostaba Ole? Sí, claro que les pagaron. Ninguno de ellos podía negarlo. Pero no era como lo contaban. Las chicas y las mujeres tenían su agenda. Habían acudido al Blanche como las polillas a la luz para tener éxito, fama, atención. Querían estar en el epicentro de la cultura, con gente puntera, relevante. Utilizaron su feminidad. Y Ole era débil.

Henning, por su parte, no llegó a rendirse a los cantos de sirena. Era una bendición que no fuera receptivo a ellos. Pero Ole era débil, y esas mujeres lo utilizaron. Y ahora el Blanche tenía que pagar por ello con creces. El juicio de la opinión pública no era justo.

Henning se lamentaba para sus adentros. Ya no podía perder más. Había perdido a Peter y a los niños, quizá también a Rickard. Pero lo que era y, más importante aún, lo que estaba a punto de ser, eso no podía perderlo.

Con mano temblorosa, llamó al secretario permanente de la Academia Sueca.

—Hola, soy Henning. Gracias, sí. Es horrible, Elisabeth y yo estamos destrozados. Sí, sí, yo también lo he leído. ¿No es terrible cómo lo retuercen todo y…? Exacto, eso es. La Academia está por encima de esas cosas mundanas. Y además todo se basa en malentendidos, prejuicios y, en algunos casos, mentiras, desde luego. Oportunismo. Bueno, usted mismo lo sabe bien, cómo esas chicas hambrientas del mundo de la cultura… Exacto, por todos los medios. Pues es un alivio saberlo. Por supuesto, ya nada tiene la misma importancia, a la luz de nuestra pérdida…, pero es algo de lo que alegrarse en medio de esta compacta oscuridad. Gracias. Agradezco infinitamente que la Academia mantenga su apoyo. Sí, sí, se lo diré a Elisabeth. Apreciamos mucho su preocupación. Gracias.

Henning colgó. Gracias a Dios que la Academia se componía de gente sensata. De personas que sabían distinguir entre peras y manzanas. El premio seguía siendo suyo. Su nombre quedaría grabado en las salas de la inmortalidad. Y ya no tenía que seguir mirando fijamente el parpadeo del cursor.

Dudó un instante. Luego le envió un mensaje a Louise. Ella comprendería mejor que nadie la importancia de la noticia de que el premio seguía siendo suyo. Con independencia de las tristes circunstancias. Y Louise tenía que estar allí, con ellos.

Además, Henning necesitaría su ayuda para organizar el jaleo del Blanche y para descargar a Elisabeth de los preparativos del entierro. Su mujer era demasiado frágil para poder ocuparse de todo. Louise, en cambio, era una roca. Y en esos momentos la familia la necesitaba. Además, también podría encargarse de contratar una empresa de limpieza para la cabaña de invitados.

—¡Pienso ir contigo mañana!

Bertil dio una palmada en la encimera de la cocina para subrayar sus palabras. Ernst salió horrorizado de allí, hacia una zona más tranquila del apartamento. En ese instante se apagó la farola de la calle y la habitación quedó más a oscuras todavía. Bertil se estremeció. Le pareció un presagio. Se apresuró a encender la lámpara de la ventana y miró a Rita.

Ella le sonreía tranquilamente, pero con una sonrisa tan pálida y forzada que Bertil sufría viéndola.

—No hace falta —dijo Rita—. Me las arreglaré muy bien yo sola. Tienes una investigación entre manos. Esos pobres niños de Skjälerö…

—Patrik puede sustituirme. Tú y yo sabemos que él es quien se encarga de todo en la comisaría, lleva años así.

—Sí, yo sí lo sé, pero creía que tú no.

Bertil la miró y vio aquella sonrisita juguetona, que Rita no era capaz de reprimir.

—Soy vago, no imbécil —respondió, y se sentó abatido en una de las sillas.

—Otra característica tuya que me encanta. —Rita esbozó una nueva sonrisa.

Cuando ella se le acercó, le pasó el brazo por la cintura y la sentó en su regazo.

—¿Estás seguro de que la silla aguantará el peso de los dos? —le preguntó ella abrazándose a su cuello.

—Bueno, si no aguanta, en Ikea hay más sillas.

Bertil apoyó la cabeza en la de ella y cerró los ojos. Terminaron respirando al unísono, como ocurría tantas veces.

—¿No tienes miedo? —le preguntó él aún con los ojos cerrados.

Rita lo abrazó más fuerte.

—Estoy aterrorizada. No solo tengo miedo de morir, tengo miedo de las náuseas, la debilidad, la inseguridad y, por vanidoso que parezca, tengo miedo a que se me caiga el pelo. Ya sé que el médico dijo que hay quienes se lo rapan antes de que se les caiga, pero…

—Vas a estar igual de guapa sin pelo —dijo Bertil, y abrió los ojos para mirarla—. Y, además, volverá a crecer.

—Sí, ya lo sé. Y sé que es ridículo preocuparse por algo así. Pero de todo lo que me puede preocupar, el pelo es lo más evidente, así que trato de centrarme en eso. De lo desconocido intento no acordarme.

—No te vas a morir. —A Bertil se le quebró la voz. Movió la cabeza con vehemencia—. No vas a morir.

—Ni tú ni yo lo sabemos —dijo ella con calma—. Puede que haya llegado mi hora. O que llegue más adelante. Es algo que no podemos controlar.

—Yo no puedo vivir sin ti.

Pegó la cara al cuello de Rita y aspiró su aroma.

—Si la cosa acabara así de mal, sé que te las arreglarás muy bien —dijo ella, aunque también se abrazó a él con más fuerza, y Bertil notó que se le aceleraba el pulso.

—No, no lo conseguiré —atinó a decir, a pesar del dolor que sentía en el pecho.

—Claro que sí, amor mío, ya lo verás.

—No eres tú quien debe consolarme a mí.

—Ya llegará el momento en que tengas que consolarme tú.

—¿Y si no soy lo bastante fuerte?

Ese era su principal temor, y se le quebró la voz. Ella tomó la cara de Bertil entre las manos y la sostuvo cerca de la suya. Mirándolo a los ojos, le dijo:

—Eres más fuerte de lo que crees. Y me alegro muchísimo de tenerte a mi lado.

—No podré superarlo —dijo él con resignación. Las lágrimas afloraron sin que pudiera contenerlas.

—Claro que sí —murmuró ella mientras lo mecía despacio.

—¡Hola, cariño!

Erica besó a Patrik en la mejilla y se quitó los zapatos con un suspiro de alivio. El tren había llegado con retraso y hacía calor, así que había tenido tiempo de que se le hincharan los pies.

—Qué alivio que estés otra vez en casa —dijo Patrik, aunque cierto matiz en el tono de voz empujó a Erica a mirarlo con suspicacia.

—Vale, dime, ¿qué has roto, qué trasto carísimo o inútil has comprado o con quién te has acostado?

Patrik sonrió inseguro.

—Puede que desees que fuera verdad cualquiera de esas tres opciones.

—¡Ay! —Erica colgó el abrigo y lo miró con los brazos en jarras—. Cuéntame.

De pronto, se llevó la mano a la boca.

—¡Kristina y Bob el Manitas han estado aquí! —exclamó—. ¿Qué han hecho ahora?

—Lo mejor será que lo veas por ti misma.

Patrik se adelantó en dirección a la cocina y Erica lo siguió dudosa. Y se paró boquiabierta en el umbral.

—Pero ¡qué demonios!

—Debo decir que al cabo de un rato uno se acostumbra, así que ya no me parece tan…

Erica lanzó una mirada furiosa a su marido, que guardó silencio. No daba crédito a lo que veía.

—Un arco entre la cocina y el comedor. ¿Y en color rosa salmón? ¿Quién se ha encargado de la decoración, Barbie? Ah, no, calla, ha sido tu madre.

Erica no sabía si reír o llorar.

—Pero fuera han hecho una terraza muy bonita —dijo Patrik con cierto tono de desesperación en la voz, y señaló el jardín.

—¿También han estado trasteando ahí? ¿Cómo les ha dado tiempo? ¿Y cómo han tenido fuerzas? ¿No deberían de estar mayores y cansados? En lugar de un par de jubilados lentos y dóciles nos han tocado los dos hermanos de *Los gemelos reforman dos veces* hasta arriba de metanfetaminas.

Terminó la frase con tono chillón y luego se quedó sin aire. Erica se desplomó en una de las sillas de la cocina. Y entonces se dio cuenta de que los cojines eran nuevos.

—¿Limones? ¡¿Limones?!

Patrik alzó las manos a la defensiva.

—Se pueden cambiar, ¿no? —dijo con resignación—. Y las puertas de los muebles podemos pintarlas.

—Ya, ¿y el arco?

—Bueno, dijimos que íbamos a derribar esa pared cuando reformáramos la cocina.

Erica miró la pared del arco y comprendió que Patrik tenía razón.

Negó con un movimiento de cabeza.

—Madre mía, no puede una pasar dos días fuera sin que la casa se convierta en una pizzería ochentera.

—Perdón, debería haber estado pendiente.

Patrik tenía cara de culpa mientras iba poniendo la mesa para los dos.

—¿O has comido en el tren? He calentado un poco de la lasaña de mi madre.

—Me muero de hambre —dijo Erica aspirando el aroma a queso fundido.

Se podían decir muchas cosas de Kristina, pero era una excelente cocinera.

—No tienes nada por lo que pedir perdón —continuó Erica moviendo los dedos de los pies para activar la circulación sanguínea—. Tienes cosas mucho más importantes de las que ocuparte, y tienes razón en que podemos pintar encima y en que habíamos pensado derribar la pared. Son cosas sin importancia. Y dicho esto, ¿cómo va la investigación?

Patrik sirvió dos buenas raciones de lasaña y se sentó enfrente de su mujer.

—¿Quieres vino?

Erica le indicó que no con la mano.

—Esta noche, no.

Patrik enarcó las cejas, pero no dijo nada, sino que empezó a contarle todo lo que había ocurrido desde que ella se había ido a Estocolmo.

—¿Así que Rolf era el padre de Rickard? —preguntó Erica atónita, y se llevó a la boca un buen bocado de lasaña, para alargar el brazo enseguida en busca del vaso de agua—. No había pensado en lo caliente que estaría.

Tomó un par de tragos.

—¿Quieres que sople? —dijo Patrik con guasa, y Erica le sacó la lengua.

Lo había echado tanto de menos que casi no había podido soportarlo. Con la cantidad de años que se había pasado soltera sin problemas, y ahora era incapaz de imaginar la vida sin Patrik a su lado.

Como en un segundo plano pensó en lo que sabía que no tendría más remedio que abordar con él, pero quería retrasarlo aún un poco más.

—Me pregunto si Henning lo sabe —dijo sin abandonar el tema, y sopló un poco sobre el siguiente bocado.

No pensaba cometer dos veces el mismo error.

—Ni idea —respondió Patrik.

Se quedó helado al oír ruido en el cuarto de los niños, en el piso de arriba, pero se relajó otra vez al comprobar que cesaba.

—¿Qué decían en el Blanche? —preguntó—. Sería la comidilla.

Erica agitó la mano.

—Se corrió la voz de lo de Peter y los niños mientras yo estaba allí, pero los artículos sobre el local aún no se habían publicado. Así que me imagino que ahora será un puro caos.

—Madre mía, qué infierno deben de estar viviendo Henning y Elisabeth. La muerte de Peter y los niños, la muerte de Rolf, Rickard como principal sospechoso... Y ahora resulta que la obra de toda su vida se ve envuelta en un escándalo tremendo.

—En tan solo unos días han visto destrozada su existencia —dijo Erica pensativa.

No se lo había planteado en aquellos términos hasta ese momento, pero esa era la realidad. De la alegría y el glamur del sábado, cuando se encontraban en el punto más alto de su vida, tanto en lo profesional como en lo personal, a la pesadilla en la que estaban inmersos ahora, en la que todo se extendía a sus pies como una alfombra de cristales rotos.

—Me pregunto qué pasará con el premio —se preguntó Erica mientras masticaba un buen bocado de la lasaña.

—¿Qué premio?

—Bueno, el sábado corría el rumor de que a Henning iban a concederle el Nobel de Literatura. Y no sé qué pasará ahora, después de los artículos que ha publicado el *Aftonbladet*. No creo que ya sea tan obvio.

—Pero el escándalo no tiene nada que ver con sus libros, ¿no? Me figuro que esas cosas las valoran de forma independiente.

Erica dejó en la mesa el vaso de agua.

—Ya, en un mundo perfecto sí, seguramente. Pero me cuesta creer que la Academia Sueca se muestre neutral respecto a esa cuestión. Y para Susanne debe de ser una situación delicada.

—Pues yo no me imagino que un premio literario sea ahora la preocupación de Henning y Elisabeth —dijo Patrik.

—Ya, pero no se trata de un premio cualquiera; el Nobel te convierte para siempre en una estrella del firmamento literario.

—Aun así —continuó Patrik—. Han matado a tiros a su hijo y a sus nietos. Las cosas mundanas no pueden tener mucho valor en esas circunstancias. Y, a propósito de niños muertos, ¿cómo van tus indagaciones sobre Lola y su hija?

—Despacio, pero avanzo poco a poco. Por cierto, ¿no es extraño que ella fuera la protagonista de la última exposición de Rolf?

Erica le habló de sus encuentros con el vecino de Lola, con Birgitta y con Johan.

—También me he traído todo el material que estaba en poder de la policía. ¿Crees que podría pedirle a Pedersen que le echara un vistazo al informe de la autopsia?

Patrik hizo una mueca y la miró como excusándose.

—Tiene más que de sobra con todo lo que le hemos enviado ya, aparte de la carga habitual de trabajo.

—Vale, entiendo, pero si se presentara la ocasión, ¿se lo pedirías?

—Sí, pero no te prometo nada. Voy a hablar con él mañana para ver cuánto ha avanzado. Si veo la posibilidad, le pregunto. Aunque no creo que tenga tiempo, la verdad.

Levantó las dos manos como diciendo que quien avisa no es traidor.

—Bueno, no pido más.

—Por cierto, ¿qué tal ha ido la tarea que te encomendé? Lo del detective privado.

—Ah, sí, menudo personaje. Pero fue muy bien. Le hice fotos a todas las páginas de la investigación policial. Las dos páginas... Aunque no tengo nada concreto que contarte por el momento. Sencillamente, parece que Peter Bauer quiso averiguar quién atropelló a su mujer para luego largarse de allí. Para mí es bastante lógico.

Erica evitó la mirada de Patrik. Existía la posibilidad de que averiguara algo decisivo con lo que darle una alegría, pero eso tendría que esperar. Ahora debía contarle algo que no podía posponer ni un segundo más. Había que quitar la tirita. Tomó aire y dijo:

—Estoy embarazada.

El tenedor de Patrik resonó con estridencia al caer en el plato.

Miércoles

Patrik ordenaba distraído unos papeles en el escritorio. No tenía muy claro cómo encajar la noticia de que esperaban otro hijo. Las ocasiones anteriores se había sentido mucho más feliz de lo que nunca había imaginado que fuera posible. Pero ya tenían tres y la vida era intensa, por decirlo de forma suave, al mismo tiempo que veían la luz al final del túnel de los años de crianza.

Además, ni él ni Erica tenían debilidad precisamente por los primeros años, que más bien veían como un campo de trabajo agotador donde la norma era la falta de sueño y un elevado nivel de estrés. ¿Serían capaces de aguantarlo otra vez?

Volvió a reordenar los papeles en la mesa. Había una tonelada de trabajo que hacer, pero, después de toda la noche dándole vueltas a la cabeza, estaba tan cansado que apenas era capaz de formular una idea sensata. Sin embargo, no le quedaba otro remedio. Rickard aún estaba arrestado, pero no faltaba mucho para que el fiscal tuviera que tomar una decisión y tratara de conseguir una orden de detención. Seguro que querría seguir adelante, pero Patrik prefería contar antes con una confesión. Había algo que le chirriaba, y no tenían nada que vinculara a Rickard con el asesinato de Rolf, el hombre que, como ya sabían, era el padre de Rickard.

Suspiró y decidió seguir el consejo que solía dar a otros cuando le parecía que una misión lo superaba. Era algo que le decía su abuelo materno: «¿Cómo se come uno un elefante? Dando un bocado detrás de otro».

En aquellos momentos era como si tuviera que comerse un elefante enorme. Hacía mucho que no se sentía tan superado. El caso —los casos— se entremezclaban y se cruzaban. Era demasiado complejo, terrible e inverosímil que todo aquello ocurriera al mismo tiempo por casualidad. Y encima estaban los medios, que no paraban de llamar a Annika y que también trataban de localizar a todos los policías que se encontraban de servicio en la comisaría, y que llenaban páginas y páginas de titulares sobre todos los implicados en el caso. La prensa era como un ruido constante y molesto, como una mosca zumbona, siempre cerca del campo auditivo, pero lejos de su alcance.

Echó mano de un cuaderno para empezar a diseccionar el elefante, metafóricamente hablando. Enseguida escribió lo que consideraba prioritario y decidió empezar por la trompa. Lo que, en ese caso, era Pedersen, el jefe del Instituto Forense de Gotemburgo.

Pedersen respondió al primer tono de llamada.

—Vaya, justo estaba pensando darte un toque.

Era una voz más que conocida, después de tantos años trabajando juntos. Ya hacía mucho que prescindían de todas las frases de cortesía e iban directos al grano.

—Todavía no lo tengo todo, no hemos terminado —continuó Pedersen—. Pero cuento con algo que os puede resultar útil.

—Muchas gracias —dijo Patrik, y se sorprendió al notar que acompañó sus palabras con una leve inclinación.

Sabía la carga de trabajo que tenían en el Instituto Forense, pero sospechaba que el hecho de que fueran dos niños los que se encontraban en la fría mesa de autopsias los movía a todos a dar prioridad al caso. De modo que, seguramente, estarían ahí las siguientes veinticuatro horas.

—Por lo demás, ¿cómo va la investigación? —preguntó Pedersen.

—Bueno, ahí vamos. A través de Farideh nos han llegado un par de notificaciones del Centro Nacional Forense. Ha tenido que mover algunos hilos. Es un hacha.

—Ahí tienes, ya te vas acostumbrando —dijo Pedersen con una carcajada.

—Sí, supongo. Y ya digo, me parece muy aguda.

—Lo es. Colaboramos muy bien con ella. En fin, ¿revisamos lo que hemos conseguido averiguar?

Patrik abrió una página en blanco del cuaderno. Sabía que Pedersen le enviaría también un informe escrito, pero ir anotando mientras escuchaba le servía para centrarse y ordenar las ideas.

—Empecemos por Rolf. Bueno, la causa de la muerte no es ningún misterio, ahí no hay sorpresas. Un disparo en la parte posterior de la cabeza con una pistola de clavos. Lo más probable es que no supiera lo que iba a pasar.

«Pues menos mal», pensó Patrik.

—Muy bien. ¿Qué más? ¿Alguna otra información a raíz de la autopsia?

Pedersen tardó un instante en responder.

—Lo más probable es que no le quedaran más que unos meses de vida.

—¿Qué me dices?

Patrik se sentó muy recto en la silla.

—Cáncer en estado avanzado.

—Joder. ¿Tú crees que él lo sabía?

—Seguramente, teniendo en cuenta lo extendido que estaba y la localización de los tumores. Tendría muchas molestias. Y seguro que fue al médico. Debería figurar en su historia clínica.

Patrik asintió pensativo. ¿Qué relación tendría aquello con todo lo demás?

—¿Y Peter y los niños?

—Ahí estamos ante una ejecución pura y dura. Lo más probable es que los pequeños murieran mientras dormían. Un tiro en la frente a cada uno, a muy corta distancia. —Pedersen hablaba con voz ronca—. Peter se despertaría, y recibió dos disparos. Uno de los proyectiles le atravesó la mano izquierda y continuó hasta la cabeza. El mayor de los niños tenía la bala en la parte posterior del cráneo. En el caso del menor de los dos, le atravesó el cráneo y se quedó alojada en el cabecero de la cama, y, en lo que respecta a Peter, una de las balas se le quedó alojada en la cabeza y la otra, incrustada en la pared.

—Madre mía.

Notó las náuseas que le subían por la garganta. Le acudió a la cabeza la criatura que esperaban su mujer y él, pero apartó la imagen enseguida. Tomar distancia era la única forma posible de mantener la cabeza fría y poder trabajar.

—¿Y las balas?

—Hay marcas y estrías visibles en el casquillo. Debería de ser fácil identificar el arma, si la encontráis. ¿Sabéis algo más al respecto, por cierto?

Patrik entró en el correo electrónico. Por fin habían recibido el informe del experto en armas de fuego.

—Un clásico. Si digo «Bond», ¿tú qué dices?

—Una Walter PPK. No solo el arma de Bond, sino también la habitual de la policía hasta los años ochenta. Calibre de 7,65 milímetros, munición encamisada.

—Exacto. Y si las balas están en tan buenas condiciones como dices, deberíamos incluso poder encontrar algo en el registro —comentó Patrik como pensando en voz alta.

Pedersen lo entendió y no hizo ningún comentario. Seguramente, en el Centro Nacional Forense ya habrían puesto en marcha una búsqueda en el registro.

—Oye —se apresuró a decir Patrik antes de que Pedersen tuviera tiempo de colgar—. Tengo que pedirte un favor. Bueno, Erica te pide un favor.

Pedersen se rio.

—En condiciones normales diría que no en el acto, sin saber siquiera de qué favor se trata, porque el trabajo nos tiene sepultados. Pero como es Erica quien lo pide, al menos quiero oír de qué se trata…

—Ya, quieres figurar en los agradecimientos de su próximo libro, ¿verdad? —dijo Patrik con una risita.

Fue un alivio aligerar la tensión del tema tan serio que habían tratado hasta el momento.

—Por supuesto. Es mi única vía hacia la inmortalidad —contestó Pedersen—. En fin, ¿qué quiere saber tu célebre esposa?

Patrik le resumió los antecedentes del caso de Lola.

—¿Y ese es el próximo libro de Erica?

—Sí, eso parece. Ha pasado un par de días en Estocolmo documentándose, y ha conseguido el material de la investigación. Decir que es escaso es quedarse corto. Intuyo que la transfobia tuvo algo que ver, aunque, si es así, me parece horrible, sobre todo teniendo en cuenta que Lola tenía una hija que también murió en el incendio.

—La cerrazón de la gente nunca deja de sorprenderme —murmuró Pedersen sombrío—. A ver, deja que adivine, tu mujer quiere que le eche un vistazo al informe de la autopsia, ¿no es eso?

Patrik logró pronunciar un sí, y se sintió un tanto avergonzado. Por otro lado, Pedersen era un adulto perfectamente capaz de negarse.

—Claro que sí, le echaré una mano. Mándamelo todo por correo electrónico y lo miro.

—Lo tendrás dentro de diez minutos —dijo Patrik agradecido.

—Anda, llama a Farideh.

—Ahora mismo.

Después de colgar, miró los garabatos de sus anotaciones. Subrayó las palabras «Rolf moribundo» con varias líneas gruesas. No tenía por qué significar nada, pero algo le decía que era importante, que de alguna forma era una pieza que encajaba en todo aquel contexto. Solo tenía que averiguar cómo.

Estocolmo, 1980

—¿CUÁNDO ME DEJARÁS que lo lea?

Lola miró a Rolf furiosa, sin dejar de vigilar a Pytte, que se balanceaba en el columpio del parque de Vasaparken.

—Siempre me has dado a leer los poemas que has escrito, ¿tan diferente es esto?

Rolf saludó alegremente a Pytte, que le devolvió el saludo.

—Y que sepas que a Ester y a mí nos encantó tenerla en casa, a pesar de lo desagradable de las circunstancias. Ya sabes que, si necesitas ayuda, no tienes más que decirlo, con nosotros puedes dejarla siempre.

—Prometo que lo haré más a menudo.

Lola también saludó con la mano a su hija y trató de contener el impulso de salir corriendo para que no se columpiara tan alto. Tenía que atreverse a dejar que Pytte pudiera volar alto. Se lo había prometido a Monica.

—¿Es que no confías en mí lo suficiente como para dejar que lo lea? —continuó con cara de ofendido.

Lola puso la mano sobre la de él. El sol les ardía en la cara y las gotas de sudor les corrían por la espalda. Levantó la cara al sol y dejó que le brillara en la piel. Le encantaba el sol, le encantaba ponerse morena. En verano se sentaba en el balcón un rato cada día, y sostenía una bandeja de aluminio debajo de la barbilla para ayudar a los rayos. El sol era bueno para la salud. Cuanto más, mejor.

—No hay nadie en quien confíe más, Rolf —dijo, mirando aún hacia arriba—. Ya lo sabes. Y no hay nadie cuya opinión me interese más. Precisamente por eso no quiero que veas mi construcción paso a paso. Quiero que veas el todo.

Giró la cabeza para mirarlo y tamborileó con sus largas uñas rojas en el cuaderno azul.

—Pronto estará listo. El relato va tocando a su fin. Y, si resulta como creo, será hermoso, extraordinario, especial, algo que nadie ha leído antes.

—Suena fenomenal —exclamó Rolf, y le sonrió con esa cálida sonrisa que a Lola tanto le gustaba—. ¿Has pensado dárselo a leer después a Elisabeth? Sé que le ha echado un vistazo a algunos de tus textos breves y le gustaría publicar algo tuyo. De hecho, diría que está deseando que publiques algo con ellos, con ella de editora.

—Claro que he pensado llevárselo a Elisabeth, ¿a quién si no? O sea, después de ti, ella será la primera persona en leerlo. Pero hasta entonces, estas palabras son solo mías.

Lola tamborileó de nuevo sobre la cubierta azul.

—Te entiendo muy bien —dijo Rolf—. Con respecto a tu familia, digo. La mía tampoco era para tirar cohetes. La última vez que vi a mi padre le eché abajo los dientes. Ya estaba harto de sus palizas.

—Mis heridas solo estaban por dentro —dijo Lola, y fue como si el sol hubiera dejado de calentar—. Heridas de congelación. A mí nunca me golpearon con los puños, solo con palabras. Crecí en medio de un frío que no puedes imaginar. Todo tenía que ser correcto. Todo tenía que ser elegante, pulido. Yo era una *rara avis* desde el principio, y siempre supe que no era quien mi familia creía que era.

La imagen del ave despertó en ella un viejo recuerdo.

—Cuando era niña leía una y otra vez un cuento de dos pájaros que encontraban un huevo en su nido y decidían empollarlo como si fuera suyo —dijo mirando a Rolf—. Pero cuando se abrió el cascarón resultó que no era una cría de ave, sino un lagarto que creció y creció sin parar, hasta que un día ya no cabía en el nido. Así que los padres pájaros decidieron enseñarle a volar, porque eso era lo único que imaginaban que podía hacer un pajarillo. Empujaron fuera del nido a la cría de lagarto, que manoteaba todo lo que podía con sus patitas. Sin embargo, en lugar de volar, cayó de cabeza en el agua que había debajo del árbol. Y encontró así un mundo que nunca había sabido que echaba de menos, pero que reconoció como propio desde el primer instante. En el cuento, los pájaros padres del lagarto se alegran por él. Se alegran de que ese ser que han criado en su nido haya encontrado su sitio. Mi historia no tuvo un final así de feliz.

Rolf le acarició la mejilla bronceada por el sol.

—Lo siento mucho. Pero bueno, ahora nos tienes a nosotros. Y Pytte también.

Se le iluminó la cara cuando vio que la pequeña se les acercaba corriendo.

—¡Papápapápapápapápapáááá! ¿Puedo comprar un helado en el quiosco?

—Toma, una moneda de cinco, ve a comprarte el helado.

Rolf había sacado la cartera y le dio la moneda a la niña, que echó a correr hacia el quiosco con paso saltarín y alegre. Lola sabía que Pytte se quedaría allí decidiendo una eternidad, y que al final se compraría uno de pera, como siempre, porque le gustaba el sabor, pero también porque le encantaba la sorpresa del cromo que traía.

—La mimas demasiado.

—Es un placer —dijo Rolf sonriendo de oreja a oreja.

—A veces se parece a su abuela una barbaridad —se sinceró Lola—. La única persona que me veía como soy. Pytte se llama así por ella.

—Pues yo creía que…

Rolf no podía ocultar su sorpresa.

—Que no era hija mía, ya. —Lola sonrió—. Una suposición muy lógica.

Bajó la cabeza.

—Sí. Prefiero a los hombres. Pero Monica… A ella la quería más que a ninguna otra persona en el mundo. Y ella me quería a mí, y lo que más deseaba en este mundo era que yo la quisiera del mismo modo. Y a mí me hubiera encantado ser capaz. Y pensé que si le daba una oportunidad… Pero…

Lola negó con la cabeza.

—Soy como soy, y solo podía querer a Monica de un modo distinto al que ella pedía. Aunque, en todo caso, nació Pytte. No hay otro candidato posible, porque Monica no estaba… trabajando en aquella época. Y nos sentimos tan increíblemente felices de que ocurriera. Monica se sentiría orgullosísima si pudiera verla ahora.

Cuando Pytte se acercaba con el helado de pera, que ya le chorreaba por la mano, Lola guardó el cuaderno en el bolso para que no se manchara.

—Mi hermana dice que quiere llevársela —continuó pensativa—. Se ve que su marido y ella no pueden tener hijos, y a ojos de mi hermana, eso es una imperfección. Pero Pytte no sería una persona única, sino solo una parte más del decorado de ese mundo perfecto.

Lola guardó silencio cuando la pequeña se acercó lo suficiente como para poder oírla. Ya se había terminado el helado, solo quedaban el palo y el cromo.

—Mira, ¡en este había un erizo!

Pytte sostenía entusiasmada la estampita, que ahora estaba pegajosa de helado. Lola sacó un pañuelo del bolso, le echó saliva y empezó a limpiarle la boca a su hija.

—¡Puaj! —protestó, pero Lola no se rindió hasta que la pequeña estuvo limpia.

Le dio el palito pegajoso a Rolf.

—Toma, tíralo.

Le limpió a Pytte las manos con el mismo esmero, y también el cromo del erizo.

—¿Puedo ir a jugar ya? —preguntó Pytte mirando anhelante a los niños que corrían por el parque.

—¡Pues claro! —exclamó Lola indicándole con la mano que fuera con ellos.

—¿Irán todos el sábado? —preguntó Rolf.

—Sí, bueno, estáis vosotros. Y Sigge.

—Ah, claro, el novio.

—¡Oh, no! Eso tendrá que esperar todavía… —Lola volvió a ponerse con la cara hacia el sol—. Pobre criatura. La madre de Sigge es Dios sabe qué, y su abuela no puede con él y lo único que quiere es librarse del niño.

—Pytte es afortunada de tenerte como padre.

Lola se inclinó y lo besó en la mejilla.

—Y yo tengo suerte de tenerte a ti.

A unos metros de allí oyeron la risa de Pytte, que ascendía libre y desatada hacia el cielo azul claro.

—¡HOLA! —GRITÓ ANNA—. ¡Bienvenida a casa! ¿Podemos pedir una hawaiana?

Erica salió al vestíbulo como un rayo con expresión furibunda.

—¿Lo sabías? —le preguntó a su hermana con tono acusador—. ¿Viste lo que estaba pasando y no hiciste nada?

—¿Cómo que no? Ayudé a Kristina a encontrar el rosa salmón perfecto para las puertas. Ella tiraba más para el terracota, mientras que a mí me parecía que el tono melocotón quedaría mucho mejor aquí…

—O sea… Si no fuera porque tienes en brazos a la sobrina más linda del mundo, te habrías llevado un mamporro. Dame a la niña y entra a disfrutar de tu obra, traidora.

Anna le pasó a Flisan. Cuando entró en la cocina se le saltaron las lágrimas de risa.

—¡No lo había visto terminado! ¡Socorro, me muero!

Se secó las lágrimas sin poder dejar de reírse.

—Sí, ya te digo, a mí también me dieron ganas de morirme. Fue una agradable sorpresa volver a casa ayer. Un viaje en el tiempo hasta los años ochenta. Menos mal que no les dio por tapizar las paredes con tela.

—Lo cierto es que estuvimos viendo algunas muestras…

—¡Calla, anda! —dijo Erica, y le dio una palmada a su hermana, que no paraba de reír.

—Lleváis años hablando de reformar la cocina. Y pensé que este cambio podría ser un buen aliciente… —dijo Anna con una sonrisita.

Erica resopló, dejó a Flisan en la trona y preparó dos tazas de café.

—Aunque tienes parte de razón. El proceso de reflexión se ha visto reducido en dos años por lo menos: todo ese tiempo habríamos tardado en ponernos manos a la obra. Ahora ya no hay elección: hay que derribar esa pared.

Miró el arco y se estremeció.

—Deberías habértelo pensado antes de dejar a esos dos en vuestra casa, y sin supervisión.

—Ya, lo he aprendido a la fuerza. Lo que significa que la próxima vez que me vaya, serás tú quien tenga el honor de quedarse con los tres. Bien, ¿a que sí?

Anna se estremeció y se sentó a la mesa de la cocina.

—Bueno, y a propósito, ¿cómo ha ido el viaje a Estocolmo? ¿Has averiguado algo interesante? Y el próximo libro, ¿tratará de Lola?

Erica asintió. Le refirió brevemente lo que había conseguido encontrar y lo deficiente que había sido la investigación policial.

—En todos estos años nadie se ha molestado en averiguar qué les había ocurrido a Lola y a su hija. Todas las personas de su círculo, las que constituían su familia, siguieron con su vida. Todos: Rolf y su mujer, Henning y Elisabeth, Susanne y Ole. Hasta que Rolf decidió exponer las fotos de Lola y sus amigos.

—¿Has hablado con la familia biológica de Lola?

—Solo he tenido tiempo de rascar la superficie. Lo que sé es que Lola interrumpió todo contacto con ellos mucho antes de que naciera su hija. Pero parece que poco antes de la muerte de Lola, una hermana suya fue a visitarla. Lógicamente, es alguien con quien quiero hablar, si es que todavía vive. En cuarenta años pueden haber ocurrido muchas cosas. Pero primero me gustaría conseguir una segunda opinión sobre el informe de la autopsia.

—¿Las dos murieron en el incendio?

Anna le dio a Flisan otra galleta de barquillo. La primera se la había comido en parte; el resto lo había escupido en la mesa, donde ahora formaba un pegote pastoso.

—Sí y no. Lola tenía dos disparos, y los proyectiles seguían alojados en la cabeza. Esa fue la causa de la muerte. Pero Pytte tenía humo en los pulmones; en su caso, el fallecimiento fue por intoxicación. Encontraron a la pequeña dentro de un baúl. Lola estaba tendida en el suelo de la cocina, delante de la encimera.

Anna negó con la cabeza.

—Pues no es el momento ideal para preguntar al grupo de conocidos qué es lo que saben... Aunque, claro, Vivian fue la primera que te mencionó el caso de Lola.

—No, desde luego, no puedo darles un toque a Henning y a Elisabeth y decirles: «Hola, me gustaría hablar con vosotros de Lola». Ya lo haré más adelante, cuando hayan tenido tiempo de pasar el duelo.

—Por cierto, ¿cómo está Louise? —preguntó Anna—. ¿Has hablado con ella?

—No. La verdad es que no sé muy bien cómo hacerlo. No quiero molestar, pero tampoco ser una de esas amigas que no llaman en los malos momentos.

—Mándale un mensaje y dile que cuente contigo si necesita hablar con alguien. Así dependerá de ella.

—Sí, es lo mejor —dijo Erica. No tenía que contarle a Anna que eso era precisamente lo que había hecho. Y no pasaba nada por enviar otro mensaje.

Entonces respiró hondo.

—Estoy embarazada.

—¿Cómo?

Su hermana preguntó con un grito, y Flisan se asustó tanto que empezó a llorar.

—Ay, no, cariño, perdón, perdón. Toma, otra galleta.

Cuando Flisan se calmó, Anna se quedó mirando a Erica conmocionada.

—Yo creía que era la premenopausia, y resulta que estoy embarazada —dijo Erica con una sonrisa bobalicona.

—Enhorabuena, ¿o no? ¿Y qué dice Patrik?

—Pues creo que él también se ha quedado de una pieza. Se lo conté ayer por la tarde, y le he notado dar vueltas en la cama toda la noche.

Anna se levantó y empezó a andar de un lado a otro. Erica la comprendía muy bien. Ella también llevaba desde por la mañana dando vueltas de aquí para allá por toda la casa como un alma en pena.

—¿Qué vais a hacer?

—No lo sé, la verdad. —Erica bajó la vista hacia el tablero de la mesa—. Yo sentía que esto era un capítulo más que superado. Y a Patrik le pasaba lo mismo. Al mismo tiempo, es una decisión importante, el renunciar…

—Solo vosotros podéis decidir si tenéis fuerzas y si queréis tener otro.

Anna le dio la mano a su hermana.

—Ya, y luego está lo de la edad. El riesgo de que…

—Eso podéis averiguarlo con antelación.

—Uf, pero no sé si me atrevo a hacerme una amniocentesis. Lo de la aguja… Y la prueba en sí ya entraña un riesgo de aborto.

—Qué va, hoy en día hay métodos más modernos. No recuerdo cómo se llama, pero empieza con un simple análisis de sangre. Y puede hacerse antes que la amniocentesis.

Erica miró a su hermana.

—Pues tendré que llamar a la matrona a ver. Pero, de todos modos, no sé si quiero…

—Empieza por comprobar cómo están las cosas. Y os decidís luego.

—Sí, tienes razón —dijo Erica—. Casi dan ganas de perdonarte lo del arco.

—A mí me parece que te sienta bien.

—Anda, cierra el pico.

Erica sintió que empezaba a invadirla la calma. Ya verían qué hacer. Contaba con Anna. Y contaba con Patrik.

Había sido imposible localizar a Farideh por teléfono, estaba trabajando, decía el contestador. Patrik tamborileaba impaciente con los dedos sobre la mesa. Quería contar con las piezas que ella podría aportarle antes de proseguir. Al mismo tiempo, las palabras de Pedersen acerca de Rolf seguían resonándole en la cabeza. En cierto modo, Rolf se le antojaba una pieza clave en los dos casos. Y, por tanto, también Rickard.

Patrik salió al pasillo y dio unos golpes en el marco de la puerta de Gösta, que estaba abierta.

—¿Vienes conmigo a tener una conversación con el sospechoso?

—Claro. Pero su abogado no se encuentra aquí en estos momentos. ¿Crees que accederá a hablar?

—Ya lo veremos.

Patrik se adelantó de camino al calabozo y notó que se iba poniendo serio. Esperaba que Rickard se hubiera ablandado un poco con el arresto.

—Hola, Rickard. Verá, me gustaría hacerle unas preguntas. ¿Quiere que esté presente su abogado?

Rickard miró a Patrik. Parecía resignado y presa del agotamiento, no se veía ni rastro del hombre que había rehusado seguir hablando sin la presencia de su abogado.

—Lo único que quiero es salir de aquí, así que lo que sea. —No había ni rastro del tono desabrido y la mirada arrogante—. ¿Cuándo deciden si me dejan ir o no?

—Podemos retenerle tres días. Hoy se cumple el tercero. Después existe la posibilidad de pedir prisión preventiva y poder retenerle durante dos semanas, luego hay que iniciar otro proceso de arresto. ¿No le ha informado Jakobsson?

—Seguro que sí —respondió Rickard cansado—. Solo que me cuesta centrarme, pierdo la cuenta de los días… Entonces, ¿me van a encerrar?

—Hay muchos indicios de que es culpable, los suficientes como para que lo más probable sea que le encarcelen. Pero eso puede cambiar si nos ayuda con la investigación. Tenemos varios interrogantes, y nos gustaría saber si querría hablar con nosotros al respecto.

—Venga —dijo Rickard, y se levantó de la camilla del cuarto en el que estaba retenido.

Se dirigieron a la sala de interrogatorios, y Patrik y Gösta se sentaron a un lado de la mesa.

—Háblenos de Rolf —dijo Patrik observando a Rickard con atención.

—¿De Rolf? —respondió Rickard indiferente—. ¿Qué quieren que les cuente?

—Rolf era su padre.

Rickard dio un respingo. Se quedó mirando atónito a Patrik y a Gösta.

—¿Cómo demonios…?

—Sabemos lo de su chantaje al Blanche.

Rickard guardó silencio y bajó la cabeza. Luego levantó la vista con expresión rebelde.

—¿Qué quieren que les diga? Vi la oportunidad y la aproveché.

—¿Por qué el Blanche precisamente? ¿Qué le hizo pensar que pagarían para que guardara silencio?

—Por mi padre. O sea, por Henning. Él no sabe nada. Y los demás siempre los han protegido a él y a mi madre.

—Así que eran Susanne y Ole quienes aprobaban esos pagos, ¿no?

—Y Louise. Ella sabe siempre todo lo que pasa en el club. Pero, en fin, pensé que ya estaban acostumbrados a comprar el silencio de la gente, así que, ¿por qué no sacar tajada yo también?

Rickard los miró con aquella sonrisa cínica que tanto molestaba a Patrik.

—¿Cómo se enteró de que Rolf era su padre? —preguntó Gösta.

—Me lo contó él mismo. Con mucho teatro. Me pidió que fuera a su estudio de Estocolmo y me enseñó un montón de fotografías de personas trans que pensaba exponer. Me contó no sé qué de ajustar cuentas con el pasado. Y entonces me preguntó si yo sabía que era hijo suyo.

—¿Sospechaba algo? —preguntó Patrik con curiosidad.

Rickard negó con rotundidad.

—No, no tenía ni idea. Y estoy totalmente seguro de que mi padre tampoco lo sabe. No habría sabido cómo gestionarlo.

—Así que por eso le pagaban Susanne y Ole a través del Blanche, ¿no?

—Sí. Para ellos el Blanche lo es todo. O bueno, quizá más bien para Ole. Susanne tiene la Academia, claro. Pero lo que es importante para Ole lo es también para Susanne.

—¿Sabe si Rolf había pensado contárselo a alguien más?

—No me dio esa impresión. No creo que quisiera causarle problemas a mi madre, solo... No sé... ¿No tener que seguir llevando la carga del secreto? Tal vez tuviera que ver con una crisis propia de la edad, qué sé yo. Tuve que jurar que no le contaría a mi madre que lo sabía.

Rickard se miró las uñas y empezó a toquetearse la cutícula. Al no estar en la celda, iba recuperando poco a poco su yo habitual.

—Se estaba muriendo —dijo Patrik. Gösta lo miró sorprendido—. Por lo que sé, solo le quedaban unos meses de vida. Cáncer.

—Joder. —Rickard frunció el ceño—. Claro, eso lo explica todo.

—Si Henning se enterara de que Rolf era su padre, ¿cómo cree que reaccionaría?

—Se pondría fuera de sí. Tiene mucho temperamento, es algo que no todo el mundo sabe. Mi madre se ha pasado los años que ha convivido con él andando de puntillas a su alrededor para no molestarlo. Si mi padre no se sale con la suya…

Rickard negó con un movimiento de cabeza y el flequillo le cayó en la cara, de modo que se lo volvió a colocar con ese gesto casi reflejo en él.

—Es decir que si Rolf se lo hubiera contado…

Rickard dio una palmada por respuesta.

Patrik no dijo nada, pero intercambió una mirada con Gösta.

—Yo no he hecho nada —dijo Rickard, cansado—. Ni a Rolf ni a Peter ni a los niños. Sería incapaz de algo así. ¿Y de dónde iba a sacar el arma? Jamás he tenido una pistola y no tengo ni idea de cómo conseguirla. Además…, ¡si yo quería a Peter, qué demonios! Y a los niños. Y Rolf no me había hecho nada. No tenía ningún motivo para matarlo. Me era más útil vivo, teniendo en cuenta lo del dinero del Blanche.

Hablaba gesticulando con las manos, pero en ese momento las dejó descansar sobre la mesa.

—Podría seguir extorsionándolos incluso después de la muerte de Rolf —dijo Patrik—. La información sigue siendo relevante.

—Ya, pero con Rolf muerto, pierde bastante repercusión. Para mi padre sería más difícil enfadarse con un muerto que con un vivo.

—También podría ser que Rolf se hubiera enterado de su chantaje y se enfrentara a usted, ¿no? —preguntó Patrik.

—Puede que sea un cerdo, pero no he matado a nadie. Pregúntele a Tilde. Ella sabe que estuve toda la noche en la cama.

—En un caso como este, el testimonio de la pareja vale menos que las pruebas de los técnicos criminalistas.

Patrik se crujió los dedos, una mala costumbre que había adquirido en los últimos tiempos.

—Las pruebas de los técnicos no valen. No he sido yo.

—Eso ya lo veremos —dijo Patrik poniéndose de pie. Gösta siguió su ejemplo.

Mientras llevaban a Rickard de nuevo a la celda, parecía tan abatido como cuando habían ido a buscarlo. Lo último que vieron antes de cerrar la puerta y echar la llave fue a Rickard en el catre, con la mirada perdida.

Patrik y Gösta recorriendo en silencio todo el camino de vuelta por el pasillo. Lo único que se oía era el ruido de sus pisadas.

—Bueno, ¿tú qué crees? —dijo Gösta al fin.

Patrik dudaba. Los hechos se oponían a su instinto. Pero, claro, la intuición era algo que él había alimentado con muchos años de experiencia. Soltó un suspiro.

—No sé qué pensar, demonios. Pero voy a llamar a Farideh ahora mismo, así que ya te diré lo que creo…

Entró en el despacho para llamar por teléfono. Necesitaba varias respuestas. Y esperaba que Farideh pudiera dárselas.

VIVIAN SE ESTIRÓ y se frotó los ojos. Llevaba horas buscando, lo había revuelto todo en el estudio y había perdido la noción del tiempo. Se quedó dormida varias veces en la cama que había allí para descansar, pero la mayor parte de la noche la había pasado rebuscando por todas partes.

Ahora parecía que se hubiera producido un robo. Todo estaba manga por hombro, esparcido por el suelo. Pero no encontró por ninguna parte nada que tuviera relación con el sobre que había recibido Rolf ni con la fotografía desaparecida de *Culpa*.

Claro que no sabía qué era lo que buscaba. Ni siquiera sabía cómo era *Culpa*. Había encontrado un montón de material de la exposición, pensamientos que Rolf quería transmitir con las fotos de Lola, pero el nombre de «Culpa» solo aparecía una vez.

¿Por qué le había ocultado Rolf aquello? Y ¿qué otros secretos tenía? Unos secretos que podrían haber conducido a su muerte...

Miró a su alrededor con resignación. ¿Habría guardado Rolf el sobre y la foto en otro sitio, después de todo? Había innumerables empresas de cajas de seguridad, y habría podido alquilar alguna. Al mismo tiempo, ella sabía cómo era su marido. Le gustaba tener sus cosas cerca. Jamás confiaría en una empresa desconocida. Si había escondido algo, estaría ahí.

Vivian se arrodilló en medio del suelo. El estudio estaba en la planta baja, a ras de la calle, y a un tiro de piedra del apartamento de ambos, con altos ventanales que dejaban entrar la luz. Fue ella quien había encontrado el local, y se dio cuenta de inmediato de que a él le encantaría, en particular, el suelo. Anchos tablones de madera, desgastados por el uso durante décadas hasta adquirir ese tono gris claro. Crujía al pisarlo, lo que se había convertido en algo así como la banda sonora de las sesiones de Rolf en el estudio. Porque, aunque él prefería fotografiar *in situ*, en el entorno en cuestión, en la situación concreta, también había hecho incontables fotos allí a lo largo de los años para ganarse el pan. Famosos, políticos, miembros de la realeza y personas acaudaladas en general que estaban dispuestas a pagar para que las inmortalizara la cámara de Rolf.

Vivian pasó la mano por uno de los tablones. Se detuvo en un detalle de una esquina. Entornó los ojos. Luego se acercó un poco. Y un poco más. Hasta que alcanzó la esquina y pudo ver qué era exactamente aquello que le había llamado la atención.

Uno de los tablones tenía un tono algo distinto que los demás. Parecía más nuevo. Empujó despacio. El tablón se hundió un poco, pero parecía clavado al suelo.

Vivian miró a su alrededor en busca de algo con lo que levantarlo, y encontró un cuchillo de mesa en medio del desorden que había en el suelo. Con sumo cuidado, metió el cuchillo por una de las grietas que había alrededor del tablón. Cedió con una facilidad sorprendente. Los clavos estaban colocados por encima solo para disimular, pero por debajo no había nada clavado en la madera.

Bajo el tablero había un hueco que se extendía por debajo del suelo. Vivian entornó los ojos para ver mejor, pero estaba demasiado oscuro para que pudiera distinguir nada. Encendió la linterna del móvil y alumbró la zona. En una caja había varias carpetas. Era demasiado grande para poder sacarla por el agujero, así que supuso que en su día habían soltado los tablones y luego, una vez que la caja estuvo dentro, los volvieron a colocar. Pero las carpetas sí que podía sacarlas, le cabían todas en los brazos.

Vivian las colocó delante como un abanico. No había nada escrito por fuera, de manera que tendría que abrirlas de una en una para ver qué contenían.

En la primera estaban los sobres que le mencionó a Martin. Reconoció la caligrafía de la portada. Parecía que el contenido aún seguía ahí dentro y, tal como imaginaba, se trataba de información sobre el Blanche. Sobre todas las ocasiones en las que habían tenido que cubrir los pasos en falso de Ole. Cómo acosaba a mujeres jóvenes. Claro, así era.

Vivian tembló al comprender que la siguiente carpeta contenía cartas de amor. La letra era sinuosa y difícil de entender, pero enseguida se dio cuenta de que eran cartas de Elisabeth a Rolf. Del tiempo en que él estaba casado con Ester. Las palabras la asaltaban desde las páginas: nostalgia, pasión, amor, desesperación, dolor y esperanza. Llegaron a plantearse vivir juntos, según se desprendía de algunas de las cartas, pero con el tiempo habían llegado a la conclusión de que era imposible. No podían dejar lo que tenían, no podían herir a su pareja, romper la familia.

Vivian también leyó la confirmación de algo que siempre había sospechado: que Rickard era hijo de Rolf. Jamás le había dicho nada a su marido, pero cuando se encontraban en la misma habitación era evidente. Al menos, para ella, aunque nadie más parecía haberse percatado.

La última carta era la despedida de Elisabeth. Estaba fechada en 1978. Decidieron poner fin a su relación, pero hacer todo lo posible por seguir siendo amigos. Según lo que Vivian pudo ver a lo largo de los años, lograron su propósito, lo que no todo el mundo conseguía.

Las carpetas que quedaban contenían negativos. De la primera que abrió salieron montones. Los fue levantando y sosteniéndolos a la luz. Uno tras otro. Eran todos del mismo período que las fotos de la exposición. Lola en el trabajo. Lola con Pytte. Y Lola en la cocina de su casa con los amigos. Susanne, Ole, Henning, Elisabeth y Ester.

Rolf detrás de la cámara, siempre presente, fuera del campo de visión. Ahora que lo sabía, sí detectaba el amor que unía a Rolf y a Elisabeth. En la manera de fotografiarla, en la manera de dirigir la lente hacia su rostro cuando atrapaba la luz en la cocina de Lola. Una parte de Vivian sufría con Rolf. No debió de ser fácil sacrificarse, abandonar su amor en aras de lo correcto. Al mismo tiempo, sentía los celos destrozándole el corazón. Nunca había llegado a sentir que fuera el gran amor de Rolf. No comparada con Ester. Y, desde luego, ahora menos, comparada con Elisabeth.

La última carpeta era fina y ligera. Vivian retiró la goma que la mantenía cerrada y la abrió. Solo había un negativo. Y una foto de revelado rápido en formato mediano. Le dio la vuelta a la foto. En el reverso se leía «Culpa».

Vivian había encontrado una copia de la fotografía desaparecida. La cuestión era qué hacer con ella. Si es que quería hacer algo.

PATRIK SE ABALANZÓ sobre el teléfono cuando vio quién llamaba.

—Estaba trabajando —dijo Farideh. Todos los intentos de Patrik por localizarla habían sido infructuosos.

—Sí, eso me han dicho. Oye, he estado hablando con Pedersen y me ha dicho que quizá tuvieras información que darme.

Farideh soltó un suspiro.

—Sí y no. Tengo alguna respuesta preliminar, pero sigo esperando que me confirmen bastantes. Te diré lo que sé por el momento.

—Vale, dispara.

Patrik lamentó enseguida la elección de vocabulario. Era cuando menos desvergonzado en ese contexto, pero, al parecer, a Farideh no le extrañó.

—Las fibras de la pistola de clavos, para empezar. Es seda de color negro. No puedo darte más detalles, pero si encuentras la procedencia, el Centro Nacional Forense podría encajar las fibras con el tejido.

—De acuerdo —dijo Patrik mientras garabateaba unas notas.

Al igual que Pedersen, ella también le enviaría un informe escrito, pero había adquirido la costumbre de llevar sus propias notas.

Cerró los ojos y rememoró la ropa que había elegido Rickard la noche de la fiesta. Esmoquin negro. Casi todos los hombres llevaban lo mismo, desde luego, o esmoquin o traje oscuro.

—Me encargaré de traer el esmoquin que Rickard llevaba la noche del asesinato de Rolf.

—Genial —dijo Farideh sin mucho entusiasmo—. Luego está la camisa de Rickard. La sangre es de las víctimas. Hay sangre de las tres, y la forma de las salpicaduras coincide con un disparo a corta distancia. A ese respecto no hay nada llamativo. Y hemos hecho pruebas de ADN de la cara interna de la camisa y solo hemos encontrado el de Rickard.

—Así que todo indica que la llevaba puesta cuando se cometieron los asesinatos.

—Sí.

—¿Algún rastro de detonante en las manos de Rickard?

—En la camisa sí, pero no en las manos. Aunque puede que llevara guantes. Tal vez no sea muy lógico, teniendo en cuenta que no se molestó en proteger la ropa, pero, a juzgar por las declaraciones, estaba bastante bebido. He visto cosas más raras de delincuentes borrachos. El alcohol tiene su propia lógica.

Patrik sabía que Farideh tenía razón, pero había aún otra pieza que no encajaba en el rompecabezas.

—¿Y las balas? Según Pedersen, están en buen estado.

—Sí, así es, había huellas claras de marcas y estrías, y el Centro Nacional Forense debería poder relacionarlo con el arma, si es que la encontramos. Ya estamos comprobando las balas en la base de datos y hemos iniciado una búsqueda por coincidencia con otros delitos, pero tardaremos al menos una semana en conseguir algo.

—Yo lo he verificado con nuestro experto y parece que el arma es una Walther PPK, calibre 7,65, tal como dijiste.

—Lo que no nos sirve de mucho —dijo Farideh, aunque a Patrik le pareció satisfecha consigo misma—. Una de las armas más normales de las que hay en circulación. Pero, en fin, si la encontráis, podremos comprobar las balas.

—No tengo tantas esperanzas —la interrumpió Patrik—. Si yo fuera el asesino, habría lanzado el arma al mar. Hemos mandado buzos, pero ya sabes cómo son las aguas en esa zona.

—Ya, profundas y oscuras. Y ahora, además, están sucias —dedujo Farideh—. Sí, me inclino a darte la razón en ese punto. Pero la esperanza es lo último que se pierde, ¿no?

—Cierto —afirmó él, y se puso a observar lo que había anotado.

Había escrito «ARMAS» en mayúscula y lo había subrayado.

—¿Algo más?

—No, por desgracia, es lo único que tengo. No sé si te habrá servido de guía, pero después puede ayudarnos a vincular al asesino con el crimen. Y Rickard Bauer parece un buen candidato, ¿no?

—Sí, claro, estoy de acuerdo. Todo apunta a Rickard. Tenía móvil y posibilidad, y las pruebas técnicas lo señalan. Pero...

—Pero tú no las tienes todas contigo —dijo Farideh.

Patrik guardó silencio unos instantes. Luego dijo:

—Pues no. Seguramente, es la mejor manera de decirlo. No las tengo todas conmigo...

—Muy bien, pues entonces, sigamos trabajando. Y si encuentro alguna coincidencia con las balas, te llamo enseguida.

—Cuento con eso.

Patrik colgó. Lo más concreto que Farideh le había dado para poder seguir trabajando era que debía recuperar y custodiar el esmoquin de Rickard. No le quedaba otro remedio que volver a la isla. Se llevó al pasar por delante la chaqueta que tenía en la silla del despacho y salió al pasillo con la intención de ir en busca de Gösta. A él siempre le apetecía un paseo en barco.

ERICA CONDUCÍA A paso de tortuga mientras buscaba el número de la casa. Giró hacia la entrada y aparcó el Volvo junto a un Bentley reluciente de color azul oscuro. Abrió la puerta despacio para no rozar el coche: reparar un arañazo le costaría el sueldo de un año.

Fue Louise quien le abrió. Erica se había sorprendido al ver que su amiga le respondía al mensaje casi en el acto, e incluso le preguntó si no podría ir a verla. Ahora no sabía qué iba a pasar. Nunca se le había dado bien acompañar a gente que acababa de perder a un ser querido y, para ser sinceros, se sentía incómoda con gente de la llamada clase alta. Y los padres de Louise pertenecían sin duda a esa esfera.

Erica solo los había conocido de pasada en la fiesta, pero los veía a menudo en las páginas de cotilleos de la revista *Svensk Damtidning*, que Kristina le llevaba todas las semanas sin que nadie se lo hubiera pedido. Cuando no eran carreras de caballos, se trataba de la inauguración de una galería de arte o de una boda real. A juzgar por las fotografías, la madre de Louise debía de tener infinidad de elegantes tocados. Erica se preguntó si ella tenía algún sombrero y llegó a la conclusión de que tal vez hubiera una pamela bastante maltrecha en lo más hondo del altillo del armario.

—Pasa —dijo Louise, y se apartó para hacerle sitio a Erica.

Ella miró a su alrededor. La decoración era luminosa y elegante, muy lejos del rosa salmón de su cocina.

—Madre mía, qué bonita —dijo espontáneamente, pero se arrepintió enseguida. Resultaba demasiado superficial, teniendo en cuenta las circunstancias.

—Sí, es preciosa —respondió Louise con voz apagada, y se adelantó hacia el salón.

—¡Ay, hola! —gorjeó Lussan, la madre de Louise, y se adelantó enseguida para saludar a Erica.

También Pierre se levantó y le estrechó la mano. A veces ser famoso tenía sus ventajas. A la gente le parecía interesante verla, daba igual a qué clase social pertenecieran.

—¿Quieres un café? —le preguntó Lussan, y guio a Erica hasta el sofá mientras Pierre empezaba a manipular un flamante aparato para hacer café.

—¿Cómo te encuentras? —quiso saber Erica mientras examinaba a Louise con atención.

Ella no respondió al principio. A Erica le dolía en el alma verla en ese estado. Era como si se hubiera vuelto... transparente. No se le ocurría una descripción mejor. Parecía que llevara varios días sin lavarse el pelo, y la ropa le quedaba más amplia de lo normal, como si hubiera perdido varios kilos, a pesar de lo delgada que ya estaba.

—Es duro —dijo Louise al final con la mirada vacilante—. No sé qué hacer. Peter y los niños eran... mi hogar.

—Ya le hemos dicho que nos quedamos con ella todo el tiempo que haga falta —murmuró Lussan mientras se toqueteaba las perlas del collar.

A Erica le fascinaba la gente que se vestía de punta en blanco para estar en casa, así, sin motivo. Su ropa de andar por casa parecía robada a un sintecho.

—Henning quiere que vaya a verlos a la isla —dijo Louise con la voz apagada.

Pierre llevó varias tazas humeantes a la mesa y se sentó.

—Creo que me iré dentro de un par de días —continuó.

—Dime, ¿cómo estás? —dijo Erica con dulzura.

Tomó un trago de café y tuvo que contenerse para no suspirar de placer. Aquello sí que era café, y no lo que tenían en casa.

—He hablado con Henning, pero no con Elisabeth. No creo que ella tenga fuerzas. Henning, en cambio... Bueno, supongo que es como tantos hombres de su generación: taciturno, fuerte, hace de tripas corazón y se centra en el trabajo.

Lussan dejó escapar un suspiro.

—Al principio, Pierre y yo pensamos que Henning y Elisabeth tenían que ser inocentes —dijo desde su rincón del sofá—. Que Ole, ese hombre horrible, los había engañado. Pero ahora, con todo lo que han escrito los periódicos, creo que son personas con las que no deberías relacionarte. Tu padre y yo nos moriremos de vergüenza.

—Ellos también son mi familia —contestó Louise en voz baja, pero clara.

Lussan resopló, pero, tras una mirada penetrante de Pierre, se volvió a Erica.

—¿Ha dicho tu marido algo más sobre Rickard? Sí, ya sé que los policías no pueden hablar en casa de los casos en los que trabajan, pero puede que en provincias la cosa no sea tan rígida, ¿no? ¿Ha confesado ya Rickard? Tu marido vino a vernos con una colega muy agradable, aunque resulta raro ver a una mujer con el uniforme de policía. Es como si no fuera del todo… natural. Nosotras no somos tan fuertes como los hombres, esa es la verdad, la naturaleza nos ha creado así como somos. O sea, si yo fuera hombre no me sentiría igual de seguro con una mujer como colega.

Pierre carraspeó un poco y Lussan perdió el hilo.

—Ah, sí, perdón, lo que quería saber es si Patrik te ha dicho algo de Rickard. Lo más humano que podría hacer por nosotros es confesar.

—¿Por nosotros? —repitió Louise un tanto mordaz, pero se contuvo.

—Pues claro, nosotros también somos parte de la familia —dijo Lussan.

Señaló la taza ya vacía y miró a Pierre para que fuera a buscar más café.

—Seguro que fue él quien mató a Rolf también. Qué horror. Pero en Estados Unidos no paran de hablar de asesinos en serie. En Suecia, menos mal, no tenemos gente así, aunque lo que sí tenemos en todo el país son los tiroteos de pandilleros. Parece que haya disparos en cada esquina. Por Dios santo, yo ya no sé dónde vivimos, la verdad. ¿En Ruanda?

—Lo de Ruanda era una guerra civil, no tiroteos callejeros —la interrumpió Louise agotada.

Lussan la miró ofendida.

—Sabes bien a qué me refiero. Los socialistas son los que han destruido Suecia. Y el simple de Reinfeldt, con lo de «Abrid el corazón». Ahora estamos viendo los resultados. En fin, ya se lo he dicho a Pierre un montón de veces, deberíamos dejar este país y mudarnos a España.

—Las estadísticas de criminalidad de España son bastante peores que las de Suecia. —Louise se dirigió a Erica—. Hace ya años que mi madre vota a Amigos de Suecia. Por si no te habías dado cuenta...

Louise enarcó una ceja, sarcástica.

A Erica le entraron ganas de levantarse, arrancar el coche e irse a su acogedora cocina con pasaplatos y muebles rosa salmón. Aquello no era un hogar, era un refrigerador.

—Sintiéndolo mucho, en provincias rigen las mismas normas que en la capital —dijo—. Patrik no puede contar en casa nada acerca de su trabajo, así que yo no sé más que vosotros.

Eso no era del todo cierto, pero no le apetecía nada revelarle a Lussan ningún detalle.

—Déjame que te pregunte...

De pronto empezó a hablar entusiasmada, con las manos de Erica entre las suyas. Erica tuvo que contener el impulso de retirarlas, y logró soltarse con disimulo bajo el pretexto de tomar un sorbo de café.

—¿En qué caso estás trabajando para el próximo libro? Yo soy una gran seguidora de tu obra y me parece todo un lujo poder preguntarle así directamente a una escritora tan famosa...

Louise miró con un gesto de resignación a Erica, que le guiñó un ojo para que comprendiera que no pasaba nada. Aquello era el pan nuestro de cada día de todas las reuniones a las que iba.

—La verdad es que fue Vivian quien me sugirió el caso. Y no puedo garantizar que acabe convirtiéndose en libro, aún estoy en la fase de investigación, y puede ocurrir cualquier cosa. En todo caso, está relacionado con la exposición de Rolf en Fjällbacka. En los años ochenta hizo una serie de fotografías de mujeres trans en Estocolmo. Y una de ellas, Lola, se convirtió también en una de sus mejores amigas.

—¿Lola? —dijo Louise mirando a Erica.

Lussan resopló airada.

—Uf, a esa gente no hay que hacerle mucho caso, digo yo. Nada, no quiero saber más.

Se levantó y se dirigió a la cocina. Pierre fue tras ella y Erica los oyó discutir. Se figuraba que él estaría dándole a su mujer una lección de modales. Erica no creía que en la actualidad hubiera gente con esa estrechez de miras. Aunque Lussan votara a Amigos de Suecia…

—Pues yo quiero saber más —dijo Louise acercándose a Erica—. Háblame de Lola.

Y Erica le contó todo lo que sabía. Le habló del incendio, de Pytte, de las reuniones que había celebrado en Estocolmo con personas que habían conocido a Lola.

—¿Y la exposición de Rolf trataba de ella?

—De Lola y sus amigos del mundo trans. Pero Lola también tenía otros amigos, y tú los conoces. A través de Rolf, conoció a Henning, a Elisabeth, a Susanne y a Ole. Y a Ester, la primera mujer de Rolf. Yo creo incluso que el nombre del club hace alusión a *Los amigos de la plaza Blanche*, el libro de Christer Strömholm sobre las personas trans del barrio parisino de Pigalle. No es descabellado pensar que el nombre sea en cierto modo un homenaje a Lola. Por lo que he podido deducir, eran muy buenos amigos.

—Ninguno dijo nunca nada —aseguró Louise con un susurro.

Se volvió hacia sus padres, que seguían murmurando en la cocina.

—Eh, comportaos, os estáis poniendo en evidencia delante de Erica. Estamos en el dos mil y muchos.

Se giró y volvió a mirar a su amiga.

—Pues a mí el libro me parece una idea estupenda, y me gustaría leer acerca de Lola. Por lo que cuentas, parece una persona a la que todo el mundo debería conocer.

Louise había recuperado la calidez en la voz, y Erica le sonrió.

—Sí, eso mismo pienso yo.

Erica había llegado a admirar y a apreciar a Lola por lo que le habían contado de ella, y cuanto más investigaba, más se reforzaba aquella sensación.

Echó una ojeada al reloj.

—Tienes que perdonarme, es que me esperan en Tanumshede. Pero puedo volver luego si quieres.

Alargó la mano y estrechó la de Louise.

—No es necesario, has sido muy amable viniendo a verme un rato. Aunque estaba pensando pedirte un favor...

—Lo que quieras —dijo Erica con total sinceridad.

Louise dudaba.

—Me quedaré aquí unos días más. Luego volveré a la isla. Pero... ¿tú podrías llevarme? Vosotros tenéis barco, ¿verdad?

—Claro que sí —respondió Erica sorprendida.

Louise no le había pedido nunca que la llevara.

—Me gustaría ir acompañada. Es... Es muy duro verlo todo otra vez. Solo te pido que te quedes unos minutos, pero me sería más fácil si me acompañas.

Erica le dio en la mano una palmadita alentadora.

—Por supuesto. Tú avísame y te llevo cuando quieras. Si el tiempo lo permite. No soy tan buena navegando como para llevar la barca cuando hay tormenta. O sea, que haya calma chicha si quieres que te lleve, por favor.

—Te lo prometo. Calma chicha.

Louise sonrió y se levantó al mismo tiempo que Erica. La acompañó hasta la puerta y se apoyó en el marco. Tenía la cara pálida y estragada.

—Me gustaría que me hablaras más de Lola cuando puedas. Y querría ver las fotos de la exposición. Necesito distraer la mente.

—Habla con Vivian, seguro que ella se presta. Y, oye, llámame si quieres y vendré enseguida.

—Te lo prometo.

Louise le lanzó un beso y cerró la puerta.

—No me explico por qué Louise no viene, y punto. Dentro de una semana o dos, dice…

Henning resopló y frunció el ceño mientras le daba un mordisco a un panecillo caliente que Nancy acababa de poner en la mesa.

Eran cerca de las dos, pero aún se notaba el cuerpo un tanto rígido. Elisabeth y él se habían tomado una pastilla para dormir la noche anterior, y aún estaban bajo sus efectos.

—Deja que se tome el tiempo que necesite —dijo Elisabeth en voz baja.

Henning la observó preocupado. La veía adelgazar por días. Apenas comía, y últimamente se dedicaba a revolver los alimentos en el plato.

—Claro que sí, pero tiene un trabajo que atender, un compromiso. Y necesitamos que nos ayude con el entierro. Además, tenemos que prepararnos para la tormenta mediática que se producirá cuando anuncien el Premio Nobel, y luego, para la entrega en sí.

Elisabeth no dijo nada. Se puso más mermelada en el panecillo, sin hacer el menor intento por comérselo.

—¿No quieres que vayamos a la comisaría e intentemos ver a Rickard? —preguntó al fin.

Henning terminó de masticar antes de responder.

—He estado hablando con el abogado. Jakobsson recomienda que nos mantengamos distanciados. Teniendo en cuenta que el caos mediático empieza a calmarse, no sería muy sensato proporcionarle a la prensa más material. Seguro que enfocarían negativamente el hecho de que fuéramos a ver a Rickard.

—Es nuestro hijo.

—Está en buenas manos. Jakobsson se encarga de todo.

Elisabeth no respondió. Nancy entró con una cafetera llena de café recién hecho y la colocó en la mesa.

—¿Traigo algo más?

—No, gracias, Nancy —dijo Elisabeth.

Nancy la miró con preocupación. Últimamente había preparado sus platos preferidos, pero ninguno parecía despertarle el apetito.

—Tengo que encargar un frac —dijo Henning, y alargó el brazo en busca de otro panecillo.

Lo untó con una generosa capa de mantequilla y disfrutó de la sensación de los dientes atravesando primero la mantequilla caliente y luego el pan recién hecho.

—¿Cómo puedes pensar en eso ahora?

Elisabeth clavó la mirada en él. Henning se preguntaba qué le habría pasado, pues ella siempre había sido su principal apoyo. Después de cada éxito con sus libros, de cada premio, de cada elogio en la prensa, desde el *Dagens Nyheter* al *New York Times*, Elisabeth siempre había estado detrás aplaudiendo. Compartía su dolor por Peter y los niños. Y por Rolf, desde luego. Pero tenían que ser capaces de albergar en la cabeza dos pensamientos al mismo tiempo, ¿no? Eso, más o menos, era lo que definía a un ser civilizado.

—Yo creo que Peter sería el primero en decir que no podemos permitir que un loco nos arrebate la alegría de lo que he conseguido, de lo que hemos conseguido en el transcurso de una larga carrera. El Premio Nobel de Literatura corona una obra que se extiende a lo largo de décadas, miles de horas de sangre, sudor y lágrimas. Peter no hubiera querido negarme algo así. Ni Rolf tampoco...

Henning sacó el iPad con un gesto elocuente. No le apetecía nada conversar con Elisabeth si seguía con esa actitud. Buscó la página principal del *Expressen*. Era un alivio enorme ver que los titulares sobre el Blanche aparecían cada vez más abajo. La gente tenía poca memoria. El escándalo no tardaría en caer en el olvido.

Cuando la portada apareció en la pantalla, se quedó mirando horrorizado sin poder asimilar lo que leía.

—¿Qué ha pasado ahora? —dijo Elisabeth.

Henning le mostró la pantalla. La noticia encabezaba la primera plana. «Fuentes fidedignas aseguran que Henning Bauer recibirá el Premio Nobel de Literatura que se anunciará mañana. ¿Es Bauer un candidato digno?»

Tragó saliva.

—Alguien ha filtrado la información a los medios.

—Esto no pinta bien —dijo Elisabeth en voz baja.

Henning hizo una mueca.

—Desde luego que no.

Miércoles, una semana más tarde

ERICA Y PATRIK estaban sentados a la mesa de la cocina mirando el ordenador. En concreto, un correo electrónico sin abrir.

El resultado del análisis de sangre había llegado antes de lo que esperaban, y ahí estaban ahora, una semana después de que Erica fuera a ver a la matrona de Tanumshede.

El correo sin leer estaba en la bandeja de entrada.

—No quiero abrirlo todavía. Primero vamos a comer —dijo Erica.

—De acuerdo, como tú digas.

Patrik apartó el ordenador y Erica abrió la puerta del horno.

—Las patatas gratinadas están listas. Pon la mesa, yo llevo la comida.

—Ya, lo que quieres es llevarte todo el mérito. Lo de siempre. Yo aquí trabajando como un esclavo, entregándome en cuerpo y alma, y vienes tú y me robas el instante final.

—Yo creía que los dos somos conscientes de que yo jamás hubiera podido cocinar esto.

Erica sonrió señalando con la mano la cazuela de solomillo de ternera con salsa de miel y vinagre balsámico que hervía en el fogón, y el gratén que acababa de sacar del horno.

—Eso es verdad. Los niños están tranquilos, ¿no?

Erica echó una ojeada a la sala de estar. Desde luego que sí. Los gemelos se habían sentado demasiado cerca del televisor, y estaban viendo un programa infantil. Y Maja estaba con el iPad en el sofá. Estaba obsesionada con YouTube, en concreto con «The Swedish Family», que mostraba la vida familiar del matrimonio y los niños Alma, Harry y Laura. Lo que implicaba que últimamente oían tanto hablar de esa familia que era como si vivieran juntos.

—Entonces, ¿cuándo vamos a empezar con la reforma de la cocina?

Patrik señaló el arco mientras iba poniendo los platos y los cubiertos. Los niños ya habían comido, pues los dos querían disfrutar de una cena tranquila para variar.

—La verdad, he empezado a acostumbrarme. —Erica se rio y apagó el fuego—. Bromas aparte, ¿para la primavera? Puedo hablar con Dan y Anna.

Patrik levantó el pulgar y le acercó su plato. Al principio comieron en silencio, pues se trataba de una de sus recetas favoritas: solomillo de ternera de la huerta, se llamaba. Y en su casa se había convertido en un clásico.

—¿Cómo va la investigación? —preguntó Erica entre bocado y bocado.

Patrik se encogió de hombros algo abatido.

—Ahí vamos. Pero el fiscal cree que Rickard es el autor, así que vamos a por todas y dictará el auto de procesamiento. Todo el mundo está satisfecho porque ya tenemos una respuesta.

—Menos tú.

Erica se sirvió más ensalada.

—Sí, menos yo. Y en realidad no tengo algo concreto por lo que guiarme. Salvo que no hemos encontrado nada que vincule a Rickard con el asesinato de Rolf. No ha podido presentar ninguna coartada. Y sí, claro que puede considerarse que tenía un móvil. Pero yo pongo el acento en el «puede». Además, niega que Rolf estuviera al corriente del chantaje.

—¿Y no hay nada en el análisis de los técnicos, tal como esperabas?

—Pues sí y no. Aún no hemos encontrado ninguna coincidencia con las balas en la base de datos, y la respuesta del Centro Nacional Forense puede tardar una eternidad. Las fibras que encontramos en la pistola de clavos no encajaban con el esmoquin de Rickard, y ahora es imposible reclamar el esmoquin y el traje de chaqueta de todos los asistentes a la fiesta.

—¿Por qué solo los trajes de chaqueta? —quiso saber Erica mientras se servía más queso gratinado.

Últimamente tenía hambre a todas horas, como si, una vez que empezaba a comer, no pudiera parar.

—¿Qué quieres decir? —preguntó Patrik, y dejó los cubiertos en la mesa.

—Bueno, habéis encontrado fibras de seda de calidad en color negro. ¿Por qué tienen que proceder de un traje? Los trajes de caballero no suelen confeccionarse en seda, creo. ¿No es más verosímil que se trate de un vestido? ¿Quién llevaba vestido negro en la fiesta?

—Pues tienes razón —dijo Patrik—. Mierda, yo nunca me acuerdo de lo que lleva puesto la gente. Si hubieran estado desnudos, me acordaría, pero de la ropa… Ni idea.

—Bueno, ya habéis reunido fotos de la fiesta para comprobar las coartadas. En ellas podéis comprobar qué mujeres vestían de negro. Yo recuerdo algunos vestidos. El de Louise era azul, Susanne iba de verde y Elisabeth llevaba un vestido rojo. Así que a ellas puedes descartarlas. Lo único que tenéis que hacer es hojear las fotos…

Patrik asintió ausente y se sirvió más salsa. Le encantaba que esta cubriera la carne, mientras que Erica era más comedida.

—¿Has sabido algo más de Vivian? ¿O de la foto desaparecida?

—Pues no. Tengo la sensación de que elude mis llamadas. No sé muy bien qué pasa. Pero ¿y tú? ¿Cómo llevas lo del libro?

—Dentro de dos semanas iré a Estocolmo a hablar con la editorial. Les gusta lo que les he enviado hasta ahora. Por supuesto, les encantaría que al final atraparan al asesino.

—Pero eso es casi imposible después de tanto tiempo, ¿no? El caso está más frío que el hielo.

—Ya, pero se me ha ocurrido una idea. Es rebuscada y puede parecer una locura, pero no creo que sea del todo imposible. Aunque me pasa lo mismo que a ti. Estoy esperando. Todo lleva siempre demasiado tiempo. La cuestión es que ahora confío en que Frank me llame con una información crucial.

—Por cierto, ¿has visto las noticias? La Academia Sueca ha desmentido que Henning Bauer fuera candidato al Premio Nobel.

—Sí, lo he visto. Pobre Henning, es digno de lástima. Son cosas mundanas, ya lo sé. Y él ha perdido mucho más que un premio. Pero ha tenido que dolerle, después de haber estado tan cerca. En principio, le arrebatan algo que no ha llegado a poseer. Y, por lo que yo sé, para él habría sido de vital importancia por muchas razones. Una de ellas, la vanidad.

—Yo entiendo a la Academia —dijo Patrik, y se sirvió aún más salsa, aunque Erica enarcó las cejas, divertida y asombrada a un tiempo—. Después del debate público era imposible. La gente ve el Nobel de Literatura como su premio, el premio de Suecia. Quieren que el premiado sea digno.

—Bueno, en realidad a mí me parecía dudoso desde el principio. Olía a nepotismo a la legua. Están tan mezclados unos con otros... Y Susanne tiene un pie en cada sitio. No hubiera salido bien. Aunque se supone que los libros de Henning son maravillosos.

—Ah, pero ¿no los has leído?

—Qué va, llevan una eternidad en mi lista de libros pendientes, de libros que sé que debería leer, pero luego siempre elijo una policíaca o alguna novela *feel good*.

—¿De qué tratan?

—Es un homenaje a la mujer, dividido en nueve partes. Se considera el mayor elogio a la mujer y el más hermoso de la literatura moderna. Dicen que iba a salir un décimo volumen, pero no lo sé. Ya hace siete años que publicó el último, y Henning siempre ha sido reservado respecto a si publicaría o no un décimo título.

Erica leyó el mensaje que acababa de llegarle.

—Louise me pide que la lleve mañana a la isla. Ya me lo había comentado.

—¿Por qué tú? —preguntó Patrik asombrado.

—Ya, yo también me lo estaba preguntando, pero creo que quiere ir acompañada de alguien con quien se sienta segura. Será la primera vez que vuelve a la isla después… Bueno, después de lo ocurrido.

—Ya, lógico. Oye, ¿le echamos valor o qué?

Patrik le acariciaba la mano a Erica. Ella dudó al principio. Luego dijo:

—Venga, vamos a mirar.

Patrik alargó el brazo en busca del ordenador y lo abrió.

SOBRE LA BOCANA de Fjällbacka la puesta de sol era de una belleza estremecedora. Trazos de naranja, rosa, rojo y lila se mezclaban en el cielo en anchas pinceladas, mientras el astro rey descendía por detrás de las rocosas islas del archipiélago. A pesar de todo, no era tan bonita como cuando se veía desde Skjälerö: nada era más hermoso.

Pronto llegaría el momento de volver allí. Louise casi había terminado lo que tenía que hacer. Era un proceso, siempre lo fue. Había muchísima gente que no lograba ver el conjunto, vivían la vida enfocando solo algunas piezas del rompecabezas. A ella siempre se le había dado bien terminar el rompecabezas entero.

Paciencia. Esa había sido la guía durante toda su vida. Nunca había tomado decisiones precipitadas basadas en impulsos, debilidad o lo que quisiera en un momento dado. Al contrario, nunca perdía de vista el objetivo e iba aproximándose paso a paso.

Recordó su infancia. A menudo se había sentido como una prisionera con Lussan y Pierre. Todas aquellas reglas, todas las exigencias, todas las expectativas que debía cumplir. Pese a todo, les dio lo que querían. Fue la hija que siempre habían deseado, a pesar de lo poco que tenían en común. En fin, ya se había terminado.

Una bandada de gaviotas pasó volando al otro lado de la ventana. Chillonas, altaneras y siempre hambrientas. A William le encantaban las gaviotas de Skjälerö y, para indignación de Henning, les daba de comer siempre que tenía ocasión. Incluso les había puesto nombre. Claro que nadie se explicaba cómo sabía cuál era cuál, pero William se encogía de hombros y decía: «Es que son distintas».

Para Louise eran todas exactamente iguales. A veces le ocurría lo mismo con las personas. No había entre ellas mucha diferencia. La mezquindad. El egoísmo. La codicia. La búsqueda de lo que quiera que fuera su moneda. Dinero. Honor. Poder. Sexo. La gente era mezquina. Corta de miras. Con pocas excepciones.

Ella no sentía compasión alguna por las personas. Cada cual elegía su camino, aunque no fuera consciente de ello, y cada decisión acarreaba unas consecuencias. También las suyas. Solo que ella era fuerte. Se había visto obligada a serlo. Nada de lo que valía la pena tener era fácil. Eso era lo que tanto le costaba entender a la gente de su entorno.

La bandada de gaviotas volvió a pasar volando. Las aves sonaban como si se estuvieran riendo de ella. Tal vez se rieran con razón. Tal vez ella fuera una persona de la que todos deberían reírse. Lussan siempre se reía. A sus ojos, Louise nunca había estado a la altura. Por mucho que siempre siguiera las reglas.

Con una sonrisa torcida, miró a las gaviotas que surcaban el aire hacia el puerto. Con independencia de lo que ocurriera, al final era ella la última en reír.

Estocolmo, 1980

—¡HALA! ¡UN *FREESTYLE*! ¡Gracias!

Pytte se abalanzó primero al cuello de Henning, luego al de Elisabeth. Después de un rato saltando de alegría se sentó en el suelo para abrir el paquete que contenía un *walkman* amarillo con sus auriculares.

—Es demasiado —dijo Lola, aunque sin poder evitar una sonrisa al ver la alegría de su hija.

Henning le guiñó un ojo y le revolvió el pelo a la pequeña.

—Nosotros somos ricos. O, mejor dicho, mi mujer es rica. Yo solo soy un pobre escritor.

Le dio un beso a Elisabeth en la mejilla y ella resopló a modo de protesta. Pytte se abalanzó sobre el siguiente regalo, el de Ole y Susanne, y chilló de entusiasmo al verlo también.

—¡Un cubo de Rubik! ¡Ay, con lo chulos que son! ¡Mira, Sigge!

Pytte sostenía el cubo de colores para que lo viera Sigge, que se había sentado tímidamente a la mesa de la cocina.

—Voy a aprender a hacerlo en tiempo récord —dijo Pytte, y alargó el brazo en busca del último regalo que había en la mesa, el de Rolf y Ester.

En realidad se trataba más bien de una tarjeta que de un paquete envuelto, y Pytte lo miró y se esforzó por leerlo. Le llevó un poco de tiempo abrirse camino entre las letras.

—¡Papápapápapáááá! ¡Son clases de equitación!

Se levantó y abrazó alocada a Ester y a Rolf.

Lola suspiró.

—¿De dónde voy a sacar tiempo para llevarla?

—Eso es lo mejor —dijo Ester, y sonrió como sin ganas. Últimamente se la veía extenuada—. Nos encargamos Rolf y yo. La recogemos aquí, la llevamos a los establos, que están en Enskede, cerca de donde vivimos, luego cenamos en casa y la traemos de vuelta.

—O sea, que no es más que un plan perfecto para conseguir más tiempo con Pytte —dijo Rolf.

—Obvio. Pero bien pensado.

Rolf sacó la cámara e hizo un par de fotos de la niña, que, sentada en el suelo, manipulaba muy concentrada el cubo de Rubik. Luego volvió la cámara hacia Lola, que se irguió enseguida.

—Tienes que avisarme antes de hacerme una foto. Una tiene que poder ponerse derecha y arrugar bien los labios.

—Las mejores fotos son aquellas en las que el modelo no es consciente de que lo están fotografiando.

—Puede ser. La verdad es que has hecho unas cuantas fotos buenas de las chicas y de mí —dijo Lola, y le mandó un beso a Rolf.

Luego dio una palmadita.

—A ver, ¡que llega la tarta! Pytte quería una tarta Princesa, y tarta Princesa tenemos. Sigge, ¿quieres sacar las cucharillas? Y tú, Henning, saca los platos, están en el último estante.

Minutos después estaban todos en corro y Pytte se puso colorada cuando Ole le sirvió su trozo de tarta y vio que no se caía, lo que, según la creencia popular, significaba que iba a casarse.

Volcó el trozo enseguida.

—Sigge y yo no nos casaremos nunca. Vamos a vivir juntos de todos modos, y vamos a tener niños.

Sigge se puso como como un tomate.

—Es lo mejor, Pytte —dijo Ole, y chocó la palma de la mano con la de la pequeña.

—¿Por qué dices eso? Vosotros también estáis casados —comentó Elisabeth, y se puso otra ración de tarta.

—Nada, he pensado que es maravilloso ver que la nueva generación es más inteligente que nosotros.

Susanne le dio una palmada en el brazo.

—A ver, ¡juntaos un poco para que salgáis todos en la foto!

Rolf levantó la cámara y los fue organizando para que se pusieran muy juntos.

—¡Decid «piiiiiis»!

—¡PIIIIIS!

Pytte reía sin parar y hasta Sigge sonrió un poco. Lola se tragó el nudo que se le estaba haciendo en la garganta. Había perdido una familia, pero había ganado otra.

Por fin estaba en casa.

Jueves

Erica no había dormido en toda la noche, y no creía que Patrik hubiera conseguido pegar ojo tampoco. Habían estado hablando hasta las dos de la madrugada, dándole vueltas y más vueltas sin conseguir llegar a una conclusión. Al final se fueron a la cama, se tumbaron dándose la espalda y mirando a la pared.

«Alta probabilidad de anomalías. Recomendamos contactar al médico para continuar el examen.»

A Erica le entraban escalofríos solo de pensar en el correo. Estaba tan cansada que casi no sabía ni cómo se llamaba, y Patrik y ella se habían abrazado casi desesperados antes de que él se fuera al trabajo. Iba con la cara pálida como la cera.

El barco, una vieja barca de madera que había sido en su día la propiedad más querida del padre de Erica, estaba amarrado al embarcadero de Badholmen. La mayoría de la gente ya había puesto los suyos a buen recaudo, pero Erica y Patrik siempre se las arreglaban para dejarlo hasta el último momento.

Louise ya estaba esperándola cuando llegó. Parecía recién duchada, con el pelo mojado recogido en una coleta en la nuca y la cara limpia y sin maquillar. A su lado había una pequeña bolsa de viaje.

—Vas ligera de equipaje —observó Erica, y abrazó a su amiga.

Incluso bajo el chaquetón de otoño notó lo delgada que se había quedado Louise.

—No necesito gran cosa.

Sujetó el cabo de amarre mientras Erica subía a bordo.

—Gracias por llevarme —dijo Louise, y soltó la bolsa en la cubierta antes de subir al barco de un salto.

Sujetó el cabo hasta que Erica logró arrancar el motor, y entonces empujó despacio el borde del muelle para que pudiera salir marcha atrás.

—Calma chicha —dijo Louise señalando el horizonte cuando se alejaron del puerto con Fjällbacka a su espalda.

—Justo lo que necesitábamos. —Erica logró reír a pesar de todo, apoyada en la popa del barco con la caña del timón en la mano derecha—. Ya empiezo a ser buena llevando el barco, pero todavía me da un poco de miedo cuando hay oleaje.

—Es que es para dar miedo —dijo Louise, y cerró los ojos con la cara vuelta al cielo.

Le iban salpicando gotas diminutas de agua salada en la cara.

—¿Qué dicen tus padres de que te mudes a la isla?

—No les ha gustado la idea —respondió Louise sin mirar a Erica—. Sobre todo ahora, después de lo último que han publicado los periódicos. Querían que me fuera con ellos a Escania.

—Pero tú no quieres, ¿no?

—Ya sabes cómo son.

Louise le sonrió a medias y Erica no respondió. Desde luego, tenía parte de razón. Ella se hubiera vuelto loca después de un solo día bajo el mismo techo que Lussan.

—¿Cómo está Henning?

Erica tuvo que elevar un poco la voz para que la oyera por encima del rumor del agua.

—Fatal, según parece. No había nada que deseara más que ganar el Nobel.

—Tiene que ser horrible estar tan cerca y, justo cuando lo tienes a tu alcance, ver cómo se esfuma.

—Sí. Un espanto.

Louise seguía con los ojos cerrados.

—¿Y Elisabeth?

—Yo creo que a Elisabeth el premio le da igual. Los niños eran su mundo. Una vez que ellos no están…

A Louise se le cambió el tono de voz, que se volvió sordo. Se estremeció y se cruzó los brazos sobre el pecho como para protegerse.

—Elisabeth siempre ha apoyado a Henning en todo. Yo nunca me expliqué por qué: él no ha sido igual de leal con ella. Y cuando conoció a Elisabeth era un don nadie. Un escritor pobre y desconocido de relatos más bien mediocres, mientras que ella era la hija y heredera de una de las familias de editores más acaudaladas e importantes de Suecia. Puedo comprender qué vio él en ella, pero no sé qué pudo interesarle a ella de él, salvo que, por lo que he visto en las fotos de antaño, era guapísimo. En fin… La verdad es que me alegro de que Elisabeth conociera el amor por otro lado.

—¿Te refieres a Rolf? —Erica no lograba ocultar la curiosidad.

—Sí, Rolf. He leído las cartas de amor que Elisabeth le escribió. Vivian las ha encontrado. Junto con un montón de las fotografías que le hizo a Lola en aquella época. Me llamó para preguntarme qué opinaba yo que debería hacer con ellas. No quería contactar a Elisabeth, le parecía un tema delicado. Me entró tanta curiosidad que le pedí que fotografiara con el móvil algunas de las cartas y me las enviara.

—¿Y encontró también la fotografía desaparecida? —preguntó Erica nerviosa—. ¿Cómo no me has dicho nada?

—No es asunto mío. Le aconsejé a Vivian que se pusiera en contacto con la policía, pero no sé qué habrá pasado.

—Pues no ha llamado. ¿Te parece bien que se lo diga a Patrik? Oye, ¿y tienes las fotos y las cartas para que las vea?

—Claro —dijo Louise—. Dile a Patrik que Vivian tiene lo que está buscando. También tiene unas cartas anónimas que recibió Rolf en las que se revela la suciedad oculta del Blanche.

—Espera, voy a llamarlo.

No consiguió contactar con él, pues la cobertura no era buena en alta mar. Erica soltó un taco y le mandó un mensaje. Cruzó los dedos para que le llegara. Lo consiguió, y volvió a guardarse el teléfono en el bolsillo.

—Pero, cuenta, ¿qué te dijo Vivian? ¿Pudo averiguar quién era el remitente de las cartas? ¿Y qué había en la fotografía?

—Ya te lo diré en su momento —dijo Louise señalando Skjälerö, a la que ya se acercaban a toda velocidad—. Hemos llegado.

Erica iba casi rechinando los dientes: quería saberlo ya. Pero la experiencia le decía que rara vez valía la pena presionar a la gente cuando no estaba lista para hablar. Y suponía que Louise estaba más que ocupada tratando de dominar sus sentimientos al volver a la isla.

—¡Mierda! Da marcha atrás —dijo Louise poniéndose de pie y señalando el agua—. Es la nasa de William. No quiero que se quede ahí. Estaba tan orgulloso de ella… Puede extraviarse.

Erica dirigió el barco hacia la nasa. Cuando ya estaban lo bastante cerca, Louise tiró de ella y la subió a bordo.

—¿Han picado? —preguntó Erica con curiosidad.

Louise negó con la cabeza.

—No, está vacía.

Metió la nasa debajo del asiento y se sentó de nuevo con los ojos puestos en la isla.

Erica miraba de reojo a su amiga. No podía imaginarse cómo sería para ella volver. Pero ya no había vuelta atrás.

—¿HAS DORMIDO MAL?

Paula observaba a Patrik preocupada, y se sentó en la silla, enfrente del escritorio.

—Sí, ha sido una noche de pena.

Se frotó los ojos.

—¿Va todo bien?

Paula seguía observándolo, pero Patrik hizo un gesto como restándole importancia. No quería pensar en la noticia, en las lágrimas de Erica, en la preocupación que los embargaba a los dos.

—Nada, una de esas noches, ya sabes. Seguro que hay luna llena. En fin, ¿qué tenemos?

—Gösta y Martin han ido a una casa donde la limpiadora se ha quejado de que olía mal. Se trata de una de las casas que quedan por detrás del balneario Badis. Dice que huele como si hubiera un animal muerto. Seguro que es una rata que se está pudriendo en un rincón, pero más vale ir a comprobarlo. Y Pedersen y Farideh han preguntado por ti, no te localizaban en el móvil.

—Uno de mis pillastres se llevó ayer el cargador para su iPad.

Patrik sacó el teléfono del bolsillo y lo conectó a un cargador que había enchufado cerca de la puerta.

—¿Me prestas tu teléfono?

Paula se lo dio.

—¿Quieres estar solo?

Patrik negó con la cabeza mientras buscaba a Farideh entre los contactos.

—No, no, quédate.

Paula miró por la ventana para darle algo de espacio. Patrik sonrió y pulsó la pantalla.

—Eh, hola, soy Patrik. Querías hablar conmigo, ¿verdad?

—Sí, se ha producido un giro interesante en el caso. ¿Recuerdas las balas que mandé analizar?

—Sí, ¿las del asesinato de Peter y los pequeños?

—Exacto. De una Walther PPK. Pues tenemos una coincidencia en el sistema.

—¡Estás de broma!

Patrik se irguió tan rápido en la silla que raspó el suelo y Paula dio un respingo, antes de que él pusiera el altavoz del móvil.

—Mi colega Paula también está escuchando. Dices que has encontrado en el sistema una coincidencia de las balas. Quieres decir, ¿de otro caso de asesinato?

—Sí, las marcas y las estrías son idénticas a las de los dos proyectiles de un asesinato que se produjo en 1980. Un tal Lars Berggren. Una mujer trans que encontraron en su apartamento junto con...

—Su hija —completó Patrik mirando atónito a Paula, que arrugó la frente sin entender nada.

—Sí, ¿cómo lo sabes? —preguntó Farideh desconcertada.

—La mujer se llamaba Lola y a la hija la llamaban Pytte. Entonces..., ¿hay alguna relación entre Lola y las personas implicadas en mi investigación?

—Las probabilidades de que pueda ser una coincidencia son mínimas —dijo Farideh muy seca.

Patrik se mordió la lengua.

—¿No has encontrado nada más acerca del arma?

—No, no hay más coincidencias, solo la del asesinato de Lars Berggren. Pero espero que sea útil.

—Seguro. Ahora mismo no sé cómo, pero estoy convencido de que sí. Por cierto, Pedersen también quería hablar conmigo. Hoy estoy muy solicitado. Voy a llamarlo ahora mismo a ver qué quería. El efecto kétchup, ya sabes...

—Sí, siempre pasa. Llama a Pedersen, y si hay alguna novedad nos llamamos. Yo sigo trabajando para conseguir identificar las fibras que encontramos, pero es un material más bien corriente, y además no coincide con el esmoquin de Rickard.

—Mi mujer, que es muy lista, hizo un comentario al respecto. Señaló que, como se trataba de fibras de seda, era más probable que procediera de un vestido. Debo reconocer que fui yo quien se empeñó en que tenía que proceder de una americana o de un esmoquin.

—¿Pues sabes qué? La lista de tu mujer tiene toda la razón, por supuesto. Y, además, se me acaba de ocurrir una idea. Lo compruebo y vuelvo a llamarte.

—De acuerdo. Hablamos. Y gracias.

Patrik colgó y se pasó los dedos por la boca pensativo. La cabeza era un torbellino de ideas, pero despacio, muy despacio, una idea empezó a adquirir vagos contornos en su conciencia. Aún no era nada tangible, pero sabía que la pieza que acababa de conseguir tendría una importancia decisiva.

Rickard era un niño cuando asesinaron a Lola, así que pudo haberla matado. Claro que podría haber encontrado el arma que usaron entonces y haberla utilizado ahora, pero eso era muy rebuscado. Y existían otras posibilidades más verosímiles.

—Llama a Pedersen antes de que te pierdas en tus elucubraciones —le dijo Paula.

Patrik movió la cabeza en sentido negativo para centrarse y buscó el número de Pedersen, que le respondió enseguida. El forense fue derecho al grano.

—Estupendo, quería hablar contigo. He estado mirando los informes de la autopsia que me enviaste para Erica y creo que tiene que haber algún error.

—¿Un error? —se extrañó Patrik.

Seguía teniendo el altavoz del teléfono, que había dejado en el centro.

—Sí, dijiste que quienes habían muerto era una mujer trans, que en el informe figura como un hombre, y su hija.

—Sí, ¿por? —dijo Patrik al tiempo que notaba la impaciencia recorrerle todo el cuerpo. ¿No podía Pedersen ir al grano de una vez?

—Pues te informaron mal. Se trata de los cadáveres de un hombre y un niño.

Patrik se quedó mirando el móvil boquiabierto. Allí pasaba algo raro. Algo raro de verdad.

—Ten cuidado, puede estar resbaladizo —dijo Louise al bajarse del barco.

Señaló las rocas en las que terminaba el muelle.

—Oye, que no estás hablando con una de ciudad —respondió Erica muy digna, mientras amarraba el barco a un poste.

Louise iba con la bolsa del equipaje en una mano y la nasa en la otra, y se quedó esperando a Erica.

—¿Estás bien? —le preguntó Erica discretamente cuando llegó a su lado.

—Más o menos —dijo Louise, pero Erica vio que estaba apretando las mandíbulas.

Se dirigieron a la casa principal. Louise dejó la nasa a un lado y dudó unos instantes con la mano en el picaporte. Respiró hondo y, al final, entró seguida de cerca por Erica.

Henning las recibió en el vestíbulo. Tenía el pelo revuelto, en contra de lo habitual, y el chaleco de lana mal abrochado. Erica se dio cuenta de que, a pesar de lo temprano que era, estaba borracho.

—¡Louise, Louise!

Henning se le abrazó al cuello, y al principio ella se quedó muy rígida con los brazos colgando, hasta que lo abrazó también.

—¿Dónde está Elisabeth? —preguntó con dulzura mirando a su alrededor.

—Está descansando. Últimamente siempre está descansando —dijo Henning quejumbroso.

Volvió a la sala de estar y se fue derecho al bar.

—¿Un whisky?

Les mostró una botella, pero tanto Louise como Erica rechazaron el ofrecimiento.

—Pues yo sí que me voy a tomar un vasito —dijo llenándolo hasta el borde.

Solo la tensión superficial mantenía el líquido dentro del vaso.

—¡Nancy, ha llegado Louise!

Nancy estaba en el umbral retorciéndose las manos. Dirigía a Louise una mirada suplicante, pero Erica vio que su amiga volvía conscientemente la cara hacia otro lado.

Henning señaló a Louise y a Erica.

—Te dije que almorzábamos temprano cuando llegaran, ¿verdad? ¿Está lista la comida?

Se volvió de nuevo hacia ellas.

—Le he pedido a Nancy que prepare caballa frita con patatas cocidas y salsa de espinacas. A ti te encanta, ¿verdad, Louise?

Henning se tambaleaba un poco.

—Era a Peter a quien le encantaba —dijo ella.

—Pues entonces comemos caballa con salsa de espinacas porque le encantaba a Peter —resolvió Henning abriendo los brazos de modo que un poco de whisky cayó al suelo.

Erica se sentía tan incómoda que no sabía qué hacer, y solo deseaba marcharse de allí.

—No, no creo.

—Nunca digas nunca jamás. Si a mí me hubieran dicho de joven, cuando publiqué mi primer libro, que un día sería candidato al Nobel de Literatura, habría dicho que era imposible. —Dio unos cuantos pasos tambaleándose—. ¡Ah, ahí estás, paloma mía!

Henning señaló a Elisabeth, a la que no habían oído llegar y que en ese momento entraba en el salón.

—Gracias a ella he ganado… O más bien «casi» gano el premio. Al final se lo ha llevado el asiático ese del que nadie ha oído una palabra, pero ¡qué más da! ¡Casi lo gano! Yo encontré la inspiración cuando conocí a mi paloma. Mi musa…

—¿Cuánto has bebido, Henning?

Elisabeth hizo una mueca.

—Bebo lo que quiero. Lo que me da la gana, ni más ni menos. Por primera vez estoy haciendo lo que me da la gana. No lo que quieres tú ni lo que quería tu familia.

Señaló con el dedo a Elisabeth, cuya reacción fue inmediata.

—¿Lo que quiero yo? ¿Lo que quería mi familia? ¿Hemos vivido en el mismo mundo, tú y yo? Durante todo nuestro matrimonio hemos hecho lo que querías tú. Tanto los niños como yo nos hemos adaptado a ti. ¡En todo! El gran escritor. El gran hombre de la cultura que estaba por encima de todas las preocupaciones cotidianas con las que convivíamos los demás. A ti no podíamos molestarte con eso, qué va, tú tenías que escribir. Te encerrabas hora tras hora, día tras día, semana tras semana, ¡año tras año! Te quedabas encerrado en el despacho mientras los niños y yo estábamos fuera echando de menos tu tiempo, tu cariño.

Henning tomó unos tragos de whisky.

—Los niños se las arreglaron bien —dijo agitando el vaso—. Y tú tenías justo lo que querías. Podías lucirte conmigo en las reuniones elegantes sin tener que avergonzarte. Al contrario, gracias a mí creció tu estatus en los círculos literarios. La editora estrella y su marido, el escritor estrella. Un dúo potente.

—En fin, vamos a comer, a ver si te pasa la borrachera.

Erica miró de reojo a Louise. A su parecer, era demasiado temprano para almorzar, pero en aquella casa nada parecía ya normal. Era como encontrarse en un frente de guerra.

Se sentaron alrededor de la gran mesa del comedor. Henning plantó ruidosamente el vaso de whisky al lado de su sitio, en la cabecera. Elisabeth se había sentado enfrente, y Louise y Erica en los laterales, una frente a otra. Erica se sentía como si estuviera cenando con sus padres, aquella pareja disfuncional, y que estuvieran hablando de separarse en ese momento.

—¿Cómo se encuentra Rickard? —le preguntó a Elisabeth, para romper el desagradable silencio que se hizo de pronto.

—Pues, si te soy sincera, no muy bien —dijo Elisabeth, cuyo rostro se dulcificó un poco—. Es inocente. Y tú lo sabes, ¿verdad, Louise? Tú sabes que él es inocente.

Elisabeth hablaba con tono suplicante. Louise guardó silencio, hasta que se volvió a Henning:

—¿Sabes que no es hijo tuyo?

Erica dio un respingo. ¿Qué estaba haciendo Louise? Ni siquiera Patrik había querido abordar ese tema con Henning. Al menos, no antes de saber si era un dato relevante para la investigación de asesinato.

Henning se habría enterado sin duda tarde o temprano, pero ¿justo en ese momento? Erica miró desconcertada a su amiga, que no apartó la vista de Henning.

—Claro que sé que no es mi hijo biológico —murmuró Henning mirando al fondo del vaso—. Siempre lo he sabido. No soy tan tonto como creen. Notaba las miradas... La verdad es que era muy conmovedor, Elisabeth creía seguramente que era amor.

Se echó a reír y Elisabeth dejó escapar un suspiro. Se le llenaron los ojos de lágrimas.

—¿Lo sabías? Pero ¿por qué...?

—¿Por qué no dije nada? Mira, en honor a la verdad, era bastante entretenido. Ese juego que os traíais. Esas excusas. Como niños. Y Rickard... Bueno, encajaba bien en la imagen, en esa imagen que queríamos dar a nuestro entorno. Elisabeth y yo y nuestros dos chicos. Tener que educar al hijo ilegítimo de otro no era un precio muy alto, pero estaba muy claro que no era hijo mío. Era débil.

—Eres un...

Elisabeth no pudo seguir hablando. Se agarraba con fuerza con las manos al borde de la mesa.

—Después de todo lo que he hecho por ti —atinó a decir respirando con dificultad.

—Y con lo oprimido que me has tenido todos estos años —dijo Henning alzando la voz—. Me tenías totalmente sometido. Y aun así tienes valor de decir que era yo el que mandaba.

Erica iba mirando a Henning y a Elisabeth. No entendía una palabra de lo que estaban hablando. Louise, en cambio, estaba muy tranquila ahí sentada enfrente de ella. Incluso sonreía un poco.

No sabía qué hacer. Sacó el móvil para ver si Patrik había respondido a su mensaje, y para distanciarse de aquel almuerzo infernal en el que se veía obligada a participar. La cobertura era incierta en las islas. Por lo general no tenía nada, pero de vez en cuando se encendían dos marcas. Sin respuesta de Patrik. En cambio, sí que había recibido un mensaje de Frank.

«No sé si esto es lo que querías, pero he conseguido tres coincidencias en el período de tiempo que me indicaste. Tienes las fotos en el correo.»

Erica sintió que se le aceleraba el corazón. Retiró la silla con el móvil en la mano y se disculpó antes de alejarse.

—Perdón, es que tengo que mirar un correo importante. Vuelvo enseguida.

Nadie pareció inmutarse. Se dirigió a un cuarto que parecía un despacho con la intención de mirar el correo sin que nadie la molestara. La cobertura era lamentable, y comprendió que debería haber pedido la contraseña del wifi que seguro tenían. Al final, aunque despacio, logró descargar el correo con las fotos. Tres fotografías, tal como le había dicho Frank. Las dos primeras eran totalmente desconocidas. Pero al ver el rostro de la tercera se quedó atónita. El tiempo se ralentizó. Se detuvo por completo. Todo lo que sabía, todo lo que creía hasta ese momento cambió en un segundo. Trató de llamar a Patrik, pero no había forma. Presa de la mayor frustración, le escribió un mensaje y le reenvió el correo. Luego se guardó el teléfono en el bolsillo y trató de serenarse.

Volvió al comedor con paso lento.

—¡PATRIK! —PAULA ENTRÓ corriendo en el despacho—. ¿Te acuerdas de la llamada de emergencia a la que han acudido Gösta y Martin? ¡Pues tenemos que ir ahora mismo!

—¿Lo de un olor raro en una casa cerca del Badis?

—Te lo cuento en el coche. ¡Vamos!

Patrik echó mano de la chaqueta y la siguió a toda prisa. Ya cerca del coche soltó una maldición y volvió dentro corriendo, desconectó el teléfono del cargador y se lo guardó en el bolsillo, antes de volver a toda prisa al aparcamiento. Paula le resumió lo que sabía, y Patrik entró en la subida a la casa con expresión sombría.

—Vaya mierda —dijo, y apagó el motor.

—No lo relacionamos con esta dirección. Fuisteis vosotros dos los que vinisteis a hablar con ellos —dijo Martin excusándose cuando salió a su encuentro junto al coche.

—¿Tiene muy mala pinta?

Patrik se bajó del coche y miró hacia la casa de color blanco.

—Toda la mala pinta que te puedas imaginar y más.

Patrik volvió a maldecir y siguió a Martin hacia la puerta, donde se detuvo antes de entrar.

—¿Y Farideh?

—Están a cinco minutos de aquí. Hemos asegurado el escenario, solo hemos entrado Gösta y yo. La limpiadora llamó al notar el hedor, y no se atrevió a entrar del todo.

—Bien, entonces esperamos al equipo —ordenó Patrik tratando de mantener la calma.

Una parte de él quería ver enseguida a qué iban a enfrentarse, pero su yo racional sabía lo importante que era para el trabajo posterior conservar el lugar del crimen tan intacto como fuera posible.

Mientras esperaban, Patrik sacó el teléfono y marcó el pin. Por lo menos tenía la batería cargada a la mitad. Enseguida empezaron a entrar mensajes. Dos eran de Erica. Los leyó rápidamente y sintió que le entraba el pánico. Siguió las instrucciones del segundo mensaje y entró en el correo. Cuando vio la imagen que Erica le había enviado, se le disparó el pulso.

En ese preciso momento llegaron Farideh y sus técnicos, y Patrik se le acercó corriendo.

—¿Puedo entrar con vosotros?

Farideh dudó antes de aceptar.

—Ponte el mono protector y usa el sentido común.

Le señaló el coche en el que estaban los equipos. Patrik se puso tan rápido como pudo la misma protección que los técnicos y los siguió al interior de la casa. Ya en el vestíbulo notó el hedor en la cara.

—¡El dormitorio! —gritó Martin desde fuera, señalando hacia la izquierda.

En la entrada del dormitorio se pararon en seco. Acto seguido, Farideh empezó a dar órdenes en voz baja. Patrik se quedó allí de pie como paralizado.

—Si has pensado quedarte ahí estorbando, ya puedes irte —dijo Farideh, y lo apartó a un lado con suavidad.

Patrik retrocedió unos pasos, hasta que se quedó con la espalda contra la pared. Y ahí siguió plantado mientras el cerebro trataba de procesar lo que estaba viendo. Era un baño de sangre. Lussan y Pierre estaban tendidos en la cama. Los dos parecían degollados, y también presentaban un número incontable de puñaladas en el pecho y en la cabeza. El resto de los cuerpos no se veía, pues estaba oculto bajo la manta.

Había salpicaduras de sangre por todas partes. En la cama, las paredes, el techo… Era tal la violencia que solo alguien con una rabia vengadora desmedida contra la pareja habría podido llevarla a cabo.

A Patrik se le quedó la boca seca al tiempo que trataba de contener las náuseas que ya empezaba a notar. Intentó ordenar sus pensamientos, organizar los hechos. Pero la sangre lo cubría todo. Parecía un cuadro de Jackson Pollock, uno de los pocos artistas que conocía.

Y el hedor. Por Dios santo.

Lussan y Pierre parecían llevar bastante tiempo en la cama, quizá una semana, a juzgar por el grado de descomposición. Las náuseas volvían otra vez, no solo por lo que veía, sino también por las teorías que le rondaban por la cabeza como perros salvajes, y que lo conducían a un solo pensamiento: Erica estaba en peligro.

Sin poder contenerse, salió a la carrera de allí. Una vez fuera de la casa, se quitó la ropa a toda prisa y se dirigió como un rayo hacia el coche mientras les gritaba a sus hombres:

—¡Tenemos que irnos de aquí! ¡Ahora mismo!

Martin y Gösta intercambiaron una mirada, pero obedecieron en el acto. Echaron a correr hacia el coche de policía en el que habían llegado, mientras Paula ya estaba al volante del otro.

—Conduzco yo —dijo Patrik con el sudor corriéndole por la frente.

Paula negó con un movimiento de cabeza, metió marcha atrás y reculó derrapando por la salida.

—De ninguna manera. Estás demasiado alterado. Conduzco yo. ¿Adónde vamos?

—A Skjälerö —dijo Patrik—. Vamos a Skjälerö.

ERICA ERA INCAPAZ de apartar la vista de Louise. Intuía la ira que ocultaba bajo la superficie.

—Háblanos un poco más de cómo escribiste los libros, Henning —le pidió Louise alzando la voz cada vez más—. De todas las horas que te pasabas sentado en el despacho, creando y componiendo con gran esfuerzo una frase tras otra. Mientras

Elisabeth se ocupaba de todo lo cotidiano a lo que tú no querías rebajarte.

Se rio de un modo que Erica no le había oído jamás.

—¿De dónde procedían las ideas, la inspiración? Siempre dices que Elisabeth es tu musa. ¿Es verdad? Pero ¿por qué no has escrito el décimo libro, Henning? No dirás ahora que no era esa la idea, ¿no? Es una decalogía, ¿no es cierto?

—Son nueve libros —respondió Henning balbuciendo—. Y esa era la idea desde el principio, que fueran nueve.

—Entonces, ¿por qué te has pasado varios años sentado delante del ordenador mirando el cursor? ¿Nos lo puedes explicar?

Elisabeth la miraba sorprendida.

—Pero, Louise, no entiendo…

—No, claro, porque eres una ingenua. Henning es algo mucho peor. Tu pecado es haberlo defendido todos estos años. Haber ido recogiendo la basura que él dejaba. Haberlo ensalzado cuando no lo merecía. Es un hombre totalmente insignificante, Elisabeth. Tú, que llevas todos estos años viviendo con él, deberías saberlo.

—No entiendo nada. ¿A qué viene todo esto?

Elisabeth miró a Erica en busca de una explicación, pero ella solo pudo negar con la cabeza despacio.

Louise se agachó en busca de la bolsa que tenía a sus pies. Sin pestañear, sacó una pistola y la puso encima de la mesa. Elisabeth se quedó sin aliento en tanto que Henning no parecía entender lo que estaba ocurriendo. Se limitó a murmurar algo y se llenó el vaso de whisky, antes de dejarse caer de nuevo en la silla.

Erica los miró a los tres. Ya estaba bien.

—Cecily. Fuiste tú, ¿verdad? —preguntó Erica.

Miró a Louise a los ojos sin vacilar.

—¿Qué dices? ¿Qué pasa con Cecily?

Elisabeth iba mirando a Louise y a Erica. En el silencio solo se oía el azote del viento en las ventanas, y el murmullo de Henning con la boca pegada al vaso de whisky.

Louise sonreía mientras acariciaba la pistola.

—Sí, fui yo.

—¡Ya está bien! Tenéis que explicar qué es lo que está pasando. —La voz de Elisabeth terminó en falsete—. Y por qué tienes una pistola.

—¿Cómo lo has sabido? —dijo Louise.

—Acabo de recibir una foto de mi contacto policial en Estocolmo. Le llevó una semana conseguirla. Te captó una cámara de velocidad cuando te marchabas de allí.

Louise asintió.

—Recuerdo que noté un fogonazo y pensé que ya estaba. Pero, por suerte, la policía no demostró precisamente su mayor capacidad indagatoria. Estaban deseando archivarlo como un accidente.

Erica observaba con incredulidad a la mujer que tenía delante, tan distinta de la Louise sonriente que caminaba a paso raudo delante de ella cuando salían a pasear. Nunca había visto a la auténtica Louise. Hasta ahora.

—¿Por qué mataste a Cecily?

Louise tanteó despacio el cañón mientras meditaba su respuesta. Al final, miró a Erica.

—Fue mi vía de entrada. Llevaba varios años estudiando a Peter, incluso antes de conseguir el trabajo en el Blanche. Cuando empecé allí, se me presentó la oportunidad de acercarme a él más aún. Al cabo de un año lo sabía todo. Lo que le gustaba, lo que no le gustaba, de qué se reía, qué platos prefería, cómo quería el Martini, si era de perros o de gatos, qué programas de la tele elegía para ver y cuál era su película favorita de James Bond. Tenía todo lo que necesitaba para convertirme en la esposa perfecta. Solo me estorbaba un detalle sin importancia.

—Cecily.

—Sí. Ya estaba casado. Sin embargo, eso fue algo fácil de arreglar, y el dolor lo hacía más frágil aún. Cuando necesitaba a alguien, ahí estaba yo.

—¿Qué es lo que dices…? ¿Qué es lo que está diciendo, Henning? ¿Estás escuchando lo que dice?

Elisabeth se revolvía en la silla. Erica no podía mirarla. Si veía el dolor y la desesperación que sentía, no podría continuar la conversación con Louise.

Solo que Louise continuó sin que Erica tuviera que intervenir. Era como si quisiera soltarlo todo, contar todo lo que había llevado dentro durante años.

—Era una mujer de lo más predecible. Cuando estaban en el campo recorría el mismo trayecto todas las mañanas. Solo tenía que esperar a que estuviera sola, sin testigos alrededor. Estuve esperando en la playa de Telegrafbacken tres días seguidos. Los dos primeros, los coches pasaban justo cuando yo llegaba a su altura. Pero el tercer día no había ningún otro coche aparte del mío, así que pisé el acelerador. Y apunté.

Su voz resonaba vacía de sentimientos, como si estuviera hablando de lo que costaba un litro de leche.

—Y cuando Peter empezó a hurgar en ello, lo mataste a él, ¿no es cierto?

Elisabeth contuvo la respiración.

—No, no, no lo entiendes —respondió Louise—. Eso no tuvo nada que ver con las indagaciones de Peter. Mi plan era matarlos a él y a los niños desde el principio.

En ese momento, Henning se espabiló de pronto. La miró por encima del vaso de whisky, esforzándose por enfocar la vista.

—Elisabeth, ¿acaba de decir que ella mató a Peter? ¿Y a Max y a William?

—Sí.

Las lágrimas caían sin control por las mejillas de Elisabeth. Hizo amago de incorporarse, pero Louise levantó la pistola, le apuntó a la cabeza y le ordenó que siguiera sentada.

Elisabeth se desplomó de nuevo en la silla. Erica trató de mirar con disimulo la pantalla del teléfono.

Louise la miró casi divertida.

—No pasa nada, puedes mirarlo.

—Muy bien —dijo Erica, y sacó el móvil del bolsillo.

Tenía varias llamadas y mensajes de Patrik. El pulso empezó a retumbarle en los oídos cuando leyó lo que le había escrito. ¿Cómo había acabado en aquella pesadilla? Pensó en la cara de circunstancias de Maja cuando Noel y Anton hacían de las suyas, y la intensidad en la mirada de Patrik cuando se acercaba para besarla. Ahogó un sollozo.

Con el rabillo del ojo vio que Louise la observaba.

—Han encontrado a tus padres —susurró. La voz le tembló un poco.

Louise asintió.

—Sí, ya me lo imaginaba. Hoy iba la mujer de la limpieza. Pero de eso hablaré después. Las cosas hay que contarlas en el orden adecuado.

La pantalla del móvil de Erica se iluminó de nuevo. Tras una mirada inquisitiva, Louise dio su aprobación, y Erica trató de abrir el mensaje. Le sudaban tanto las manos que tuvo que intentarlo varias veces. Al final, pudo leerlo.

Frunció el ceño. No podía ser verdad.

—¿Qué? —dijo Louise.

Elisabeth hizo otro amago de ponerse de pie, pero Louise levantó el arma sin decir nada y ella se sentó de nuevo.

—Conseguí que Patrik le pidiera a un experto que revisara el informe de la autopsia de Lola y de Pytte.

Louise ladeó la cabeza.

—Parece que cometieron un error gravísimo. Si es que fue un error...

—¿No me digas? Cuéntaselo al público, que tiene mucho interés.

Señaló con la pistola a Elisabeth y a Henning. Elisabeth temblaba, saltaba a la vista.

—El cadáver de Pytte... No pertenecía a una niña, sino a un niño.

Se hizo un silencio absoluto. Muy despacio, Erica empezó a comprender la verdad.

—Vaya, tenemos compañía —dijo Louise sin entusiasmo señalando la ventana.

Erica ahogó un sollozo al ver que el barco de Salvamento Marítimo atracaba y que Patrik, Gösta, Martin y Paula bajaban a tierra. Pronto habría terminado todo.

—Tú sabes quién mató a Lola, ¿verdad?

—Sí, y por eso estás aquí. Para que puedas escribir tu libro con toda la verdad acerca de Lola. ¿Henning? Creo que es hora de que cuentes quién la mató.

Henning parecía resignado y presa de un enorme cansancio. Las miró a las tres con los ojos empañados.

—Fui yo —dijo—. Yo maté a Lola.

Estocolmo, 1980

—¡ALEGRÍA, ALEGRÍA! —dijo Lola animada mientras recogía los restos de la copa que Ole había volcado de la mesa de la cocina, en su entusiasmo por afirmar que *Los autistas* de Stig Larsson representaba algo totalmente innovador en la literatura. El debate se había encendido tanto que los cristales siguieron en el suelo hasta que todos se calmaron.

—¡Gracias por una tarde estupenda! Debería quedarme y ayudarte a recoger, pero hace ya mucho rato que debería haber vuelto al despacho —se excusó Elisabeth, y cambió de sitio una silla que había quedado delante de la puerta que daba al vestíbulo.

—Y yo tengo que pasarme por el taller de escritura —dijo Henning—. Quién sabe, puede que un día consiga escribir algo grande.

—Seguro que sí. —Lola asintió con un movimiento de cabeza—. Estoy segura.

—Nos vamos con vosotros —dijo Ester, y le dio a Rolf un empujoncito—. Tienes una sesión de estudio dentro de media hora.

—Es vender el alma por dinero —respondió Rolf con tono dramático, pero se levantó a pesar de todo.

Antes de marcharse, abrazaron todos a la cumpleañera, que había dejado solos a los adultos cuando empezaron a hablar de libros y escritores, para irse a jugar con Sigge en el salón. Y el apartamento quedó vacío y en silencio. Lola volvió a la cocina muy contenta y satisfecha. ¡Qué fiesta más redonda!

Seguía tirando cristales al cubo de la basura cuando sonó el timbre. Fue a abrir enseguida. Rolf la miraba sonriente.

—Perdona, preciosa mía —dijo, y le entregó un sobre—. Ester me ha reñido porque se me ha olvidado daros esto a ti y a Pytte.

Lola se quedó con el sobre en la mano. ¿Qué sería?

—Ábrelo —dijo Rolf, que todavía sonreía.

Lola no pudo contener las lágrimas cuando abrió el sobre por fin.

—Pero ¡Rolf!

En el interior había varias fotos de ella y de Pytte que Rolf había tomado el día que estuvieron en el parque. Pytte columpiándose cada vez más alto hacia el cielo. Lola, con los ojos cerrados y la cara vuelta hacia el sol. Y Lola con Pytte sentada en su regazo. Fotografías en las que sonreían a la cámara, fotografías en las que se sonreían mutuamente y en las que Lola podía ver el amor entre un progenitor y su hija. Entre Pytte y Lola, su padre.

—No sé qué decir. —No paraba de llorar—. Lo que eres capaz de captar con la cámara, Rolf, es tan… Gracias, muchas gracias.

Lo abrazó.

—No hay de qué. —Rolf estaba conmovido—. Tengo que irme, si no Ester se va a enfadar.

—¡Dale un beso de mi parte! Y gracias otra vez. ¡Por todo!

Lola cerró la puerta y se secó las lágrimas con el dorso de la mano.

—Seré tonta… —murmuró entre sí—. Mira que llorar así…

Apenas había llegado a la cocina cuando volvió a sonar el timbre.

—¿Otro olvido? —dijo al abrir.

Y allí estaba. El hombre que era su sol. Su todo.

—Hola —dijo Henning—. Creo que no me ha visto nadie.

Lola no sabía por qué volvía, no habían quedado en nada, pero agradecía cada segundo que podía estar cerca de él.

Ella le acarició la mano. Poder tocarlo era como rozar un campo de fuerzas, la hacía vibrar entera.

—Ya que estás aquí, puedes ayudarme a recoger la cocina.

Lola fregó lo que quedaba, consciente en todo momento de la presencia de Henning. Tras haber colocado en el armario la última taza, Henning se secó las manos con el paño de cocina y lo colgó en el tirador de la puerta del horno.

Se acercó a Lola.

—Llevo todo el día pensando en poder besarte.

Hundió las manos en el pelo, en la nuca de Lola. La abrazó fuerte y su cuerpo se volvió, como siempre, blando como la arcilla en sus brazos.

—¿No podemos mandar a los niños a algún sitio? —le susurró con los labios pegados a los de ella.

Lola movió la cabeza mientras Henning buscaba el fondo de su boca con la punta de la lengua.

—No, no puedo, les he prometido palomitas y un cuento. Mejor… otro día…

—Es que me cuesta mucho renunciar a ti —insistió Henning acariciándola por encima de las bragas.

Lola dejó escapar un gemido.

—Pronto, muy pronto… —dijo soltándose—. Ahora voy a calentar aceite para las palomitas, y tú tienes que ayudarme a vigilarlo. Sería una tragedia que ardiera toda la casa.

—Pues yo sí que estoy ardiendo —dijo Henning.

Se colocó detrás de ella delante de los fogones, la rodeó con los brazos y empezó a besarla en la nuca.

—Tranquilo, chico —dijo Lola entre risas, y se liberó una vez más de su abrazo—. Anda, ve a mi armario y trae el regalo que tengo para Pytte. Está al lado de la caja militar de color gris. Un paquete lila. Decidí dárselo cuando se hubiera ido todo el mundo.

—Bueno, vale —masculló Henning, y le dio un último beso en la nuca.

Lola se quedó muy quieta.

—¿Qué ha sido eso? Ha sonado en el vestíbulo.

—Yo no he oído nada.

—Pues a mí me ha parecido... Bah, serán Pytte y Sigge.

—Seguro. Voy a buscar el regalo.

Henning se fue y Lola lo oyó rebuscar en el armario. El aceite ya se estaba calentando en la cacerola.

—¿Lo has encontrado?

Nada. Lola fue a buscarlo.

—¿Qué haces? ¡No tienes ningún derecho a ver eso!

Henning estaba sentado en su cama con la caja gris en el regazo, leyendo el primero de los cuadernos azules.

—¡Es magnífico! —dijo—. ¿Por qué no nos has mostrado estos textos a todos?

Se sintió como si se abriera paso por el fango mientras se le acercaba.

—¡No te he dado permiso para leerlo!

Lola trató de arrancarle el cuaderno de las manos, pero él se lo pegó al pecho y le impidió entre risas que se lo arrebatara.

—Mira que eres sensible —dijo—. ¿Y para qué tienes una pistola?

Henning señaló el arma, una Walther PPK que había en la caja junto a los cuadernos.

—Era de mi padre. Me la llevé cuando dejé su casa. Él y el resto de mi familia me enseñaron que hay quienes odian a las personas como yo, y quería poder protegerme. ¡Déjalo todo otra vez en la caja!

Henning seguía riendo. Se levantó, provocador, agitando la pila de cuadernos.

—¿Son estos los cuadernos que no puedo leer yo?

—¡Que me los des, te digo!

De pronto empezó a llorar tanto como cuando Rolf le enseñó las fotografías. Solo que ahora era de rabia y de tristeza. Quizá también de miedo. Aquellos cuadernos eran la obra de su vida. Y no quería que nadie los leyera hasta que la hubiera terminado. Ni siquiera el hombre al que amaba.

Se oyó un chisporroteo en la cocina, y Lola recordó con horror que había olvidado en el fuego la cacerola con el aceite. Echó a correr con Henning detrás y llegó justo a tiempo antes de que el aceite ardiera. Levantó la cacerola del fuego, pero lo dejó encendido.

Se volvió hacia Henning, que sostenía los cuadernos sobre la cabeza sin dejar de sonreír para provocarla. Ella saltaba y trataba de arrebatárselos, pero él era bastante más alto, así que no tenía la menor posibilidad de alcanzarlos.

—¡No tiene ninguna gracia! —dijo Lola dando un zapatazo.

Se agarró a él para poder estirarse un poco más arriba, pero no sirvió de nada. Los cuadernos azules quedaban fuera de su alcance.

—Chúpamela y te los doy.

—No digas tonterías, los niños están en casa.

—Seguro que están en el rincón de Pytte, detrás de la cortina. Ahí no ven nada. Venga ya, Lola.

—Para ya, Henning, ¡para!

Lola trató de alcanzar los cuadernos otra vez, pero él los sostenía más alto aún. Presa de la frustración, empezó a golpearle los hombros y el pecho con los puños.

—¿Qué demonios haces?

A Henning se le apagó la sonrisa y una nube negra le afloró a los ojos. Sostenía los cuadernos en la mano izquierda y le iba dando empujones con la derecha. Lola perdió el equilibrio un instante, pero luego tomó impulso y le golpeó el estómago con más fuerza todavía. Acertó a darle un buen puñetazo, y Henning gimió de dolor.

Le chispeaban los ojos de ira, y lo golpeó una vez más. Con fuerza. Entonces él giró la mano derecha y la cerró. El puño le dio con fuerza a Lola en la mandíbula y la derribó hacia atrás.

La cabeza rebotó contra el duro borde metálico de la encimera. Todo se volvió negro.

—FUE UN ACCIDENTE —susurró Henning con un temblor en la voz.

Erica no podía apartar la vista de él. Llevaba varias semanas pensando en el destino de Lola y preguntándose qué secretos ocultaba... Madre mía.

Un grito ahogado reclamó la atención de todos hacia la puerta. Nancy. La asistenta extendía las manos con gesto suplicante hacia Louise, que agitó con indiferencia la pistola y le dijo:

—Tú no tienes nada que ver con esto. Puedes irte. Pero diles a los policías que el único que puede entrar es Patrik. Los demás deben quedarse fuera, o mataré a Erica.

Erica se quedó helada. Al ver la oscuridad en la mirada de Louise no pudo por menos de pensar en el día que se conocieron. En el parque, en tierra firme. Hacía sol, el cielo estaba azul y Maja y William se reían como solo los niños son capaces de hacerlo, compitiendo a ver quién llegaba más alto en el balancín.

Nancy dudó un instante. Luego hizo lo que le había ordenado Louise y se dirigió a la puerta.

—Yo no quería hacerle daño —dijo Henning—. Estaba bromeando. No era mi intención. Pero se puso... Se enfadó tanto...

—Esos libros lo eran todo para ella —exclamó Louise—. Cada rato libre que tenía lo dedicaba a escribir. Y casi había terminado. Iba a poner punto final al último libro, y así completaría la serie. No quería enseñárselo a nadie antes de tenerlo todo terminado. ¿No podías respetar ese deseo?

A Louise se le quebró la voz, y de pronto Erica tuvo la certeza de que sus sospechas eran ciertas.

—Tú eres la hija de Lola —dijo con ternura.

Henning y Elisabeth miraron atónitos primero a Erica, luego a Louise.

Louise torció la cara, hasta ahora extrañamente inexpresiva.

—Sí, yo soy Pytte.

—Eso... Eso no puede ser —dijo Elisabeth sin aliento.

En ese momento se abrió la puerta de la casa, se oyeron unos pasos y Patrik apareció en el umbral del comedor.

—Nancy dice que puedo entrar, ¿cierto?

A Erica se le llenaron los ojos de lágrimas al ver la mirada desesperada de Patrik. «Tranquilo —hubiera querido decirle—, tranquilo.»

—Claro, entra —dijo Louise—. Y no tienes que preocuparte, no pienso hacerle daño a Erica. La necesito para que cuente qué fue lo que ocurrió. Quiero que escriba el libro de Lola. Pero para ello, tiene que saber toda la verdad.

—Los ha matado a todos —dijo Henning, y casi parecía sobrio—. Ha matado a Peter, a Max y a William.

—¿Es eso cierto? —preguntó Patrik, y Louise asintió con un gesto apenas perceptible.

Patrik señaló inquisitivo la silla que había al lado de Erica y Louise le permitió que se sentara a su lado.

Incluso antes de sentarse, le dio la mano a su mujer y los dos se las estrecharon con fuerza.

—Doy por hecho que no habrás sido tan necio como para entrar aquí con un arma —dijo Louise.

—Supones bien, pero tengo que preguntarte... —continuó él sin apartar la vista de la pistola que Louise sostenía en la mano—. ¿Dónde escondías el arma? Registramos la isla entera.

—Erica, ¿lo has adivinado ya? —dijo Louise.

Erica frunció el ceño. Solo con ver a Patrik se le había normalizado el pulso, pero en su cabeza las ideas seguían dando vueltas como en un torbellino. ¿Cómo iba a saber ella dónde había escondido Louise el arma? No tenía ni idea. Pero de pronto recordó la travesía en barco.

—La nasa. Tenías el arma en la nasa de William.

—Eso es. Fui hasta allí con el bote y escondí la pistola en la nasa, así que lo único que tenía que hacer al llegar era recogerla. Muy ingenioso, aunque esté mal que yo lo diga.

—¿Y Rickard? —preguntó Patrik—. La sangre que tenía en la camisa...

Louise resopló.

—En fin, no es difícil de imaginar. Me aseguré de que Rickard y Tilde tomaran la cantidad suficiente de somníferos. Luego entré en su habitación, me puse la camisa de Rickard encima de un jersey de manga larga, para no dejar rastros de ADN, y me la puse para disparar. Luego la dejé en el cesto de la ropa sucia.

—Pero ¿por qué? —preguntó Elisabeth llorando a lágrima viva.

Louise la miró casi compasiva.

—Nunca tuve intención de herirte o de hacerte daño, Elisabeth. Tú eres una víctima tan inocente en este caso como lo fue Lola. También Peter y los niños fueron víctimas inocentes. Y Cecily. Incluso Rickard, por muy cerdo que sea. El único que no es una víctima es Henning. Y yo quería... O más bien necesitaba hacerle a él lo que él me había hecho a mí. Quería arrebatárselo todo. Pero antes tenía que acercarme a él.

—Por eso te casaste con Peter —dijo Erica.

—Fue mi billete de acceso a la familia —confirmó Louise—. Y fue incluso más fácil de lo que yo había imaginado. A los hombres les gusta mirarse en sí mismos, así que yo me convertí en el reflejo de la imagen de Peter. Y, sin la figura de Cecily, fue fácil. Luego procuré ser indispensable para Henning. Me convertí en su mano derecha, en la hija que nunca tuvo. Y tú nunca llegaste a sospechar nada, ¿verdad que no, Henning? Te encantaba tener a una persona que obedecía cada gesto que hacías, que se ocupaba de que tu vida discurriera sin fricciones y que alimentaba tu ego con elogios y halagos.

Louise agitó la pistola en la mano con gesto indiferente. Elisabeth dejó escapar un sollozo y Erica apretó aún más la mano de Patrik.

—«¡Tienes tanto talento, Henning! ¡Eres un gigante de la literatura, Henning! ¡Eres un escritor divino, Henning!»

Louise se imitaba a sí misma con voz chillona. Henning seguía allí, con la cabeza gacha y la vista en el tablero de la mesa.

Louise continuó, ahora ya con ese tono de voz sordo que había usado desde que había sacado la pistola.

—Yo era la única que sabía hasta qué punto eres un impostor y un mentiroso. No solo eres un asesino, sino también un ladrón. Alguien que robó no solo una vida, sino también la obra. Y tú, Elisabeth, nunca sospechaste nada, ¿verdad? Madre mía, precisamente tú deberías de saber mejor que nadie que Henning no tiene ningún talento.

—¿A qué se refiere, Henning? —preguntó Elisabeth desesperada.

—Eso es, ¿a qué me refiero? ¿Lo cuentas tú o lo cuento yo, Henning?

—Vete al infierno —dijo en voz baja, y se negó a mirarla a los ojos.

Louise miró a todos los presentes alrededor de la mesa con su sonrisa torcida.

—Vale, entiendo que quieres que sea yo la que cuente la historia. Pues permitidme que os cuente lo que ocurrió ese día. El día de mi sexto cumpleaños. Después de la fiesta, todos se fueron de nuestro apartamento. Pero tú volviste, ¿verdad, Henning? Porque querías estar con mi padre. Creíais que yo no lo sabía, pero los niños lo ven todo. Yo no quería que Sigge oyera lo que hacíais, así que le dije que se escondiera en el baúl de la ropa. Él se lo tomó como un juego, así que se metió dentro y cerró la tapa. Yo le puse un pasador a la cerradura para que no pudiera salir mientras yo no quisiera que saliera. Luego eché la cortina que separaba mi cama y me acurruqué dentro. Tenía en la mochila el nuevo reproductor de música, así que lo saqué y le subí el volumen al máximo para no tener que oír nada. Pero al cabo de un rato un golpe resonó en la cocina, y olía a quemado. Me asusté y corrí hacia allí con la mochila. Era espantoso. De los fogones salían llamas que subían hasta el techo. Mi padre estaba tendido en el suelo, totalmente inmóvil. Había sangre por todas partes, y tenía los ojos abiertos.

»Yo gritaba sin parar, pero no se despertó. Traté de arrastrar su cuerpo hasta el vestíbulo, pero pesaba demasiado, y me golpeé la rodilla con su pistola, que estaba en el suelo. Me escocían los ojos por el humo, cada vez me costaba más respirar. Comprendí que tenía que salir de allí. Metí la pistola en la mochila y corrí escaleras abajo tan rápido como pude, con la intención de pedir ayuda, pero nadie me vio o nadie quería verme, a pesar de que estaba llorando y gritando en plena calle con todas mis fuerzas. Alguien debió de llamar a los bomberos, porque acudían camiones con las sirenas y se detenían delante de nuestro edificio, así que pensé que ya iban a ayudar a mi padre. Pero no. Las llamas y el humo asomaban por las ventanas de nuestro apartamento. Yo me quedé temblando en un portal de la acera de enfrente, abrazada a la mochila, viendo cómo los bomberos salían moviendo la cabeza. Yo era una niña, pero lo comprendí.

—¿Adónde fuiste? —dijo Patrik.

—Lussan, la hermana de mi padre, me había dado su tarjeta cuando vino a vernos y mi padre y ella discutieron. Me la dio para que la llamara si tenía problemas. La tenía en la mochila, donde guardaba todo lo importante, y la llamé desde una cabina. Me dijo que diera una vuelta por el barrio hasta que vino a recogerme con su cochazo. Luego lo arreglaron todo. ¿Sabías que con dinero y contactos se puede conseguir cualquier cosa? Sobre todo entonces, en 1980. Dejé de ser Pytte. Ni siquiera era Julia. Era Louise, hija adoptiva de Lussan y Pierre. El tío de Pierre era jefe de policía en Estocolmo por aquel entonces, así que recurrió a sus contactos y se ocupó de que me proporcionaran todo lo necesario para obtener una nueva identidad. No conozco los detalles. O no los conocía hasta que conseguí que Lussan me los contara antes… Antes de morir.

—He visto lo que le has hecho. Había mucha ira en esa acción —dijo Patrik en voz baja.

—¿A qué te refieres? ¿Qué le ha pasado a Lussan? —La voz de Elisabeth se quebró del todo.

Louise la miró con tranquilidad.

—Lussan y Pierre están muertos. Yo los maté.

—Dios mío —dijo Henning.

Después de su confesión se había quedado hundido y totalmente ausente. Erica se preguntaba si había asimilado lo que Louise acababa de contar. En ese momento, en todo caso, se tomó un buen trago de whisky.

—Lussan y Pierre sobornaron a la abuela de Sigge para que no desvelara el hecho de que había sido él quien había muerto en el incendio. Tardaron varias semanas en denunciar su desaparición, y entonces ya nadie lo relacionó con el incendio del apartamento. Silenciaron las conclusiones del forense. Dinero. Contactos. Poder. Nadie cuestionó nunca quién era yo. Y nunca hablamos de Lola. Estaba terminantemente prohibido. Toda la familia se avergonzaba de mi padre. Incluso después de su muerte. Por eso Lola los abandonó sin volver la vista atrás. Pero yo no tuve esa opción. ¿Adónde podía ir? No tenía a nadie más.

—Estaba tu abuela —dijo Erica.

Quería sentir empatía por lo que Pytte había sufrido, pero viendo la mirada fría de Louise le resultaba imposible.

—Tenía seis años —dijo Louise con ese tono desagradable e insensible que se había apoderado de su voz—. No sabía ni cómo se llamaba mi abuela ni dónde vivía. No tenía la menor posibilidad de encontrarla. Estaba atrapada con Lussan. Y era repugnante. Ella era repugnante, la vida que llevaban era repugnante. Pero aprendí todo lo necesario para convertirme en la esposa de Peter de adulta. Y tenía el pasado y el árbol familiar adecuado para tener acceso a la familia Bauer. Lussan estaba encantada con el «buen partido» que había encontrado. No entendía nada, la tonta de Lussan. Y al final, tuvo su merecido.

Louise posó la mirada en Henning y entornó los ojos.

—Igual que tú, Henning Bauer. Eres un hombre malvado, un resentido, un narcisista que ha construido su vida sobre una mentira. Eras un buscavidas cuando conociste a Elisabeth, un escritor aficionado sin talento, con más ambición que capacidad, que se cambió el apellido por el más ilustre de su mujer. En cuanto leíste los libros de mi padre supiste lo que tenías entre manos. Comprendiste que era una mina de oro. Y quisiste que fuera tuya.

Levantó la pistola y apuntó a Henning.

—Y ahora por fin tienes lo que te mereces. Te lo he arrebatado todo. Los hijos, la fama, el premio. No te queda nada.

Henning alzó la cabeza y se puso de pie tambaleándose.

—Menuda puta… —susurró.

Louise se echó a reír.

—Ya te has quedado sin máscara y todos pueden verte tal como eres. Maté a tu hijo y a tus nietos con la misma arma con la que tú mataste a mi padre. Más simbólico, imposible. «Como una tragedia griega», diríais en el Blanche.

—Pero ¿qué dices? —Henning se tambaleaba en la cabecera de la mesa—. Le di un empujón y se golpeó la cabeza.

—Pero no fue eso lo que mató a Lola —dijo Patrik, y Erica se sobresaltó. Recordó la instrucción del caso. ¿Cómo no había caído antes?—. Lola murió de dos disparos. De la misma arma que mató a Peter y a los niños.

—¿A Lola la dispararon? No, no… —Henning se hundió de nuevo en la silla—. Yo no disparé a Lola —susurró.

Por primera vez se resquebrajó la indiferencia aterradora de Louise.

—Si Henning no mató a mi padre, ¿quién fue?

Louise miraba desesperada a su alrededor. Tenía los ojos tan abiertos que le brillaban.

Nadie respondió.

Al final, Elisabeth carraspeó un poco. En su rostro, que se había llenado de manchas rojas, se apreciaba la indignación y una extraña rebeldía. Y entonces, empezó a hablar.

Estocolmo, 1980

ELISABETH HABÍA VUELTO a escondidas al apartamento de Lola. Y ahí se encontraba ahora, en la entrada, dudando, pegada a los abrigos que había colgados en el perchero. No sabía muy bien lo que estaba haciendo, pero la duda llevaba tanto tiempo devorándola que ya no podía más. La excusa de Henning con lo del taller de escritura la tenía desesperada. Sabía que ese día no iban a reunirse. Sin ser vista, lo siguió para cerciorarse y, con el corazón roto, vio cómo volvía al apartamento de Lola.

Elisabeth oyó las voces de Henning y Lola desde la cocina, y avanzó sigilosamente por el pasillo. Vio aquello que tanto temía. A su marido besando a... otro hombre.

Porque eso era lo que veían sus ojos. Ellos podían decir que Lola era una mujer, pero Elisabeth sabía que la biología no se podía anular con palabras.

Sintió las náuseas en la garganta y parpadeó para contener las lágrimas que le ardían bajo los párpados. Con otra mujer ya habría sido grave, con un hombre era más de lo que ella podía soportar ni con el pensamiento. Ella quería a Lola tanto como los demás, pero antes de que ella... Antes de que él se hubiera metido en la cama con su marido.

Elisabeth se estremeció ante la sola idea de sus cuerpos desnudos, pegados, ante la idea de Henning acariciando a Lola. La infidelidad, la humillación era inasumible. El odio que sentía era tal que le temblaba todo el cuerpo. La decepción era con los dos.

Con Lola, que ella creyó su amiga. Y con Henning, su marido. Su amado.

Avanzó hacia el interior y escudriñó con la mirada antes de atreverse a entrar en el salón, donde los rayos del sol creaban formas en la gran alfombra roja y el baúl que había en la pared. A Pytte no se la veía, pero la cortina que rodeaba la cama de la pequeña estaba echada, y detrás se oía música. Bien, la niña estaba distraída.

Se quedó inmóvil un buen rato. Estaba tan furiosa que le costaba pensar con claridad. ¿Qué hacía aún en casa de Lola? Había ido ahí para saber la verdad, y ya la sabía. Había terminado. Aun así, cruzó de puntillas la habitación hasta el lado de acceso a la cocina y se asomó por el marco de la puerta. Henning estaba abrazando a Lola, estaban tonteando y besándose. Él la acariciaba y ella se hacía la interesante como un gato ansioso. Elisabeth estuvo a punto de soltar un grito, pero un clic la sorprendió e hizo que retrocediera. No pasó nada. Lola le dijo algo a Henning y se hizo el silencio. Tras esperar unos instantes, Elisabeth se atrevió a asomarse de nuevo a la cocina. Estaba vacía.

Entonces oyó voces airadas. La de Henning. Y la de Lola. Henning apareció corriendo. Sostenía algo sobre la cabeza, algo que Lola trataba de alcanzar. Elisabeth oyó a Henning pedirle a Lola que se la chupara, y vio rayos y centellas de pura rabia.

De pronto, Lola golpeó a Henning. Una serie de puñetazos en el pecho. Henning levantó el puño y le atizó a Lola en la mandíbula. Ella extendió los brazos, fue trastabillando hacia atrás y se golpeó la nuca contra el borde de la encimera.

Luego se hizo un silencio horrible.

Lola yacía sin vida en el suelo y Elisabeth vio pasar su futuro. La cárcel para Henning. Sus hijos crecerían sin un padre. El nombre de su familia, deshonrado. No podía permitir que sucediera. Henning era débil. Pero ella era fuerte.

Volvió en silencio al vestíbulo, dejó atrás la cocina y llegó a la puerta de entrada, que abrió y cerró de golpe antes de acudir corriendo a la cocina en busca de Henning.

—Me han cancelado la cita así que he vuelto para ayudar a Lola a recoger... Dios mío, ¿qué ha pasado?

Henning estaba inmóvil como una estatua junto al cuerpo de Lola, con la cara pálida.

—Pues... se ha caído... —dijo con el llanto a flor de piel. A su alrededor, en el suelo, había varios de los cuadernos azules—. Yo... Yo cambié de opinión y volví aquí. Estábamos discutiendo por sus diarios. Leí un poco y vi que había escrito... fantasías sobre mí. Fantasías que, en las manos equivocadas, podrían malinterpretarse.

Elisabeth se preguntaba si Henning sería capaz de percibir su desprecio.

—Llévate los cuadernos, vete de aquí y destrúyelos. Yo me encargo de esto.

—Pero...

—Haz lo que te digo —atajó Elisabeth—. Vete de aquí. Destruye los diarios.

Su marido asintió. Recogió los cuadernos que había en el suelo y se fue del apartamento casi a la carrera. Elisabeth miró a su alrededor. Había que destruir todas las pruebas. No debía quedar nada que llevara hasta Henning.

En la encimera de gas había una cacerola con aceite. Aún había un fogón encendido, y Elisabeth se acercó para retirar la cacerola, pero soltó un grito cuando notó que una mano le agarraba la pantorrilla.

—Henning... —dijo Lola con voz ronca mientras se incorporaba. Se llevó la mano a la cabeza—. ¿Dónde está? Me ha golpeado.

—Se ha ido —respondió Elisabeth con voz apagada. ¿Qué iba a hacer ahora?

Lola se incorporó con dificultad. Fue cojeando al dormitorio y se acercó a una caja que había en la cama. Era gris y bastante grande. Elisabeth la siguió. Cuando Lola abrió la tapa de la caja, ella se asomó con curiosidad. En el fondo había una pistola.

—Me los ha robado.

—¿Qué es lo que te ha robado? —preguntó Elisabeth.

La ira iba y venía en oleadas. No sabía qué hacer con todo lo que sabía. El cariño antiguo que sentía por Lola. Mezclado con el odio nuevo que en ese momento le inspiraba.

—Mis cuadernos —dijo Lola apretando los dientes—. Lo siento mucho, Elisabeth, pero pienso llamar a la policía y denunciarlo.

Lola regresó cojeando a la cocina.

Elisabeth volvió a mirar en la caja. La pistola. No podía pensar. Todo era transparente y nebuloso a un tiempo. Pero la mano derecha se estiró como por sí misma hacia el arma, y Elisabeth se dirigió con ella a la cocina. Lola estaba con el auricular en la mano y había empezado a marcar los números en el disco. Sin rastro de temblor, Elisabeth levantó la pistola y disparó. Dos veces.

Lola la miró sorprendida. Luego cayó al suelo.

Elisabeth limpió la pistola con la falda, la dejó junto a Lola y vertió aceite de la cacerola sobre la encimera, los fogones y la llama de gas.

Cuando dejó al apartamento, oyó el crujir de las llamas. Siguió adelante apremiando el paso. Luego se detuvo de pronto. ¡Pytte! Pero siguió caminando. No había nada que hacer. Lo hecho, hecho estaba.

—Y TODOS ESTOS años has dejado que creyera que fui yo quien mató a Lola.

Henning tenía la cara enrojecida. La frente le brillaba cubierta de gotas de sudor.

Elisabeth parecía estar encogiendo.

—Yo... no podía... Me habrías dejado. Y no podía ir a la cárcel. Era mejor que tú creyeras... Y tuvimos suerte, no pasó nada. Nadie quería investigar la muerte de uno de esos.

—Uno de esos... —repitió Louise apretando los dientes—. Mi padre no era «uno de esos». Y yo creyendo todos estos años que el asesino era Henning...

Se hundió en la silla. Luego levantó de nuevo la pistola y apuntó a Elisabeth.

—A ti es a quien debería haber odiado todos estos años. A los dos. Me alegro de haber matado a tu hijo y a tus nietos, Elisabeth. ¿Me oyes?

Elisabeth se cubrió la cara con las manos, pero no dijo nada. Patrik le apretó la mano a Erica y le preguntó a Louise:

—¿Y Rolf? ¿Por qué lo mataste?

Ella bajó la pistola y lo miró sin comprender.

—Yo no maté a Rolf.

—Pero, entonces... —susurró Patrik desconcertado.

—Maté a Peter y a los niños porque Henning los quería. Y a Cecily, para poder entrar en la familia. Pero ¿a Rolf? No tenía ningún motivo para matarlo.

Louise se levantó de la silla y se colocó detrás de Elisabeth, que sollozaba cada vez más angustiada.

—Mi padre quería a Henning. Y Henning la traicionó. Pero no fue él quien la mató. La mataste tú.

Louise le puso la pistola en la sien y le rodeó el cuello con el brazo izquierdo. Se agachó y le habló a Elisabeth al oído.

—¿Por qué tuviste que matar a mi padre? ¿Para proteger a Henning? Si ni siquiera lo querías. Tú querías a Rolf. Yo leí vuestras cartas de amor. Y Henning no te quería a ti. Así que lo hiciste solo por tu reputación, ¿no? Por el nombre de la familia. Para que no se supiera que tu marido se acostaba «con uno de esos». Un «anormal», así llamaba Lussan a mi padre. Antes de que la matara. Imagínate, decía que su propio hermano era un anormal.

Louise le empujó más fuerte aún la pistola contra la sien, y Elisabeth se lamentó un poco.

—No fue un golpe de buena suerte que nadie investigara el asesinato. Fueron Lussan y Pierre, que utilizaron sus contactos. Si el tío de Pierre, el jefe de policía, no quería que algo se investigara, no se investigaba. Mi padre no le importaba a nadie. A nadie.

Empezó a describir un círculo con el cañón en la sien de Elisabeth, por cuyas mejillas corrían ya las lágrimas.

—Eres consciente de que Henning también te engañó a ti, ¿verdad? Los cuadernos que se llevó no eran diarios. Eran los libros que luego publicaba con su nombre. No era Henning quien iba a ganar el Premio Nobel de Literatura, era Lola.

—¿Por qué esperaste tanto tiempo? —preguntó Erica. Se había sentado tan cerca de Patrik que sentía el calor de su cuerpo. Necesitaba la seguridad que ese calor le infundía.

—Llevo esperando toda la vida. El tiempo no significa nada. Lo único que me ha importado en la vida era mi padre. Y yo soy la única a la que le importó Lola. Yo creía que había sido Henning quien la había matado, pero para que la venganza fuera relevante, era preciso que tuviera el máximo que perder. Cuando se enteró de que iba a recibir ese premio que llevaba anhelando toda la vida, supe que estaba lista, que ya habían terminado todos los años de preparativos. Yo quería arrebatarle todo lo que le importaba: su familia, el Blanche, la gloria.

—¿Fuiste tú quien le dio a Rolf el material sobre el Blanche?

—Sí —respondió Louise—. Empezó a hacer preguntas sobre el club, y comprendí que había empezado a sospechar. Así que le di lo que necesitaba. Era la oportunidad ideal.

—¿Sabías por qué había empezado a hacer preguntas? —dijo Patrik.

—No. Quizá porque se había hartado de tanta mentira.

—Se estaba muriendo.

Elisabeth contuvo la respiración y Louise le dio un toquecito con la pistola en la cabeza.

Patrik continuó:

—Solo le quedaban unos meses de vida. Yo creo que quería ajustar cuentas con el pasado. Y creo que la exposición formaba parte de ello. Así que sí había alguien que se preocupaba por tu padre. No olvides cómo se titulaban las fotografías: *Inocencia* y *Culpa*. Vivian me envió la foto desaparecida cuando me dirigía hacia aquí. A ti ya te la había entregado, ¿verdad?

Louise asintió.

—¿Puedo abrirla en el teléfono para mostrársela a Henning y a Elisabeth?

—¿A cuento de qué tenemos que ver esa foto horrible? —De pronto, Elisabeth se había erguido y trataba de soltarse del puño de Louise.

—¡Cierra la boca!

Louise volvió a presionarla con la pistola. Luego le ordenó a Patrik:

—Muéstrala.

Patrik abrió la foto en el teléfono, se la mostró primero a Erica, y luego a Henning.

Pero Henning tenía la mirada de hielo, y solo se le encogió un poco la boca. Luego empezó a temblarle todo el cuerpo. Se le quedaron los ojos en blanco y, antes de que ninguno de los presentes pudiera hacer algo, cayó al suelo.

Los espasmos eran cada vez más intensos, parecía como si estuviera masticando espuma.

—¡Henning!

Elisabeth gritó como un animal herido.

Patrik se abalanzó sobre Henning y le gritó a Louise:

—¡Ayuda, rápido!

Louise se quedó mirando sin inmutarse a Henning, soltó el cuello de Elisabeth y bajó la pistola.

Elisabeth reaccionó como un rayo, le arrebató la pistola de la mano y le disparó en el pecho.

Louise abrió los ojos de par en par. Se quedó de pie unos segundos, se tambaleó un poco y, finalmente, cayó al suelo.

—¡Erica, ve a buscar ayuda! —gritó Patrik, y logró sacarla del aturdimiento provocado por la conmoción.

Erica salió corriendo del comedor, lejos de la sangre, lejos de los gritos. Paula, Martin y Gösta estaban en la explanada entre las casas, les dijo que pidieran ayuda y que entraran en la casa para ayudar a Patrik. Hasta que no se quedó sola, no se dio cuenta de que estaba llorando. Le llevó unos instantes calmarse lo suficiente como para poder volver al comedor.

Se detuvo en el umbral. Contuvo la respiración ante la escena que tenía delante. Henning yacía ahí donde había caído, presa de continuos espasmos. Martin le sostenía la cabeza para tratar de liberar las vías respiratorias. Al otro lado de la mesa estaba Patrik de rodillas, junto a Louise, presionándole el pecho con las manos. A pesar de todo, el charco de sangre que se extendía bajo el tronco no paraba de crecer.

—El helicóptero está en camino —afirmó Gösta—. Aterrizará dentro de unos minutos.

—Esperemos que llegue a tiempo —dijo Paula con serenidad.

Paula le había arrebatado el arma a Elisabeth, que estaba inmóvil, con los brazos caídos, mirando a su marido.

—A lo largo de los años me ocupé de todo —dijo en un susurro—. Los niños, la casa, su carrera... Mientras él escribía encerrado en su despacho. Él era el artista. El genio. El que se llevaba los aplausos y los elogios. Los niños y yo vivimos a la sombra de su figura, todos esos años. Y resulta que todo era mentira.

—Tú también mentiste —replicó Erica, sin poder contenerse—. Dejaste que creyera que había matado a Lola.

Elisabeth parecía extrañamente tranquila.

—Cierto. Pero ¿no resulta así su mentira peor aún? ¿El hecho de que robara el trabajo y la gloria de alguien cuya vida creía tener sobre su conciencia? Es un hombre débil. Ahora lo veo, y debería haberlo visto antes. Aunque en el fondo, creo que siempre lo he sabido. Henning siempre se ha dejado cegar por cosas brillantes, relucientes. Mi apellido debió de suponer para él una tentación irresistible.

Una mancha húmeda se extendió por el pantalón de Henning, que había perdido el control de la vejiga. La cara de Elisabeth expresaba repugnancia. Se dirigió a la mesa y se sirvió un buen whisky.

Fuera ya se oía el ruido de un helicóptero que se aproximaba a Skjälerö.

Patrik tenía la mirada fija en el mar a través de las ventanas de la terraza de casa. La vista era increíblemente hermosa, pero no podía disfrutarla. Aún lo embargaba el miedo de lo que podría haber ocurrido. Los sucesos de los últimos días habían demostrado una vez más lo frágil que es la existencia. En la isla de la familia Bauer, él podría haber perdido a Erica.

Ella era su vida, su todo. Sí, los niños también, claro, pero eran Erica y él quienes constituían la base, y la familia había surgido de su amor. Sin ella, él se desorientaba. Y Louise podría habérsela arrebatado.

—Comemos dentro de media hora.

Se sobresaltó al oír la voz de Erica, que lo calmó poniéndole las manos en los hombros. Sin pensar, él la acarició enseguida para sentir más su calor. Ella le estrechó la mano entre las suyas y se sentó luego a su lado en el sillón.

—Pasé mucho miedo —dijo Patrik.

—Yo también.

Erica se puso una manta sobre las piernas.

—No consigo que se me vaya el miedo del cuerpo —dijo Patrik.

Erica se estremeció, a pesar de la manta, y lo miró con ternura.

—No es la primera vez que nos ocurre algo así —dijo ella sonriendo—. Se nos pasará. Al final. Un día no tendrás nada más de lo que preocuparte que averiguar cómo vamos a librarnos del dichoso arco de la cocina.

Patrik le apretó la mano.

—Espero que tengas razón. Pero a mí me da la impresión de que empeora con los años.

—¿Has sabido algo del hospital? —dijo Erica.

—Han operado a Louise, no saben cuál es el pronóstico. Henning sobrevivirá, pero aún no hay certeza del alcance de la lesión cerebral.

—Qué horror. —Erica suspiró y subió las piernas flexionadas al asiento—. Imagínate, vivir tantos años en una mentira así.

—¿Te refieres a Louise o a Henning?

—En realidad, a los dos. Louise, por dedicar toda su vida a convertirse en la persona que debía ser para acceder a la familia

Bauer. Y Henning, que se llevó el mérito de una obra y un talento que no le pertenecían.

—La prensa ya se está cebando con ello —dijo Patrik sombrío—. Cuando tengan todos los detalles, les va a encantar.

—No leas esa basura.

—¿Qué vas a hacer tú con el libro sobre Lola?

Erica respiró hondo y miró al mar.

—Pienso que después de lo ocurrido es más importante aún contar la historia de Lola. Esta tarde he estado hablando con Vivian. Me ha permitido que use en el libro las fotografías de la exposición de Rolf. Además, piensa llevar a cabo la exposición, pero me ha dicho que esperará hasta que publique el libro.

—Son unas imágenes extraordinarias.

—Lola era extraordinaria.

Se quedaron sentados en silencio un rato mientras el cielo ardía fuera. El sol no tardaría en desaparecer en el mar. La oscuridad llegaba cada vez más pronto en esa época del año.

Erica apretó de nuevo la mano de Patrik.

—¿Quieres que hablemos del elefante que tenemos en la habitación?

—¿Te refieres al pastel que hay en el horno?

No había sido una broma muy lograda, y Erica no sonrió. Se limitó a asentir. Él se inclinó y le acarició la mejilla. Erica tenía razón. Era una conversación que no podían posponer por más tiempo.

Estocolmo, 1980

—¡Mierda!

—¿Qué pasa? —preguntó Ester al oír la salida repentina de Rolf.

—Se me ha olvidado la bufanda en casa de Lola.

—Déjala para la próxima vez. Ya has vuelto una vez.

—De eso nada, es la azul, y ya sabes cómo es Lola. Le encanta esa bufanda, así que desaparecerá en el agujero negro de su armario.

—Vale, pero date prisa. No puedes llegar tarde, el cliente no quiere esperar.

—El dichoso cliente —masculló Rolf.

Detestaba los encargos que se veía obligado a aceptar para poder tener techo y comida. Prostitución, eso era. En aquella ocasión se trataba de fotografiar a la junta directiva de la Bolsa. Hombres muy serios con chaqueta de doble botonadura que querían aparentar tener tanto dinero y tanto poder como fuera posible. Totalmente repulsivo.

Fue subiendo los peldaños de dos en dos y tuvo que detenerse en la puerta para recuperar el resuello. Su condición física no era la de antaño. Muy despacio, bajó el picaporte de la puerta. No quería que Lola se diera cuenta de que había vuelto. Si empezaba a hablar con ella, no se iría nunca de ahí…

La bufanda estaba colgada en una percha del vestíbulo. Se la acercó a la mejilla unos instantes. No podía decirle a Ester cuál era la verdadera razón por la que era tan importante recuperarla, pero se preguntaba si no lo sabría ya de todos modos. Últimamente había algo en su forma de comportarse...

Esa bufanda se la había regalado Elisabeth. A veces le parecía que aún podía sentir su aroma. Olía a amor y a tristeza, una mezcla que le provocaba dolor en el corazón. La echaba en falta muchísimo, pero era necesario que pusieran punto final a su relación. El amor no podía basarse en engaños y mentiras. Él quería a Ester y Elisabeth quería a Henning. No igual que se amaban ellos dos, pero las heridas que se abrirían si pedían el divorcio no sanarían jamás. Y ellos tampoco podrían ser felices juntos así. Uno no podía construir la felicidad propia sobre la desgracia ajena.

A veces, cuando ninguno de los demás lo veían, Elisabeth lo miraba con tanto amor que casi sentía vértigo. Y Rickard era un recordatorio constante de su amor. Desde el momento en que vio al niño tuvo claro que era suyo. Pero Henning no habría sobrevivido a esa verdad, de modo que Rolf la escondió en lo más hondo de su ser, exactamente igual que había escondido las cartas de Elisabeth.

Sin pensarlo, dio unos pasos por el vestíbulo con la bufanda en la mano cuando oyó unos ruidos en la cocina. Miró por la abertura de la puerta. Y se quedó helado. Luego levantó la cámara despacio e hizo unas cuantas fotografías. El corazón le latía con fuerza en el pecho. Henning. Y Lola.

Si Elisabeth llegara a saberlo, la destrozaría. Pensar que Rolf y ella habían sacrificado su amor por algo que era una mentira. Se preguntó si estaba enfadado. Pero no. No podía estarlo, porque lo que había captado la cámara era amor puro y sincero. Como el de Elisabeth y él. La cara de Lola resplandecía entre las manos de Henning. Sus labios se abrían ansiosos cuando él la besaba, como si en el mundo solo existieran ellos dos. No era posible sentir ira ante aquello. El amor era amor, daba igual en qué forma se manifestara.

Muy despacio, bajó la cámara y salió por la puerta. El secreto de Lola y Henning estaba a buen recaudo en sus manos.

Dos semanas más tarde

Tenían hora reservada. Después de mucha angustia y de muchas horas de conversación, el resultado de la amniocentesis los había llevado a convenir que aquello era lo único razonable. No tenían fuerzas ni tiempo para otro hijo. Y menos aún cuando sabían que ese hijo iba a tener una vida difícil.

Pero le sorprendía comprobar lo mucho que le había afectado la decisión. Cuando el tren entraba en la estación Central de Estocolmo, se dio cuenta de que se había pasado el viaje mirando por la ventanilla el paisaje, que pasaba a toda velocidad.

La primera cita que tenían en la capital era con el editor. El taxi se detuvo ante la imponente puerta de Sveavägen, y se quedó unos instantes ahí parada, con el bolso de viaje en la mano. La historia de Lola había dado un giro inesperado, y la historia que ella creía que iba a contar, resultó ser otra muy distinta. Aún no tenía muy claro qué hacer. El caso había prescrito, puesto que a Lola y a Sigge los habían asesinado antes de 1985. No juzgarían a nadie por aquellos crímenes.

La prensa aún no tenía idea de esa parte de la historia, pero la cara de Louise aparecía en todas las portadas. Había sobrevivido al disparo en el pecho, y había confesado los asesinatos de Cecily, Peter, Max y William, Lussan y Pierre, y también el de Rolf, a pesar de que había empezado negándolo.

El nombre de Lola no se había mencionado hasta ese momento. Cuando se publicara el libro de Erica, la cosa cambiaría.

Y no estaba segura de cómo afrontarlo. Había una persona con la que tenía que hablar antes de tomar una decisión definitiva.

Después de la reunión en la editorial, acudió a la siguiente cita dando un paseo. Su editor estaba preocupado y no terminaba de comprender sus dudas acerca del libro, pero ella no le dio ninguna explicación. Aquello debía quedar entre Elisabeth y ella.

Dudó un segundo antes de tocar el timbre. El apartamento se encontraba en Strandvägen, en el mismo edificio donde Svenskt Tenn tenía su sede, y hasta el portal era lujoso.

Cuando Elisabeth le abrió la puerta, Erica se sintió insegura de pronto. No tenía ningún plan de qué decir o qué preguntar, y Elisabeth se mostraba tan fría e impasible como en la cena de las bodas de oro. Llevaba un vestido caro y elegante, y lucía un peinado impecable. Era como si la escena que habían vivido en el comedor de la casa de Skjälerö nunca hubiera tenido lugar.

—Pasa —le dijo, y le indicó un salón enorme con una mano de uñas perfectas.

Erica tuvo que hacer un esfuerzo para no quedarse boquiabierta como un pajarillo. No era un apartamento, era un piso grandioso y cuidado en cada detalle. Ni rastro de un arco en la cocina hasta donde alcanzaba la vista.

—¿Café? ¿Té? ¿Algo más fuerte?

—Café, gracias.

Elisabeth hizo un gesto discreto hacia una mujer en cuya presencia Erica ni había reparado al principio. Nancy.

Erica la saludó sorprendida.

—¡Henning! ¡Tenemos visita!

Elisabeth hablaba alto y claro mientras se dirigía a un conjunto de sofás blancos y mullidos. Erica no pudo evitar contener la respiración. Se quedó de piedra al ver a Henning. La última vez había sido el día que se cayó al suelo del comedor en la isla, con lo que resultó ser un ataque de apoplejía.

—Oye y entiende todo lo que decimos, pero tiene muy limitado el movimiento, la mayor parte del cuerpo ha quedado paralizada —dijo Elisabeth como si nada—. Ya no puede hablar, pero el cerebro le funciona perfectamente, aviso.

Se inclinó sobre la silla de ruedas y, con un pañuelo, le limpió a Henning un hilo de baba que le caía por la comisura de los labios, justo antes de sentarse en el sofá y después de haberse alisado la falda cuidadosamente.

—Te agradezco que hayas querido, o que hayáis querido recibirme —dijo Erica cuando Nancy le puso un café. La criada había colocado en la mesa una bandeja repleta.

—¿*Biscotti?*

Elisabeth señaló el plato de galletas de almendra italianas.

—No, gracias —respondió Erica, y se aclaró un poco la garganta—. Sí, veréis, acabo de celebrar una reunión con la editorial…

Miró de reojo a Henning, sin saber muy bien cómo expresarse ante él. A decir verdad, había ido con la esperanza de hablar a solas con Elisabeth, y ahora no sabía qué se atrevería o qué querría decir.

—Delante de Henning puedes hablar con total libertad —dijo Elisabeth como si le hubiera leído el pensamiento—. Ya no tenemos secretos el uno para el otro. ¿Verdad, querido?

Volvió a limpiarle la baba de la comisura.

—Bueno, pues hay una serie de temas de los que deberíamos hablar en relación con mi próximo libro —dijo Erica, y paseó la mirada entre Henning y Elisabeth. Era como si se encontrara en un extraño mundo de pesadilla—. La editorial apoya totalmente el hecho de que lo termine teniendo en cuenta lo que sé ahora. Pero no sé si…

—¿Qué dice Louise?

Elisabeth preguntó con un tono profesional.

—Louise quiere que cuente la historia de Lola tal como es. Tal como ocurrió todo.

—Pues ya está —concluyó Elisabeth subrayando su respuesta con un gesto de la mano.

—Pero… —comenzó Erica—. Será muy perjudicial para… Para ti. ¿No piensas ir contra el libro?

—No —dijo Elisabeth, y tomó un sorbo de café.

Erica la miró desconcertada. Luego, de pronto, las piezas del rompecabezas empezaron a encajar una tras otra.

—Algo me preocupaba desde el día que estuvimos en el comedor de la isla con Louise —dijo—. Pero no lograba dar con lo que era. Fue algo que dijiste, algo como «¿Tenemos que ver esa foto horrible?». ¿Cómo sabías qué representaba la foto? A menos que la hubieras visto aquella noche en la galería de Rolf.

Elisabeth sonrió y alargó el brazo en busca de una galleta. Luego se volvió y señaló la pared que había detrás de Erica.

—¿No es una preciosidad? Me atrevería a afirmar que es una de las mejores fotografías de Rolf. ¿Tú qué dices, Henning?

Erica se volvió para mirar en la dirección que señalaba Elisabeth.

La fotografía titulada *Culpa* colgaba de la pared en formato gigante.

—Se la compré a Vivian. Y el negativo también. Gracias a eso puede permitirse conservar el apartamento. Estaba muy agradecida.

Erica volvió la cara a Henning. Le temblaba el ojo izquierdo, y parecía querer decir algo, pero lo único que se oía era un gemido sordo.

—Yo no sabía que Rolf estaba muriéndose, así que no comprendía por qué quería destruirlo todo, nuestra vida.

—¿Fuiste a la galería durante la fiesta?

—Sí. Estaba bebida y un poco enfadada porque no hubiera venido. Se estaba convirtiendo en un viejo cascarrabias y…

Bueno, supongo que quería reñirle. O tal vez fuera solo una excusa para verlo, como siempre.

—¿Lo seguías queriendo?

—Yo siempre he querido a Rolf. —Elisabeth pronunció aquellas palabras con la vista fija en Henning—. Pero creía que estaba sacrificando nuestro amor por algo más grande que nosotros mismos. Creía que lo sacrificaba por un gran hombre, que Henning tenía algo imperecedero que dejar a la posteridad. En mi vanidad, quería ser parte de ese legado. Y lo que Henning escribió, lo que yo creía que había escrito él, era tan… hermoso, tan perfecto, tan lleno de amor. Ningún escritor había captado antes el ser femenino de una forma tan perfecta.

De pronto resopló y se sacudió un poco como si quisiera desembarazarse de algo pegajoso.

—Henning decía siempre que yo era su musa. ¿Cómo iba a arrebatarle algo así?

Elisabeth le acarició la mano a su marido. Luego volvió de nuevo la mirada a la fotografía.

—Cuando vi la foto en la galería aquella noche, le pedí a Rolf que no la expusiera.

—No querías que se conociera públicamente la relación de Henning con Lola.

Elisabeth negó con un movimiento de cabeza.

—Hubiera sido una vergüenza. Y un escándalo. Pero no era esa la razón. Mira la foto. ¿Qué ves? Tienes que mirar más allá de Henning y Lola.

Erica volvió a observar la fotografía. No alcanzaba a comprender a qué se refería Elisabeth. Entonces desplazó el foco del beso, de Henning y Lola, al fondo de la imagen. Y, de pronto, lo entendió. Solo al ampliarla a gran formato se apreciaba.

—Tú apareces en la foto.

—Sí. Rolf debió de verlo cuando la amplió. Ni siquiera Louise se dio cuenta cuando Vivian le dio aquella copia. Pero si Henning veía en la exposición la foto ampliada, comprendería que yo le había mentido. Que había estado en el apartamento mucho antes de lo que le dije. Que los había visto juntos. Sumaría dos y dos. Y no podía permitir que eso ocurriera.

—De modo que mataste a Rolf con la pistola de clavos para ocultar la foto, pero el vestido que llevaste a la fiesta era rojo, y las fibras que encontraron en la pistola eran negras.

Elisabeth volvió a sonreír.

—Se te escapó que más tarde, cuando se hizo de noche, lo cambié por una creación maravillosa de Oscar de la Renta. Un vestido negro.

—Pero ¿por qué dice Louise que ella mató a Rolf?

Elisabeth se colocó detrás de la silla de ruedas. Rodeó a Henning con los brazos y le acarició el pecho.

—Louise y yo hemos llegado a un acuerdo. El asesinato de Lola y del chico han prescrito. No importa lo que digas de cuál fue mi participación. Simplemente, me limitaré a negarlo todo. Tu palabra contra la mía. En cambio, por la muerte de Rolf sí habría ido a la cárcel. Jamás lo superaría. Con la vergüenza, en cambio, sí que puedo vivir. Así que ella asume la culpa del asesinato de Rolf a cambio de que yo permita que se cuente la verdad sobre Lola. Y me encargaré personalmente de que los nueve libros se publiquen con el nombre de su verdadero autor. Maravilloso, ¿a que sí, Henning? El nombre de Lola figurará por fin en la portada.

Elisabeth le hablaba bajito al oído. Él emitió unos sonidos guturales, pero no se entendía nada.

Erica miraba atónita a la pareja. La situación tenía un matiz grotesco. Se sentía como si estuviera participando en una película de terror.

—Solo para que quede claro, ¿quieres decir que puedo contar toda la verdad acerca de Lola, y por tanto también acerca de todos los que formabais parte de su entorno?

Elisabeth acarició despacio la cabeza de su marido.

—Exacto. No te voy a impedir que cuentes la verdad. ¿Por qué iba a hacer tal cosa? Ya no queda nada. Ni Peter ni mis nietos. Rickard es... Rickard. El Blanche va a cerrar. La junta directiva de la editorial Bauer quiere que me jubile. «Que disfrute del otoño de mis días», en sus propias palabras. Pero ¿sabes qué?, no tener nada que perder entraña cierta libertad. Y nosotros nos tenemos el uno al otro, Henning. ¿Verdad, cariño? Nos tenemos el uno al otro. Yo seré tu musa. Hasta que la muerte nos separe.

Henning dejó escapar otro ronquido gutural incomprensible. Erica creyó ver pavor en sus ojos, pero resultaba difícil saberlo, puesto que los movimientos de la cara eran irregulares y espasmódicos. Por un instante, sintió cierta lástima por él. Iba a quedar desnudo y al descubierto ante el mundo. Luego pensó en Lola, y su simpatía hacia Henning se esfumó. Lola consideraba a sus amigos como su familia, y ellos la traicionaron. Lo único que podía hacer ahora era contarle al mundo la historia de Lola.

Cuando salió a la calle echó una última ojeada a los grandes ventanales del apartamento. Aquello ya no era un hogar, sino una prisión.

«CERRADO.» Así DECÍA la nota en medio de la puerta pintada de negro. Rickard Bauer tiró despacio del picaporte antes de sacar del bolsillo una llave y abrir. Miró a su alrededor antes de entrar. No porque le importara que lo vieran, sino porque quería conservar la sensación de actuar en secreto. No quería que nadie supiera dónde estaba.

Era extraño encontrarse en el Blanche cuando estaba cerrado. Había visitado el club en los días en que se hallaba lleno de vida y movimiento. Ahora se veía desierto y, a la inmisericorde luz del día, el local tenía un aspecto desastroso. Todos los desperfectos y toda la suciedad quedaban a la vista. Pero a él ningún lugar le iba tan bien en aquellos momentos. Los focos de la publicidad habían iluminado todos los rincones de su vida y la de su familia durante las últimas semanas, y habían puesto al descubierto sus pecados. Ya no había nada más que mostrar. Nada más que perder.

Tilde estaba en casa. Ni siquiera sabía que él había vuelto a Estocolmo. Lo había llamado infinidad de veces, pero no había sido capaz de responderle. Esa parte de su vida había quedado atrás. Ella formaba parte de lo que él había sido, no de lo que era ahora.

Rickard entró en la oficina sobriamente decorada que Ole y Henning habían compartido con Louise y miró a su alrededor. Todo estaba intacto. Daba la impresión de que los dueños se hubieran levantado y, sencillamente, se hubieran marchado de allí. Y así fue como ocurrió, más o menos. Además, ninguno iba a volver. El Blanche no abriría de nuevo. Nadie se sentaría otra vez en ese despacho, pues se había descorrido el velo y los había dejado a todos al desnudo.

Fue a buscar los cojines del sofá del cuarto que había junto al despacho y los puso a un lado en un colchón. El cojín del brazo y una manta harían las veces de almohada y de colcha. Muy despacio y con dificultad, se tumbó de lado. Estaba infinitamente cansado, pero cada vez que cerraba los ojos recordaba la imagen de Peter y los niños. Los veía vivos. Los veía muertos. No sabía qué era peor.

«Una vida desperdiciada es una carga pesada de llevar», pensó. El tiempo que había pasado en la celda lo había obligado por primera vez en la vida a examinarse a sí mismo. Lo que encontró, lo llenó de vergüenza. Sin relojes caros, coches rápidos y vacaciones espectaculares no era nada. No sabía nada, no poseía nada que fuera suyo de verdad o que él hubiera creado, porque todo se lo habían servido en bandeja. Y ni siquiera había sido capaz de reconocer el valor que tenía.

En la celda comprendió que no echaba de menos las noches con los amigos en Ibiza, ni los zapatos italianos hechos a mano ni las cenas en restaurantes de lujo ni las compras con Tilde. No pensó en nada de eso ni un instante. Lo que echaba de menos eran los ratos con Max y William, ver la cara de Peter iluminarse cuando observaba a sus hijos, los viajes en barco hasta Skjälerö, con el sol y el agua salada dándole en la cara, o dormirse al son de los gritos de las gaviotas. Tantas vivencias que no tenían nada que ver con el dinero ni con las extravagancias.

Tarde o temprano tendría que ocuparse de su vida. Lo terrorífico y lo que más miedo le daba era que sabía qué era lo que no quería, pero no lo que quería. Era un hombre de mediana edad que no sabía quién era, y no quedaba nadie en su vida que pudiera ayudarle a averiguarlo. Todo estaba destrozado.

Lo único que sabía con certeza era que habría dado cualquier cosa por disfrutar de un rato más con Peter y sus sobrinos. Un rato más bocabajo en una roca con un trozo de pescado en un retel. Con las risas y el parloteo nervioso de William y Max cuando subía despacio la red y aparecía llena de cangrejos. Habría podido dar un reino por uno solo de aquellos instantes.

En la familia Bauer, los hombres no lloran, pero esa noche Rickard se durmió llorando.

—¡BERTIL!

Rita gritaba desde el cuarto de baño. Bertil dejó la cuchara de palo con la que estaba removiendo el guiso de carne y acudió corriendo, seguido de cerca por *Ernst*.

—¿Qué pasa? ¿Te encuentras mal? ¿Te duele? —Mellberg la miraba presa del pánico.

Rita le mostraba la palma de la mano bien abierta. Estaba llena de pelo.

—Ya empieza —dijo, y se notaba a la perfección que trataba de combatir las lágrimas.

Bertil la abrazó, y ella se quedó temblando contra su pecho y dejó correr las primeras lágrimas desde que había recibido la noticia.

—Suéltalo todo, deja que el llanto encuentre su curso —le dijo mientras le acariciaba la espalda.

Para cuando Rita se apartó por fin y se secó los ojos con la manga, a Bertil se le había empapado la camiseta hasta la cintura.

—Perdón —dijo Rita sollozando.

Él miró a aquella mujer a la que tanto quería, y era tal el amor que sentía que desplazó al miedo.

—No pidas perdón. Hacerse el héroe es absurdo. Sé que quieres ser fuerte, pero no tienes por qué serlo conmigo.

—Tienes razón, lo sé. Pero es tan duro… Y el pelo…

Volvieron a llenársele los ojos de lágrimas y él le secó las mejillas. Luego abrió el armario del baño, sacó la maquinilla de afeitar y se colocó detrás de ella, ante el espejo.

—Sabes bien que Demi Moore en *La teniente O´Neil* siempre me ha parecido lo más sexy del mundo, ¿verdad?

—Creo que no me lo habías dicho —respondió Rita riendo en medio de las lágrimas.

—Pues claro que sí, montones de veces. Ya te digo, si es que no me escuchas.

Rita movió la cabeza y se secó otra vez las mejillas.

—Así que no estaría mal que te portaras y le hicieras un favor al pobre Bertil y te arreglaras un poco a lo teniente O´Neil —continuó—. Toda relación es un toma y daca. A veces uno tiene que sacrificarse. Y te advierto que seguro que me pone muchísimo el nuevo peinado, pero no tendrás más remedio que aceptarlo…

—¡Bertil!

Rita le dio una palmada en el hombro, pero entre risas, y ya había dejado de llorar. Se miró al espejo. Tenía una calva junto a la sien izquierda, justo ahí donde se le había caído el mechón.

—Bueno, de una forma u otra, tiene que desaparecer —dijo—. Más vale que sea ahora mismo.

Con mucho cuidado, Bertil pasó la maquinilla desde la coronilla hasta la nuca. El pelo iba cayendo en grandes mechones. A Rita le temblaba el labio, pero no volvió a llorar.

Cuando terminaron, Bertil le besó la calva y estuvo abrazándola un buen rato. Acto seguido, encendió otra vez la maquinilla y empezó a raparse.

—Pero, Bertil, ¿qué haces?

—¿Te has creído que eres la única de la familia que va a ir de sexy por la vida?

—Estás loco —dijo Rita, pero sonrió feliz mientras él seguía rapándose.

Al final quedaron rapados los dos. Bertil acercó la mejilla a la de ella y dijo:

—Dos cracs de lo más sexy.

Rita se lo quedó mirando un buen rato. Luego se volvió hacia él y, con la cabeza calva entre las manos, se lo acercó y lo besó en los labios.

—Te quiero, Bertil Mellberg. Que no se te olvide.

Él la besó también. No había nada que tuviera que ver con Rita que él pudiera olvidar jamás en la vida.

ERICA HABÍA RESERVADO para el final el encuentro con Birgitta. Tras despedirse de Elisabeth y Henning fue a ver a Åke, el antiguo vecino de Lola, y a Johan Hansson en su colorido atelier, donde ambos lloraron por la suerte de Lola. Pero reencontrarse con Birgitta era un acontecimiento.

Erica no sabía lo bien que la anciana seguía los medios, y había sopesado la posibilidad de llamarla primero, para prepararla ante la noticia. Pero al final había llegado a la conclusión de que quería contárselo cara a cara.

Jesús la miraba desde todas partes cuando Birgitta la invitó a pasar. Apretaba con fuerza la caja de fotografías que le había prestado. Ya las había escaneado todas y las tenía a buen recaudo en el ordenador.

—No sé si te habrás enterado. ¿Has visto las noticias? —le preguntó Erica discretamente.

Birgitta negó con un movimiento de cabeza.

—No, qué va, lo único que necesito leer es la Biblia. En las noticias hay tantas desgracias y me deprime tanto oír hablar de guerras y hambrunas, y de gente que se porta mal...

—Entonces, ¿no lo sabes? —dijo Erica, y se pasó las manos nerviosa por el pantalón.

Se estremeció ante la idea de contarle a Birgitta algo que la mujer podría considerar un milagro.

—He averiguado lo que les ocurrió a Lola y a Pytte.

—¡Ay, Dios mío! —exclamó Birgitta llevándose las manos a la garganta—. Entonces creo que tendré que sentarme antes de que me lo cuentes. Espera, voy a comprobar que Viktor está bien, ahora está aprendiendo los números. Lo hace de maravilla.

Birgitta se fue a la cocina, pero volvió casi en el acto.

—Está bien. Vamos, cuéntame.

—Es una larga historia. Y te la voy a contar entera. Pero antes te resumiré lo más importante. La hija de Monica, tu nieta, está viva.

Birgitta contuvo la respiración.

—No, no, no te creo. No puede...

Erica le estrechó la mano y empezó a contarle todo desde el principio. Mientras hablaba, las lágrimas no paraban de rodar por las mejillas de Birgitta.

—Pobre criatura, pobre, pobre criatura. La vida tan dura que ha debido de llevar. Claro que eso no disculpa lo que ha hecho, y tendrá que responder de ello ante el Señor. Pero, aun así...

—Yo también siento mucha pena por Louise. Era una niña cuando se lo arrebataron todo. Creo que le darías una alegría si la llamaras. O quizá incluso si le hicieras una visita. Ya sé que lo que ha hecho va en contra de todo aquello en lo que tú crees…

—Yo creo sobre todo en el perdón —dijo Birgitta con voz suave—. Si Jesús pudo perdonar a Judas por haberlo traicionado y haberlo vendido por treinta monedas de plata, yo también puedo perdonar en mi corazón los pecados de la hija de Monica.

Erica le dio una palmadita en la mano y se quedaron sentadas las dos en silencio. Era un silencio curativo, en cierto modo. No sabía cuánto tiempo llevaban así, cada una pensando en sus cosas, cuando al fin se volvió a Birgitta y le preguntó:

—¿Podría entrar a ayudar a Viktor un rato con las matemáticas?

—Pues claro —dijo la anciana, y se secó las lágrimas de las mejillas—. Después de que vinieras se pasó varios días hablando de ti. Se va a poner muy contento.

—Gracias —dijo Erica dirigiéndose a la cocina.

A Viktor se le iluminó la cara al verla.

—¡Hola! ¡No me acuerdo de cómo te llamas!

—Me llamo Erica. ¿Puedo sentarme un rato contigo? A lo mejor puedes enseñarme algo de matemáticas. Nunca se me han dado muy bien.

—A mí se me dan fenomenal —respondió Viktor entusiasmado, y le ofreció una silla a Erica—. Esto es un ocho. Se puede escribir como dos aros, uno encima de otro, o también sin levantar el lápiz siquiera. Mira.

Le hizo la demostración muy orgulloso, y Erica lo felicitó.

—Si tienes dos cuatros y los juntas, ¡dan ocho! —dijo luego.

—¡Se te dan fenomenal los números!

—Lo sé —admitió Viktor, y terminó un cuatro con un lápiz lila—. Se me dan fenomenal un montón de cosas. Me sé los números, me sé las letras, ¡y he aprendido a nadar!

—¡Fenomenal! —exclamó Erica.

—Me caes bien —dijo Viktor, y le dio un abrazo.

Erica sintió que el calor de su abrazo se le extendía por todo el cuerpo, disolvía todo lo que había sido duro, todo aquello con lo que había tenido que luchar. De pronto, lo complicado se había vuelto muy fácil, facilísimo. Cuatro más cuatro daban ocho. Y uno más uno… daban tres.

Agradecimientos de la autora

COMO DE COSTUMBRE, hay muchas personas a las que dar las gracias. Ante todo, quiero agradecerle su apoyo constante a Simon, mi marido. Al resto de la familia, que está siempre al pie del cañón, lo cual agradezco infinito. John Häggblom, mi editor, es una joya, y es un placer trabajar con él. Lo mismo puedo decir del resto del equipo de Forum, con Pia-Maria Falk y Clara Lundström a la cabeza. Gracias a Lena Sanfridsson y Rebecka Cronsten, que han leído el manuscrito con los ojos afilados del editor de mesa. Y mil gracias a mi agencia, Nordin Agency.

Una parte importante del trabajo consiste en recabar y comprobar datos, y en esa tarea he contado con una ayuda inestimable. Para los detalles relativos a Fjällbacka he contado con la ayuda de Anders y Annika Torevi. Kelda Stagg, máster en Ciencias, técnica forense de la Policía de Estocolmo, ha sido quien me ha ayudado a enfrentarme a todo lo relacionado con la criminalística de modo que quede lo más correcto posible en el contexto de una novela policíaca. Además, ha sido de vital importancia para mí comprender y describir correctamente la historia y el mundo trans, y en ese campo he contado con la excepcional ayuda de Sam Hultin.

Eleonora von Essen y Lena Läckberg Ivarson leyeron la novela y me hicieron sugerencias valiosísimas.

Hay otras muchas personas a mi alrededor que me dan alegría, inspiración y motivación a la hora de escribir. No puedo mencionarlas a todas, pero quisiera subrayar en particular a Henrik Fexeus.

Siempre es difícil transcribir palabras y expresiones dialectales. En el caso de Skjälerö, he optado por basarme en el origen noruego de la forma que se usa en la región de Bohuslän.

En algunos casos, y a pesar de una investigación y de una comprobación de datos rigurosa, el escritor tiene que ser flexible con la verdad, por el bien del relato. Todos los errores son solo míos.

CAMILLA LÄCKBERG

CAMILLA LÄCKBERG

LOS CRÍMENES DE FJÄLLBACKA

LOS CRÍMENES DE FJÄLLBACKA

30 MILLONES
DE EJEMPLARES VENDIDOS
PUBLICADA EN MÁS DE 60 PAÍSES
LA ESCRITORA MÁS RELEVANTE DE SUECIA
LA REINA EUROPEA DE **LA NOVELA NEGRA**
TAN ESCALOFRIANTE COMO EMOCIONANTE

Los protagonistas de la serie

ERICA FALCK regresó a su pueblo natal, Fjällbacka, tras la muerte de sus padres. Ya supera los cuarenta años, escribe biografías y está casada con el policía Patrik Hedström, en quien ha encontrado a su media naranja. Gracias a su intuición, ha ayudado a resolver numerosos casos de la policía de Tanumshede. Erica y Patrik tienen tres hijos que no siempre son fáciles de educar. A causa de su pasión por la comida, está siempre lidiando con su peso.

PATRIK HEDSTRÖM, un policía inteligente y sensible, es el segundo de a bordo de la comisaria de Tanumshede. Aunque los delitos más habituales en Fjällbacka se suelen reducir a peleas entre veraneantes o a perseguir a conductores ebrios, a lo largo de la serie le tocará lidiar con complicados casos de asesinato que a menudo están relacionados con oscuros secretos del pasado. Muchas veces le resulta difícil conciliar su vida familiar y profesional, por lo que casi siempre está cansado.

BERTIL MELLBERG, el jefe de la comisaría, a quien sus subordinados le critican sus modales y su vaguería innata, aunque se trata de un personaje con un encanto propio que se va humanizando a lo largo de las novelas. Siempre va acompañado por su perro Jack, tan perezoso como él. Mantiene una relación sentimental con Rita, la madre de Paula, una agente de su equipo.

MARTIN MOLIN es el agente más joven de la comisaria y despierta en sus compañeros un sentimiento paternal en mayor o menor medida. Es amable y tiene muy buen corazón. Tras una gran pérdida personal, está en vías de reconstruir su vida gracias a una mujer cariñosa de la que está enamorado.

ANNIKA JANSSON, es el factótum de la comisaría y todo gira alrededor de ella; es la que organiza y prepara café para todos. Está casada y tiene dos perros labradores, que lleva por toda Suecia a carreras de *drag racing*. Es una pieza clave del equipo de la comisaría de Tanumshede, y sus aportaciones a las investigaciones son ya imprescindibles.

ANNA FALCK, la hermana de Erica, es otro personaje habitual en la serie. Padece falta de autoestima debido al maltrato que sufrió por parte de su pareja en el pasado. Ahora está felizmente casada con Dan y se dedica a la decoración de interiores. Erica siempre intenta ejercer de hermana mayor con ella, aunque muchas veces no lo consigue.

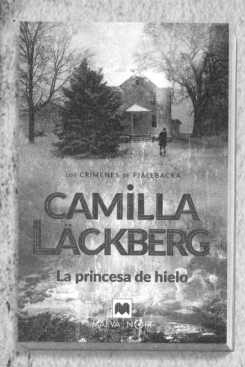

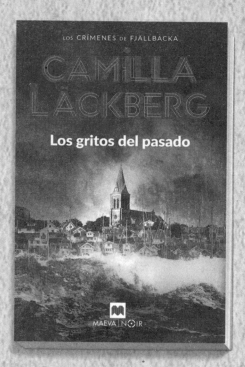

La princesa de hielo

Misterios y secretos familiares en una emocionante novela de suspense repleta de traiciones y verdades ocultas.

Cuando la joven escritora Erica vuelve a su pueblo natal tras el fallecimiento de sus padres, no se puede ni imaginar que se verá envuelta en la truculenta historia de un crimen cuyos protagonistas no son otros que sus propios amigos de la infancia.

Los gritos del pasado

Misterio, fanatismo religioso y complejas relaciones humanas en una escalofriante novela que transcurre durante un caluroso verano.

Las merecidas vacaciones de la joven pareja formada por la escritora Erica y el detective Patrik en la pequeña población costera de Fjällbacka, se ven interrumpidas de repente, cuando se encuentran los restos de dos mujeres desaparecidas años atrás, junto a un cadáver más reciente.

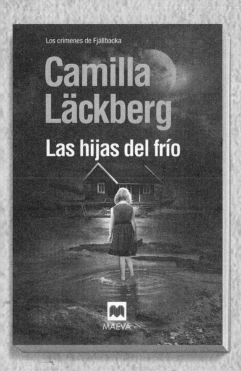

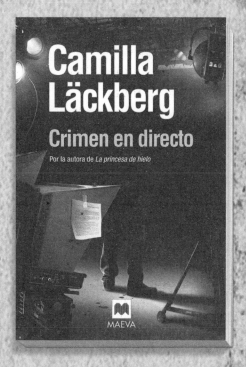

Las hijas del frío

El caso de una niña asesinada pone contra las cuerdas a la pareja formada por Erica y Patrik.
Una terrible venganza resurge del pasado.

Erica y Patrik no podrán evitar sentirse implicados emocionalmente al tener que investigar la misteriosa muerte de una niña, la pequeña Sara, que aparentemente se ha ahogado en el mar. Pero la autopsia revela que ya estaba muerta cuando la arrojaron al agua.

Crimen en directo

La audiencia a cualquier precio se puede convertir en una trágica pesadilla.
Un *reality show*, un escándalo televisivo y un psicópata perturbado traerán de cabeza a Patrik Hedström.

La policía de Fjällbacka debe encontrar pistas acerca de la muerte de una mujer, víctima de un accidente de tráfico, que guarda, sorprendentemente, relación con unos asesinatos que tuvieron lugar en el pasado en distintos lugares de Suecia.

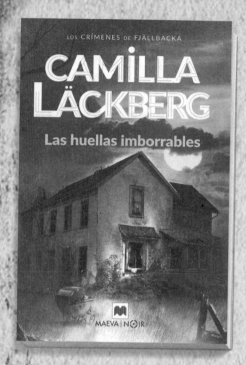

Las huellas imborrables

Un caso en el que Erica y Patrik serán conscientes del peso de la culpa y los horrores del pasado.

Erica Falck debe adentrarse en los secretos de su propia familia cuando un historiador especializado en la Segunda Guerra Mundial aparece asesinado. Por fin descubrirá por qué su madre se mostró siempre tan distante con ella y su hermana Anna.

La sombra de la sirena

Un ramo de lirios blancos, unas cartas amenazadoras, un siniestro mensaje de color rojo sangre.

Cuando Patrik y sus colegas encuentran por fin a un hombre desaparecido desde hace meses congelado en el hielo y averiguan que uno de los amigos de la víctima lleva más de un año recibiendo cartas anónimas plagadas de amenazas, todo se complica.

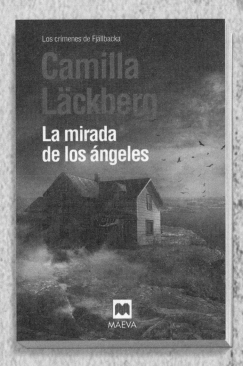

Los vigilantes del faro

La entrega más espectral de la serie Los crímenes de Fjällbacka.
Un misterio sin resolver ronda la isla de Gråskär desde hace generaciones y el viejo faro oculta la clave.

Una compañera de instituto de Erica se ha instalado junto con su hijo en un faro abandonado, propiedad de su familia, sin que parezcan importarle los rumores que circulan por el pueblo sobre la leyenda de la «isla de los espíritus», en la que los muertos vagan libremente.

La mirada de los ángeles

Cuando ya lo has perdido todo, puede que alguien quiera destruirte también a ti.
Hace cuarenta años, una familia desapareció sin dejar rastro.
Ahora, otra familia está amenazada.

Tras la muerte accidental de su hijo pequeño, un matrimonio se traslada a la isla de Valö para rehacer su vida, pero la tragedia los sigue acechando, y un incendio, a todas luces provocado, saca a relucir la historia siniestra que pesa sobre la granja donde viven.

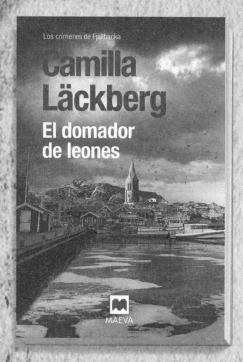

El domador de leones

En ocasiones, el mal puede ser aún más poderoso que el amor.
Una tragedia familiar no resuelta reabre varios casos en el presente.

Mientras el equipo de Patrik investiga la trágica muerte de una joven que había sido maltratada, sospechan que es posible que no sea la única, ni la última víctima de su agresor.
Al mismo tiempo, Erica sigue la pista de una tragedia familiar que acabó con la muerte de un hombre.

La bruja

Nada es lo que parece.
Las cazas de brujas no son cosa del pasado. El enemigo no siempre es un extraño que viene de lejos.
La desaparición de una niña desata una caza de brujas en pleno siglo XXI.

Cuando los habitantes de Fjällbacka localizan el cuerpo de una niña desaparecida cerca del estanque donde hallaron el cadáver de otra menor décadas atrás, se preguntan con temor si otras niñas pueden estar en peligro.

El nido del cuco

Una fiesta por todo lo alto con un final sangriento.
A veces la vida y la muerte coinciden en un espacio de tiempo muy corto.

Dos sucesos terribles sin una conexión lógica sacuden Fjällbacka.
Tras encontrar a un fotógrafo brutalmente asesinado, ocurre otra tragedia aún más terrible en una pequeña isla, en la vivienda del ganador del premio Nobel de Literatura.

Tormenta de nieve y aroma de almendras

Descubre Fjällbacka y a los protagonistas de la serie desde una nueva perspectiva, gracias a una novela corta y cuatro relatos.

Una original novela de misterio al estilo de los grandes clásicos del género que contiene los elementos más representativos de la autora y del universo de Fjällbacka.

NOVELAS GRÁFICAS BASADAS EN LOS TÍTULOS DE LA SERIE

Las primeras adaptaciones a novela gráfica
basadas en los best sellers
LOS CRÍMENES DE FJÄLLBACKA

LA PRINCESA DE HIELO

LOS GRITOS DEL PASADO

Estas adaptaciones son obra de **Léonie Bischoff,** polifacética
autora de cómics e ilustradora de prensa de origen suizo,
y **Olivier Bocquet,** conocido por ser el realizador y guionista
de numerosos programas juveniles para la televisión
francesa y adaptar guiones para cómics.

Ambas obras siguen fielmente la trama
de las novelas de **Camilla Läckberg**.

Faye, una mujer con dos rostros y un pasado del que escapar

Una jaula de oro

Una novela de suspense psicológico, sexy y con una protagonista fascinante.

Faye, con un pasado oscuro, ha conseguido todo lo que siempre había soñado. Pero, cuando de un día para otro toda esa vida perfecta se va al traste, surge una nueva mujer intrépida y vengadora.

Alas de plata

Una novela que reinventa la línea que divide el bien y el mal.

Faye ha logrado construir una nueva vida en un pueblo de Italia. Cuando piensa que todo ha vuelto a la normalidad, su pequeña burbuja de felicidad se ve de nuevo amenazada, y deberá regresar a Estocolmo para salvar lo que más quiere.